盛唐煙雲

【三卷】破陣子

酒徒

野人

風！」薛景仙氣得一拂袖，紅著臉駁斥。好歹也在官場上混了這麼多年，他怎可能連這點兒眼色都沒長。怎奈在扶風任上時，他一直沒敢怎麼收受賄賂。而在京城述職這半年多來，為了謀個合適差事，他又將大部分積蓄都送了出去。此刻莫說拿不出足夠的錢財來供自己和隨從們沿途花銷，就連囊中最後幾枚壓馬鞍的銀錠，都是捨了臉皮跟經商的同鄉借來的高利貸。不到萬不得已，絕對不敢拿出來鋪張！

好心被當做了驢肝肺，董姓火長心中也冒了火，乜斜著眼睛掃了薛景仙一遭，拖長了聲音說道：「好，好，既然薛大人不想助長別人的歪風，董某就不再囉嗦了。咱們慢慢捱著就是，反正眼下才是春末，離立秋遠著呢。不愁今年到不了地方！」

「你！」薛景仙氣得兩眼發黑，揮著馬鞭就想給對方以顏色。然而看到周圍幾個護衛那陰冷的眼神，怒火瞬間又化作了餘燼。此去三千里，其中沿途至少兩千里荒無人煙。一旦得罪了這幫丘八，找個僻靜地方把自己這欽差大人給活埋了，然後向上報個染疾身亡，讓自己到哪裡喊冤去？

他這廂未戰先怯，那邊董火長卻踩著鼻子上了臉：「怎麼，難道薛大夫還想給我個教訓不成？來啊，您最好把我給打殘廢嘍。咱正找不到藉口偷懶呢！鳥不拉屎的地方，你以為哪個願意跟著你去受這番罪啊？若不是上頭硬把活計攤派下來，董某眼下說不定正在東市怡紅院裡尋快活呢！」

「打你就打你！」薛景仙被逼得下不了臺，只好又惡狠狠地舉起了馬鞭。董姓火長也不示弱，手腕子一低，就抓在了腰間橫刀柄上。眼看著二人就要動真格的，另外一名姓張的侍衛火長趕緊跑上前，一把扯住薛景仙的衣袖，低聲規勸：「薛大人別生氣，老董他不也是為了您好嗎？這一路上您也親眼見到了，驛館那幫東西是如何看人下菜碟。您老再不想想辦法，甭說咱們大夥都跟著受罪，就連這胯下的牲口，不也一天天掉膘嗎？西域的暖和天氣本來就沒多少，萬一落了雪後咱們還沒到達目的地，耽誤了朝廷的公務是小，您老人家這身子骨，禁得起大漠上的冷風吹嗎？」

這話說得實在，讓薛景仙不由得有些感動。順著對方拉扯放下馬鞭，嘆了口氣，低聲道：「罷了，罷了。為了不辜負皇恩，薛某也不惜這點兒虛名了。下一個驛站，就按照你等說得辦就是。咱們好好吃上一頓酒，然後再繼續趕路。」

「薛大人英明！」眾侍衛聞聽有油水可祭五臟廟，立刻高興了起來，拱拱手，齊聲歡呼。

沒等大夥的歡呼聲落下，薛景仙趕緊又補充了一句：「不過，僅此一回。路還遠著呢，咱們若是走一路打點一路的話，薛某即便再有錢，也要傾家蕩產了！」

這下，眾侍衛的臉色又開始發黑。一個個忍不住心中暗罵，自己是倒了幾輩子邪楣，才攤上了這麼個吝嗇主顧。別人護送欽差前去地方上傳旨，沒等出長安地界，已經賺回了幾年的薪俸。唯獨咱們這幫倒楣蛋，連吃頓熱乎飯，都得繞著彎子求上老半天。

知道這些京師裡來的護衛以往都是被養肥了的主兒，薛景仙把心一橫，大聲補充：「薛某也知道大夥辛苦。為了不拖累大夥，有誰走不動了，直接打馬回頭就是。薛某保證，日後決不向上頭告任何人的黑狀！」

有道是「橫的怕楞的，楞的怕不要命的。不要命的頭上，還頂著連臉皮都不要的。」薛景仙將死豬不怕開水燙的模樣一擺出來，眾侍衛立刻紛紛改口：「哪能呢，哪能呢。看薛大人這話說的。好像我們兄弟比您還金貴似的！」

「那就趕緊走吧。薛某日後絕對不會辜負大夥！」薛景仙聳了聳肩，帶頭向前走去。

眾侍衛往地上偷偷吐了幾口吐沫，悻悻跟上。這一路，更是沒精打采。直到天色將黑，才好不容易看見了一個城池的影子。薛景仙緊抽了坐騎幾鞭，正準備到城內的館驛安歇。城門口不遠處的茶棚子中，突然響起了一句地道的長安腔調：「敢問，這位是新晉的中大夫，前往安西宣讀聖旨的薛大人嗎？小的姓李，奉我家主人之命，在這兒等候大人很久了！」

「等我？」薛景仙幾乎無法相信自己的耳朵，猶豫地拉住了坐騎。他為人過於功利，在任時得罪上司同僚無數，因此這回奉命出使，連個送行的人都沒有。誰料想已經離開長安數百里了，卻突然冒出一個故交的家僕來，不由得令人好生困惑。

「正是！」那名說話滿口長安腔的李姓男子做管家打扮，言談舉止落落大方。「大人在長安之時，我家主人就想找時間跟大人一晤。只可惜陰差陽錯，始終沒能如願。後來聽說大人奉命去安西宣旨，就派了小的前來給大人送行。誰料大人走得太急，小的居然沒有趕上。所以就沿著官道一路追了過來，好歹這回趕在了大人的前面。」

「哦？」聞聽此言，薛景仙愈發感到困惑。在京師這半年多來，他四處求人，四處碰壁，幾乎把鼻子都碰扁了，也沒攀上什麼可靠的門路。怎可能突然交到這麼講義氣的朋友？可看看對方的面孔、打扮，其所說的話又不似有假。特別是來人背後那幾名隨從，個個都生得孔武有力，一看，就知道是大戶人家重金禮聘的護院。

正猶豫間，一眾護衛們已經趕了上來。張姓火長用目光匆匆一瞥，立刻猜到來者非富即貴。趕緊又向前帶了帶坐騎，躬身提醒道：「既然是大人的故交遣管家前來餞行，我等到旁邊候著便是。反正天色還早，進城不急在這一時半時！」

說罷，向眾位弟兄們使了個眼色，撥馬走開百餘步。自己找了個賣茶水的攤子，跳下坐騎，背對著薛景仙買水解渴，目光不肯再向後回顧分毫。

得到張火長的提醒，薛景仙也注意到來人的打扮。只見此人雖然身穿一身管家服飾，卻是由上等綢緞精細縫製，價格恐怕至少是自己行囊中的那件嶄新新官袍的三倍。而此人隨隨便便牽在手中的坐騎，也是有名的大宛良駒，民間有個諢號叫照夜獅子，通體雪白，渾身上下沒有半根雜毛。

能養得起如此神駒的，恐怕家資至少在百萬貫以上。或者是個京師裡數得著的權貴，地位不在宋昱等人之下。想到權貴兩個字，猛然間，薛景仙眼前閃起一道亮光。在對巴結上楊國忠這條路絕望之後，他曾經決定接受一位大人物的招攬。可那位大人物好像又突然對他失去了興趣，接到拜帖之後就音訊皆無，再也沒派人聯絡過他。

如今有人不在長安城外給自己送行，卻眼巴巴地趕出幾百里路來！莫非有什麼不方便不成？掃了一下對方脖頸上某個具體位置，薛景仙趕緊跳下坐騎，朝著李姓管家長揖及地：「看我這眼神！居然沒看出您老是誰來。貴上可好，薛某一直對貴上仰慕得很。只是無緣拜見，不勝遺憾！」

「薛大人言重了！」李姓管家笑著側開身子，平滑的咽喉上下聳動，「我家主人，一直很欣賞薛大人的治政之能。這回聽說薛大人奉命去西域傳旨，怕您走得太累，路上難捱。所以特地命我帶了幾匹像樣的腳力過來！」

說著話，他回頭朝身後一使眼色。眾家將立刻同時翻身跳下坐騎。將馬韁繩牽了，連同李姓管家背後那匹照夜獅子一道，送至薛景仙面前。

「使不得，使不得！」薛景仙嚇得連連擺手，說什麼都不敢接受對方的餽贈。那匹照夜獅子是萬金難求的寶馬，其餘幾匹坐騎雖然看上去比照夜獅子差了點兒，但也是一等一的良駒。這麼多匹良駒都送給自己做腳力，甭說恩重難還了，就連沿途的精料錢，都得把自己吃得傾家蕩產！

「有什麼使不得。看大人的這匹黃驃馬，恐怕至少都是十歲口了。大人為官清廉，也不能太苛待了自己啊！」沒有喉結的李姓管家笑了笑，非常體貼地勸道。「大人儘管收下，越往西走好馬越便宜，我等回程時，再買腳力便是。對了，還有這幾本書，大人也儘管帶著路上看。免得旅途寂寞，想找個消遣都沒有！」

當即，又有隨從殷勤地送過一個提籃來，裡邊裝了厚厚的幾大本。薛景仙心下感動，揉了揉眼睛，雙手接過書籃：「馬您老留著。書薛某就卻之……」

他本意是退馬留書，以給對方一個更好的印象。誰料手中突然一沉，差點把書籃丟在地上。好在這半年以來受了很多罪，膂力見長，才穩了穩身，勉強沒當眾出醜。心中卻暗暗納罕，「什麼書，居然如此之重？」

「薛大人果真是個讀書種子！」李姓管家笑著托了薛景仙的胳膊一把，幫他將書籃提穩，「雖然說書中自有黃金屋。可沒有好的坐騎，西去之路也不好走。這樣吧，白馬給大人留下，其他幾匹劣貨，我們自己騎著回去！大人不要再推辭，否則，小的就沒法跟我家主人交代了！」

「這兒……」薛景仙還有些猶豫，手中的提籃，卻壓得他無法直起腰。書中自有黃金屋，的確，如果不是書下面藏了金子，提籃也不會沉重如斯！

李姓管家沒有喉結，身份已經呼之欲出。太子殿下一直受楊國忠的打壓，地位岌岌可危。自己好容易才抱上了楊家的粗腿，一轉頭，卻又跟太子這邊眉來眼去。日後若是雙方起了爭端，自己這小身板兒，還不是要被碾得粉身碎骨嗎？

「窮家富路，大人就別推辭了吧。再推辭，可就假了！」李管家又笑了笑，言辭之間若有所指。

回想起一路上受到的罪，薛景仙在心裡猛然發狠。「去他娘，人死卵朝天。大不了把命搭上，好歹也能風光幾天」。放下提籃，他朝著李姓管家拱了拱手，低聲說道：「如此，薛某再要推辭，就是不識好歹了。請問李管家，此番薛某西行，貴上可有什麼囑託？」

「薛大人果然痛快！」李管家哈哈大笑，「沒什麼吩咐。我家主人只是希望薛大人能替他向封節度及其麾下將士帶個好而已。眾壯士為國守土，一個個奮不顧身，我家主人也是佩服得很。」

「薛某必然不辱使命！」薛景仙又是長揖及地，以下屬對上司的禮，鄭重承諾。

這回，李管家沒有再躲閃。而是實打實受了他一揖，然後代替自己背後的人物還了個半禮，「我家主人聞聽此言，必然會備感欣慰。薛大人走好，人多眼雜，李某就不再多囉嗦了！」

說罷，留下照夜獅子和一籃子「書」，轉身跳上馬背。

「李兄走好！」薛景仙站在路邊，揮手相送。直到對方的背影已經在官道上消失了，才慢慢放下揮酸了的手臂。提起裝「書」的竹籃，晃晃悠悠走向渾身雪白的寶馬良駒。

一眾侍衛也恰恰在此刻灌飽了茶水，在張、董兩位火長的帶領下，笑嘻嘻地跑了過來，「大人的朋友真仗義，沒趕上給大人餞行，居然派管家追出五百多里遠來。瞧瞧，瞧瞧這寶馬。原來那匹坐騎跟這匹比，簡直是吃肉都沒人要的貨！」

「爾等休要多嘴！」胸中有「書」氣自華，更何況是一籃子夾了黃金葉子的寶書？提著它，薛景仙立刻與先前判若兩人，「把我原來那匹老馬牽好，空著鞍子，跟在隊伍後邊。牠馱了我半輩子，也該享享清福了。越往西走馬匹越便宜，你等若是嫌胯下坐騎礙眼，待會進了城，就去馬市上轉轉。趁著天沒黑，各自挑選一匹上等腳力回來。所需費用，全由薛某負擔！」

手中有了錢，接下來的旅途立刻順暢了許多。薛大夫先找了個規模較大的州城，將夾在書中的一少部分金葉子換成了大宗交易和官府結算賦稅時才用得到的銀錠。又尋了個馬市，給所有護衛都更換了坐騎。順帶著也把自己從頭到腳收拾了一遍。前後不過用了小半日功夫，整支隊伍立刻脫胎換骨。

為了避免丘八大爺們見財起意，勾結起來沿途尋僻靜處將自己埋掉，分了書籃裡的金葉子跑路。在經過會州時，薛景仙又打著對西去道路不熟，需要尋找嚮導的幌子，花重金僱傭了十名孔武有力的刀客做伴當。這下，整個隊伍的聲勢更壯。非但沒有盜匪的眼線膽敢沿途尾隨，連規模小一點兒的商隊見了他們都趕緊躲著走，以免薛景仙這欽差是強盜假扮，在路上突然翻臉，給大夥來個一刀兩斷。

對於商人們的冷眼，薛景仙也懶得理會。從早到晚只管催促大夥抓緊時間趕路，坐騎跑疲了就尋驛站更換。或者乾脆到市集上賣舊買新。人跑累了則找酒館大吃大喝，菜肴酒水都揀好的往上端。如此一路跑下來，居然只用了二十餘日，便從會州跑到了疏勒。進了城後稍事休息，又在安西軍的護送下，風馳電掣地向戰場趕去。

幾個月來，安西軍在前線連戰皆勝。在薛景仙趕到疏勒的半個多月前，大勃律國重鎮菩薩勞城已經被攻下。守將阿特拉戰死，其餘領兵貴胄死傷無數。大勃律宰相艾力亞斯東拼西湊攢了三萬兵馬來援，沒等趕到地方，已經看到了城頭的火光。不得已，只好退而求其次，於唐軍必經道路上精心設下了一個埋伏，準備打封常清個甕中捉鱉。

誰料他那點兒道行，在安西百戰精銳面前根本拿不上臺盤。沒等封常清親自出馬，斥候統領段秀實已經察覺了前方情況異常。封常清得到彙報，乾脆將計就計。派麾下悍將李元欽、王洵等人帶領一隊重甲步兵，故意踏進敵軍的埋伏圈。同時命令周嘯風、段秀實二人帶領騎兵來了個迂迴包抄。結果大勃律宰相艾力亞斯偷雞不得，反而被唐軍打了個四面合圍外加中心開花。三萬戰死五千，其餘全都放下兵器做了俘虜。

在自家心腹的拚死護衛下，宰相艾力亞斯才僥倖逃出了重圍。回去後四下求援，卻苦苦盼不來任何援軍。後又聽聞吐蕃兵馬在柏海一帶被哥舒翰打了個全軍覆沒，知道已經無力回天。只好聽從了族中長輩指點，以國主年幼不經事，被奸臣所惑為名，光著膀子背了荊條，親自前往封常清帳前請求寬恕。

封常清此番揮軍西進，目的也不在區區一個大勃律。當即接了降書，發還給了艾力亞斯五千俘虜。命他必須在三天之內，以實際行動表達悔過之心。並且割獅子河以北所有土地給大唐，以贖其罪。注一

宰相艾力亞斯及其家族本來就是很虔誠的拜火教徒。前年迫於國內其他貴胄和大食講經人的壓力，才不得不改信了天方教。信教之後，手中權柄大落，眼看就要變成講經人們的提線皮影了。此刻聽聞封常清開出的條件，大喜過望。立刻毫不猶豫地將所有條件答應了下來。回去後只用了兩日，便利用安西軍歸還的俘虜，脅迫國主的親衛兵馬，將境內可控制地域內的天方教信徒和大食國來的講經人

注一、獅子河：即現在的天竺河。上游如今仍在中國境內，名為獅泉河。

全部逮捕處死。然後又主動放了一把大火，將剛剛落成沒多久的天方教神廟，焚成了一片殘磚爛瓦。

此時東來的天方教講經人十有八九都是狂信徒。對於敢於侵犯教派利益的人，報復手段極其殘忍。動輒便抄家、滅族，甚至做出屠城這種人神共憤的惡行。大勃律宰相脅迫其國主燒了天方教寺廟，就等於徹底斷絕了他們再倒向大食人的希望。此後即便唐軍不在其國駐紮，也不必擔心艾力亞斯君臣敢再出爾反爾了。

封常清見此，立刻留下段秀實和五百精銳，「輔佐」艾力亞斯重整大勃律秩序。隨後親領大軍，殺入健陀羅境內，半個月連下數城，兵鋒直抵其國都坦叉始羅。注二

那坦叉始羅乃西域數一數二的名城。在天方教東侵之前，本為佛門聖地。城池乃西來求取真經的佛教徒參照中原古都洛陽的格局，指導當地人所建，高大堅固，易守難攻。被大食人占據後，雖然年久失修，但比起大勃律國內那些所謂的重鎮來，依舊不可同日而語。

薛景仙攜帶著聖旨趕到前線時，唐軍已經屯兵於坦叉始羅城外十數日。喊殺之聲晝夜不絕，卻好像始終無法踏上城頭半步。有意借著聖旨來鼓舞士氣，封常清命人在營內搭建了高臺、香案，親自為欽差大人帶路，將其領了上去。

在長安城受盡了白眼的薛景仙，哪曾料想在安西軍中會得到如此禮遇！當即，感動得連嗓音都啞了。也顧不上再擺什麼欽差大人的架子，捧起聖旨，一口氣從頭到尾讀了個遍。末了，還聲嘶力竭地加了一句：「薛某臨來之前，楊相和太子殿下曾經親口許諾。讓弟兄們儘管放手去打。後邊一切，自有他們兩個頂著！所有繳獲，全賞給有功將士，朝廷一文不取！」

「陛下英明！」立刻有人帶頭，大聲喝起彩來。

「陛下聖明！大唐威武！」大部分將士根本沒聽清楚聖旨上的具體內容，只覺得遠在數千里之外的皇帝陛下還沒忘了他們，扯開嗓子，齊聲回應。聲音一浪高過一浪，直衝雲霄。

待大夥都喊累了。封常清才按照聖旨上提到的順序，將相關將士一一叫上高臺。由薛景仙代表朝廷，授予他們應有的印綬。見到面前的武夫們一個個生得虎背熊腰，滿臉煞氣。薛景仙愈發覺得太子殿下高明。居然隔著數千里，就能看出安西軍是大唐境內數一數二的精銳。剛剛恢復實權，就準備將其牢牢攥在手裡。

想到此節，他心中對太子李亨的未來，更是看好了數分。原本還猶豫著是否再繼續觀望一番，再選擇如何站隊。如今卻準備徹底背棄楊國忠，完全執行太子府管家的暗示，全力替太子殿下與安西軍建立聯繫了。故而對周嘯風、李元欽、趙懷旭等人，更是殷勤有加。許多朝廷中本來沒人說過的讚譽之語，都被他信口開河地給編造了出來。唯恐忽略了哪個忠臣良將，給對方心裡留下輕慢印象，今後無法繼續套近乎。

他心裡頭的這些雞零狗碎算計，周嘯風等人當然猜度不到。即便隱約感覺出了欽差大人有些熱情過度，也沒功夫去搭理。大夥都是封常清的嫡系，如何指日高升，全憑著封節度一言而決。在這方面，朝廷基本上只有在舉薦文書上蓋章的資格。根本無法左右節度使的決定。

然而，當欽差大人將給宇文至、宋武和王洵三人的印綬逐個頒發下去時，周嘯風等人突然發覺有些不對勁了。節度使封常清大人平素處事極其光明磊落，保舉文書送往朝廷之前，早就跟相關人等有過交代。誰最近立了哪些功勞，該升到什麼職位，大夥都清清楚楚。卻沒料到，朝廷這回居然格外施恩，將宇文至、宋武和王洵三名小將在封常清大人的保舉基礎上，又各自升了一級到數級不等。

那宋武和宇文至兩個的哥哥，都拜在了權相楊國忠門下，朝中有人好做官，平白多升了一級，自然不難理解。奇怪就奇怪在王洵王明允，經歷了前年那段時間的交往，大夥都清楚這小子只是個落了勢的鳳凰，跟當朝幾個權臣根本沒有任何牽扯。怎麼這回憑空得到的好處反而比宇文至、宋武兩人更多？

注二、坦叉始羅，遺址位於巴基斯坦首都伊斯蘭瑪巴德附近。原為佛教聖地，唐朝中葉，被穆斯林狂信徒所毀。

突然從天上掉下來個大餡餅，王洵也被砸了個暈頭轉向。楞了好一陣兒，才想起上前數步，躬身從欽差手裡將正四品武將的印綬接過來。先謝了皇恩浩蕩，然後瞅個機會偷偷溜到封常清近前，低聲試探道：「多謝大帥提點。不過末將初來乍到，就貿然登上此高位。實在是心中惶恐得很。不如……」

「你小子，甭給我揀著便宜還賣乖！」對於王洵突然鴻運當頭，封常清亦是滿腦袋霧水。當即一巴掌拍過去，大聲罵道：「實話告訴你，這跟老夫半點兒關係都沒有！老夫發給朝廷的保舉文書是岑書記親筆所寫，封口之前老夫反覆檢查了數遍，給你的就是從五品，絕不會錯！」

「想必是王將軍在京師時積德行善，背後有貴人暗中照顧。」不愧為封常清一手提拔起來的心腹，周嘯風立刻明白了封常清的用意。笑了笑，用附近所有人都能聽見的聲音建議，「具體如何，待會兒王將軍不妨偷偷問欽差大人。他剛剛從京師來，估計對此比較清楚！」

「嗯，希望不是弄錯了，過後再發一道聖旨來收回去就好！」王洵笑著縮了縮脖子，將四品中郎將印綬收了起來，藏進懷裡。

這番舉動立刻引起了一片竊笑。原本有幾個弟兄對他突然越級高升心存芥蒂，見到此景，也都把心事拋開了。

竊笑聲中，封常清又輕輕踹了王洵一腳，低聲罵道：「你以為朝廷是跟你做生意呢。發了印綬還能無緣無故地反悔不成？這次算你小子走運，下次就未必總有同樣的好事了！不過你也別高興得太早。老夫眼下手中沒兵分給你，想當真正的中郎將，自己找你的部族朋友招兵買馬去。你要真有能耐給老夫拉來一萬精銳，甭說區區一個中郎將，就是更高的職位，老夫也能給你爭來！」

「那我還是老老實實做我的校尉吧！」王洵一咧嘴，側身閃開了封常清的偷襲。

大唐軍制沿襲於隋，這麼多年來軍官名稱等級略有更改，但士兵的編制基本尚未曾改變。通常每五人為一夥，設一火長。每五十人為一隊，設一隊正。每百人則為一旅，設一旅率。三旅合為一團，由一

名校尉統帶。注三

三百人規模雖然不大，卻已經是人憑藉嗓子可控制的最理想範圍。故而，臨陣之時，團便是最基礎的建制。全團士卒都追隨在校尉身側。唯其馬首是瞻。而校尉本人，則通過旗幟、號角，追隨中軍或者距離自己最近一名上司的指引，帶領麾下弟兄，攻向本軍旗旗所指。

校尉乃正六品武職，再往上，便是從五品都尉，別將。按照軍種差異，每名都尉下有三到六個團不等。而都尉再往上的郎將、中郎將、將軍，則領兵沒有固定數字。視任務情況，戰役規模，以及跟主帥關係的親疏遠近，統軍幾千乃至上萬。

王洵從京師出發時，軍職為實授的昭武校尉。帶了一百名飛龍禁衛和三百多名民壯，勉強也算湊足了一個團的編制。雖然這支隊伍在路上屢經磨難，損失超過了總數的三分之二。但能倖存下來者，都已經成了難得的老兵。後來王洵一日之內連勝兩場，打得處木昆、塞火羅、烏爾其等部落心服口服，幾個埃斤為了巴結他，又合夥贈了他部族武士一百做僕從。再加上臨別時老狐狸康忠信所贈樓蘭族護衛，不多不少，剛好又湊齊了三百人，恰恰是一名校尉該帶之數。

此番越級升遷為中郎將，按常理，封常清至少應該劃撥三個團給王洵做嫡系部曲。好歹讓他湊夠個都尉的門面。只可惜整個安西軍如今滿打滿算才五萬來人，還要分散在方圓數千里的廣袤大地上震懾西域諸族，所以根本無法滿足這種要求。不光是王洵一個人如此，放眼軍中，從封常清往下開始算，周嘯風、李元欽、段秀實、趙懷旭等人都面臨著同樣的困境。空有一顆金燦燦的將軍印，麾下嫡系部眾卻湊不齊定額的一半。倒是那些前來助戰的部族總管，動輒就能帶出上萬牧人。然而這些牧人們卻空長了一副好身板兒，臨陣變化、佇列配合方面幾乎是一張白紙。單打獨鬥，不弱於任何一名安西軍士卒。規模到達十人以上，便會被同等規模的安西軍逼得節節敗退。待到規模上到數百人，就要被一小

注三、唐制，旅在團之下。

隊安西軍揍得滿戈壁灘找牙了。若是不顧一切把他們硬塞進安西軍中濫竽充數的話，則眼前的仗根本不用打，主帥直接帶著大夥逃回長安算了！

是以，封常清乾脆糊塗賬糊塗算，當著大夥的面聲明沒有士卒給王洵手下撥。而王洵雖然是去年冬天才到達軍中，由於先前通過周嘯風等人之口，對安西軍的窘迫情況已經有所瞭解，所以也就來了個順水推舟。一方面不讓對自己照顧有加的封常清難做，另外一方面也避免自己因為稀裡糊塗連升三級，在同僚面前引起的尷尬。

正嘻嘻哈哈地笑鬧間，李元欽又從背後堵了上來，笑著向王洵建議道：「不如這樣，我治下的于闐城中，還有一些党項族獵戶，乾脆跟你做筆買賣好了！用你麾下的那些陌刀手，換我麾下的党項獵戶。一個換十個，或者哥哥我再吃點兒虧，二十也行。如此，你麾下弟兄至少能攢足兩千之數。也配得起你新得的這顆將軍大印了！」

「呸！想得美！」王洵一巴掌將李元欽拍開，笑著啐罵。「他們都是跟我一起在刀尖上打過滾的弟兄，甭說二十個獵戶，把你治下全城百姓都給我，也不能換！」

沒見到封常清之前，他本打算平安抵達疏勒後，就給麾下民壯們分了途中繳獲的財物，遣送眾人結伴返鄉。誰料封常清這裡是久旱盼甘霖，見了有人從中原來，無論老幼，便一個不想再放走。借著酬謝大夥的功勞為由，直接從疏勒城外的河畔撥了數百頃適合耕種的沃土，按人頭分給每名民壯五百畝。准許他們僱傭他人代耕，也准許他們世代相傳，只要疏勒城還在大唐手中一天，就永不收回。

此際中原土地兼併日趨嚴重，大部分普通農戶成丁後按照唐律，應分得永業田二十畝，口分田八十畝，實際上到手已經不足規定的五分之一。然而該繳納的稅賦卻一樣不少，每年還要根據年齡和身體情況，去應付各種徭役。注四

疏勒城外的土地每年雖然只可耕種一季，但抵擋不住封常清出手大方。再加上塞火羅和烏爾其兩

部為贖回其本族武士所支付的耕牛，可以說，此刻活著抵達疏勒的民壯，一瞬間都變成了貨真價實的小地主。

一邊是返回中原之後，日日提心吊膽地防備楊國忠繼續殺人滅口。一邊是留在軍中服役，替子孫後代掙得更多的永業田，傻瓜才會選擇前者。當即，以魏風和朱五一兩人為首的民壯們就齊聲拜謝封常清的大恩，毅然決定留了下來。同時念念不忘了托人給家中捎信，讓鄉中親朋護送著自己的妻兒老小，一道來疏勒這邊過好日子。

這批民壯均來自大唐最富庶的關中地域，又經過戰火洗練，凡是最後活下來者，體質絲毫不比安西一帶土生土長的部落武士差。因此稍加訓練，便拉起了一個完整的陌刀隊。再由王洵本人帶著與安西軍大隊一道，橫掃大勃律全境。一連十幾場順風仗打下來，個個信心十足，列隊往外一站，隱然已經有了幾分精銳的模樣。

因此，軍中很多將領都暗自眼紅，恨不得讓封常清將王洵及其所部調到自己名下，順勢得了這一百陌刀手。而跟王洵本來就交情匪淺的趙懷旭、李元欽等，則一再笑呵呵地跟他討價還價，願意拿自己治下的部族牧人來換王洵麾下的陌刀手。每到這種時刻，王洵也不拿大夥的話當真。總是笑呵呵應付過去，不給任何人鑽空子的機會。

今天，李元欽舊事重提，收穫當然還是一個大白眼。好在他也不著惱，笑了笑，繼續糾纏道：「你現在好歹也是四品高官了，別那麼小氣行不行？不給陌刀手，把飛龍禁衛借給我幾個也將就。我麾下有兩個校尉受傷較重，估計以後上不得戰場了。借兩個飛龍禁衛過來，剛好可以補他們留下的缺！」

注四、據武德七年時李淵發佈的政令記載，唐代丁男和十八歲以上的中男，各授予永業田二十畝，口分田八十畝。老男、篤疾、廢疾各給口分田四十畝，寡妻妾三十畝。此制度在唐初效果甚佳，直接為後來的盛世奠定了基礎。但隨著人口增多和土地兼併日趨嚴重，天寶年間，均田令已經名存實亡。

若是換做一個月前，手下弟兄有了升遷機會，王洵肯定不會攔著不放。然而他現在已經是正四品中郎將，雖然眼下只掛了個空頭銜，可手中的校尉實缺兒也有一大把。壓根不再稀罕李元欽給的好處。笑了笑，拱著手表示拒絕：「李大哥別難為我了。就這幾個人，我還留著做種子呢。借給您兩個不算多，可此頭一開，諸位哥哥們都來跟我借。我那個團就拆零碎了！」

「呸！好歹我也教導過你一場！都道是師徒如父子，有你這樣對付師父的嗎？」李元欽做惱羞成怒狀，板起臉來唾罵。

「我可也曾做過你李兄的頂頭上司呢！」王洵笑著跟對方翻舊賬。

吵吵鬧鬧間，周圍已經沒人再注意王洵被破格提拔的事情了。大夥紛紛圍攏過來，七嘴八舌地給雙方幫腔。好幾次聲音過大，差點把欽差大人代表朝廷慰勉有功將士的場面話都給淹沒了下去。虧了封常清用咳嗽聲示意，才勉強稍作收斂。

薛景仙知道軍中武將大多都是直來直去的脾氣，最無法忍受長篇大論。看看日頭已經偏西，也就笑著結束。封常清命人在軍中擺開酒宴，替欽差大人接風洗塵。薛景仙裝模作樣的客氣了一番，然後半推半就，在眾將的簇擁之下，走向了中軍大帳。

倉促之間，軍中自然擺不出什麼山珍海味。只是幾盤子生、熟牛肉，一隻烤羊，外加三兩樣西域本地產的水果而已。酒也是軍中將士用野葡萄自己釀製，喝起來帶著一股子酸澀味兒，非常難以入口。然而，眾將領對欽差大人的熱情，卻比任何佳釀都令人心懷舒暢。很快，薛景仙就有些醺醺然了，端了盞酒，大聲說道：「薛某一直聽人說，西域艱苦，玉門關外春風不度。這回自己一路行來，發現豈止是春風不度，連入耳的羌笛聲，都透著股子難言的蒼涼。但再艱苦的地方，也有我大唐男兒為國守疆的身形。來，來，來，為了大唐，為了諸君背後的太平盛世，咱們乾了這盞！」

「說得好。大夥一道乾了！」封常清輕輕拍案，舉起手中酒盞，一飲而盡。

「謝欽差大人誇讚！」周嘯風帶頭，李元欽等人緊隨其後，眾將士齊齊舉起酒盞，將裡邊的葡萄酒喝了個一滴不剩。

「痛快！」薛景仙也將杯中酒水全部倒進肚子，伸手抹了抹嘴巴，故做粗豪模樣，「薛某在中原之時，常嘆男兒何不帶吳鉤。今日能親眼目睹諸君英姿，此生也沒算虛度。來，來，來，讓薛某借花獻佛，再敬諸位一盞！」

「乾！」眾將被薛景仙誇得心頭火熱，舉起酒盞，再度一飲而盡。

「薛某是個文官，酒量恐怕比不得各位英雄。但今日卻要斗膽再敬大夥一盞，不為別的，就為諸位今日這場功績。薛某出長安之前，尚聽聞安西軍還在菩薩勞城外與大勃律人鏖戰。誰料彈指一揮間，我大唐的旌旗已經被諸君插在了健陀羅國的都城之下！古語云：『功大莫過於破國。』諸君半年之內連破兩國，這潑天富貴，可是沒得跑了！」

「哈哈哈哈！」「借欽差大人吉言！」「哈哈哈哈哈！」「乾了！」一眾安西將士放聲大笑，心中都覺得長安來的這位欽差大人善禱善頌，話都說到大夥心窩子裡去了。

封常清開始對薛景仙本來不怎麼重視，僅僅看在後者代表著朝廷的份上，不得不敷衍他一番。待耐著性子聽完了此人的祝酒詞，忍不住又開始重新打量他，欣賞之意油然而生。

坐在封常清下首的周嘯風也心生警惕，命人給自己倒滿了一盞野葡萄酒，舉到眉間，笑著回敬：「薛大人遠道而來，我等本該多下一番力氣招待才對。奈何戰事匆忙，軍旅之間暫時也拿不出什麼佳餚。就只能先借這點兒淡酒，替大人一洗旅途勞累罷了。望大人莫嫌棄我等寒酸，放開量多飲幾盞！」

參照先前的聖旨，他剛剛升懷化將軍，官階為正三品下。而斜對面的薛景仙的官銜卻只是一個從四品下的中大夫。因此後者不敢坐著接受周嘯風的回敬，趕緊手扶矮几站起身，先整理了一下衣服，然後抱拳施禮：「周將軍千萬別這麼說。薛某豈敢嫌酒宴簡陋。正是因為諸君在前方吃糠咽菜，才使得我輩能在後方過太平日子。如果薛某連這點好歹都分辨不清楚的話，也枉讀了十幾年聖賢書了！」

說罷，將酒盞從矮几上拿起來，一口悶下。然後不待他人伺候，自己拎起座位旁的酒罈子，將空酒盞添了個滿滿當當，「薛某不會說話。謹以此盞，謝諸位的款待！」隨即，一仰頭，再度將盞中酒鯨吞而盡。

「薛大人好酒量！」

「薛大人好漢子！」

眾人見此，又是沒口誇讚。更有趙懷旭、李元欽等一干宿將，端著酒盞來向欽差大人致意。薛景仙有心在大夥面前留下一個豪爽印象，對於舉到面前的酒盞，皆是來者不拒。說上幾句慷慨激昂的話，就是口到杯乾。轉眼間就跟軍帳中所有人都打了一圈招呼，把帳中氣氛推得如火般熾烈。

饒是軍士自釀的野葡萄酒寡淡，一連串二十幾盞落肚，薛景仙也覺得天旋地轉了。為了完成太子殿下交托的使命，他卻依舊使出全身力氣苦撐。一邊與眾將推杯換盞，一邊大聲道：「古語云，功名但在馬上取。只可惜薛某身子骨太弱，上不得馬，舞不動槊。否則，寧效昔日班定遠，投筆從戎，與諸君並肩而戰。即便醉臥沙場，也不虛來此世間走一遭！」

「薛大人客氣了。若無大人這樣的書生在朝中運籌帷幄，我等在西域哪會如此從容？」有道是花花轎子人抬人，見薛景仙說話始終客氣有加，封常清笑了笑，低聲回應。

「說來慚愧。薛某也是剛剛才入朝。原本只是個地方官員，哪有什麼機會參與軍國大事！」薛景仙搖搖頭，涅斜著醉眼謙虛。

「喔？」封常清微微一楞，有些詫異於對方的坦誠，「不過在老夫看來，以薛大人的才華，想必君前問對，也是轉眼之間的事情！」

他現在是開府儀同三司，安西都護府副大都護，輔國大將軍，無論實職和虛職，都遠在對方之上。

按常理，根本沒必要對一個小小的四品官酒後之言如此在意。然而自打聽完薛景仙的那幾句祝酒詞之後，封常清心裡就隱隱約約覺得此子這番前來，除了替朝廷宣旨之外可能另有目的。所以不得不加倍提著小心，以免得罪朝中某個強大勢力，給安西軍帶來沒必要的麻煩。注五

「如此，薛某就斗膽，先謝過老將軍吉言了！」薛景仙正愁沒辦法跟對方套近乎，聞聽此言，趕緊笑著長揖及地。「若是日後薛某真的會有那麼一天，定然不會忘了此日老將軍鼓勵之恩！」

「不敢，不敢。」沒想到對方隨便抓個杆子就敢往上爬，封常清又楞了一下，心中有些哭笑不得，「日後薛大人出入君前，老夫背後這些安西子弟，還要請薛大人多加照顧呢！」

「呵呵！老將軍言重了！」薛景仙抬起頭，將腰杆挺得筆直，「諸位將軍在前方替大唐浴血奮戰，薛某在後方搖旗吶喊，乃應盡之義。雖然眼下薛某人微言輕，想幫忙也力有不逮。然而，薛某今天依舊要斗膽放這裡一句話。日後安西軍有需要薛某效力的地方，只要送封信來，薛某只要能做到的，就決不敢推辭！」

「那老夫可真的要多謝薛大人了！」封常清又是一楞，旋即收起笑容，朝著王洵等年輕將領大聲命令，「你等還看著做什麼，還不趕緊替老夫多敬薛大人幾盞！」

「是！」王洵、宇文至和宋武等人齊聲回應，站起身，遙遙向薛景仙舉杯致意。

「這都是老夫看好的後生晚輩。安西軍的未來，也要著落在他們身上。」封常清手捋鬍鬚，笑著向薛景仙介紹，「日後薛大人若能如願平步青雲，千萬要對他們照應一二！」

「照顧不敢當！」薛景仙也站起身，舉盞向王洵等人還禮，「雖然是文武殊途，薛某卻願意交這幾個朋友。」

注五、開府儀同三司，為從一品。輔國大將軍，是正二品。二者皆為虛職，可以領相薪俸，使用相同服飾儀仗。安西都護府副大都護，為實授職位，從二品。眼下薛景仙為中大夫，品級為從四品下，並且沒有實際掌管的範圍。所以在封常清、周嘯風等人面前需要持下屬之禮。

他越說得大言不慚，越證實了他背後還站著一個強大勢力的可能。封常清微微一笑，用目光示意王洵等人繼續與欽差大人周旋。自己卻藉口人老體虛，需要及時清理體內殘酒的藉口，告假外出方便。

早有岑參等一眾親信幕僚，等在了中軍帳側面的小帳篷內。見到封常清之後，立刻走上前，低聲彙報通過各種管道探聽到的情況。「此人是大上個月十八日，與中書舍人宋昱一道出的京師。在路上只用了二十三天，便趕到了疏勒。然後就被咱們的留守弟兄迎上，派專人一路護送到了這邊！」

「據朝廷那邊傳過來的消息。此人是走了虢國夫人的門路，才撈到了中大夫之位。但他好像跟中書舍人宋昱不太合得來。宋舍人到哪裡都是前呼後擁，卻故意暗示地方官員們不要搭理薛大夫！」

「還有什麼？」封常清輕輕皺眉，蒼老的臉上不見半點酒意。「按道理，他們不應該為同黨嗎？」

「屬下們也猜不出這其中緣由究竟為何？」節度府判官的岑參搖搖頭，低聲回稟，「兩人雖然同為楊國忠的親信，在路上卻沒有同行。並且待遇簡直一個在天上，一個在地下。不過據派去接待那些欽差侍衛的弟兄彙報，好像薛大夫在路上另有一番奇遇。在會州附近，一個自稱姓李的管家，送了他一匹駿馬，一籃子書。書裡邊夾著很多金葉子。」

這個消息非同小可，封常清的眼神立刻一亮，沉聲追問：「那個人是誰。他們還知道些什麼？」

「向咱們吐露消息的人姓董。是龍武軍的一個火長。按他自己的話說，是這次倒楣，才攤上一個需要跑這麼遠的差使。」岑參想了想，低聲補充，「根據他酒後的醉話，我等推斷，送薛大夫金子的人，跟楊國忠屬於完全不同的另外一股勢力。而根據他描述出來的贈金者容貌，很像是個閹人！」

「閹人？」封常清眉毛迅速上挑，旋即恍然大悟，「你的意思是，姓薛的是太子，或者哪位皇子的人？」

「正是！」岑參輕輕點頭。「否則也沒必要在距離京師那麼遠的地方，才跟姓薛的搭話！」

「嗯！」封常清低聲沉吟。薛景仙今天說過的所有話，在他耳邊匆匆迴響。「好像此人在宣旨時，第三句提的就是楊國忠和太子？莫非太子殿下復出了？你等可有類似消息？」

「太子殿下已經在上個月中旬復出。目前正在秦國楨、國模兄弟兩個的輔佐下，重新熟悉政務。據說這回陛下突然有了傳位之意，所以命令楊國忠全力配合！」

這就對了。封常清搖搖頭，臉上浮現了一絲苦笑。怪不得薛景仙今日如此賣力氣，原來已經抱上了太子殿下的粗腿。作為手握重兵的邊鎮節度，他當然不能輕易跟太子之間起什麼瓜葛。否則，王忠嗣大將軍的下場就是前車之鑒。非但自己落得鬱鬱而終，連累著河西軍也跟著實力大損，無數弟兄稀裡糊塗地被繼任者哥舒翰葬送在石城堡外。然而，為了安西軍的未來著想，薛景仙這個人還真的不能得罪。否則，一旦太子將來接替了皇位，等著大夥的，還是一場飛來橫禍。

既要面對來自前方的刀光劍影，還要提防來自背後的淒風冷雨，饒是封常清久經大浪，一時間也覺得十分難做。無論如何，保持安西軍的安穩最為重要，尤其是現在這個節骨眼上，更是萬分馬虎不得。想到這兒，他嘆了口氣，低聲追問：「姓薛的在疏勒城時，見到了邊監軍沒有？可有派人與其聯絡？」

「沒有！」岑參笑著低聲保證，「邊令誠那廝剛好出去巡視他的那幾百頃田產去了，當時不在城中。」

「那就好！」封常清心中暗鬆一口氣。雖然他這個安西都護府副大都護，眼下頭頂上並沒有正職壓著，但監軍邊令誠的影響力卻不容忽視。萬一薛景仙已經跟邊令誠勾結上了，或者邊令誠得知了薛景仙背後的來意，準備借此向楊國忠邀功。安西軍必然會遭受一番動盪。畢竟，邊令誠作為朝廷派來的監軍，所代表的乃大唐天子本人。

「屬下斗膽，請大將軍儘早送欽差東返！」岑參又先前走了半步，低聲建議。「宋將軍是中書舍人的親弟弟，宇文將軍態度不明。屬下得到消息，他們兩個，都是得到楊相的嘉許，所以才被越級提拔。如果楊相和太子兩方的糾葛蔓延到我安西軍中的話，恐怕會影響軍心！」

「已經來不及了！」封常清搖搖頭，繼續苦笑，「邊令誠手中另有一班親信。那是朝廷的制度，老夫干涉不得。此刻，他恐怕正急匆匆地自疏勒往這邊趕，估計轉眼就到！」

「老賊！」岑參眉頭一皺，手不由自主地就往腰間摸，「如果屬下帶幾個人出去一趟……」

「不要魯莽！」封常清見狀，趕緊低聲喝止。他麾下這個岑判官可不是個手無縛雞之力的普通文人，如果此刻他輕輕點一下頭，恐怕過幾天就得向朝廷給邊令誠請身後之功，奏其「捨身為國，不幸死於歹徒劫殺！」

這可能是防患於未然的最佳選擇。然而，作為大唐的忠心臣子，封常清卻不願意痛下殺手。雖然與邊令誠合作的這些年來，對方的貪婪、多事和在軍務上的掣肘，無時無刻不在挑戰著他的忍讓底線。

見封常清下不了狠心，岑參無奈，只好退而求其次，「那就請將軍把此戰的目的改一改，儘早結束在坦叉始羅城下的耽擱！」

「老夫籌備了兩年多，等的就是這麼一天！」封常清想了想，苦笑著搖頭。「該來的早晚都會來的。讓他來吧，老夫要當著他們的面兒，洗刷安西軍頭上的恥辱！」

以安西軍目前的實力，坦叉始羅城雖然高大，被攻克也是數鼓之間的事情。然而，他此番西征的目的卻既不在大勃律，也不在健陀羅。而是在兩國背後，那個不斷向東拓進，像蝗蟲一樣走到哪就毀到哪的大食。

天寶十年，由於葛邏祿僕從軍的突然叛變，高仙芝在怛羅斯一帶被大食人打得大敗虧輸。幾乎將安西軍的近半精銳，都折損在了那裡。活著回來的弟兄們臥薪嚐膽，矢志報仇。所以，封常清這回才故意裝作久攻坦叉始羅城不克，等著大食人援兵上鉤。

要麼不戰，要戰，就得將大食人打疼，把怛羅斯河畔的血債，連本加利討還回來。令大食那些信教的瘋子從今往後聽到「大唐」兩個字就做噩夢，心中輕易不敢再起東窺之念。

為此，封常清寧願付出所有代價，包括付出自己的性命，也在所不惜。

如果下不了狠心將監軍太監邊令誠和傳旨欽差薛景仙兩人之中任何一人暗中做掉的話，靜觀其變，就成了眼下安西軍最好的選擇。畢竟眼下大唐天子年事已高，早晚要將皇位傳給太子。而太子殿下偏偏又與楊國忠勢同水火。

既然決定了以不變應萬變，封常清乾脆連虛應故事都省了。酒筵散掉之後，立刻傳令全軍，從即日起對坦叉始羅城的戰術改為四面圍困，逼著健陀羅的國主自己主動投降。

安西軍的紀律向來嚴整，將士們雖然對節度使大人的命令有些不解，卻也不折不扣地將命令執行了下去。唯獨薛景仙這個外人，既想跟著大軍分些滅國之功，又怕戰事拖得太久了會有什麼難以預料的變化。因此找了個自認為合適的機會，低聲向懷化將軍周嘯風討教道：「我軍遠道而來，每日糧草消耗想必都不會是個小數。怎麼不一鼓作氣將坦叉始羅城攻破，反而要在城下長期地耗下去？此地距離疏勒雖近，從那邊運送輜重過來恐怕也需一個月以上。萬一糧道有個什麼閃失，比如忽然間大雨傾盆或者野火蔓延什麼的，豈不是要前功盡棄！」

懷化將軍周嘯風正有心從薛景仙口中套問朝堂上最近的局勢變化，因此也不能對他過分疏遠，四下看了看，笑著打趣道：「薛大人不會是想親眼目睹健陀羅國主肉袒負荊的模樣再走吧？若是能親手將請降文表帶回長安去，估計上頭也忘不了大人激勵士氣之功！」

「咱大唐不是有『男兒何不帶吳鉤』之說嗎？」被人一語道破了心事，薛景仙不由得老臉一紅，轉而爽快地承認，「薛某難得來西域一回，就算不能親自披甲衝陣，替諸位搖旗吶喊，擂鼓助威，總是能做得來的。回去後即便不會因此而受到褒獎，下半輩子也有向人吹噓的本錢了不是？」

大唐男兒，素來講究的是「功名但在馬上取」，因此，周嘯風並不因為薛景仙坦陳心跡而感到厭惡，反倒在內心深處又對他多出幾分認同來。笑了笑，低聲透露：「這個倒不用著急，據周某判斷，少則三五天，遲則半個月，此間必然會有一場大戰！」

「大戰？」薛景仙吃了一驚，「莫非封將軍做的是圍城打援的謀劃？這手筆可太大了，畢竟此乃敵國地界，我軍對這裡人地兩生！」

「當然是圍城打援了！」周嘯風撇了撇嘴，眉宇間充滿了對眼前敵人的不屑，「否則，甭說區區一個坦叉始羅城，就是大半個天竺也拿下來了！只是因為我安西軍人數實在太少，震懾境內諸胡，已經頗為吃力。根本不可能留下太多兵馬於此地駐守。而這些彈丸小國向來都是牆頭草，我軍只要一班師，肯定又要倒向他人。所以，還不如給他來個一勞永逸！」

「將軍說得是吐蕃人嗎？」薛景仙聽得似懂非懂，皺著乾澀的眉頭追問。

「吐蕃人算什麼東西？一群茹毛飲血的禽獸而已！」周嘯風輕輕搖頭，嘴角不經意間撇得更高。

「那，那莫非，莫非是，是大食人！」薛景仙被笑得心裡發毛，囁嚅著嘴唇猜測。「他們，他們不是已經被咱們打怕了嗎？上次怛羅斯血戰，我軍雖因為葛邏祿的背叛遭受小挫，卻也殺得大食人血流成河。即便獲勝，也喪失了繼續東進的勇氣！」

話音剛落，周嘯風已經怒不可遏，「誰跟你說的？簡直是捂著眼睛做夢！我安西軍輸了就是輸了，卻不需要編造這些瞎話來丟人！」

「朝廷，朝廷的邸報上寫的啊！」薛景仙縮了縮脖頸，裝出一副可憐巴巴模樣。他倒不是真的對怛羅斯之戰的結果一無所知，只是為了照顧對方的顏面，不願意將邸報背後的蓋子揭開而已。

「瞎話，全都是瞎話！」周嘯風突然變得衝動起來，絲毫不像一個身經百戰的將軍，「不是我老周牢騷多，朝廷最近幾年，可是被李林甫這奸賊折騰得夠嗆。什麼假話都敢說，拿皇上和全天下人當瞎眼睛！」

「好在陛下重瞳親照，最後發現了李林甫這奸賊的圖謀！而最近又命太子殿下出山，幫忙處理朝政！」薛景仙聞言大喜，裝作很不經意地附和。

「如果太子殿下能知道西域目前的局勢就好了！」周嘯風搖了搖頭，低聲嘆氣，「我們這些馬上取功名的，不在乎醉臥沙場。卻無法忍受在前方打生打死，還要提防自己人從背後下黑手。」

「太子殿下乃天縱英才，應該會知道的！」薛景仙楞了楞，旋即在眉宇間露出一絲欣喜。這姓周將軍簡直太聰明了，差點把自己給帶進溝裡去。他身為安西軍的核心人物之一，哪裡會不清楚當年朝廷在怛羅斯之戰後掩敗為勝的舉動？分明是借著這個話頭，婉轉地向自己表達對太子殿下的親近之意。

如果這也代表著封大將軍本人的意思就好了！剎那間，薛景仙心頭被燒得火熱，連先前趁機撈取軍功的念頭都忘記了。可周嘯風卻絲毫不理解他的苦心，繞來繞去，把話頭又繞回到了眼前戰事上來，「當年大食人之所以沒有趁機東侵，是因為其國發生了內亂。而眼下距離上次戰事已經過去了將近三年時間。大食國的內亂早就平了。我安西軍即便不西進，大食人也會重新把戰火挑起來。所以這回封帥乾脆主動出擊，先滅了大食人在東方的兩個僕從。打亂他的進攻部署！」

「所以先前的所謂久攻不下，也是封大將軍故意而為？」儘管心裡小小的有些失望，薛景仙還是順著對方的意思猜測道。

周嘯風點點頭，耐心地向對方解釋：「當然，否則，憑它一個彈丸小城，怎可能阻擋住我安西軍的腳步。此城在咱們唐人眼裡，雖然殘破不堪。卻是這一帶數一數二的繁華所在。城中還曾經有許多佛寺，如今雖然被天方人改成了他們的神廟，在周圍的影響力卻依然殘留著不少。所以萬一此城被破，昔日的佛子佛孫們，肯定要借著我唐軍之力驅逐天方教眾。而如果這裡再度變成佛國的話，天方教向東傳播的道路就會徹底被卡死。」

「不是兩軍之爭嗎？怎麼又跟天方教眾扯上了關係？」薛景仙聽得似懂非懂，眨巴著眼睛追問。

他雖然有一定的治政經驗，對於西域這邊的複雜民情，卻一點兒都不瞭解。所以表現得就像一個剛出茅廬的書呆子。好在半年來在京師中屢受打擊，身上的傲氣已經差不多磨乾淨了，因此也不在乎向別人屈身求教。

周嘯風的本意就是通過薛景仙的口，將西域所面臨的具體威脅，帶到太子李亨的耳朵內。雖然眼下太子順利接位的形勢還很不明朗，但多做一點準備，總是沒有什麼壞處。故而，無論薛景仙問出什麼白癡般的問題，他也不會表現出半分的不耐煩。反倒很客氣地笑了笑，用對方容易理解的例子解釋道：「薛大人在中原時，可曾見過那些刺血書經的佛子、居士？」

「見過，一個個簡直都是他娘的瘋子。」作為不折不扣的儒家門徒，薛景仙提起此話氣就不打一處來。「人之髮膚，受之父母。他們不知道珍惜，已是不孝。還妄想藉此獲得什麼佛祖的青睞，以求來世富貴。這豈不是緣木求魚嗎？」

「薛大人請想。如果佛經上說，信我者，皆入極樂。那些不信我者，其子女、田產，皆可隨意剝奪，歸信我者所有。那些佛子、居士們，會做出什麼事情？」

作為非常有經驗的地方官員，薛景仙當然知道人一變成狂信徒後會是什麼模樣。眉頭挑了挑，低聲回應。「那肯定是要個個拿起刀來，把鄰居、街坊，甚至自己的親朋好友都殺個乾乾淨淨。乖乖，你不是說天方教的經書上，唆使他們四下劫掠吧！那豈不是把信徒個個都變成了瘋子，即便先前信的不虔誠，殺了幾個人後，也會變得像妖怪一樣嗜血！」

「天方教的具體教義如何，周某不太清楚。但其教眾的表現，大抵卻是如此。西域這些小國，只要天方教一傳播開，用不了多久，必生內亂。然後過不了幾天，境內除了天方教的教眾外，就剩不下其他活人了！更狠的是，其教義極有蠱惑力，信者寧可此生窮得連褲子都穿不起，也要追尋死後的天堂。縱使黃巾、白蓮之流，也拍馬難及！」

「天！世上還有這種瘋子！」聽了周嘯風的描述，薛景仙忍不住大聲驚呼。大唐帝國氣度恢宏，各國商旅百姓在境內往來不絕，因此長安附近也不乏拜火教、十字教和天方教的神廟。但在薛景仙的記憶中，這些怪力亂神的信徒都跟佛教的信徒差不多，癡迷固然癡迷，卻還遠遠沒達到喪心病狂的地步。莫非教眾這東西也跟某些果樹一樣，「淮南為橘，淮北為枳」？如果事實真如周嘯風所說的話，那眼下大唐在西域面臨之形勢……，他簡直不敢設想。

好像唯恐他印象不深，周嘯風笑了笑，繼續循循善誘：「如果其軍隊皆由狂信者組成，以劫掠征服非信徒為念，薛大人以為其戰鬥力如何？」

「那，那豈不是個個悍不畏死！」站立在習習涼風中，薛景仙卻去伸手抹汗，「他們，他們……」

他不敢說下去了。眼前突然變得一黑，無數身穿大食黑袍子的狂信徒，如同天河決口一般，從太陽即將落下的位置滾滾而來。

「所以，這一仗，我安西軍必須打贏。只有把天方人的士氣打下去，才能保得整個西域的十年平安。」周嘯風的聲音又清晰地傳來，如同閃電般劈碎鋪天蓋地而來的黑暗。雖然只是短短的一瞬，卻讓薛景仙兩眼發亮。

「周將軍看得長遠，薛某愧不能及！」半晌之後，薛景仙才從令人恐懼的幻想當中回過神來，抱攏雙拳，朝著對方深施一禮。

「不是看得遠。而是站得近而已！」周嘯風擺了擺手，眉宇間透出一抹肅殺，「薛大人如果久在西域，一樣會將局勢看得清清楚楚。如果此戰我安西軍因為某些意想不到的原因打輸了，中原會不會震盪周某不敢說。整個西域，從涼州到疏勒，恐怕不止是要披髮左衽那麼簡單了！」

此刻周嘯風話裡所謂的「意想不到的原因」從哪而來，薛景仙心中比誰都清楚。頓時心裡好生愧疚，猶豫了片刻，用彷彿不是自己的聲音說道：「若是薛某，薛某能做些什麼，周將軍儘管吩咐便是。薛某雖然不成器，輕重緩急，還是能分辨一二的。」

周嘯風接下來的話，讓他又氣又愧，「薛大人是背負著使命而來。這點大人不必明說，我等也能猜到一二。但是，周某想請欽差大人轉告您背後的那位太子殿下，我等在此刀頭舔血，並不只是為了自家功名富貴。只要他最後能心想事成，我等自然願意為他鞍前馬後全力奔走。可若是想現在就命令我等做些別的事，恐怕我等此刻就答應下來，也不過是一桶遠水罷了。」

「這……」對方的話說得太直接，直接得有些令人難堪。但這些話又偏偏句句理直氣壯，讓薛景仙根本沒勇氣拒絕。

宦海沉浮十數年，他已經習慣了斟酌著說話，彎著腰做人。平生第一次，見到像周嘯風這種說話不會拐彎的武夫。毫無疑問，對方的話並不是只代表他一個人，而是他背後那整整一群。一群相信「功名但在馬上取」，一群毫不掩飾自己對富貴的渴望，又願意為某個看似虛無縹緲的目標，放棄已經到手一切的赳赳武夫。

這一刻，薛景仙覺得自己需要挺直脊梁，才能看清楚對方的身影。事實上，他也不由自主地在這麼做。肅立抱拳，沉聲答應：「周將軍儘管放心，此戰一天未完，薛某就不再多提一個與長安有關的字就是！」

「如此，周某多謝了！」周嘯風也鄭重了起來，雙手抱拳，長揖及地。「薛大人此番回朝之後，必然會平步青雲。他日若有需要，我一眾安西將士，也不會忘了大人今日的眷顧之恩！」

「這個，咱們就不提了吧！」薛景仙擺了擺手，笑容依稀有些發苦。除非日後位列三公，否則，他無論如何也用不到引地方藩鎮為外援。而此番西行如果回去將周嘯風剛才那番話如實稟告，恐怕也會給太子那裡留下辦事無能的印象，今後再想把印象扭轉過來，難度可就大了。

然而男子漢大丈夫，這輩子總得做幾件像人樣的事情。用力甩了甩頭，薛景仙將亂七八糟的想法甩到腦後。繼而笑了笑，把話題轉回即將到來的戰事上面。「據薛某昨日所見，此番出征，安西軍頂多出動了三萬正兵。如果大食兵馬傾巢而來的話，不知道封大將軍那裡有幾分勝算？」

「打仗麼，誰敢保證每次都穩操勝券！」提起戰事來，周嘯風的臉上的神情立刻又變得很放鬆，「咱大唐甲兵天下無雙，但大食人在西邊，也是赫赫有名的霸主。只能說，盡力打就是了。總之咱們這回是以逸待勞，想打輸了也不容易！」

這話等於什麼也沒說，薛景仙的心一下子又被揪了起來，「我初來乍到，兩眼一抹黑。周將軍能否給我這門外漢說說，大食人的具體實力如何。比起，比起當年的突厥來，是差不多，還是更在其上。」

「沒法比！」周嘯風搖搖頭，笑著解釋。「說實話，當年的突厥國不過是黃昏的太陽，再亮也亮不到哪去了。而眼下大食國，卻是初生的旭日！」

這個比方，令薛景仙的心臟頓感沉重。他幾乎有些後悔自己為什麼剛才要答應對方在戰事結束前不做擾亂軍心的舉動了。如果能親自參與到一場空前絕後的大勝仗當中，封常清隨便從功勞中分點兒出來給他，也夠他在太子面前將自己辦事不利的形象挽回一二。而若是既沒及時完成太子殿下交托的使命，又跟著安西軍一道打輸了，或者沒完沒了地在這裡僵持下去，他的前程可就徹底看不到光亮了。

「甲兵，甲杖兵刃，大食人那邊如何？」帶著一點點不甘心和難以置信，薛景仙低聲問道。

「大人請看！」周嘯風笑著從腰間解下一把柄上裝飾著古怪花紋和寶石的彎刀，雙手遞給薛景仙，「這是周某上次怛羅斯大戰時，從一名大食將軍手裡奪來的。給大人看個稀罕。」

薛景仙小心翼翼地將兵器接過，緩緩拔出半寸。刀刃剛一出鞘，一股子冷森森的寒氣就直撲他的面孔。周嘯風的話恰恰又從對面傳來，令人的頭皮陣陣發緊，「像這樣的彎刀，周某手中還有好幾把。都是從大食將領手中奪來的。對於他們那邊來說，好像不是什麼稀罕物件！」

「哦！」反覆回想書中描述的當年在淝水之戰時謝安的形象，薛景仙強作鎮定，「看起來好像挺鋒利的，不知比咱們的橫刀如何？」

「大人拿你腰間的寶劍試試就知道了！」周嘯風想了想，給出了一個餿主意。

大唐男兒，無論文武，腰間都喜歡佩戴一把兵器。薛景仙也不能免俗。聽周嘯風說的輕鬆，心裡便有了一爭短長之意。將彎刀交到左手，右手抽出自己平素佩戴的寶劍，高高舉起來，向左手的刀刃砍去。耳畔只聽「噗」的一聲，寶劍居然如同豆腐一般斷為了兩截。薛景仙這下徹底沉不住氣了，將絲毫無損的彎刀舉到眼前，一邊反覆打量，一邊氣急敗壞地質問道：「你剛才還跟我說，此戰萬萬輸不得。兵器不如人家，兵力也不如人家，這仗還怎麼打？」

「大人莫急！」周嘯風還是那副波瀾不驚模樣，笑著從薛景仙手裡奪過彎刀，將其裝回刀鞘，「周某只是想讓大人對大食那邊的實力，有個更直接的印象而已。至於這把彎刀，就送給大人防身吧。此乃天竺那邊所產精鋼打造，刀身上的花紋很精美，帶回長安去也算個稀罕物件！」

「你還沒說怎麼才能打贏呢！」此刻薛景仙哪還有閒心再欣賞什麼刀身上的花紋，一把將刀身刀鞘從周嘯風手上奪回，氣急敗壞地追問。

「知己知彼，方能百戰不殆。薛大人雖為文官，看起來也深得其中三昧！」周嘯風又笑嘻嘻地打趣了對方一句，才收起滿不在乎的神色，鄭重解釋，「方才周某跟大人說起，大食人的三大長處。一是其士卒多為教眾，相信死後可以進入天堂，享受無窮無盡的美酒美食和天國處女，所以作戰時往往不顧生死。即便處於劣勢，也會頑抗到底。第二、就是大食國如今國力正盛，比起我大唐毫不遜色。第三、則是其國新併了天竺、河西一帶，把兩地所產的良馬、精鋼都得了去。甲杖之堅利，可謂天下無雙。我大唐在此三方面，根本不占……」

「這我都記住了！不會忘了回長安替你等宣揚！」沒等周嘯風總結完，薛景仙氣哼哼地打斷。「說重點，咱們怎麼才能贏。否則，甭想讓薛某替你等張目！」

「很簡單啊。」周嘯風微微一笑，故意讓薛景仙著急，「咱們不是不能輸嗎？」

「狗屁！」薛景仙氣得直哆嗦，顧不上斯文，髒話脫口而出，「不能輸就不會輸了。自古以來，誰打仗想輸過？」

「那可不一樣！」周嘯風搖了搖頭，語氣雖然還是帶著一點點玩笑意味，眼神卻很是凝重，「大人可知道，整個西域的百姓，無論粟特、突厥，還是突騎施人，走到西邊去做買賣，都以唐人自居？而西邊的波斯人，天竺人、甚至極西之地，信奉十字教的色目人，到了我大唐境內，也無不傾倒於我大唐的優容與繁華！我大唐之文章，我大唐之秩序，我大唐之物產，即便走到萬里之外，也令無數蠻夷之國仰慕不止。他們來我大唐之後便不願意離開，只恨自己今生投錯了胎，沒有生為唐人。」

是這樣嗎？久在中原，薛景仙對此還真沒什麼特別感覺。記憶中，自己治下的確有個開點心鋪子的胡商，總是到衙門中上下打點，希望能花錢買個唐人良家子的身份。只可惜他那雙汪藍汪藍的眼睛無法像頭髮一樣用墨汁染黑，所以無論怎麼裝扮，正常人一瞥之間就能看出破綻。故而衙門口也不好收他的賄賂，直到薛景仙離任，此事還沒有任何著落。

「那些天方教眾，寄希望的不過是一個死後的天國。而我大唐，建立的卻是一個實實在在，看得見，摸得著的太平盛世。」周嘯風的話繼續傳來，配合著過去的回憶，讓薛景仙的心中剎那間豪情萬丈，「兵書上說，天時不如地利，地利不如人和。在人和這一塊，敵我雙方還用得著比嗎？」

回到自己的寢帳，躺在鋪著軟綿綿羊毛毯子的大床上，薛景仙輾轉反側。這是他在軍中度過的第二個晚上，然而，他卻發現自己已經深深地迷戀上了此地。不僅是因為借著傳旨欽差這個差事的光，平白得了許多以往得不到的尊敬。而且是因為安西軍中那種輕鬆、愜意、雄壯威武又充滿陽光的氛圍，讓他渾身上下備感舒暢。

人天生就是直立行走的物種，即便是乞丐，也不願接受嗟來之食。在官場摸爬滾打這麼久，薛景仙本以為自己早已經忘了尊嚴是什麼模樣。而今晚，他卻發現自己的尊嚴還在，並且隱隱有了復甦的跡象。

長遠來說，這並不是一件好事！然而今天，他寧願衝動一回，以後回想起來，也不會後悔。為了不讓西域大地像周嘯風描述的那樣，成為一夥宗教瘋子的獵物。更為了寫在自己靈魂深處的那個稱謂，唐人！

他薛景仙是唐人。無論做縣令時的薛景仙，還是讀書時的薛景仙，都是唐人。是唐人這個稱謂，讓他在治下那些腰纏萬貫的胡商面前，始終能高高地仰著頭。是唐人這個稱謂，讓他，他的晚輩，還有成千上萬和他一樣的人，無論走到哪裡，心中都充滿了驕傲。

我是一個唐人。我大唐的國力、文章、物產以及平頭百姓的吃穿用度，都是全天下最好的，世間無其他國度可比。我大唐平定西域這片無主之土，帶給地方的是繁榮與安寧。而遠道殺來的天方人，帶來的只是無邊無際的黑暗。

實在被自己突然崇高的舉動燒得有些興奮，薛景仙忍不住披上衣服爬起來，借著燈火觀賞周嘯風贈給自己的彎刀。刀柄上裝飾的是幾塊拇指大的紅色寶石，看起來非常剔透。被燈光一晃，就好像有一股流動著的血跡，順著刀柄淌向刀鞘。而把刀刃抽出來之後，血跡又突然化作一朵朵金色的雲彩。卷卷舒舒地佈滿了整個刀身。看起來神秘而又華貴。

「這個周老虎，還真的如他所說，不讓朋友吃虧！」信手拋起一塊面巾，薛景仙揮刀將其凌空斬為兩段。到現在，他已經不相信，隨便一個大食將領，都會配備一把削鐵如泥的寶刀了。很顯然，周嘯風剛才故意誇大了敵人的實力。而至於此人為什麼這樣做，薛景仙已經懶得去尋找答案了。這把刀帶回長安去，至少能賣到一千吊錢以上。但薛景仙絕對不會賣掉它。這將作為人生的一段令人驕傲的回憶，陪伴他過下半輩子。直到厭倦了仕途沉浮告老還鄉之後，還能一手拿著寶刀，一手撫摸著孫子或者曾孫的腦袋對他們炫耀：「你祖父我當年，可是在西域打過天方人的。一刀揮下去，就是……」

正對著刀身上的花紋呆呆的傻笑，寢帳外又傳來一陣輕微的腳步聲。緊跟著，一個熟悉的聲音將其從幻想拉回現實，「薛大人已經安歇了嗎？周將軍這裡有一份禮物讓岑某帶給大人。不知道大人可願意今晚就收下！」

「是岑判官嗎？薛某還沒睡呢。」薛景仙楞了楞，趕緊收好寶刀，快步走到寢帳門口，「真是的，又讓周將軍破費，薛某怎好意思！」

「薛大人不必客氣。大人肯替我安西軍著想，就是我安西軍所有將士的朋友！」判官岑參已經知道薛景仙的承諾，因此話語間透著股子親近，「這份禮物，大人肯定會喜歡。趕緊抬進來吧，別耽擱太久！」

「是！」隨著一聲回應，幾個虎背熊腰的兵士，將一個巨大的描金箱子抬進了寢帳。薛景仙在路上高薪聘請的私人護衛們也被驚動了，紛紛走出臨近的帳篷，試圖過來幫忙。判官岑參卻笑著踏上一步，擋在了他們面前，「周將軍叮囑過，這份禮物，需要我們走後，由薛大人親自打開。不勞煩諸位幫忙了，大夥還是回去繼續休息吧！」

「你等先退下吧！」見岑參舉動神秘，薛景仙只好客隨主便，點頭吩咐護衛們回避一二。待一干護衛回了各自的寢帳，剛想出言詢問究竟，岑參已經拱手告辭，「大人慢慢看。喜歡就收下。不喜歡也沒問題。岑某還有事情要忙，就先走一步了！」

說著話，竟不跟薛景仙繼續客套，一轉身，含笑而別。

什麼東西遮遮掩掩的？莫非他們還能送我金子不成？想想岑參臉上的詭異笑容，薛景仙心裡就有些發癢。反正是睡不著了，不如現在就打開看看。隨手將寢帳門關嚴，薛景仙帶著幾分期待，扭開了箱子上的銅鎖。

還沒等他將箱子蓋完全揭開，裡邊已經傳出了一聲柔媚的呻吟，「哎呀，可悶死奴家了。這個姓周的傢伙，不得好死！」

「啊！」薛景仙嚇了一跳，趕緊將手從箱子上縮了回來。

紅色的箱子蓋被人從裡邊完全推開，朦朧的燈光下，一個足足有七尺高女子緩緩地伸展腰肢，抬腿邁出。

皮膚如牛奶般潔白瑩潤，下巴微尖，頭髮竟然呈烈火般的顏色！以唐人的目光看來，此女絕對夠不上美人標準。但勝在異域風情濃烈。踮著完全赤裸的雙足輕輕走了幾步，就來到了薛景仙面前，輕輕跪倒，「奴婢荷葉，奉命前來伺候相公。」

「妳，妳叫什麼。妳叫我什麼？」直到現在，薛景仙才從震驚中回轉過心神，手握刀柄，低聲追問。

「奴婢叫荷葉，前來伺候大人啊！」女子身上只穿了薄薄一層輕紗，跪在地上，紅唇和發梢上的火光湧動，愈發燒得人心神蕩漾，「難道我的唐言說得不夠好嗎？嬷嬷就是這麼教導的啊！」

原來是個大戶人家養在家裡，請人教導了唐言的舞姬。薛景仙心裡猛然湧起一絲暖融融的滋味，一瞬間，防備之意盡數消散，「不要叫我相公。還有，誰給妳取的名字，叫什麼荷葉，可真偷懶！」

「是父親重金禮聘來的粟特嬷嬷，怎麼，她取的不好嗎？這個騙子，還說她在長安待過好幾年呢！」歌姬一歪頭，有些驚詫地抱怨。

「即便大戶人家幹粗活的婢女，都很少用荷葉做名字！」薛景仙心情大悅，笑了笑，耐著性子解釋，「還有，妳不要叫我相公。相公是特指某些男人。」

「那奴，奴家叫你什麼啊。還有，你說我的名字不好，你幫忙再想一個！」女子見薛景仙面色和藹，說話時的膽子立刻大了起來。

「妳叫我大人，老爺，都行！」從對方的後續話語中，薛景仙又推翻了自己剛才的判斷。眼前的這個女子不是歌姬，而是西域某個大戶人家的女兒。真想不明白那些西域人的心思，居然不知道從哪找了個半吊子粟特人，給女兒取了個如此不倫不類的名字，「至於妳。既然原來頭髮這麼紅，原來又叫做荷葉。不如就改為紅蓮吧。聽著清爽，叫著也上口！」

「謝謝老爺！」西域女子倒是不笨，很快就學會了新的稱謂，「請問老爺，紅蓮可以起來了嗎？」

「嗯！」薛景仙輕聲咳嗽，想嚇唬新得的婢女一次，又有些於心不忍，「今天可以起來了。以後記得，回到長安後，我不讓妳起來，妳不能主動要求起來！」

「以後你會帶著我？」紅蓮騰地一下從地上蹦起，胸前波濤湧動，「真的，老爺說話算話！」

「周將軍讓妳過來伺候我時，沒跟妳說嗎？」薛景仙有些發傻，笑了笑，勉強將目光從波濤起伏處移開半寸，皺著眉頭反問。

「他根本不跟我說話！」紅蓮噘起嘴，對周嘯風好像十分不滿，「我父親將我送給了他。結果他從來就沒搭理過我。今天是唯獨一次，把我從別的營地叫過來，說讓我來伺候你。還說只有把你伺候高興了，才會帶著我去長安！否則，就把我送回家裡去，隨父親安排！」

「如果我不要妳，妳父親還會把妳送給別人嗎？」薛景仙很是好奇，順口詢問。

「你真的不要我？」紅蓮一聽大急，撲上前，雙手死死拉住薛景仙的胳膊，「求求你。千萬別趕我走。我會跳舞，我會唱歌，我還會彈你們大唐的琴。我彈得可好了，連教習都誇我有悟性！我還會給你暖床，給你做任何事情！」

說著話，她就俯下身去，慌亂地解薛景仙的腰帶。薛景仙見此，趕緊用雙手將其抱住，低聲安慰：「妳不要怕。既然周將軍把妳送給了我。我就勉強收下好了……」

話說到一半兒，他忽然覺得自己實在是有些太過虛偽，忍不住大笑了幾聲，繼續補充：「我是說，我會帶妳回長安去。但是，你們這裡女子不值錢嗎？怎麼隨隨便便就送人！」

「也不是隨便送人！」紅蓮掙扎了幾下，臉色突然變得通紅，「我父親是勃律國的大相，家中有很多女兒。長大之後便要送出去和親，能送給唐人還好，要是送到，送到大食那邊，那，那……」

說到這兒，她不僅有些傷感，眼角處珠淚湧動。

原來如此，周嘯風可真夠朋友！薛景仙心中嘆了口氣，同時又有幾分得意。找個宰相的女兒做奴婢，想想心裡就覺得有面子。可對於大勃律這種夾在大唐與大食兩大勢力之間的彈丸小國來說，甭說是宰相的女兒，即便是金枝玉葉，自從生下來的那天起，恐怕命運就已經注定了吧！

想到這兒，他不僅對懷中玉人心生幾分憐惜。伸手摸了摸對方的頭髮，笑著安慰，「妳放心好了，老爺我不會將妳隨便送人！等咱們到了長安，想必妳就不會再終日提心吊膽。」

「謝謝老爺！」紅蓮伸出蓮藕般的手臂，輕輕擦淚。抹到一半兒，忽然看到薛景仙那火辣辣的目光，笑了笑，低聲說道：「我剛剛說的都是實話。我，我的確會給大人暖床。但是，但是不知道以前學得對不對。大人，大人能教教我嗎？」

轉眼間，聲音已經細不可聞。

第二天早上，卻起得遲了。

待在紅蓮的伺候下用罷早飯，外邊已經日上三竿。薛景仙本來還打算出去拜訪幾個安西軍將領，轉念一想自己昨天剛剛做出了承諾，心裡也就遲疑了起來。然而坐在寢帳中無所事事又確實無聊得很，便點手將紅蓮叫到身邊，一邊教她真正的中原禮儀，一邊跟她有一句沒一句的閒聊。

那紅蓮雖然是化外蠻夷之女，卻也生著一副玲瓏心思。知道自己下半輩子的命運好壞，就全繫在眼前這個看上去有點乾瘦，實際上身體還不算差的男人身上。所以學起來分外用心，偶爾在有意無意之間鬧點兒小笑話，反倒給寢帳內的氣氛平添幾分旖旎。

二人一個教，一個學，正調教得高興。門外又有護衛來報，說宋武、宇文至、王洵、方子陵等一干家在長安的年輕將領連袂前來拜訪。薛景仙昨天還曾轉交宋昱和宇文德的家書，跟這幾個年輕人也能算得上有一面之緣。況且現在是對方主動找上門來，不能算他違反承諾，因此稍做猶豫，便笑著迎到軍帳門口。

「未經邀請便前來打擾，希望欽差大人勿怪我等冒昧。」幾個年輕人中，眼下以王洵官職最高。因此便帶了個頭，朝著薛景仙抱拳施禮。

拋卻欽差的身份不算，薛景仙的實職只是個中大夫，位列從四品下，比王洵的正四品中郎將身份整整小了三個級別。怎敢站著不動受對方的禮敬，趕緊側開身子，以全禮相還，「王將軍客氣了。幾位將軍都客氣了！幾位能來這裡看望薛某，已經令薛某受寵若驚。豈有怪罪幾位將軍冒昧的道理！」注六

「薛大人真是會說話。再這樣，我等都不敢進門了。」王洵也和身後的幾位同僚一道側開身子，拒絕接受薛景仙的回敬。

「那可不行。薛某正羨慕幾位將軍的好運道，準備沾點兒喜氣呢！」薛景仙立刻收了客套，上前一把挽住王洵的胳膊，「趕緊請，趕緊請。紅蓮，快去給幾位將軍燒茶！」

他新收的侍妾紅蓮正躲在門口偷偷向外觀看，猛然聽見自家男人呼喚，嚇得答應一聲，拔腿便跑，「哎，我這就去。老爺別著急，水壺呢，老爺，咱們家的水壺在哪啊！」

話音未落，四下裡已經響起一片善意的哄笑。幾個在路上重金禮聘的護衛不忍眼睜睜地看薛景仙受窘，趕緊從側面的小帳篷裡出來，送上一壺剛剛打滿的冷水。「掛在寢帳後邊那個火堆上燒。記得先燒開了水，然後再放茶葉和調料。不要往茶裡邊加奶。妳家老爺的客人都是從長安來的，喝不慣奶茶的味道！」

「知道了！知道了！謝謝，謝謝！」如同新婦見公婆般忐忑的紅蓮頻頻點頭，別人指點一句，就說一聲謝謝。這番舉動，又惹得王洵等人紛紛哄笑。一笑過後，跟薛景仙之間的關係反而比先前融洽了許多。

注六、唐代官制，同一品之間，還分正上，正下，從上，從下四等。王洵此刻的官職級別為正四品上，薛景仙為從四品下。所以後者比前者低了三級。

「這丫頭是周將軍昨天送我的。薛某還沒來得及教導她，讓幾位將軍看笑話了！」薛景仙無可奈何地搖搖頭，笑著解釋。

「她可是大勃律國中第一美人兒！這些日子來不知道有多少人想跟周將軍討要，他都沒鬆口。薛大人真忍心，居然讓她做粗使丫鬟。」宋武笑了笑，低聲回應。

「啊，竟有此事！」薛景仙被說得一楞，驚詫地低呼。但是昨夜已經領教過這大胸長腿女子的好處，食髓知味。此刻將禮物退還回去的話，是萬萬不肯說出口的。訕訕笑了笑，自己給自己找臺階下，「這個，這個，你們看，薛某這不是奪人所愛嗎？此女昨晚還是完璧，這，這個……」

嚅囁了半天，就是憋不出個所以然來，直尷尬地面紅耳赤。還好王洵見機得快，笑了笑，主動給薛景仙找臺階下，「薛大人就不要自責了。周將軍即便不將此女送給你，他也沒福享受。否則，他的腦袋早掛旗杆上了！」

聞聽此言，薛景仙心裡又是一陣緊張。但是很快，便明白了王洵是在替自己解圍，「哈哈，如此，此女倒是真和薛某有緣。這份人情薛某是欠大了，不知道這輩子有沒有機會還上？」

「薛大人客氣了！」宇文至心裡竊笑，臉上卻裝得一本正經。「一個蠻夷女子，算不上什麼厚禮。若不是有這身甲冑束縛著，說不定宋將軍已經成車成車的往自己家中拉了！」

「我哪有那麼好色！」聽大夥繞來繞去，把玩笑話突然繞到了自己頭上，宋武趕緊跳出來，用力擺手。「薛大人別聽這廝誣陷，宋某人練得是童子功，二十四歲之前，近不得女色！」

「那你可有得熬了！」薛景仙搖了搖頭，笑著打趣。「安西軍聲威赫赫，不知道今後有多少蠻夷小國，趕著將公主、郡主往軍中塞。我看宋將軍你今年也就十八、九的樣子。美色坐於懷中卻心神不亂，嘖嘖……」

「哈哈哈哈哈……」沒想到平素斯斯文文的薛大欽差，說起笑話來嘴巴比武夫們還要直接，眾年輕將領又是一陣狂笑。直把個自稱練童子功的宋武，窘得走也不是，留也不是，紅著臉杵在門口咬牙切齒，「你們，你們，你們……」

「好了，大夥若不嫌棄薛某的寢帳寒酸，就趕緊進來吧。西域日頭太毒，你等受得了，本官可是受不了！」薛景仙收起笑容，伸手拉開門簾。

有道是聽話聽聲，鑼鼓聽音兒。剛才雖然是東拉西扯地說了一些笑話，薛景仙也從中弄明白了，安西軍紀律很嚴，像那種「戰士軍前半死生，美人帳下猶歌舞」現象，在安西軍中並不存在。所以周嘯風平白得了個美人，也只能將其送往關押俘虜的營寨內，不敢立刻享用。而自己昨天收了周嘯風的禮物，卻也沒違反軍紀。畢竟自己只是到此公幹的一個外人，任何行為都不受軍法的約束。

正在心中仔細盤算利害得失之際，耳畔又聽見王洵笑著說道：「我等此番前來打擾大人，並沒有什麼要緊事情。只是離開長安太久了，難免有點想家。還望大人體諒我等的苦處，有什麼新鮮事，儘管跟我等說說！」

跟在王洵身後，宇文至也向著薛景仙拱拱手，笑著請求：「是啊，是啊，都離開一年多了。當初在長安時，沒覺得城裡有什麼好來。待到了這兒，才知道當初是身在福中不知福！」

「還不是老樣子，哪有什麼新鮮事！薛某倒是覺得，西域這邊天寬地闊，喘氣時都多幾分自在！」薛景仙略作斟酌，笑著回應。

這話倒不完全是在恭維對方。在長安城時，他求官處處碰壁，整個人壓抑得都快瘋掉了，所以看到誰都不順眼，遇到令自己不開心的話題，就忍不住冷嘲熱諷幾句。而到了西域之後，又是被大夥眾星捧月般奉承，又是被贈寶刀美人，心情一下子就跟先前天上地下。故而跟誰都能說上幾句笑話，看哪個都覺得親近。

「大人還是隨便說說吧。我等想家，都快魔怔了！」宋武也終於緩過了幾分精神，唯恐薛景仙繼續推辭，拱著手請求。

若是放在以前，就依他是中書舍人宋昱的弟弟，薛景仙也會給他點兒臉色看。此刻，卻覺得對方不過是一個半大孩子，驟然間離家萬里也著實可憐，想了想，笑著說道：「那薛某可是隨便說了。其實薛某去年夏天才到的長安，對城裡風物也不熟悉……」

一邊謙虛著，他一邊將半年多來聽到的，看到的新鮮事娓娓道來。中間當然還不忘了偷偷加上些個人私貨，對楊國忠取代李林甫之後的作為稱頌有加。反正恭維話不要錢，通過宋武、宇文至二人的口輾轉傳回長安去，說不定還會給他帶來許多利益。

王洵、宇文至、宋武等人的確也思鄉思得苦了。很多長安風物，明明在記憶裡邊很熟悉，也巴不得讓薛景仙再描述一番。偶爾聽對方描述錯了，還笑著出言指正。總之，此刻在他們記憶裡邊，只有長安城光鮮的一面，絕沒有先前感受到的沉沉暮氣。非但世間再無其他名城可以與長安相提並論，連佛教中的極樂，十字教中的天堂，都無法跟故鄉比擬。

不一會兒，說話者就從薛景仙一個人，變成了大夥共同參與。七嘴八舌，將長安城的諸多好處如數家珍。侍妾紅蓮燒好了茶，拎著銅壺入內。見到此景，不敢出言打擾，只好站在一邊旁聽。聽著聽著，她自己就入了迷，銅壺什麼時候丟到了腳下也不清楚，只覺得如果世間真的有如此繁華所在的話，自己能在裡邊生活上一天，就是第二天早上就死去，這輩子也值了。

好夢向來容易醒。

突然間，外邊傳來一陣淒厲的警報，「嗚嗚，嗚嗚，嗚嗚嗚嗚——」

「有敵情！」宇文至第一個反應過來，單手一撐，從氈墊子上長身躍起。「趕緊去中軍聽令，大帥正在點兵！」

「快走，快走！」宋武推了方子陵一把，大聲催促，「估計是大食人的援軍到了，趕緊去中軍聽令！」倉促中，腳下一絆，將紅蓮放在身邊的銅壺踢出數步，茶水登時淌了滿地。

此刻，他卻沒功夫憐香惜玉，拉開帳門，撒腿便跑。緊跟著，宇文至、方子陵等前來打聽故鄉消息的長安子弟魚貫而出。只有王洵，總算在生死邊緣比眾人多走過幾遭，雖然心裡也很緊張，卻還不忘了躬身向薛景仙施了個半禮，帶著幾分歉意說道：「軍情緊急，某等就先告退了。待會兒待大帥那邊應完了卯，再過來向欽差大人討教。」

心裡想時是一回事，真的聽到了角鼓之聲，薛景仙早就驚得手腳發軟。此刻哪裡還顧得繁文縟節？一把抱住王洵的胳膊，慘白著臉喊道：「王，王將軍慢走一步？大食人，大食人真的來了嗎？」

沒想到對方竟然如此膽小，王洵掙了兩下沒能掙脫，只好停住腳步，伸手去掰對方死抱著自己的胳膊雙臂，「薛大人不必著急。眼下只是斥候傳來的警訊，按照軍中常規，想必大食人還有一段路要趕！王某之所以急著走，是要著去中軍應卯。安西軍規矩嚴，若是三卯不至，王某就是有十個腦袋也不夠砍。」

「我，我跟你一起去！」薛景仙哪裡肯放手，用盡吃奶的力氣跟王洵「搏鬥」，「我跟你一起去。我替你擂鼓，擂鼓，那，那個助威！」

「大人想要為國出力，也得換了鎧甲啊！」王洵哭笑不得，像哄孩子一樣安慰對方，「戰場上最怕的就是流矢。那東西中上一支未必立刻要命，可萬一傷口感染，就是神仙也救不回了！大人若不穿鎧甲上陣，豈不是成了活靶子嗎？中軍點卯還需要一段時間，大人換好了鎧甲，去那邊尋王某便是。趕緊放手，你的女人在旁邊看著呢！」

「啊，啊！」薛景仙楞了楞，這才意識到自己新收的美妾就站在身邊。訕訕地收了胳膊，低聲叮囑，「那，那一會兒薛某就站在王將軍身邊好了。你可千萬說話要算數啊！」

「其實你留在營地內，比哪都安全！」王洵笑著解釋了一句，轉過身，匆匆跑遠。

「薛某這就去尋你！」薛景仙才不敢一個人留在營地。萬一安西軍打輸了，誰還顧得上回營？還是跟緊了王洵這個大塊頭安穩，至少敵軍放箭時，目標不會落在自己身上。

一邊在心裡給自己打氣，他一邊收拾行頭。刀是周嘯風送的，鎧甲是剛才宇文至帶來的禮物，頭盔稍微大了些，總是溜下來蓋住眼睛，需要在腦後墊點兒東西。薛景仙忙得手不夠用，大聲命令侍妾過來幫忙。接連喊了好幾嗓子，才發現紅蓮已經嚇得傻了，蒼白著臉根本挪不動腳步。

「幫我把床頭上的帳子扯下一角來，趕緊著。楞在那幹什麼，大食人遠著呢！」薛景仙火往上撞，推了紅蓮一把，大聲喝令。

「啊——」紅蓮再度發出一聲淒厲的尖叫，張開胳膊，一頭栽進薛景仙的懷裡，「大人，大人，別丟下我。我怕。我不敢一個人在這兒！別丟下我。大食人，大食人，他們要屠城的啊！」

「別怕，老爺在這兒呢！」儘管自己心裡嚇得要死，薛景仙卻不得不裝出臨危不懼的模樣，「妳好好待在這兒，老爺親自到陣前去，把大食人趕走。乖，別怕，實在不行，妳就到床上躺著，用被子捂住耳朵。」

這些話顯然沒什麼作用，嚇傻了的紅蓮一把鼻涕一把眼淚，「老爺別走，老爺別走，別把我一個人丟在這兒，我怕，我怕——！」

「別怕，大食人不是我們唐人的對手！」薛景仙雙臂抱住美妾，將其一點點推向床頭，「別怕，有大人我在呢。來，妳躺在床上，用被子捂住耳朵。這把削鐵如泥的寶刀也給妳，誰敢靠近，妳只管剁他。」

「大人別走，大人別走！」紅蓮顯然是見識過大食兵馬淫威的，死死拉住薛景仙的絆甲絲條，就是不放。薛景仙又安慰了幾句，心頭便有些躁了，抬高嗓門，大聲喝斥道：「放手！你再胡攪蠻纏，我就休了妳。如果我戰死了，妳儘管投降便是！反正敵軍不知道妳是我的人，衝著妳阿爺的面子上，也會放妳一馬！」

「不——！」紅蓮又怕又急，立刻嚎啕出聲，「如果你死了，我就抹脖子。你上午剛說的，這是中原規矩！」

「胡說，我哪那麼容易死掉！」薛景仙被哭得心中一疼，聲音立刻又軟了下來。「我是欽差，欽差妳懂嗎？除非真的打了大敗仗，否則誰也不敢讓我受傷。乖乖地在這裡等著，老爺我去撈功名去了！」

說罷，狠心不再聽身後的哀哭，整了整衣袖，大步出帳。

一干被指派護送薛景仙從長安而來的親衛們，此刻也嚇得臉色煞白。拉著坐騎等在帳篷前，恨不得立刻就上馬逃走。在此「危難」時刻，薛景仙怎肯便宜了他們。衝上前幾步，指著兩位火長的鼻子罵道：「你們也算男人？聽見號角聲就要尿褲子！莫說還有安西軍的弟兄頂在前面，即便安西軍真的抵擋不住了。大不了是一個死罷了，總好過陣前逃命，被官府捉了把腦袋掛在城牆上，辱沒自家祖宗。呸，呸，安西軍怎麼可能會輸。你們這些沒卵蛋的，還不跟我一起去中軍聽候調遣！」

「還說我們呢，您臉色又好看到哪去了！」侍衛們小聲嘀咕，心中雖然不服，卻再不敢提逃走兩個字。

罵完了長安城來的護衛，薛景仙自己的膽氣又壯了不少。側過頭，朝著十幾名在路上雇來的親隨喝道：「你們幾個也別楞著，都把盔甲給我穿起來，咱們一起去給安西軍擂鼓助威。打贏了仗，我手中的金子跟大夥平分。若是不幸輸了，薛某身為四品欽差都不怕死，你們不過爛命一條，還有什麼可惜了的！」

「我們本來就想去陣前長長見識的！」一眾僱傭來的親隨挨了罵，也不著惱，笑呵呵地大聲回應。「既然薛大人這裡有金子分，我們就更不能走了。只是我等這三腳貓功夫，怕人家安西軍看不上眼罷！」

「儘管跟在我身後。我如果有機會往前衝，你們跟著就是！」本著多一個人多一分力量的原則，薛景仙大聲回應。「如果戰後大夥僥倖不死，甭說幾片金子，就是你們想分軍功，薛某也厚著臉皮幫你們討些回來！」

「多謝大人！」那些薛景仙在路上僱傭的漢子，多是些亡命的刀客。只要有錢賺，有好處撈，就不知道什麼叫做畏懼。當即齊聲道謝，咧著膀子跟在了薛景仙身後。

已經沒太多時間囉嗦，薛景仙帶領著隨從，攜裹著一眾親衛，快速衝向中軍。還沒等走到中軍大帳，安西兵馬已經開始整隊。薛景仙騎在馬背上四處瞭望了一下，瞅準了封常清的帥旗所在位置，策馬湊了過去。

這是最穩妥的選擇。除非安西軍被打得全軍覆沒，否則，沒人敢讓敵人衝到封常清眼前。正當薛景仙為了自己的急智而得意間，耳畔又傳來一陣號角，「嗚嗚，嗚嗚嗚嗚，嗚嗚嗚嗚，嗚嗚嗚嗚——」悠長低沉，與剛才報警的角聲截然不同。他不由自主地將頭扭向角聲傳來的方向，卻看不見敵軍具體規模，只見遠處地平線上湧起了一股黑潮。鋪天蓋地，沒邊沒沿。

黑潮越來越近，越來越近，如同墨汁般，蓋住了陽光，蓋住了藍天白雲青山綠水。將黑暗與冰冷灌滿整個世界，令天地間所有一切，瞬間都失去了顏色。

天河，真的決口了。

【第四章】

壯士

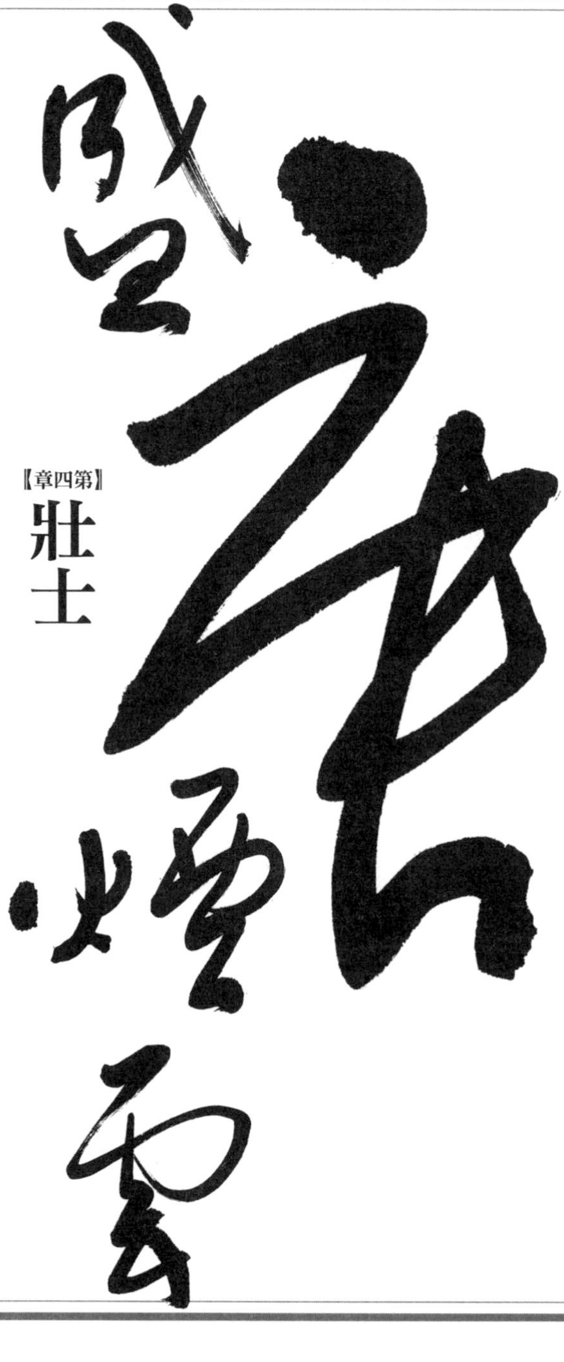

頃刻間，所有勇氣再度從薛景仙的身體裡溜走。什麼功名富貴，什麼壯志豪情，全都在不遠處那道鋪天蓋地而來的黑浪面前被拍了個粉碎。可偏偏四下全是戰馬，他根本沒有空隙撥轉坐騎。想要大喊一聲「讓開！」，卻又發現自己的嘴巴早就被遠處那道冰冷黑浪給凍僵了，根本無法發出任何聲音。

就在薛景仙就要癱在馬背上的當口，一個溫暖而巨大的手掌托在了他的腋下。「末將王洵，奉命來保護欽差大人！」

「啊，呃，呃，呃……」薛景仙如同溺水之人突然看到了救命稻草，順手抓過去，手指在王洵的臂甲上扣得發白，「呃，呃，呃，王，王，呃……」

見到他如此模樣，王洵倒不感覺怎麼奇怪。讀書人，十有八九都是這德行。沒上戰場時，個個都熱血沸騰。待到需要動真章時，則手軟腳軟，連逃走的力氣都失去了。「大食人虛張聲勢而已。跑了這麼遠的路，早就人困馬乏。傻子才敢直接發起攻擊！」

彷彿是在印證他的推斷，隨著一聲淒厲的號角，遠處的滾滾黑浪猛然一滯。隨即，幾十面大大小小的戰旗跳了出來，在距離唐軍五百步左右排成一條長長的直線。

旗面上寫的都是大食文，薛景仙一個都不認識。但他總算恢復了一點兒心智，能判斷出敵軍正在列陣。在陣型整理結束之前，無法發起進攻。「有，有勞王將軍了！」轉過慘白的臉，他向王洵輕輕咧嘴，「薛，薛某這是，這是第一次，第一次……」

「欽差大人是第一次這麼近的看到兩軍對壘吧。」此刻的大塊頭王洵，笑容看起來要多令人舒服有多令人舒服。「不愧學富五車的才子，泰山崩於面前都不變色。哪像末將，第一次與敵軍對壘時，差點連兵器都沒力氣拎！」

「你以為全天下都跟你一樣啊！」宇文至帶了一小隊人策馬趕來，整整齊齊地站在了薛景仙的另一側，將薛大欽差和他的侍衛們護在了兩隊安西軍中間。「我去年來這裡，第一仗可就射殺了四名敵將！」

「得。誰不知道你？還吹呢，頭幾箭差點兒扎我肩膀子上！」第三個奉命趕過來的是宋武，聽到宇文至又在吹牛，笑著揭穿他的老底。

三個年輕人嘻嘻哈哈，絲毫沒把遠處的敵軍放在心上。薛景仙和他的隨從們看到此景，心境立刻踏實了不少，一個個訕笑著鬆開緊握的韁繩，將坐騎慢慢收攏成列。

「薛某，薛某哪是鎮定啊。是給嚇得連害怕都忘了！」受到王洵等人的影響，薛景仙也拿自己開了個玩笑，「該死的大食狗，看看他們來了多少人！」

「人多才好，免得待會兒首級不夠分！」王洵笑著向對面掃了一眼，嘴角上掛起幾分輕蔑。

對面的大食人還在繼續整隊，一層層披著鎧甲的士兵從駱駝上跳下來，在戰旗下排開，用門板大的盾牌豎起城牆。緊跟在刀盾手之後的，是大食人的長矛兵，也是剛剛從駱駝上跳下，就迫不及待地將矛尖探過前排刀盾手的肩膀。隨後，是弓箭手，高昂著頭，寒森森的箭鋒斜指向上。再往後，全身包裹在鎧甲內的重騎兵，只穿了一件護胸的輕騎兵，沒有任何鎧甲，用黑布裹著半個腦袋的駱駝兵，一波波，一浪浪，從遠處向這裡彙聚，沒完沒了，無止無休。

只看了區區一小會兒，薛景仙心臟就又開始發緊。側著腦袋再看自己這邊，卻發現安西軍的士卒們連盾牆都懶得豎，就大模大樣地騎在馬上，彷彿在觀賞敵軍的表演。而就在自己不遠處的安西軍主帥封常清，似乎也沒有趁敵軍立足未穩打對方一個措手不及的意思，半瞇縫著眼睛，花白色的鬍鬚隨著呼吸上下顫抖。

這群瘋子！兩相比較，薛景仙忍不住在心裡暗暗後悔。早知道敵我雙方眾寡如此懸殊，他才不留在前線看熱鬧呢！對面的大食人規模至少是安西軍的四倍，驕傲的封常清居然還給對方留下充足的列陣時間，不是自大到發瘋的地步，還是因為有什麼緣故？

與這群瘋子一起上陣，純屬給自己找死！薛景仙心中又偷偷嘀咕了一句，伸手去摸腰間兵器。準備著萬不得已時揮刀自盡。手指卻在腰間摸了個空，本來該掛刀的地方只剩下了香囊，上面濕濕冷冷的，宛若留著一層水漬。

該死！薛景仙低聲叫罵。這才想起來，臨出寢帳之前，自己將削鐵如泥的寶刀留給新收的美妾了。正懊惱間，王洵已經看到了他的窘迫。笑了笑，將自己的佩刀解下來，遞了過去，「莫非欽差大人也手癢了嗎？先用我的湊合一下吧！是軍中統一配發的橫刀，刀脊有點太薄了，只適合追亡逐北。大人先湊合著用，待會兒我再給你尋把更好的來！」

「多謝王兄弟！」薛景仙將刀接在手裡，真心實意的抱拳致謝。無論對方接近他是為了什麼目的，至少，人家今日已經三番五次地替他解了圍，並且每次都小心地顧及到了他這個欽差大人的顏面。

王洵這人大咧咧慣了，對薛景仙的回護，其實只是出於對同鄉照顧，根本沒想那麼多。見對方端端正正地向自己作揖，趕緊在馬背上側開身體，笑著數落道：「不就一把破刀嗎？犯不著這麼鄭重吧！咱們兩個可都穿著鎧甲呢，別動不動就作揖行不行！」

「噢！也是！」薛景仙這才聽見自己身上的鎧甲撞擊聲，訕訕地笑了笑，放下平端著的胳膊。見對方終於不再端著架子，王洵又將馬頭帶近了些，笑著說道：「你要是真的想謝我也行。我最近得了些小物件，需要人幫忙帶回長安去。等你回去繳旨時，幫忙捎一下就行了。我家就住在崇仁坊，從左首數第……」

「如是王兄肯讓我抽頭的話，捎點兒東西也不是不可以。」薛景仙的笑容被對方感染，隨口開了句玩笑。「還有宇文兄弟，這位宋兄弟，有什麼東西需要往回捎，待會兒打完了仗，一併送到我那邊就是。反正我需要辦的事情已經差不多了，路上不必再緊趕慢趕！」

「那敢情好！」宇文至和宋武也笑了起來，年輕的臉上充滿了陽光。

「就這麼說定了！」薛景仙笑著揮刀，這一刻，心情竟然是十幾年來，最為輕鬆之時。

幾個人談談說說，時間過得飛快。好像就在轉眼功夫，遠道而來的大食人已經布好了陣，黑漆漆一大片，遠遠望去，就像農夫秋天放火燒荒，不小心火頭失控，燎了自家堆放在地裡的秸稈一般，冰冷而又淒涼。

「嗚嗚嗚，嗚嗚嗚，嗚嗚嗚！」低沉的號角聲再度響起，軍陣中的大食人開始有所動作。不是向前，而是輪番跪倒在地上，嘴裡發出喃喃的聲音。

「他們在幹什麼？」不知道出於什麼原因，到了此刻，薛景仙反而不像先前那般驚慌了。回過頭來，向王洵虛心請教。

王洵對大食人的古怪舉動也不熟悉，又不願意在對方面前丟面子，想了想，信口胡謅道：「估計，估計是在向某個神仙祈禱吧。祈禱神仙保佑他們殺人放火，無往不利！」

「世間還有保佑強盜殺人放火的神明！」薛景仙冷笑著撇嘴，心中對大食人的敬畏又降低了數分。雖然此刻，他已經能清楚地看見，對面的大食士兵身上的甲冑做工之精良，絲毫不亞於自己身邊的安西軍士兵。

平心而論，大唐在西域的擴張，也不是絲毫不帶血腥氣。然而藏在中原人骨子裡的仁義觀念，還使得他們在擊敗了反抗者之後，盡可能地善待當地部族，而不是徹底將對方趕盡殺絕。當地人的信仰，拜火教、十字教、薩滿教，甚至此刻煽動百姓與大唐為敵的天方教，都被很完整地保存了下來。雖然這些教義在某些方面，與中原人奉行的儒、道、釋三家典籍格格不入，然而作為唐人，卻有著海納百川的胸懷和勇氣，允許被征服者與自己的信仰共存，共生，甚至相互影響、促進。

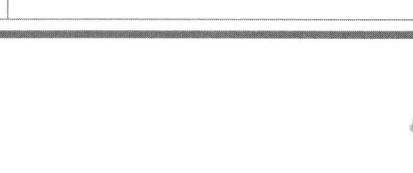

反觀天方教，只是通過短短的幾天接觸，已經在薛景仙心中留下了非常惡劣的印象。侍妾紅蓮對天方教的恐懼不是裝出來的，軍中流傳的關於天方教狂信徒，把所有非教徒視為獵物的謠言，也並非完全是空穴來風。這種殘酷而又偏執的教義，與薛景仙心中的儒家理念衝突甚重，越是與其接觸得多，越令他心生蔑視之感。

不是武力上的蔑視，而是作為文明對於野蠻的天生優越感，令薛景仙心中充滿了驕傲。即便安西軍今天真的打輸了，除卻逃跑與戰死之外，作為一個手無縛雞之力的書生，他心裡也沒想過自己其實還有投降和當俘虜這兩個選擇。因為那兩個多餘的選擇，不僅僅侮辱了他的一肚子文章，同時也侮辱了他身上的唐人血脈！

大食人的祈禱文很長，像蒼蠅一般沒完沒了。薛景仙只看了一小會兒，便有些不耐煩了。用手肘碰了碰王洵，繼續虛心求教，「這應該是個好機會啊。敵人都下了馬。咱們只要拿騎兵一衝……」

「此戰不是要將大食人擊敗，而是要將他們打怕，打得一提起咱們大唐來，就跳不上馬背！」關於封常清的戰略目標，王洵倒是理解得非常清楚，「咱們安西軍只有這麼點兒人，即便獲勝，也沒力氣繼續向西開疆拓土了。而大食也算是個當世大國，據說國土、人口都與大唐不相上下。如果趁他們遠道而來，立足未穩就發起攻擊的話。勝算固然很大，但大食人輸了之後，卻未必對我軍心生畏懼。只有給他們一個機會，堂堂正正地將他們打個落花流水。才能讓他們徹底怕了，至少有整整一代人，不敢再主動向咱們起釁！」

「不戰而屈人之兵嗎？封節度真是大手筆！」薛景仙反應一點兒都不慢，被王洵一提，立刻明白了安西軍的意圖。只是這個意圖是不是有些過於一廂情願？本著讀書人對化外蠻夷一貫惡感，他不太看好封常清的目標。

正準備再跟王洵探討幾句，對面的敵陣又發生變化。隨著數聲號角，所有大食將士從地上站起身，各歸原位。隨後，陣門忽然打開，有個身高過丈，橫著量肩膀也足有六尺開外巨人，扛著把黑漆漆的彎刀，大步走了出來。

咚，咚，咚，隔著老遠，薛景仙幾乎能聽見對方腳步的節奏。端的是一步一個腳印，將地面踩得來回晃動。當然，這些都出於他的想像，西域的地面沒那麼鬆軟，大食巨人也不是蠻荒猛獸。但那撲面而來的壓迫感，還是令安西軍中很多人的呼吸為之一滯。

「噢，噢，噢——」巨人走到戰場中央，距離敵我雙方都兩百五十步左右，終於停下了腳步。將彎刀插到地面上，伸開沒有任何鎧甲保護的胳膊，用力敲打自己的胸口。「噢，噢，噢——」如同野獸般的叫喊，迅速傳遍整個戰場。大食人聞之士氣高漲，跟著巨人的節奏齊聲呼喝。安西軍這邊的士卒們則破口大罵，氣勢上卻明顯比對面稍遜了一籌。

「都什麼年頭了，居然還跟老夫玩這一套單挑的把戲！」封常清終於被驚動，睜開雙眼，目中冒出一道寒光。「誰替我出去，把對面那個傻子給砍了！」

「末將願往！」沒等封常清把話說完，王洵的坐騎已經衝出了本陣。一邊策馬飛奔，一邊大聲喊道：「末將剛剛受了陛下破格提拔，無以為報。就拿這傢伙的腦袋來頂賬吧。諸位兄弟，千萬別跟我爭！」

周嘯風、趙懷旭等人本來已經衝離了本陣，聽到王洵後半句話，笑罵著兜轉了坐騎。只有宇文至不放心，遠遠地跟了上去，同時取下騎弓，將羽箭搭上了弓弦。

沒等王洵衝到戰場中央，巨人突然轉過身，拔腿就跑。一溜煙跑出老遠，又回過頭來，朝著王洵又跳又叫。

「哈哈哈哈！」看到此景，本來還為王洵暗捏一把汗的薛景仙等人忍不住哈哈大笑。正好奇間，又看到那個巨人拎著黑漆漆，側面鑲嵌了很多大寶石的彎刀，大步流星地走向了戰場中央。

這傻子要幹什麼？眾人微微一楞。旋即看到王洵也跳下了坐騎，將馬韁掛在了馬鞍橋側，單手拎起了一柄又像鏈子錘，又像流星錘的奇怪兵刃。

原來那看著像個傻子的巨人一點兒也不傻。居然不肯吃敵人在馬上，自己在步下的虧，所以才撒腿跑遠，然後背靠著自家大陣提出了抗議。而王洵雖然不懂大食話，卻從巨漢的舉動上，猜到了他的意圖。所以才跳下了坐騎，選擇與對方公平步戰。

他腰間的橫刀剛才借給了薛景仙，所以此刻手邊只剩下了高適所贈的鐵流星可用。而對面的大食巨漢也算身經百戰，一眼就看出，前來應戰自己的唐將犯了個致命錯誤，把極西之地重甲騎士所用的馬上兵器，當做步下兵器來用了。

這種送上門的便宜，傻子才不占！說時遲，那時快，只見大食巨漢騰騰助跑了幾步，大喝一聲，揮刀朝王洵就來了記直劈。此刻的王洵也不再是半年前那個初經戰陣的小菜鳥，先是向旁邊輕輕躍開半步，避過對方的刀鋒，隨後一抖手臂，將鐵流星迎面錘了過去。

「嘿嘿……」大食巨漢咧嘴冷笑，露出滿口的黃牙。腦袋隨即輕輕一歪，以與自己身形決不相稱的敏捷，避開鐵流星的攻擊。然後迅速向前搶身，刀鋒直劈王洵的面門。

鐵流星本來是極西之地的重甲騎兵，在第一波衝擊完成，手中長槍失去作用後，用來橫掃對方步卒的。因此鏈子設計得很恰當，坐在馬背上，單臂正好可以掄圓。此刻被王洵稀裡糊塗地當做了東方的步戰兵器來用，鏈子就顯得有些過長了。被巨漢搶近內圈，立刻成了累贅。害得他左躲右閃，根本沒有能力還擊。

那大食巨漢豈肯再容王洵緩過神來反攻。占到了便宜後決不鬆口，接連數刀，刀刀不離王洵脖頸和前胸。看到對方身體已經漸漸失去平衡，又是嘿嘿一聲冷笑，刀鋒由豎轉斜，兜肩帶背劈了下來。

眼看著王洵就要身首異處，薛景仙忍不住閉上了眼睛。年輕人的刀在自己手裡，如果他就這樣死了，薛某人難辭其咎。正自責間，又聽見一聲喝彩，隨後有一聲淒厲的怒吼，瞬間衝入耳鼓。

「啊！」薛景仙簡直不敢相信自己的聽覺。大食巨漢受傷了，王洵居然沒事？他睜開眼睛定神細看，只見大食巨漢滿身是血，左一刀，右一刀，追著王洵猛砍。但是腳步已經踉踉蹌蹌，顯然受的傷不輕。

再看王洵，卻是空了雙手，圍著大食巨漢來回兜圈子。先前被視為累贅的鐵流星落在不遠處的地上，錘頭幾個尖角在日光的照耀下隱隱發紅。原來就在薛景仙閉眼之時，王洵突然猛地迴轉用力，然後鬆開鐵流星，整個人向下一蹲，以地躺拳的救命姿勢，逃離了對方的攻擊範圍。

而大食巨漢則非常不幸，刀刃正好橫掃到了鐵流星的鏈子上。失去控制的鎖鏈立刻變成了一條毒蛇，在巨漢的兵器上繞了一遭又一遭。沒等他在突然發生的古怪狀況下將兵器扯回來，鐵流星的錘頭卻因為王洵先前留在兵器上的慣性，呼嘯著掃回。順著大食巨漢拉扯的力氣繞了個圈子，正好砸中了他的後腦勺。

饒是那巨漢頭上裹著鐵盔，後腦處也被鐵流星上的尖角敲破，鮮血汩汩外冒。然而此人卻依舊無法接受被一個身材比自己矮，年齡只有自己一半的唐將擊敗的現實，怒吼著掄動兵器，拚盡最後一口氣，也要將王洵剁於刀下。

只可惜這個願望實在有些奢侈過分。王洵只是隨意繞了兩個圈子，就將此受傷巨漢繞暈了頭。瞅準破綻一腳踹於其腿彎處，將其踢翻在地。隨後搶過刀來，猛然向下一揮。只見紅光四射，有個碩大的頭顱躍上了半空，雙眼裡兀自寫滿了憤怒與不甘。

「好啊——！」見到王洵陣斬敵將，安西軍上下齊聲喝彩。特別是心中自覺有愧的薛景仙，奮力揮舞著橫刀，叫聲比周圍任何人都響亮。

對面的大食人中間，則發出了一陣刺耳的詛咒聲。緊跟著，三名身披重甲的將領策馬而出，揮舞著彎刀，直撲正在戰場中向自家兄弟拱手的王洵。

「小心身後！」「不要臉，輸不起嗎？」發現敵軍趁機偷襲，安西將士立刻大聲示警。聽到袍澤們的提醒，王洵一把抄起鏈子錘和敵將的彎刀，迅速轉身，質問的話脫口而出。「就這點兒出息啊！單挑可也是你們提出來的！」

大食人聽不懂王洵的質問。即便聽懂了，也裝著充耳不聞。繼續催動坐騎，恨不得立刻將王洵砍成碎片。

此刻王洵的坐騎不在身邊，如果轉身退走的話，肯定會被策馬而來的敵將從背後剁成肉醬。只好把心一橫，左右手各持一件兵器，擺出了迎戰的姿勢。本著臨死前也要多拉一個墊背者的想法，硬扛到底。

眼看著敵將已經靠近他二十步之內，耳畔忽聽一聲弓弦響。當先一人脖頸上突然插了根雕翎，應聲落馬。緊跟著，第二聲弓弦響起，左側敵將亦被射翻在地。衝過來的第三名敵將見到已經沒便宜可撿，迅速撥偏坐騎，向戰場兩側遠遁。衝上前替王洵抱打不平的宇文至豈肯放過他，從箭囊中掏出第三支破甲錐，穩穩地搭在弓臂上，彎弓如滿月。「嘣！」雕翎破空，從背面射中敵將脖頸，將其直接推離了馬鞍。

電光石火間，王洵面前已經沒了敵人。趙懷旭和李元欽兩個此刻也策馬衝到了近前，一左一右，將其牢牢護住，「大帥有令，命你速歸本陣！」

「稍等我一下！替宇文小子收拾了戰果就回！」在生死兩界迅速打了個轉的王洵怒不可遏，對敵將的最後一絲尊敬也從心中消失殆盡。舉起搶來的彎刀，收起刀落，「噗，噗，噗，噗！」在附近的三具屍體上各補一刀，然後將死者的頭盔踢開，用手抓住四顆頭顱的髮梢，倒拖著向自家軍陣走回。

見到自家將領接連戰死，對面的大食人愈發惱羞成怒。十幾名身穿黑衣的武士同時出馬，試圖憑藉人數的優勢將頭顱搶回。安西軍這邊，也不肯再吃第二次虧。封常清一聲令下，十幾名悍將策馬迎上，與李元欽、趙懷旭、宇文至三人一起，堵住大食武士激戰。

有這麼多人看顧自己的後路，王洵豈會再擔心。邁開大步，一溜小跑來到封常清馬前，將手中的四顆血淋淋的人頭向地面上一擲，同時大聲喊道：「末將王洵，幸不辱命！」

「胡鬧。還不給我退下！莫非還等著老夫給你記功不成！」封常清狠狠瞪了他一眼，低聲喝斥。

盛唐煙雲

武將單挑，在漢代以前的中原就已經是一種過時的戰術。如果剛才不是顧忌到己方軍心，封常清根本不想理睬大食人的挑釁。對方的意圖明顯在於借機炫耀武力，以鼓舞其麾下兵卒士氣。好在王洵這楞頭青最後打贏了，否則，安西軍未正式開戰之前先折一將，氣勢上就已經輸給了對方。

此刻王洵也有點兒後怕，嘿嘿乾笑了幾聲，拎著兩把兵器跑向自己原來的位置。見了薛景仙的面兒，將新繳獲的彎刀向對方手裡一遞，「給。大食人的人品不咋地，打製兵器的手藝卻還不賴。正經八本的天竺鋼，比我那把橫刀強！」

刀的長度足有六尺，側寬五寸。對於薛景仙這種身板來說，實在有些過於笨重。但是，他還是伸出雙手，將王洵的禮物接了過來。然後緊緊抱在胸前，一邊感受著刀身的份量，一邊笑著說道：「有勞兄弟了。下次切不可再這樣冒險！」

「誰想到大食人這麼不要臉！」王洵搖搖頭，翻身上馬。「打得怎麼樣了？真無恥，他們又在加人！」

「插標賣首而已！」到底是書生，薛景仙說話比王洵文雅得多。撇了撇嘴，不屑地點評。就在王洵回陣，繳令，送刀，這段時間，疆場上的混戰已經又分出了勝負。遠道而來的大食人接連四、五個被打下馬，而安西軍這邊卻只有一名將領受了很輕的傷，損失幾乎可以忽略不計。

然而對方主帥的心裡卻好像根本沒有「公平」這一概念。見到自家將領接連吃虧，索性吹響號角，又調了數百好手同時出陣。非要在安西軍身上討到個彩頭不可。

封常清再也沒耐性跟對方耗下去了。抬頭看看天空的太陽，估算了一下敵軍從列陣起到現在的時間。笑了笑，伸手將一面淡紅色旗幟舉了起來。

「前軍出擊！」周圍的親兵扯開嗓子大喊，瞬間將號令傳到了所有人的耳朵。

「大帥有令，前軍出擊！」帥旗下，數百名將士齊聲重複，緊跟著，激越的戰鼓聲轟然炸響。「隆隆隆隆，隆隆隆隆，隆隆隆……」

「隆隆隆隆，隆隆隆隆，隆隆隆……」雷鳴般的鼓聲中，安西軍前鋒就像一條被激怒了的獅子，咆哮著張開了尖利的牙齒。

統帶前軍是宿將李嗣業，聞聽號令，立刻揮師向前。最前排為七百多名盾牌手，每個人都舉著一把足以將整個身體遮蓋起來的巨盾。盾牌表面，包了一層精鋼。被盾牌的主人精心打磨，明晃晃的幾乎可以照見對面的人影。

走在盾牌手之後，則是兩千多弓箭兵。分成前、中、後三排，每排相距十餘步，一邊走，一邊在領軍郎將的指揮下，慢吞吞地調整著弓弦。跟在弓箭兵身後，則是兩隊長槊手和一隊陌刀手。規模各有八百餘人，單獨結成了三個錐形陣列。

李嗣業本人就站在陌刀隊前方正中央位置，頭戴一頂鑌鐵盔，盔沿微微上翹，形成一個優雅的圓翼。圓翼之下，是一個黑漆漆的面甲，上面用簪花工藝敲打出一張金剛臉，怒目圓睜，紅唇翻捲，看上去極其威武。面甲之下的脖頸，則被一層鏈子甲和一層皮甲牢牢護住，與下方的胸甲渾然一體，中間找不到半點兒過度的痕跡。而整個胸甲則又由幾片不同的甲葉組成，如荷花瓣般彼此扣在一起。既能為鎧甲的主人提供可靠的防護，又盡最大可能保證了鎧甲下身體的靈活性。胸甲正中，則為一面亮閃閃的護心鏡，遮住整個小腹。連在護心鏡下的，是幾片犀牛皮戰裙，遮蓋起護腿甲、護脛，和包鐵戰靴的上邊緣。

跟在李嗣業身後的陌刀手們，幾乎與他做相同打扮，皆是全身重甲。將領與普通士卒的唯一區別在於盔纓的顏色。李嗣業的盔纓在陽光下呈華貴的深紫，統帶不同兵種的核心將領盔纓發藍，直接控制一團士卒的校尉則頭頂深紅色盔纓。旅率們的盔纓為綠，隊正們的盔纓為灰，火長和普通士卒站在一起，混同為一片耀眼的潔白。只有敵軍的血液，才能給他們染上顏色。

如此厚重鎧甲，與手中精鋼打造的長柄陌刀加在一起，至少有六十斤的分量。整個陌刀陣卻能緊跟前軍的節奏，寸步不落。只見他們踩著鼓點，不緊不慢地向敵軍迫近，每向前數步，鎧甲上的光芒便又明亮一分。刀刃處反射出來的日光亦更為耀眼。

說來也怪，見到唐軍揮師衝陣。對面的大食人反而又吹響了收兵的號角，「嘟嘟嘟嘟，嘟嘟嘟嘟……」角聲中充滿委屈與不甘。在將所有活著的武士撤回本陣的同時，然後立刻開弓放箭，搶在唐軍靠近之前，將自家軍陣百步之內範圍，硬生生射了一地雞毛。

「大食到底要幹什麼？」薛景仙此刻心裡對敵軍已經沒有了半分畏懼，一邊目送著自家前軍大步壓向戰場中央，一邊小聲向王洵請教。

「我哪裡知道！」王洵也是滿頭霧水，「先是無聊的要求單挑。單挑占不到便宜，就直接群毆。群毆撈不到好處，就想混戰。等兩軍真的該接戰了，他奶奶的，又縮了回去！」

「估計雙方對規矩的理解不一樣吧！」薛景仙皺著眉頭嘀咕了一句。心中總覺得能把鎧甲兵器打造到如此精良地步的大食人，應該不像王洵描述的那樣齷齪一般。然而對方此刻的表現，又令他著實找不到為之辯解的辭彙。

由於前軍盡數為步卒，所以推進的速度並不快。戰場中廝殺的大食武士有充足的時間撤回本陣，而在混戰中逞足了威風的李元欽、趙懷旭和宇文至等人，則不緊不慢地割下地上屍體的頭顱，彼此招呼著，讓開李嗣業所部前鋒的攻擊路線，繞向本軍的兩翼。

「等會兒咱們也要衝鋒嗎？」又看了片刻，滿頭霧水的薛景仙終於想起了一個至關重要的問題，湊到王洵耳邊，略帶點兒慚愧地追問。

「你不想衝？」王洵詫異地看了他一眼，低聲發問，「這種機會可是不多。過了這個村，可就沒這個店兒了！」

「那我一會兒跟在你身邊！」薛景仙揮了揮手中刀，大聲點頭。「傻子才蹲在後邊看熱鬧呢！」

敵軍人數眾多，裝備精良，看上去還訓練有素。可怎麼看，薛景仙都不相信自己一方會打輸。比起安西軍來，大食人身上缺少一種東西。到底是什麼，薛景仙自己也說不清楚。但是，他卻清楚的知道，如果自己不趁機砍下幾顆大食人的腦袋來換取功勳，這輩子肯定都會追悔莫及。

男兒何不帶吳鉤！此番安西之行，值！

望著遠方伴隨著鼓點節奏緩緩推過來的刀叢，大食聖戰東征軍主帥艾凱拉木忍不住在心中暗暗叫苦。如果可以選擇的話，他無論如何都不想在這個時候，領軍跟大唐爭鋒。東方有句格言說得好，「如果你想打贏一場戰爭，至少需要滿足以下三個條件之一。第一、要掌握有利時機。第二、要佔據有利地形。第三、將領和士卒，國王和臣子們齊心協力！這三個條件重要性依次提高，特別是第三條，乃是重中之重！」而現在他手中的這支聖戰軍，卻任何一個取勝的條件都不具備。注一、注二

論時機，眼下大哈里發艾布·阿拔斯纏綿病榻，隨時都可能亡故。第一繼承人曼蘇爾·阿拔斯威望不足，難以令首相和群臣信服。軍隊最高指揮者大艾米爾穆傑希德心灰意冷，沉迷於從西方傳來的一種特殊飲料，終日精神恍惚。若不是教法官賈布裡勒大人聯合若干老兄弟們苦苦支撐，整個帝國恐怕又要落回倭馬亞家族之手。注三

論地形，坦叉始羅附近河谷眾多，丘陵林立，根本不適合騎兵大規模展開。而對面唐軍的重甲步卒，在這裡卻如虎歸山。唐軍已經抵達此地半月有餘，基本上是在以逸待勞。聖戰東征軍卻是遠道而來，人困馬乏。

論內部團結，此刻的東征軍更是千瘡百孔。當年怛羅斯大戰結束後不久，呼羅珊總督阿布·穆斯林就被大哈里發下令毒死。其麾下悍將齊雅德·伊本·薩里稀裡糊塗地捲入了一場叛亂，全家上下七十餘口盡數被誅。更有葉齊德、賈哈姆、塞勒曼等一眾勇士，立下了曠世奇功卻沒有受到應有獎賞，反

而跟著阿布總督一道被殺，死得不明不白。眼下的東征軍裡核心將領，除了艾凱拉木本人，幾乎全是從其他戰場抽調而來，之前沒有半點兒與唐軍交手經驗。

從某種角度上講，眼下的這支東征軍看起來規模龐大，盔明甲亮。真正實力還不如兩年半以前，怛羅斯之戰時與唐軍遭遇的那支隊伍的一半兒。當年的那支隊伍，十五萬人中有六萬是聖戰者，四萬志願兵，剩餘五萬才是從被征服各國臨時招募的武士。領軍的呼羅珊總督阿布・穆斯林，前鋒齊雅德・伊本・薩里兩人都堪稱一時名將。而眼下，十二萬大軍當中，居然有六萬是臨時拉起來的志願兵，三萬餘各國僕從，真正受過嚴格訓練的護教聖戰者還不足三萬。至於他艾凱拉木本人，雖然深受大哈里發的信任。但此刻他心裡卻非常清楚，自己的真實本領，距離前任呼羅珊總督阿布將軍相差不是一點兒半點兒。注四

但是，艾凱拉木又不敢推辭上面交代下來的任務。曼蘇爾並不是一個寬容的人，此刻國內權力爭鬥的局勢又不明朗。一旦被曼蘇爾和首相兩方之中任意一方誤會自己跟另外一方是同夥，故意不聽調遣的話。待爭鬥結果出來之後，艾凱拉木不敢保證自己的結局會比齊雅德・伊本・薩里好上多少。

坦叉始羅曾經為佛教聖地，對周邊各國影響甚重。失去它，天方教所遭受的打擊將不可估量。所以儘管準備不足，儘管心裡一百二十個不情願，艾凱拉木卻不得不硬著頭皮接下了東征重任。並且在清真寺中立下誓言，要將真主的旨意傳遍整個東方，甚至一直傳到唐人的國都，數千里之外的長安。

嘴上的誓言說得響亮，真正走上戰場之時，他卻慎之又慎。上次怛羅斯之戰，阿拔斯帝國做足了

注一、當時的阿拉伯帝國橫跨東西，對東西方文明都有涉獵。文中模擬阿拉伯人的口吻翻譯孫子兵法。

注二、黑衣大食建立於西元七五〇年，開國哈里發姓阿拔斯，所以自稱為阿拔斯帝國。

注三、黑衣大食是政教合一國家。最高為哈里發，其下為首相，稱作維齊爾。再下為教法官，負責審理教徒內部的訴訟。全國軍隊總司令稱「大埃米爾」。

注四、聖戰者、志願兵都是黑衣大食國對戰士的稱呼。聖戰者發音為「嘎茲」，信仰極其虔誠，平素訓練嚴格，打仗時奮不顧身。志願兵叫做「穆特瓦爾」，也是狂信徒。但沒有經過嚴格軍事訓練。

充分準備，並且收買了對方的僕從軍背後下刀子，才勉強獲取了勝利。雖然將唐軍打得大敗虧輸，自己一方也傷筋動骨。這回，唐軍有備而來，阿拔斯帝國的聖戰軍卻是倉促拉起，憑藉著上次跟在呼羅珊總督阿布・穆斯林身邊獲得的經驗，艾凱拉木不相信自己能創造更高的奇蹟。

所以，他一直試圖以巧計破敵。先將十二萬大軍齊頭並進，期待著以人數方面的優勢，逼迫唐軍後撤，不戰而屈人之兵。待發現這條計謀未能得逞之後，艾凱拉木又迅速想出第二條妙計，利用單挑的方式，打壓唐人的士氣，同時為自己一方爭取更多的休息時間。

這條計策成功了一半，素有賢者之國的唐人，果然接受了聖戰者的單挑請求。沒有趁東征軍立足未穩之際，立刻發起攻擊。然而，令艾凱拉木始料不及的是，自己麾下那些打遍了整個西方世界未嘗一敗的聖武士，居然接二連三地敗在了唐人之手，無論是單挑，還是群毆，半點兒便宜都沒占到。

為了揭開聖戰武士們集體意外失手之謎，艾凱拉木不得不派遣更多的聖戰者出戰。儘管他心裡面明明知道自己這樣做，會遭到對手，甚至自己一方將領的恥笑。但是，為了達到最後目的，任何手段，都可以原諒。誰料想，先前一直不斷謙讓唐軍主帥卻突然改了主意，居然主動向聖戰軍這邊發起了進攻。

第一波殺過來的唐軍只有六七千上下，人數不及聖戰軍的十分之一。然而，就是這區區六千餘眾，卻令艾凱拉木頭皮發乍，心裡發毛，需要用盡全身力量，才能穩住呼吸。那是怎樣一支隊伍，他根本無法用語言來形容。踏著鼓點，他們緩緩邁進，每前進一步，都好像踩到了對手的心窩子上，令眼前的戰場來回晃動。

「準備……」艾凱拉木舉起右手，示意麾下將士做好出擊準備。忽然間，卻覺得胳膊一疼，整個身體都失去了力氣。

「不好！唐人用了妖法！」艾凱拉木嚇了一跳，再度檢視自己的身體。全身上下，沒有半點兒傷痕，然而，小腿大腿和脊背上的肌肉，卻像灌了鉛一般，每挪動分毫，都要耗盡所有力氣。

「一定是詛咒，詛咒！」艾凱拉木實在弄不清，自己身上到底發生了什麼，只好把這種突然而來的異常往黑巫術方面想。而能破解對方詛咒的，只能是對信仰的虔誠。想到這兒，艾凱拉木忍不住在心裡默念經文。這番虔誠的舉動，迅速被身邊的親信學了去，繼而傳播開來，以最快速度傳遍全軍。「他們躺在寶石鑲嵌的床上，長生不老的少年端著碗、壺和一杯最純的酒；他們自己選擇水果和喜愛的禽肉。他們還會得到深色眼睛的天堂美女，如同蚌殼裡的珍珠一樣貞節……」

「他們躺在寶石鑲嵌的床上，長生不老的少年端著碗、壺和一杯最純的酒；他們自己選擇水果和喜愛的禽肉。他們還會得到深色眼睛的天堂美女，如同蚌殼裡的珍珠一樣貞節……」祈禱文慢慢從軍陣當中響起，聲音由混亂慢慢變為整齊，由低沉慢慢變為響亮。旋即，幾乎所有大食將士都加入了進來，將經文如梵唱般傳遍原野。

對面的安西軍將士聽見了，卻依舊走得不緊不慢。他們彷彿根本無視於對方人數是自己近二十倍的事實。邁著整齊的步伐，他們繼續向前推進，推進。一步，兩步，從三百步推進到二百步，從二百步推進到一百五十步，一百三十步，一百二十步……

「咚、咚、咚、咚」從他們背後傳來的鼓聲單調且響亮，掃過沙場，越過人群，刺入聖戰者們的耳朵，令他們骨頭發冷，手腳發木。

「咚、咚、咚、咚」接連不斷的鼓聲，始終以同一個節奏，穿透誦經者的耳朵，穿透他們的靈魂和心臟，如同烏雲背後的一縷陽光，將誦經聲攪得支離破碎。

「啊——」終於有大食人受不了鼓聲所帶來的壓力，率先發出了一陣箭雨。一百二十步距離，羽箭可以命中目標，卻無法射穿對方的護甲。走在攻擊隊伍最前排的唐人刀盾手，只是隨便將盾牌舉了舉，就攔住了大部分攻擊。零星幾支羽箭穿過盾牌縫隙，砸在鐵甲上，發出「叮」的一聲，軟軟落地。

「穩住，穩住。不准浪費箭矢！」艾凱拉木突然驚醒了過來，扯開嗓子大聲喝止。

「穩住，穩住。不准浪費箭矢！」畢竟久經戰爭，他身邊的聖戰者們扯開嗓子，將命令迅速放大，傳遍全軍。

羽箭的密度迅速變稀，但有人還在盲目地亂射。一支接一支，落在唐人的腳下，與先前胡亂射出的羽箭混在一起，在軍陣面前形成一道細密的屏障。

這種完全由木杆和羽毛組成的屏障，不具備任何防護效用。唐人的包鐵戰靴踏上去，立刻粉碎一片。一百一十步，一百零五步，一百步，忽然，鼓聲猛然停頓，隨即，化作一陣連續的雷鳴。

「咚咚咚咚咚咚咚——」伴著奔放不羈的節奏，所有唐人停住了腳步。走在隊伍最前方的刀盾手猛然將手中巨盾向上一舉，瞬間結成了一面明亮而低矮的城牆。所有盾牌，上緣都微微前傾，與頭頂上已經走過天際中線許久的烈日，呈某種默契的角度。

剎那間，西域特有的明亮日光，就從打磨平滑的精鋼盾牌表面上反射了出來。無數道反光彙聚成粗壯凝重的一團，狠狠劈向了對面大食人的眼睛。

「啊——！」艾凱拉木本能地選擇了閉眼，耳畔驚叫聲響成了一片。還沒等他弄明白唐人到底使用了什麼古怪魔法，雷鳴般的鼓聲又急轉稀疏，「咚、咚、咚咚、咚咚……」踏著鼓點，安西軍前鋒再次向前推進，如同一隻渾身閃著銀光的巨龍般，壓向黑漆漆的大食軍陣。

「放箭，放箭！」到了此時，艾凱拉木再也顧不得什麼控制戰場節奏了。扯開嗓子，不顧一切地命令己方弓箭手進行攔截。命令被化作喊聲和角聲，迅速向周圍傳播。聞聽號令，早就按捺不住的大食弓箭手彎弓，仰頭……

無法瞄準。即便信仰再虔誠的聖戰者，在這單純的自然力量面前，也無法讓自己睜開眼睛。他們只能憑著直覺，調整弓箭的角度。數以萬計的羽箭騰空，大多卻都成了無用角色。或者高高地從安西軍頭頂掠過，或者沒等到達目的地，便一頭扎向了地面。只有很少一部分，直接打在了移動中的盾牆上，將光潔的盾面打出無數小麻點兒。然而，這些小小的麻點兒，根本影響不了整個盾牆的反光能力。粗壯的光柱繼續劈來，晃得大食人兩眼流淚，無法看清楚對面目標。

好在艾凱拉木麾下兵馬足夠眾多，中軍的弓箭手被盾牆晃成了瞎子，兩翼的弓箭手還能盡最大可能地提供一些支援。通過側向攻擊，給前進中的唐軍製造一些不大不小的麻煩。為自己一方贏得更多的調整時間。只是這樣一來，兩翼的隊形就無法保持齊整，慢慢地被自家弓箭手擠壓向前，慢慢被擠壓成了一個雁翅形，並且起伏不平。

連綿不斷的箭雨越下越猛，前進中的唐軍漸漸有了傷亡。一名位於隊伍邊緣的刀盾手身體猛然晃了晃，鮮血從肩窩處冒了出來。他身後的弓箭手立刻上前，先接過巨盾，然後將傷者推開，推向隊伍後側。隨即，耀眼的巨盾再度舉了起來，護住附近的大唐男兒。

又一名盾牌手無聲無息地倒了下去。羽箭從空檔處斜向撲入，射中了幾名弓箭手。為了保持射擊的準確性，唐軍給弓箭手提供的皮甲，在一百步以內的距離上，防不住羽箭攢射。傷者被推開，盾牌被撿起，內排弓箭手在低級軍官的指揮下迅速補位。整個隊伍在行進當中做好了調整，腳步依舊不疾不徐。

「咚，咚，咚咚，咚咚……」終於，鼓聲的節奏再度發生了變化。敵我雙方，幾乎同時鬆了一口氣。前進中的唐軍再度停住腳步，在距離大食人軍陣不及八十步的位置，重新調整隊形。盾牆兩側慢慢向後彎曲，為自家袍澤提供更全面的保護。盾牆正面的盾牌數迅速減少，反射的陽光也不再如先前那般強烈。

「傳，傳令。讓兩翼約束隊伍，小心唐軍有詐！」艾凱拉木聲音已經緊張的變了調，沙啞著嗓子調整部署。他麾下眾位聖戰者和志願兵的身體，似乎越休息越疲憊。只是匆匆射出了三五支羽箭，就已經有人無法拉開弓弦。他自己的身體狀況也沒比別人好多少，心臟狂跳不止，幾乎無法停下。嘴唇發乾，手腳發軟，平素隨便就可以肆意揮舞的長矛此刻竟然好像重逾千斤！

一切都向最不利情況發展。這種狀態下，艾凱拉木不敢輕易驅使大軍上前決戰。否則，根本無法預料麾下的弟兄們，會不會在激戰當中，忽然失去全身力氣。成為一群任人宰割的羔羊！

「阿拉啊！難道您是懲罰僕人的信仰不夠虔誠嗎？」抬頭看了看可惡的太陽，艾凱拉木暗暗追問。雖然家族中偶爾有人也會做一些搶劫，勒索的勾當，但那都是針對異教徒的行為，按道理根本沒有違反教規。為何今天聖戰大軍突然失去了往日的好運氣？承受著一個接一個莫名其妙的磨難？

還沒等他將心裡的疑惑想清楚，對面傳來的鼓聲再度化作一陣陣雷鳴。在擋住了大食人數輪羽箭攢射之後，安西軍刀盾手突然把盾牆撤開，露出了先前隱藏在盾牆之後，蓄勢已久的弓箭手。

「嘣」一聲整齊的弓弦響，切入了軍鼓的節奏。數百支破甲錐同一時間發了出去。掠過八十步的距離，將正面的大食軍陣，整整齊齊砸出了一道豁口。

八十步，唐人製弓技術之精良，在這個距離上表現得淋漓盡致。尖鋒長達三寸，有著四個稜面的破甲錐輕易地撕破了大食人身上的保護，無論是皮甲、板甲，還是鎖子甲。尖利的錐鋒去勢未盡，繼續撕開皮膚，撕裂肌肉，將裡邊的五臟六腑攪得稀爛。

第一輪羽箭射起的血珠尚未落下，唐軍前鋒的第二排弓箭手已經鬆開弓弦。又是數百支羽箭同時升空，聲響和威勢與先前絲毫不差。唯一不同的就是，這輪羽箭為斜射，先向上飛了一段距離，然後急轉直下，越過第一波弓箭手撕開的缺口，將後邊的大食兵將射得人仰馬翻。

緊接著，第三排羽箭又至，將更多大食人推向死亡的深淵。整個大食軍陣正面登時一片混亂，很多訓練不足的志願兵抱頭鼠竄，將自家隊形撞得百孔千瘡。

一些參加過上次怛羅斯之戰的大食老兵見狀，不等艾凱拉木發令，立刻一手舉著盾牌，一手持刀衝上前，嚴肅戰場紀律。十幾個血淋淋的屍體倒下去後，軍陣正面終於恢復了一點兒秩序。另外數百名經過嚴格訓練的聖戰者也從驟然打擊中緩過神來，彎弓搭箭，向對面的唐軍發起反擊。

「禁衛營，嚴肅戰場紀律！聖戰營，反擊，馬上反擊！」到了此刻，艾凱拉木好歹想起了主帥的職責，揮舞著手臂，大聲命令。

更多的老兵投入缺口處，或者用刀鋒逼迫志願兵們充當肉盾，或者加入弓箭手行列。冰雹般的羽箭從缺口處射了出去，逆著對方羽箭射來的方向，飛向大唐將士。一瞬間，雙方隊伍中都出現了大量死傷，血光在兩支隊伍頭頂輪番飛濺。

站在前排的一名唐軍弓箭手剛剛將羽箭搭上弓臂，就仰面朝天倒了下去。他左右兩側的袍澤卻不聞不問，前腿彎曲，後腿緊繃，用全身的力氣，繼續將角弓拉圓。緊跟著，左側的弓箭手受傷倒地，角弓摔出老遠。沒受傷的右側弓箭手目不斜視，繼續蓄力，瞄準，鬆手，破甲錐如毒蛇般飛出，正中對面大食弓箭手的面門，將其整個人射飛起來。脖頸在半空中折斷，腦袋被破甲錐穿透，前後各露出血淋淋的半截。

前、中、後，三排唐軍弓箭手，每排都有不少人受傷倒地。但沒被敵軍羽箭射中的人，則繼續遵從身邊校尉的指揮，將破甲錐搭上弓弦，將弓臂拉滿，將死亡的烏光送向指定的目標。

「啊……」整整一排大食弓箭手倒地身亡。很快在彎刀和經文的驅動下，又補上了新的一批。

「噗……」羽箭入肉，數名大唐男兒血染沙場，身邊的袍澤迅速補位，拉開角弓，繼續向大食人射出羽箭。

沒有停頓，沒有閃避動作，敵我雙方面對面站在八十到一百步的距離上，瞄準對方的要害，不停拉弓，放箭。放箭，拉弓。

戰鼓聲依舊響如驚雷，卻已經無法蓋住弓弦的彈動聲。「嘣」「嘣」「嘣」簡單而又清脆的弓弦響猶如從地獄發出來的召喚，每一輪過後，都帶數十條鮮活的人命。

一排大食人倒在了缺口處。轉眼又是一排。

活著的人手開始發軟，腳開始發虛，卻不得不繼續向前補位。否則，他們將無法證明自己對信仰的虔誠。

不虔誠者，死後無法升入天國，活著也會身敗名裂。

不知不覺間，聖戰者們又開始念誦經文，一聲比一聲急促，「他們躺在寶石鑲嵌的床上，長生不老的少年端著碗、壺和一杯最純的酒。」

「他們自己選擇水果和喜愛的禽肉。」

「他們還會得到深色眼睛的天堂美女，如同蚌殼裡的珍珠一樣貞節……」

「他們躺在寶石鑲嵌的床上，長生不老的少年端著碗、壺和一杯最純的酒……」

弓箭手在戰場上本來只是用做防禦的輔助力量。主要用來對付敵軍的大規模衝擊，或者在攻城時負責壓制防守一方的同行。在今日之前，大食人從來未曾嘗試過將弓箭手派到戰場最前方，充當進攻的主力。更沒有人會想到，安西軍主帥封常清，會在兩軍交戰之初，就選擇了這樣一個不合常規的打法。

八十步左右的距離，對於大多數經過嚴格訓練的弓箭手而言，命中目標幾乎是十拿九穩。只要他能平心靜氣地瞄準，只要他能不受身邊的慘叫聲和對面刀盾手的干擾。

換句話說，是封常清以一種幾乎瘋狂的戰術，將兩軍的第一回合，從傳統的互相試探實力，直接變成了雙方弓箭手之間的「單挑」。

很顯然，大食人在這方面不占上風。即便有人數和信仰力量作為支持，他們的頹勢也越來越分明。

「咚、咚、咚……」鼓聲沉悶而舒緩。

「嘣、嘣、嘣……」弓弦聲清脆且單調。

與一波波鼓聲與弓弦聲相伴，敵我雙方的弓箭手，像麥子般倒了下去。然後新的一排弓箭手上前，補充倒下者的位置。發出一輪羽箭，或者被羽箭射死。

沒有停頓、沒有間隔、前仆後繼。

他們面對面互相射擊，誰堅持到最後，誰就是勝利者。

終於，對信仰的虔誠再也抵擋不住對死亡的恐懼，有名全身包裹著黑甲的聖戰者突然大叫一聲，掉頭就跑。恐慌以他為核心如同洪水般迅速蔓延，剎那間，大部分與唐軍對射的弓箭手都丟下了兵器，轉身逃命，任由唐軍的羽箭將自己的後背當成靶子，卻再也不敢回頭看上一眼。

「回去，回去！阿拉在天國看著你們！」負責督戰的大食老兵們氣急敗壞，揮動彎刀，剁翻慘叫最大聲的幾個弓箭手。然而，在絕對的數量面前，屠殺起不了絲毫作用。逃命者只是胡亂伸手一推，就將督戰老兵推翻在地，然後數雙沾滿血漿的皮靴子踩了上去，將可憐的老兵踩成了軟軟的一團。

見到此景，大食聖戰東征軍主帥艾凱拉木不敢再猶豫了。瞪著通紅的雙眼高高舉起右臂，同時聲嘶力竭地命令：「禁衛營，全體出擊。將對面的唐人給我殺光。出擊！阿拉在天國見證你們的榮耀！」

禁衛營都是精挑細選的老兵，素質還在被稱作聖戰者的聖戰者之上。聞聽命令，立刻催動坐騎，吶喊著從本陣正中央衝出。寧可將潰退下來的弓箭手們踏翻，也要盡可能地將胯下戰馬的速度提高到更快。

看著不遠處持續加速的黑色洪流，大食人軍陣的正前方八十步位置，百戰老將李嗣業輕輕舉起手中陌刀，沉聲斷喝：「進！」

「進！」八百陌刀手，一千六百長槊手齊聲回應。同時端平手中兵器，呈三個尖銳的錐形陣列，大步向前推去。

已經出色的完成使命的刀盾手、弓箭手們在幾名郎將的指揮下，迅速變為縱隊。沿著陌刀陣和長槊陣之間的空隙，迅速向後撤去。

一瞬間，陌刀陣和長槊陣完全暴露，如同猛獸的牙齒一般，亮在了大食禁衛營面前。

「咚，咚，咚！」鼓聲再度傳來，還是那個單調低沉的節奏。踏著鼓聲，三個錐形陣列穩穩前推。李嗣業手舉陌刀，走在了整個隊伍的最前方。

轉眼之間，敵我雙方就撞在了一起。沒有發出任何聲音，黑色的洪流被雪亮的鐵錐硬生生刺出了三道巨大的豁口。紅色熱浪就沿著這三條豁口向西推去，如同火焰一般，迅速點燃天空與大地間的所有顏色。

「進！」李嗣業舉起帶血的陌刀，大聲高喊，劈落。將自己正對的大食武士連人帶坐騎，同時劈為兩段。

「進！」身後的陌刀手和不遠處的兩隊長槊手齊聲回應。兵器並舉，將周圍蜂擁而來的大食人，砍翻，刺倒，變成腳下的屍體。

八十步的距離，根本不夠騎兵用來加速。沒有慣性作用，戰馬立刻表露出求生的本能，揚起前蹄，死活不願往刀叢和槊叢中硬衝。失去了坐騎的助力，人數足有唐軍前鋒五倍之多的大食禁衛營，對著平行推進的三個鋼鐵叢林大聲喝罵，卻找不到任何下手機會。對面的唐軍則對此早有預料，在領軍核心將領和數名校尉的協調指揮之下，槊出，刀落，將靠近自己的對手殺得人仰馬翻。

「進！」李嗣業舉起陌刀，厲聲斷喝。

「進！」八百面陌刀同時舉起，同時落下，將敢於擋在面前的一切障礙掃成齏粉。

「進！」長槊向正前方刺出，無數黑衣大食人從馬背上掉下來，變成了一個又一個血葫蘆。

黑衣禁衛紛紛後退，雙眼裡邊充滿了委屈和不甘。唐軍的步槊長達兩丈四尺，鋒刃部分完全由精鋼打造，然後由一條兩尺多長的套管，固定於硬木製造的槊身之上。而他們手中的彎刀卻只有五或六尺來長，連對方手中槊杆的木製部分都碰不到，更甭說是攻擊到對方身體。

這種既借不上坐騎的力氣，又無法靠近對手的滋味，憋得他們就像春天的公狗般，放聲嘶吼。嘶吼罷了，一肚子憋屈依舊無從釋放，只能順著自家人流，不斷向後退避。

東征軍主帥艾凱拉木將這一切看在了眼裡，禁不住大罵禁衛營主將白舍爾愚鈍：「繞到側面去，攻擊他們的側翼。攻擊他們的側翼。笨，笨得向石頭一樣。來人，給我下令，擋不住唐軍，我就將他們全家變成奴隸！」

沒等傳令兵把命令和威脅轉化成號角聲，禁衛營主將白舍爾已經開始嘗試攻擊唐軍的側面。在他的調度下，十數名低級將領分頭散開，各帶百餘名禁衛，緩緩地在人流中兜了半個圈子，從不同角度撲向了陌刀和長槊陣。

長兵器的弱點在於不利近戰，萬一被對方貼身迫近，就無法進行有效回防。大食禁衛軍中士卒以呼羅珊地區的百戰老兵為主，反應速度遠遠高於普通聖戰者。發覺自己一方有新的應對舉措，立刻撥轉坐騎閃避，主動讓出數條縫隙，給側向撲上的同夥創造機會。

「進！」

「進！」

陌刀手和長槊手們對敵軍的變化視而不見。依舊按照固定的節奏，高呼向前。迂迴撲上的大食禁衛喜出望外，用雙腳再次磕打了一下馬肚子，盡可能從胯下坐騎上壓榨出一點兒速度來，然後高高地舉起彎刀，獰笑著劈落。

這一刻，他彷彿看到了天國的榮光。然而，一聲斷喝卻擊碎了所有美夢。

「進！」冰冷單調的吶喊聲中，後排的安西士卒猛然發力，將長槊向斜側前方刺出。前方緊鄰他的袍澤對身邊砍過來的彎刀不閃不避，以同樣的姿勢，刺向更前一排斜側偏上位置。再前排，長槊舉起，也是同樣一個角度。

錐形陣列的周邊迅速擴大，數百杆同時刺出的長槊，在烈日下，宛若一朵綻放的鋼鐵牡丹。紅光閃耀，一個個大食禁衛難以置信地看著自己軟肋上的槊鋒，手臂一軟，彎刀無力地掉落於地。

迂迴到陌刀陣側翼的禁衛們結局更為慘烈。在志在必得的一擊當中，他們幾乎把自己整個肩膀和肋骨，暴露給了比目標稍後一排的唐人。隨著一聲斷喝，六尺餘長的刀鋒從側後凌空劈落，毫無阻礙地劈到了大食禁衛的軟肋處。將他們的上半個身子連同高高舉起的彎刀一併掃起來，躍起數尺，帶著血雨慘叫著跌落。

「進！」左右兩個長槊陣，同時發出斷喝。長槊手們互相照應，將正前和斜前方的敵人扎下馬背。

「進！」陌刀陣平推向前，剁碎周圍一切阻擋。

「進！」手起，槊出。

「進！」手起，刀落。

隨著單調冰冷的「進！」「進！」聲，身穿黑色鎧甲的大食禁衛紛紛落地。領軍主將白舍爾憑著優勢的人數，不斷調整應對之策。但所有妙計都撞在了三個一成不變的鋼錐上，次第化為一攤攤血肉。

「進！」

「進！」

「進！」

李嗣業不知疲倦，安西將士也不知疲倦。隨著他們單調冰冷的呼喝，先前如同烏雲般湧來的大食禁衛就像被陽光照到了般，不斷向後退，向後退，猛然發出「哄」的一聲，四分五裂。

「進！」「進！」薛景仙扯開嗓子，喊得聲嘶力竭。

這一刻，他完全忘記了自己肩頭的使命。也再顧不得讀書人的斯文。只想用盡全身力氣，將心中的狂熱喊出來，喊出來，大聲地喊出來。

「進！」「進！」「進！」「進！」追隨薛景仙一道前來的欽差護衛也完全迷失於戰場上的熱浪中，根本想不起剛才是誰幾乎被嚇得縱馬逃命。更狂熱的是那些被薛景仙高價僱傭來的刀客，饒是已經見慣了鮮血，他們依舊一個個揮舞著手臂，喊得聲嘶力竭。彷彿如果自己稍有懈怠，就分不到薛景仙事前許諾的金子一般。

這趟安西之行，即便沒有金子，刀客們也覺得值了。以前光是從別人嘴裡聽說大唐如何如何，強悍如何如何，卻從沒親身體驗過。今天，他們與護衛們一道，切切實實地感受到了身為唐人的驕傲和威嚴。

是的，他們都是唐人。天底下信仰最不虔誠的一夥。有人家中供著佛祖，有人家中供著真武道君。有人家中供著匠神魯班。有人家中甚至把趙公元帥和孔老夫子並肩而立。他們喜歡逢廟燒香，見神磕頭，只要對方傳說中能夠為自己提供保佑。與對面的大食聖戰者相比，他們簡直可以說毫無信仰。然而，一個「唐」字，卻可以讓他們所有人熱血沸騰。

每一個唐人心中，都站立著唯一的一個神明。不是真主，不是上帝，不是一團火焰或者一團混沌，更不是哪個蹲在寺廟裡故作高深的土偶木梗。

他們真正信仰並會為之付出一切的，是自己記憶裡的祖先，是自己身體裡的血脈，是自己背後已經屹立數千年，並且將永遠屹立的巍巍華夏。

這一刻，每個人都希望自己是霍去病，深入大漠，封狼居胥。

這一刻，每個人都希望自己是班定遠，萬里覓封侯，無須生入玉門。

他們走到哪裡，就會把文明帶到哪裡。像火把一樣，照亮周邊沉沉黑暗。讓四方蠻夷感受到唐人的文章之美，胸襟之闊，武力之強，百業之盛。

他們站在哪裡，華夏就在哪裡。

聽著周圍山呼海嘯般的吶喊，王洵同樣心情激蕩。他已經不是第一次看到大唐重甲步卒列隊衝陣。然而，像今天這般，以區區兩千五百人組成的三個錐形陣列，直搗對方中軍，將數倍於己的敵軍砍得人仰馬翻的場景，卻是在夢裡都沒有想到過。

比吶喊聲更令他如醉如癡的，是視覺上帶來的衝擊。

那陌刀，那長槊，那一步步穩穩前進的動作，那平靜而華麗的節拍。那佇列與佇列，士卒與士卒之間的嫺熟配合。猛然間，讓他如遭醍醐灌頂。

憑藉嚴格的訓練和精妙的配合，重甲步兵完全可以與敵軍的騎兵正面硬撼，並且可以乾淨俐落的擊敗他們；長槊手和陌刀手，臨戰時無須考慮來自側面和後方的敵人，只要能保持隊形的齊整，就能保證自己的安全；騎兵衝擊時聲勢浩大，但如果速度優勢被克制，威力就無法正常發揮；真正的良將，往往會利用戰場上一切有利條件，發揮己方的長處，壓制敵方的優勢……

這些話，當年在白馬堡中他都曾被逼著記得滾瓜爛熟。然而直到今天，他才明白，當年自己從封常清、周嘯風等安西前輩手裡，到底學了些什麼！不遠處戰場中央，此刻正揮舞著陌刀帶隊前進的李嗣業，等於在親自示範，給王洵上了一堂生動的臨陣指揮課。讓他這個懵懂少年，半瓶子醋將軍，終於能窺探到兵法的堂奧。

眼前彷彿劈過了一道閃電，把戰場上的所有一切照得分外明亮。每一個人的動作都慢了下來，包括敵軍每一次的應對，和己方的每一步變化，此刻，在王洵眼裡都清清楚楚。心頭的熱血依舊洶湧澎湃，耳畔的吶喊依舊響若雷鳴。他的眼神卻漸漸從狂熱中冷卻，漸漸變得沉靜而銳利。

大食人又挺不住了。為了保證中軍不被李嗣業所帶的重甲步卒衝垮，對面的大食主帥不得不再度從兩翼抽調兵馬。接到號令的敵將顯然汲取了先前的教訓。不再試圖原地與大唐的重甲步兵硬撼，而是遠遠地兜了半個圈子，準備高速迂迴，衝擊李嗣業的後方。

封常清當然不會讓敵人的奸計得逞，揮動令旗，派遣蘇慎行和齊橫兩名別將各帶一千輕騎兵上前迎戰。從兩翼前來支援中軍的大食人看到這種情況，不得不在迂迴途中再度分兵，一半兒繼續繞向唐軍重甲步卒的身後，一半兒揮舞著彎刀，直撲新投入戰場的唐軍。

儘管如此，大食人的兵馬，在人數上依舊遠遠超過了唐軍。所以他們一個個大呼小叫，自覺穩操勝券。然而，一個突然發生怪事，卻令敵我雙方所有觀戰者的呼吸同時為之一滯。跑在最前方的那幾匹大食戰馬，前腿猛地一彎，將背上的大食黑甲甩了出去。緊跟著，「撲通！」「撲通！」，人體與地面撞擊聲絡繹不絕，左右兩側迂迴而來的所有大食聖戰者亂成了一團。

「他們完了！」用眼睛直勾勾盯著戰場的王洵輕輕搖頭。騎兵對戰，落馬者根本沒有生還的希望。即便未被當場摔死，也會被後面上來的馬隊踩成一堆爛肉。更關鍵一點是輕甲騎兵的攻擊威力，大部分都要依靠戰馬才能發揮。如果軍陣混亂，坐騎突然減速，就等於變成了一個個活靶子給對方砍。

「大唐！」齊橫本來就擅長把握機會，見到敵軍胯下戰馬突然脫力，不禁喜出望外。斷喝一聲，揮刀抹過去。

銳利的橫刀借助胯下坐騎的速度，在半空中抹出一條詭異的紅線。順著紅線的延伸方向，身穿黑色鎧甲的大食騎兵，如同秋天的麥穗一般，紛紛往下掉。近千安西輕騎緊隨齊橫兩側與身後，手臂張開，刀刃斜抹，無數條紅線在半空中陸續拉開，宛若一隻夢醒的鳳凰，慢慢展開了火焰之尾。

另外一側的蘇慎行依舊保持著他先前的悶葫蘆本色。帶領麾下弟兄，在奔馳中排成齊整的楔形佇列。每一名與這個楔形接觸的敵人，身上都中了不止一刀。有幾個既沒來得及招架，又無力躲避的大食人，陸續被數把橫刀抹中，脖子、前胸、小腹和大腿上部紛紛裂開，慘叫著扭動掙扎，內臟零零碎碎落在老遠處。

手持橫刀的大唐輕騎無暇回顧，將橫刀斜舉，繼續列陣猛衝。所過之處，大食黑甲要麼被殺，要麼撥馬逃開。原本就亂哄哄的隊形越發散亂，根本組織不起有效抵抗。

「大唐，大唐！」「大唐，大唐！」薛景仙等人的注意力瞬間被騎兵吸引，扯開嗓子，喊得不知疲倦。遠處的重甲步兵陣列完全被馬蹄濺起的煙塵遮擋，唐軍這邊，再也看不見他們的身影。然而，那單調和沉穩的吶喊聲卻依舊保持著同樣的節拍，「進！」「進！」「進！」穿透煙塵，穿透血光，把凜冽的戰意，送到每一名大唐男兒的耳朵裡。

「如果去年我能掌握李將軍一半兒本領。不，也許兩成就夠。」聽著煙塵後的呼喝聲，王洵心中暗想。如果去年一眾飛龍禁衛在遇襲時，能組成今天李嗣業將軍所統帶的那種陌刀陣。扮作沙盜的古力圖等賊根本沒有任何獲勝的希望。可那場戰鬥中，同樣是手持陌刀的飛龍禁衛，傷亡卻高達七成以上。一百飛龍禁衛，最後活下來的不過二十幾人。背後唆使哥舒翰下黑手的楊國忠，如今又成了大唐的宰相，第一權臣。可以說，王洵這輩子，基本上已經看不到報仇的希望。哪怕他的官職升得再快也不能！

沒等他來得及懊惱，一陣驕傲的吶喊聲，迅速又將他的思緒拉回眼前。大唐輕騎已經擊穿了敵軍的陣列，弟兄們紛紛策馬殺回。「跟上，把大食人砍成肉塊！」曾經跟王洵有過一場衝突的齊橫滿身是血，分不清哪些是敵人的，哪些是自己的。只是他的眼神卻愈發狂熱，刀尖向剩餘的黑甲一指，又策馬掃了過去。

「那邊！」蘇慎行終於開口說話，刀鋒指的不是散佈在戰場上，失魂落魄的對手。而是自家重甲步卒的身後。「幫忙，殺！」

「殺！」他麾下的弟兄行事風格完全跟主將相同，簡短地回應了一個「殺」字後，立刻撥轉馬頭。

千名輕騎衝破煙塵，衝破黑暗，如同一把鋼刀般，插向了另一波敵人。血光再度在戰場中央呈現，慘叫聲不絕於耳。本想包抄到唐軍背後，自家背後卻受到攻擊的大食人或者逃走，或者被殺，迅速土崩瓦解。

轉眼間，三個重甲步卒陣列就又回到了人們的視線當中。與先前不同的是，兩側的錐形槊陣，已經都變成了前後都有一個尖角的菱形。將陌刀陣的兩翼和後背牢牢護住。近半士卒面孔朝後，持槊挺立。另外一半卻繼續與陌刀陣相伴向前，平穩推進。

而陌刀陣的最前方，此刻已經抵上了敵人的本陣。

「進！」李嗣業手舉陌刀，大聲斷喝。

「進！」數百大唐男兒齊聲回應。刀鋒所指，黑色如潮水般退卻。

陽光明媚。但倒映在刀刃和槊鋒上的寒光，卻令所有大食人冷徹骨髓。

沒有人願意直接面對那耀眼的寒光。即便在士氣旺盛的情況下，保持嚴整隊形列陣而戰也不是大食人的強項，更何況他們剛剛目睹了數以百計的聖戰者被緩緩移動過來的陌刀和長槊攪成碎肉。

實事求是的講，唐軍重甲殺人的效率並不高。從雙方開始白刃接戰到現在，死在陌刀和長槊下的也不過才幾百人。但是，那一往無前的氣勢，卻令所有大食人，包括信仰最堅定的聖戰者，都不敢直攖其鋒纓。

擋者，必死。

並且一定是世間最慘烈最難看的死法，連個囫圇屍首都找不回來。

在血淋淋的斷肢碎肉面前，天國聖處女的誘惑力頓時大打折扣。只要還來得及，大多數聖戰者們都本能地做出相同的動作，撥轉戰馬，退向兩側。少數不幸正擋在唐軍前進道路上者，則不顧一切從馬背上滾落，手腳並用朝任何不需面對槊鋒和刀鋒的方向逃竄。

黑色的人潮中出現了一個巨大的裂縫，如同烏雲遭遇到了烈日。

裂縫盡頭，正是艾凱拉木的帥旗所在。

大食聖戰東征軍主帥艾凱拉木的臉色登時變得像石灰一樣慘白。如果此刻不顧一切命令左右兩翼向中軍合攏，憑藉絕對的數量優勢，他有極大的機會，用人海淹死這群踏步而來的唐軍重甲。然而，隨後東征軍必然要面臨一場災難。他的對手，安西軍主帥封常清向來就以擅長把握機會而聞名，沒有理由坐視聖戰軍撅起了屁股，依舊按兵不動。

如果繼續用中軍死扛，艾凱拉木相信，一刻鐘之內，他的身體就要像先前那些衝上去的聖戰者一樣，被陌刀或者長槊直接攪成碎片。

到底何去何從，答案其實不難選擇。

命是自己的，坦叉始羅城是哈里發的。

聖戰聖戰者打光了可以再培養，志願兵耗沒了可以再招募，家族失去一位舉足輕重的貴冑，可是要十幾年甚至數十年也緩不過元氣來。

「吹角，吹角。全軍向我靠近，跟唐人決一死戰！」只是稍作猶豫，大食聖戰東征軍主帥艾凱拉木就舉起了令旗，

身邊的親兵一直眼巴巴地盼著的就是這句話，迅速將命令化作連綿的角聲。「嗚嗚嗚，嗚嗚嗚嗚，嗚嗚嗚嗚……」

「嗚嗚嗚，嗚嗚嗚嗚，嗚嗚嗚嗚……」左右兩翼，數以百計的號角迅速回應。如同一群在冬夜裡對著月亮嚎叫的野狼。在未曾探明唐軍實力之前，就倉促與其決戰的確要面臨一定風險。但是，所有大食人的心臟都受夠了陌刀和長槊的壓迫與折磨，寧願儘早與對手分出結果。

剎那間，天地當中所有的黑色都向戰場最中央湧了過來。聖戰者、志願兵、試圖到東方發財的強盜、囚犯，還有被攜裹而來的僕從軍，高舉著黑色戰旗，在戰場上形成一個個黑色漩渦。彷彿要吞噬一

切，席捲一切，將天地間所有顏色，都變成死一般的純黑。

然而，就在無窮無盡的墨色正中央，卻有一團白色的亮光始終耀眼。如長夜中的火種，黎明前的晨星，每一次閃爍，都令黑暗為之顫慄。

「救他們啊！救他們啊！」看著大食人瘋了一般往中軍靠近，薛景仙的眼眶幾乎瞪裂，伸手扯住王洵的絆甲絲條，大聲祈求，「趕緊去跟封帥說，趕緊。要不然，就來不及了！」

「封帥自有主張！」輕輕掰開對方的手指，王洵小聲回應。「你慢慢看好了，大食人這回已經輸定了。」

「可李嗣業將軍也在裡邊！」薛景仙楞了楞，瞠目結舌。雖然不懂軍略，他也能看出，對面的大食主帥方寸已亂。安西軍這邊只要不出太大的失誤，最後肯定能穩操勝券。然而那兩千多持長兵衝陣的重甲步卒和後續上前支援的兩千多輕騎怎麼辦？如果他們只是誘餌的話，安西軍所付出的代價，是不是太大了些？

難怪人說一將功成萬骨枯！默默看著遠處即將被重重黑暗吞沒的軍陣，薛景仙只覺得自己渾身血液都要涼透。什麼萬里覓封侯，什麼封狼居胥。煊赫的戰功背後，分明是屍山血海！

「放心好了，封帥從來不會拋棄自己的弟兄！」彷彿聽到了他內心裡發出的狂喊，王洵再度偏過頭來，笑著安慰。「至少我從沒聽說過！」

彷彿在印證著他的話，在左右兩側，突然傳來一陣令人牙痠的吱吱咯咯聲。薛景仙扭頭看去，只見百餘具架在木輪上的大弩，被一群身穿輕甲的士卒小跑著推到了陣前。

緊跟著，又是一陣令人牙酸的車輪摩擦聲，一排密密麻麻的輕弩被士卒們推出，在大弩之後排成前後數列。還沒等薛景仙弄清楚安西軍到底在搞什麼鬼，耳畔突然傳來一通淒厲的號角，千餘全身上下沒有任何盔甲防護的壯漢，衝到陣前，每個人肩膀上，都扛著一把早已上好了弓弦的強弩。

「最大的那種，是定遠弩，三百步內可穿透重甲。稍小的那種，是擘張弩，致命射程二百三十步。弟兄們手裡拿的，是角弩，射程也在二百步之外。」唯恐薛景仙再來拉扯自己，王洵側過頭，低聲向他解釋，「封帥馬上就要下令進攻了。待會兒，你跟緊我。千萬別自個兒往前邊衝！」注五

「進攻？你怎麼知道？」薛景仙傻傻地追問。話音剛落，帥旗下果然傳來一陣激越的鼓聲。所有唐軍，無論騎在馬上還是走在步下，同時緩緩向前移動。

「怎麼不讓騎兵先衝？」薛景仙緊隨王洵身後，嘴巴像被擰了弩弦一般，囉嗦個沒完。

他其實並不是真的想要知道答案。只是本能地用這種方式來掩蓋自己內心深處的緊張。「敵軍可都是騎兵！天哪，薛某居然也有持刀上陣的機會！天哪，該死的大食人居然分兵過來迎戰了。天哪，陌刀陣，陌刀陣還在。他們還在，還在！快點，大夥走快點啊！天哪，怎麼又停下來了。又停下來了！」

回答他的是一聲急促的脆響。

軍陣的正中央，一架定遠弩被人用繩索拉動了扳機。

青黑的弩箭呼嘯著騰空，帶起一道黑光，直撲對面高速直擊而來的大食黑甲。當先的一名大食聖戰者連慘叫聲都沒來得及發出，就被弩箭從馬鞍上推了下去。粗大的弩箭透過他的屍體之後，餘勢未衰，繼續穿透第二名聖戰者，射翻第三名聖戰者，隨後，將第三名聖戰者和其背後正對的一匹戰馬的脖頸釘在了一起，才終於停了下來，尾部冒出數道血箭。

「啊！」最後一名被弩箭射穿的聖戰者卻還沒有死透，躺在馬屍體上，厲聲慘叫。無數鐵蹄從他身體上踏了過去，將他，戰馬，以及戰馬的主人一道踏成了肉餅。

沒有人敢於停下來施以援手。騎兵高速衝擊過程中，任何停頓都等同於自殺。為了獲得馬速的優勢，大食人幾乎個個都將坐騎的潛力壓榨到了極致。兩軍之間的距離，轉眼就被他們跑完了一半兒。當發現唐人突然停下來發射弩箭時，想改變戰術已經來不及。只好一個個拚命將頭壓向馬脖頸，同時繼續踢打馬鐙。

「繼續！」看著不斷向自己衝來的敵軍，封常清笑了笑，輕輕揮手。

從左到右，百餘架定遠弩依次被拉動扳機。巨大弩架迅速向後一頓，將蓄勢待發的弩箭，一支接一支射了出去。

定遠弩，弩強十石，以絞車開弓。弩臂上置巨矢一，長三尺五寸，精鋼為鋒，棗木為杆，尾部嵌有三片鐵翎。三百步內，當者立斃！

每一支弩箭都是根據同樣的標準精心打造，彼此間重量的差異不會超過一錢。被同樣做工精良的定遠弩發射出後，在半空中次第組成了一把黑色的鐮刀。

這把鐮刀帶著罡風，帶著呼嘯，迅速向前。猛然間碎裂成片，將數以百計的大食人，從馬背上掃了下去。

為了保證弩箭的最大殺傷力，經驗豐富的安西射手們，都儘量瞄準敵軍的脖頸偏下位置。大食人賴以自豪的板甲，在破空而來的巨弩之前，如同紙糊。精鋼打造的弩鋒毫不費力地穿透鎧甲，撕裂肉體，然後從目標的胸腔飛出來，飛向下一個犧牲者。

幾乎每一支弩箭都至少射殺了兩個目標。個別發射角度足夠刁鑽者，甚至像第一支凌空而起的弩箭那樣，接連殺死三到四個目標，才被屍體所阻擋。大食人狂奔而來的隊伍當中，立刻出現了無數巨大的缺口。缺口邊緣，僥倖沒被巨弩招呼上的聖戰者們既失去了高速前衝的勇氣，又不敢將坐騎拉住，一個個將身體伏在馬鞍上，像被抽走了魂魄一般，搖搖欲墜。

數萬人，湧在橫向寬度不到二里的戰場上，每名參與者對全局的把握程度可想而知。

注五、唐代軍隊裝備弓弩比率非常高，並且工藝精良。基本上每十名士兵，配備六把角弓。各種強弩，也是軍中必備。其中定遠弩有效射程三百步，擘張弩有效射程二百三十步，角弩有效射程二百步。

在最前方的大食聖戰者們已經徹底失去的進攻的勇氣，遲遲不肯移動腳步。跟在縱深處的狂信徒們卻對前方發生的情況毫無察覺，為了取得攻擊主動，他們繼續拚命地磕打馬鐙。這樣做的結果只有一個，很快，後面湧上來的大食狂信徒與前面的失神者撞在了一起。將自家軍陣，擠成一個又一個黑疙瘩。而後面稍遠的地方還有更多的大食聖戰者稀裡糊塗地繼續前湧，撞在由自家袍澤組成的黑疙瘩上，人仰馬翻。

兩軍對壘，這樣的失誤可謂致命。

操縱定遠弩的安西士卒兩年多來，日思夜想就是如何洗刷怛羅斯血戰之恥。見到此景，心裡簡直樂開了花。不用帶隊的郎將督促，立刻手腳麻利地從弩車側面的木匣中取出新的巨弩，迅速卡在射擊用的凹槽上。然後，一名火長帶著幾名弟兄合力推動絞車輪盤，隨著一陣「咯吱咯吱」的摩擦聲，竟然在兩軍陣前，重新從容不迫地絞起了弩弦。

「不好！」大食黑甲中，也有很多參與過上次怛羅斯血戰的老兵。聽到遠處傳來的弩臂蓄力聲，立刻從慌亂中回過神，揮舞著彎刀向前狠劈幾記，殺死擋在自己馬前的倒楣鬼。同時，扯開嗓子大聲示警，「衝上去。衝上去呀！傻站著幹什麼，等大弩上滿了弦，大夥不都成了活靶子嘛！」

這些人平時雖然因為受到上一任呼羅珊總督阿布·穆斯林的牽連，這輩子升遷無望。可關鍵時刻，卻發揮出了無可代替的作用。當即，一些低級將領斷然醒悟，學著老兵的模樣，揮刀在自己人中間砍出一條血路，帶領身邊弟兄奮勇向前。

不顧一切衝上去才是正道，這個距離上，稀裡糊塗地擠在一起，只會給唐人的巨弩當靶子射。很快，更多的聖戰者從恐慌和茫然中回過神來，加入老兵們的隊伍，呼喝前進。

「他們給弩箭上弦需要時間。靠得越近，大夥越安全！」帶隊衝在第一排的一名參加過怛羅斯血戰的老兵受到鼓舞，揮著彎刀大聲給後面的人鼓氣。

「散開些，大夥別靠得太近。安……」他的後半句話永遠憋在了腔子裡。第二輪弩箭破空而來，像冰雹掃過麥地般，將擋在飛行路線上的大食黑甲，無論是奮勇前衝者，還是原地徘徊者，硬生生掃翻了一片。

由於敵軍擠得實在太密集，這一輪齊射的殺傷力比上一輪更大。除了少數幾支弩箭實在不走運落在了空處外，大部分都像串羊肉一般，從大食人身體上一個挨一個穿過去，直到弩箭上的蓄力被耗盡。

被弩箭透體者胸口上立刻出現了一個巨大的血窟窿，一聲不哼，仰面便倒。比起後面的人來說，他們死得很痛快，至少不必再忍受那臨終前的煎熬。而最後一個被弩箭射中的人，就沒那麼輕鬆了。已經被血肉之軀磨鈍了的弩鋒行至半途，在他們的身體內猛然停頓。棗木做的弩杆上餘力卻還沒有耗盡，借著慣性上下亂顫。

「啊！」瀕死者大聲慘叫。伸出雙手，用盡全身力氣試圖將弩杆握住。他們的手腕立刻脫臼，光滑圓潤的棗木弩杆此刻卻鋒利得像刀子般，快速晃動，硬生生撕開附近的鎧甲和血肉，將目標的內臟攪個稀爛。

整個戰場上瞬間一滯。這回，幾乎所有衝過來的大食人都親眼目睹定遠弩的威力。反應迅捷者立刻撥轉坐騎，避開與弩車正對路線。大多數人卻本能地拉住坐騎，寧可被後邊過來的自家袍澤撞下馬，踩成肉醬，也不敢親身品嘗鐵釬穿肉串的味道。只有極少數老兵和宗教瘋子，此刻反而被血光照得兩眼通紅，高舉彎刀繼續向前猛衝，同時在口中大聲朗誦經文。

「真主使不通道者未能獲勝，忿忿而歸。」

「真主使信士不戰而勝。」

「真主是至剛的，是萬能的。」

此刻雙方距離已經不到三百步。以大食良駒的速度，跑完這三百步的距離，不過是七八個呼吸間的事情。威力巨大的定遠弩顯然已經來不及再裝填，操縱它的大唐弩兵們齊齊轉身，將弩車後面的繩子扯上肩膀，撒腿便撤。

「唐人撤了，大夥一起上！」見到此景，先前已經被嚇得躲在人群中不敢動彈的大食伊馬木們立刻活躍起來，扯開嗓子，大聲鼓動。注六

按照大食傳統。他們這些人平素負責組織教徒誦經、祈禱，教導平民學習基本隊形佇列，遵守秩序。戰時則自動轉為中級軍官。因此在軍中威望很高，聲音一出，立刻有很多人盲目追隨。

攻擊的隊伍立刻又壯大了不少，很多原本信仰不太虔誠的人，也看出了對面大弩裝填不便的缺陷，呼喝著加入了衝鋒行列。

只是他們加入得實在太晚，前方的老兵和狂信徒們衝得又實在太急。一時間，整個戰場上竟然出現了十幾股進攻隊伍，都是由老兵或者聖戰者帶領，拖拖拉拉扯開老長，如同幾條成了精的蟒蛇般，向唐人的弩兵蜿蜒吐信。

即便不拖曳如此沉重的大傢伙，兩條腿的人也跑不過四條腿的戰馬。眼看著衝在最前方的大食狂信徒就要將自己與定遠弩手們之間的距離縮短到百步之內。唐軍陣中突然又響起一陣急促的戰鼓，緊跟著，一排密密麻麻的擘張弩被推上前排，擋住大食狂信徒的去路。

「射！」隨著一聲低沉的斷喝。有道烏光平平地飛了起來，掠向大食人的隊伍。弩箭排得是如此之密，肉眼在中間幾乎看不到任何縫隙。策馬猛衝的大食狂信徒們吃驚地瞪圓通紅的眼睛，如傻了般看著烏光向自己飛過來，飛過來，然後慘叫著被烏光推上天空。

最前方的數百名狂信徒無一倖免，全部都被烏光射下了馬背。個別人不止被一支弩箭射中，整個身體在半空中變成了篩子。血肉飛濺。

十幾股由老兵和狂信徒拉起來的攻擊隊伍，就像菜販子手中的蟒蛇一樣，被人一下子砍去了頭。只剩下一個巨大的身體，還在不甘心地掙扎扭動。僥倖沒被弩箭射中的狂信徒們，此刻竟然不知道轉身逃走，繼續茫然地跟在攻擊隊伍中，快速向安西軍迫近。

「阿拉在天國看著我們！他會用樂園換取信士們的生命和財產。他們為真主而戰鬥；他們或殺敵致果，或殺身成仁！」關鍵時刻，伊馬木們再度響起。他們不會傻傻地在第一排送死，心思也轉得比普通信徒快。稍作遲疑後，就立刻在人群中呼喝起來，出面穩定軍心。

安西軍的第二排擘張弩迅速推上，取代第一排的位置。機關扣動，又一道烏光平平地飛了起來，毫無懸念地將距離自己最近的百餘名大食狂信徒送上了他們期待已久的天國。

由於雙方佇列問題，很多弩箭都沒有找到合適目標。平平地在空中飛了片刻，一頭扎在了地上。

「噗噗噗噗！」煙塵四濺。在遠離唐軍本陣二百五十步左右，齊齊地豎起了一排由弩杆組成的柵欄。看到那黑漆漆散射寒光的怒杆，很多原本準備跟在自家袍澤身後撈軍功的大食黑甲老兵也瞬間改變了心思，死死地拉住坐騎，任由隊伍中伊馬木如何鼓動，都不肯再向前一步。

失去了後續支援，大食人的攻勢立刻斷裂。戰場中央，數以萬計的騎兵不動如山。幾百名弩箭攢射下的漏網之魚卻已經到了唐軍陣前不到三十步位置。只需要再度磕打一下馬鐙，他們就可以砍翻無數手無寸鐵的弩手。可是，他們卻已經沒有勇氣舉起手中彎刀。倖存者們先是猶豫著放慢馬速，然後左顧右盼，緊接著，轟地一聲，像蒼蠅般四下散去。

只是，此刻再逃，已經來不及了。第三排擘張弩迅速推上前來，在不到五十步的距離上，從容瞄準，發射。

注六、早期大食帝國，伊馬木們同時也是地方領主。負責傳教，訓練。並且在戰時帶兵上陣。這種政教合一的組織形式，使得阿拉伯帝國的武力遠超當時的西方世界。

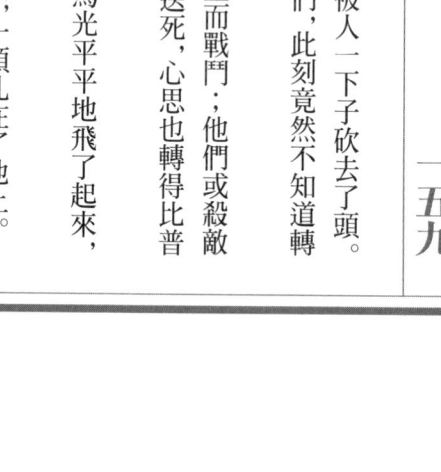

逃命中的大食狂信徒被弩箭從側後方追上，一個接一個掉下馬背。轉眼間，安西軍主陣與大食人之間就空蕩了起來。再沒有狂信徒敢組織衝鋒，也沒有伊馬木敢上前給予瀕死者最後的安慰。只有數百匹失去了主人的戰馬，站在一個個大大小小的血泊旁，不住地嘶鳴，嘶鳴！

戰場上的大食人數量是安西軍的四倍。封常清沒有時間給予敵軍憐憫。將帥旗向前微微一傾，大聲命令，「進！」

「進！」數千人的吼聲，一齊炸響。震得整個戰場都在晃動。

聽到吼聲，處於軍陣最前排，已經放空了箭矢的弩手們迅速整隊，一邊推著弩車前進，一邊用機關盤緊弩弦。

正在從容後退的定遠弩手們也迅速轉身，拉著巨大的弩車跟在了擘張弩手的身後。一邊走，一邊重新將巨大的弩箭，扣到了發射槽上。

「吱吱咯咯」，令人牙痠的聲音又在軍陣前響了起來。匯成這個時代最恐怖的樂章。

在無形的重壓下，即便是經歷過上次怛羅斯之戰的大食老兵，一個個也面如土色。上次的戰鬥中，唐軍的大小弩車，也曾經給他們留下了頗為深刻的印象。但是，那次戰鬥中，安西軍出動的全部弩車加起來也不過是幾十輛，還沒有今天的一個零頭多。更未曾像今天這般，把大大小小的弩車連成片，射擊起來片刻不停。

上次，他們付出一定傷亡後，便可以衝到弩車跟前，令這些龐然大物徹底失去作用。而今天，當龐然大物們排成陣列後，他們卻連衝到弩車前的機會都沒有。

此安西軍非彼安西軍，封常清也不是高仙芝。當年的安西軍除了驍勇善戰外，從上到下個個都眼高於頂。根本沒把大食人放在眼裡，更不屑與躲在弩車後邊，完全依靠裝備的優勢來贏取勝利。當年的高仙芝，打仗時完全憑著麾下精銳橫衝直撞，驕傲得像一隻蒼鷹。而今天的封常清，卻是陰險得像一頭狐狸，從戰局還沒開始到現在，幾乎算計好了每一步。

雖然手中還沒有任何證據，艾凱拉木甚至相信，就連軍中勇士們突然出現手腳發軟現象，也是封常清在其中搞的鬼。此人要麼是派遣了死士，在十幾萬東征大軍的糧草中下了毒。要麼就是精通一種巫術，侵蝕了聖戰者們的靈魂，連同真主最虔誠的信徒都不能抵抗。

想到巫術，艾凱拉木忍不住再度向神明祈禱：「阿拉啊，您即便真的不在乎您的信徒。難道一點也不在乎這塊插上根柳條就能長成大樹的沃土嗎？」

就在他怨天怨地的時候，遠處唐軍主陣再度停了下來。巨大的定遠弩被推到最前方，操弩手再度毫不猶豫地拉動扳機，「嘣，嘣，嘣，嘣……」每一聲都清晰無比，包括弩箭撕裂空氣發出的嗚嗚聲，都毫無遺漏地傳進了艾凱拉木的耳朵。

一片血霧在人群中升騰。

敵我雙方之間的距離已經被縮短到二百步，奉命對唐軍主陣進行阻擊的大食黑甲已經退無可退。所有人，包括騎兵和步兵、聖戰者、志願者和臨時攏裹而來的僕從，密密麻麻地擠成一個巨大的黑團。巨大的弩箭就從這個黑團最外側撕進去，深入丈餘。沿途所有阻擋，生機瞬間都被奪走，紅殷殷裂成數道血線。

「傳令，傳令，讓他們殺上去！迎戰，迎戰！」艾凱拉木不顧一切地大叫，聲音如破鑼般嘶啞。「傳令給阿木爾、加里卜和哈西里，讓他們親自帶隊往前衝。誰敢後退，我將稟明哈里發，殺他全家。傳令給那邊所有伊馬木，如果他們敢撤回來，我會親自把他們綁給教法官，讓他們生不如死。傳令給所有聖戰者，為真主獻身的時候到了！」

一道道瘋狂的命令化作角聲傳出，引起的作用卻非常有限。遠處的大食黑甲們只是快速膨脹了一下，然後就又收縮成了巨大的一團。數以千計的弩箭凌空飛來，在這個巨大的黑團正對唐軍的側面，狠狠扯下了一層。就像洪流在撕扯一窩倒楣的螞蟻。

最外側的「螞蟻」慘叫著死去。其餘螞蟻繼續擠在一起，既不反抗，也不知道如何逃走。又一波弩箭凌空飛來，呼嘯著在黑團外側撕扯下第二層。緊跟著，第三層，第四層，血霧升騰，染紅整個天空。

「楞著幹什麼，等死啊！」艾凱拉木的眼中，整個世界都變成了暗紅色。血水混著淚水，從他的兩個眼角緩緩流下。太慘了，太慘了，簡直就是屠殺。該死的阿木爾，該死的加里卜，該死的哈西里，該死伊馬木們，你們到底在幹什麼？

「阿拉在天國看著你們呢，阿拉在天國看著你們呢！」如果此刻艾凱拉木長了一雙順風耳，他就會發現，被他點到名字的那幾名將軍和所有一眾伊馬木們，確實已經盡了最大努力。亂作一團軍陣當中，這些人和他們的親信喊得嗓子都冒煙了。然而平素百試百靈的鼓動，到了此刻卻突然失效。天國聖處女的誘惑，無論如何都抵擋不了被弩箭射上半空，穿成肉串的恐慌。虛幻的樂土，也掩蓋不了血淋淋的現實。

要死別人先去，只要不射到自己頭上，便是幸運。反正弩車裝填緩慢，唐人很快就會將這一波發射完。此刻，幾乎所有大食人都抱著同樣的想法。

然而，很快他們便發現自己的想法是多麼幼稚了。定遠弩和擘張弩的確迅速發射完畢，操弩手們再度開始忙碌。一大隊手持角弩的唐人，卻快速湧到了軍陣的最前方。平端弩臂，扣動扳機。

「嘣！」「嘣！」「嘣！」「嘣！」「嘣！」「嘣！」弩弦嘈嘈切切，宛若雨打芭蕉。鋪天蓋地的弩箭飛了過來，呼嘯著落入人群。一百七十步，依舊是可以輕易撕破重甲的射程。正對著唐軍主陣方向幾百大食人同時倒地，整個戰團瞬間被咬下了整整一大塊。

第一排角弩手發射完畢。弩手原地坐下，手腳並用，重新張開弩弦。第二排角弩手迅速湧上來，超越他們，扣動扳機。

又是整整一大塊鮮活的血肉從大食軍陣中被啃下。慘叫聲不絕於耳。

第三排角弩手湧出，越過原地坐倒的第二排弩手，扣動扳機。

第四排角弩手湧出，越過原地坐倒的第三排弩手，扣動扳機。

第五排角弩手湧出，越過原地坐倒的第四排弩手，扣動扳機。

第六排……

整整兩年時間，安西軍的弩手們都在重複同樣的訓練，陣型和動作都早已成為了本能。只見他們在戰鼓的指揮下，機械走向前排，扣動扳機。壓根不看戰果，緊跟著迅速坐倒，用腳張開弩弓。然後，一躍而起，手持重新裝填的角弩，等待下一個給予自己的命令。

領軍郎將則豎起耳朵分辯鼓聲。當聽到那段屬於自己的鼓點兒，立刻高高舉起手中橫刀，「進！」「進！」第一排角弩手湧出，越過原地坐倒的第六排弩手，扣動扳機。

「進！」第二排角弩手湧出，越過原地坐倒的第一排弩手，扣動扳機。

第三排……

第四排……

一排排由弩手組成的巨浪，不斷向前翻滾。每滾動數步，對面的大食軍陣，便向內崩裂數尺。

世間沒有任何兵馬能承受這種壓力。第二輪六段攢射還沒結束，由數萬大食黑甲組成的戰陣，居然就出現了裂開的景象。正對唐軍方向，整個戰陣凹下去了一個巨大的缺口，人與馬的屍體摞在一起，血水匯流成河。

聖戰者們陸續將坐騎撥歪，避開弩鋒所指。個別膽子極小的傢伙，乾脆直接將坐騎轉向，把本來就混亂不堪的隊伍攪得越發混亂。

「衝上去，為真主而戰鬥的時候到了，殺身成仁的時候到了！」將軍和伊馬木們不甘心就這樣身敗名裂，繼續舌燦蓮花。除了極微弱的回應之外，他們得到了只是一道道冰冷的目光。按照教義規定，真主最虔誠的信徒是這些將軍大人和伊馬木。按照世俗規矩，教派內平素享受好處最多的，也是他們。此刻應該是他們拿出點兒具體行動來，證明自己虔誠的時候了。

「阿拉在……」幾名正在喋喋不休的將軍突然覺得身體發冷，本能地側頭張望。他們看見，一條巨大的縫隙在自己身旁斷裂開來。裂縫盡頭，正是隆隆前行的弩車。

定遠弩，弩強十石，三百步內，擋者立斃！

「啊！」沒等看到巨弩離弦，將軍伊馬木們就嚇呆了。策動坐騎，拚命往別人身後躲。大食黑甲們則一個接一個撥馬避開，像躲瘟疫一樣唯恐閃避不及。

「嘣！」隨著一聲沉悶的弩弦響，百餘支鐵翼巨弩再度飛出。所有擋在唐軍主陣前的大食將士，無論是身經百戰的老兵，還是臨時招募來的志願者，撥轉坐騎，撒腿就跑。

畢竟只能做直線攻擊，大部分鐵翼弩箭都落到了空處，沒像前兩次射擊那樣，給敵軍造成巨大的殺傷。但是，對大食軍整體而言，這波攻擊的效果遠盛於先前兩波。凡巨弩掠過的路徑的三尺之內，周圍便沒有一個站著的大食人。弩箭最後的落地處，居然硬生生在大食人隊伍中開闢出了一個個圓圈。距離落地點附近的大食人互相擁擠著，拚命向遠方遁去。若是有人膽敢阻擋則一把推開，根本不管攔路者死活。

「咯吱吱吱……」比定遠弩體積小了近一半兒的擘張弩被唐軍不慌不忙地推上前，一字排開。還沒等操弩手用繩索拉動機關，擋在唐軍主陣前的大食人慘叫一聲，抱頭鼠竄。數萬人組成的攻擊陣列，居然硬生生被安西軍用弩箭壓得分崩離析。

恐慌從前到後迅速蔓延。幾個領兵的大食將軍用盡全身解數，也無法再度將隊伍收攏。很快，隔在攔截戰團之後，正忙著在大食東征軍主帥艾凱拉木調度下絞殺李嗣業所部唐軍重甲的另一夥大食兵馬也被驚動了。紛紛在戰馬上回過頭來，舉目向恐慌的起源地張望。

一看之下，所有人大驚失色，攻勢登時為之一滯。

兩軍交戰，無論眾寡有多懸殊，在其中一方崩潰之前，實際接觸的範圍，卻是只有人數少的一方周長而已。此刻包圍在安西軍重步兵周邊的大食黑甲足足有四萬餘，然而真正能跟重步兵們交上手的，不過是最靠近三個錐形陣列的那區區數千。再往戰團周邊的大食黑甲，則完全是在給自己人壯膽。只有與安西重步兵交手的那些大食人被砍死或者戳死之後，才輪到他們上前補位，以延續「螞蟻多了咬死大象」的人海戰術。

只可惜這頭被困住的「大象」過於兇殘，每搖晃一下身軀，都要踩死數以百計的「螞蟻」。而負責攔截唐軍主力的幾支大食兵馬卻已經崩潰，另外一隻龐然大物踩著鼓點，正在隆隆迫近。所過之處，一切活物都化作齏粉。

到了此刻，東征聖戰軍主帥艾凱拉木哪裡還控制得住局勢。這邊手忙腳亂地揮動令旗，從後隊中調遣兵馬去阻擋潰退下來的亂兵。那廂又不甘心讓已經近在咫尺的唐軍重甲步兵潰圍而出，殺到自己的帥旗下。直忙得暈頭轉向。連續幾道命令都前言不搭後語，讓麾下將士們愈發無所適從。

「咚、咚、咚咚！」與大食這邊亂成一團的模樣相比，不遠處徐徐逼來的唐軍主陣則顯得氣定神閒。在戰鼓的統一調度下，他們穩步向前推進，依舊是弩兵在前，其他兵種一律跟在弩兵之後，每逢遇到阻擋，就先用定遠弩和擘張弩輪番招呼，然後再用角弩將頑抗者徹底射成一隻隻刺蝟。

眼看著唐軍的弩箭就要射到自己背上，而身為主帥的艾凱拉木依舊在胡言亂語。幾個一直奉命圍殺唐軍重甲步卒的將領互相看了看，呼喝督戰聲戛然而止。那些聖戰者們早就被陌刀和長槊殺得膽戰心驚，完全因為身後的督戰隊逼著才不得不一波波拚命往上撲。感覺到來自背後的逼迫消失，腳步立刻停止前進。

圍困在重甲步兵戰陣外的壓力頓時減弱。李嗣業身經百戰，哪裡不懂得把握如此良機？立刻雙臂用力，剁翻自己面前的敵軍，然後將陌刀高高舉過頭頂，「進！」

「進！」所有手持長兵的安西重甲大聲回應，齊齊向前踏出一步，又將擋在前方的人牆砍了個四分五裂。

「啊！」人牆後，數名督戰的大食低級將領大驚失色，轉過身體，撒腿便逃。李嗣業根本沒有興趣在這些小魚小蝦身上浪費時間，陌刀斜斜地向前虛指，斷喝一聲「進」，雙腳又奮力向前跨出一大步。

「進！」長槊陌刀齊揮，寒光令風雲變色。

周圍的大食黑甲齊齊後退，為逃避被剁成碎片或者戳成篩子的命運，哪怕是將自己人擠下戰馬，也毫不在乎。

「進！」又是一聲斷喝，血肉橫飛。李嗣業又向前跨出了一大步。身邊尚能拿起兵器的弟兄，亦跟著大步向前。

大食人被逼著又後退了一大步。然後繼續主動大步後退。忽然間呼啦一下，各自撒去，比受驚了的兔子跑得還快。

三個錐形的軍陣彼此照應，如同三支雪亮的狼牙般，從四下散開的黑甲後緩緩推了出來。鋒刃所指，依舊是大食東征聖戰軍的帥旗。

此刻，聖戰東征軍的帥旗距離李嗣業已經不足二十步。大食主帥艾凱拉木還指望著能在真主的保佑下創造奇蹟，將彎刀交到左手，右手去抓傳令號角，準備親自吹角鼓舞士氣。冷不防卻抓了一個空。定神再看，負責背號角的傳令兵早已經撥轉了坐騎，磕打著馬鐙正欲逃命。

「背叛真主者，死！」艾凱拉木將彎刀迅速舉起來，凌空向傳令兵丟去。可憐的傳令兵被自家潰卒阻擋，根本不可能跑得太快。艾凱拉木的寶刀盤旋而來，從背後將他的腦袋切離了脖頸。

「考驗你們忠誠的時候到了。考驗你們忠誠的時候到了！」艾凱拉木也不拿其他兵器，揮舞著兩隻空手，向著周圍的潰兵大喊大叫。

唐軍的陌刀都快砍到屁股上了，潰兵們哪裡還有勇氣肯理睬他？頭一低，鑽過自家主帥的腋下，策馬繼續逃命。左右兩旁的親衛見狀，趕緊一擁上前。拉胳膊的拉胳膊，扯馬韁繩的扯馬韁繩，拽住艾凱拉木，加入了逃跑的人流。任後者如何詛咒威脅，也死活不肯鬆手放他去陌刀陣前送死。

「放開我，放開我。我要殺了你們！殺了你們！」艾凱拉木先是瘋子一般的咆哮，掙扎。然後突然間肩膀一縮，低下頭，大聲嚎啕：「讓我去奉獻忠誠吧。讓我去奉獻忠誠吧。仗打成這般模樣，我怎麼回去向大哈里發交代啊！」

「穆聖當年在麥加城下，也曾以示弱的方式來迷惑敵人。但是，卻獲取了最終的勝利！」一名跟上來逃命的伊馬木心思機敏，看出艾凱拉木並不像是真的想要尋求解脫，湊上前，朗聲說道。

話音落下，艾凱拉木果然止住了嚎啕，睜開淚汪汪的眼睛，低聲追問：「你，你說什麼？」

「當年穆聖在傳播真主榮光時，也曾受到過挫折。但他卻能忍辱負重，直到獲取了最後的勝利。將軍今日雖然沒有取得一場輝煌的勝利，又怎知道這不是真主對您的一個考驗呢？」那名年輕的伊馬木想了想，繼續引經據典。

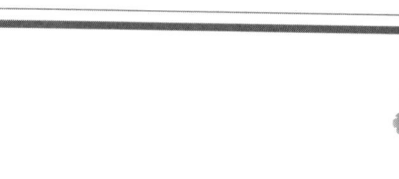

「對啊？」彷彿暗夜中看到了一絲亮光，艾凱拉木雙眼一下子就重新充滿了生機。怪不得今天所有一切都不對勁兒，原來是阿拉給我的一個考驗。心中將這個理由默默地念叨了幾遍，他終於振作起來，一邊拚命磕打坐騎從人群中撞出條血路，一邊低聲詢問，「你是誰，我怎麼看著你的面孔很熟？」

「我是來自麥加的阿里・本・安拉・哈邁德・波爾克……阿迪！」儘管是在逃命當中，年輕的伊馬木還依舊念念不忘地報上了一個冗長的姓名。

艾凱拉木只聽清楚了阿迪兩個字，目光登時愈發明亮。大食人的姓名在外界看起來雖然非常複雜，事實上卻有著一個十分完善的命名規則。那個年輕伊馬木的姓名中，包括了其父親、祖父乃至曾祖的名字，最後一個，卻是清清楚楚地報明了，他來自著名的阿迪家族。乃是四大聖徒之一，鉅賈奧馬爾的後人。

雖然臨陣指揮能力一般，艾凱拉木的見縫插針的本事卻是一等一。否則，也不會在原本阿布·穆斯林派系將領都受到嚴厲打壓的情況下，出面執掌東征大軍。「你跟緊了我。只要我能通過阿拉的考驗，就不會忘記你的提醒之恩！」又看了年輕的伊馬木一眼，他低聲吩咐。雙腿狠狠夾了下馬肚子，帶領著一千親衛迅速向西轉進。

主帥一逃，其餘大食黑甲更是無心戀戰，雖然人數遠遠高於唐軍，卻連有秩序地撤退都組織不起來。很多剛剛從西線調過來的高級將領，丟下本來就不熟悉的士卒獨自逃命。失去了主心骨的士卒們四下亂竄，有的策馬向西，有的策馬向南，有的轉身向北，只要不回頭面對唐軍，哪怕前面就是大漠也毫不猶豫。

那些本來就是強拉來的僕從軍更為過分，乾脆成幫結夥的下馬向距離自己最近的唐軍將領乞降。然後把頭盔用白布一裹，再度跳上坐騎，充當起了唐人的僕從，帶頭追殺起四下逃竄的大食人來。

論身手本事，那些大食聖戰者和志願者們遠在被強徵來的僕從之上，隨便一個人出手，都能將僕從軍打翻兩三個。然而，他們卻沒膽子在戰場上耽擱，遇到僕從軍從側面包抄過來，要麼調轉馬頭改變逃命方向，要麼抱著腦袋繼續前衝，只要當場被砍死的不是自己，就算是暫且又逃過了一劫。

好在唐軍的人數較少，安西戰馬的衝刺速度，整體上又遠在天方馬之下。所以只要不管不顧地逃命，安西軍還真難將他們全體留下。大部分的聖戰者和志願者都逃了出來，遠遠地跑出了三十餘里，直到耳邊再也聽不到戰鼓聲了，才稍稍放緩了坐騎，相對著大聲嚎啕。哭著，哭著，他們猛然發現，先前困擾大夥的那種手腳痠軟的情況居然不見了。每個人除了跑得又累又渴外，身體上再沒有什麼異常狀況。

「莫非阿拉本來就不希望咱們進攻東方？」這下，不但少數志願者開始懷疑此番東征的必要性了，連素來以信仰堅定著稱的聖戰者和伊馬木們，也開始疑神疑鬼。唐軍的齊整陣形，精良裝備和高明戰術，無一不打擊著他們繼續向東傳播教義的信心。特別是那如林陌刀，每當想起來，都令眾人不寒而慄。

還沒等幾個幸運的伊馬木將心中的困惑整理出個頭緒來，逃命的隊伍末尾，淒厲的慘叫聲又起。淡黃色的煙塵中，一員唐將縱馬殺到，手中鏈子錘順勢一掄，就將數名躲避不及的聖戰者掃於馬下。

大食軍中最善戰的一名勇士，今天就是死在此錘之下。故而眾潰兵對持錘追來的唐將印象極為深刻。自認不是對手，大叫一聲，上馬便逃，不求跑得過唐兵唐將，只求逃得比自家袍澤快上半步。

追來的唐軍人數有限，也未曾起將所有潰兵一口吞下的心思。只是跟在後邊草草地攆了一陣兒，截下了逃得最慢的幾百人，也就再度停下來消化戰果。

那被唐軍截住的幾百潰兵當中，被大食人臨時徵召的部族僕從軍又占了一半以上。見到退路已斷，立刻跳下坐騎，舉手投降。一眾曾經豪情萬丈地準備將天方教用屠刀傳播到東方的志願者們受到影響，心中再也鼓不起向阿拉證明自己忠誠的勇氣，緊跟著下了馬，跪倒在地上任唐軍宰割。只有隊伍中的少數聖戰者和伊馬木，自知像自己這樣的人即便投降也未必能得到寬恕，聚成一團試圖頑抗到底。他們這夥殘兵敗將又豈是安西生力軍的對手？被王洵帶著自己的嫡系縱馬一衝，也就紛紛如霜打過的棗子般落到了地上。

「殺賊！」早就在旁邊躍躍欲試的薛景仙見此，迅速跳下戰馬，帶領隨從徒步上前。按住被打下坐騎的敵兵敵將，揮刀朝脖頸處猛剁。轉眼間，就將一個個血淋淋的頭顱割了下來。

按大唐軍功統計方式。臨陣斬首三級，則策勳一轉。連續策勳三轉，則官晉一級。若是殺的是敵軍中的將領，則按照死者在生前的軍職高低，另外再折算升賞。雖然這批割下來的腦袋，按道理要給王洵及其部屬分大頭，薛景仙和他的隨從們只能撈到其中很少的一部分。可架不住數量充足，並且今天的追亡逐北戰鬥遠沒到結束的時候。隨便從每次戰鬥中揩得一點兒油水，一次次積累下來，也夠薛景仙和他的隨從們每人都升上一級兩級了。

猜到了對方的心思，王洵也不加攔阻。只是命令麾下弟兄一邊下馬恢復體力，一邊小心翼翼地在旁邊警戒，以防哪個落馬的敵軍傷得不夠重，臨死之前拉上欽差大人墊背。至於薛景仙麾下的那些刀客們殺得興起，偷偷地把幾個投降者也給割了腦袋，則完全裝作沒有看見。

有道是什麼將帶什麼兵。薛景仙本人喜歡到處佔便宜，所帶的隨從們也一個比一個刁鑽奸猾。看出王洵不怎麼在乎俘虜們的生死，立刻用眼神互相打了個招呼，迅速向被俘志願者當中幾個鎧甲最華美的傢伙撲去。

「投降，投降！」第一個被盯住的目標厲聲慘叫，手腳並用向俘虜堆中縮。兩個刀客像抓綿羊一般，將他從人群中拖了出來。用刀刃往咽喉處一抹，立刻結果了性命。

另外一名被盯上的俘虜是個天竺人，信仰頗為虔誠。見到幾名滿臉橫肉的刀客連袂向自己撲來，慘叫幾聲，低頭頌經不止。刀客們哪裡管他口中嘟念的是什麼，拖出人群，一刀了賬。

大食軍在攻略西域諸國之時，獲勝後也有屠殺俘虜的習慣。一眾俘虜既然下馬投降，便等於已經認命。即便被拖走的人原來就躲在自己身旁，也是兩眼一閉，不敢做任何抵抗。倒是王洵身邊的小校魏風心腸軟，見俘虜們態度恭順，便策馬上前，陪著笑臉向薛景仙祈求道：「欽差大人饒他們一命吧。

都是人生父母養的，都殺光了恐怕有違天和！」

對於王洵麾下的所有弟兄，薛景仙都不願得罪。訕訕地笑了笑，信口地解釋道：「我這不是怕他們再串聯起來弄什麼妖法嘛！所以才放任弟兄下了狠手。殺將留兵，也恰好符合古代處理降軍的慣例。」

魏風在來安西之前，就是個種地的大老粗，怎可能辯得過薛景仙這種正經科舉出身的讀書人。想了想，覺得欽差大人說得也有道理，便將頭轉到了一旁，眼不見為淨。

就在這一晃兒功夫，已經又有數名鎧甲華貴的東征聖戰軍將領被拖出來斬首。身上的板甲也被刀客們當做戰利品，剝下來掛在了繳獲的戰馬之後。眾人還是覺得首級不夠分，目光又轉向了最早帶頭乞降的那些僕從軍，以期望從中尋到什麼大魚。

眾僕從兵將的鎧甲都是自備，誰職位高，誰家富有，比身穿統一制式鎧甲的大食人還要分明。當即，數個打扮華貴的傢伙就無所遁形，被刀客們一個挨一個從俘虜堆中拖了出來。

「殺完這些就行了。剩下的押回去等候封大帥處置！」唯恐王洵等得不耐煩，薛景仙大聲命令。

「饒命，饒命啊，唐人老爺！」話音剛落，被拖出來的俘虜當中，有一個年輕人忽然用唐言大叫。字正腔圓，居然是標準的長安口音。

「停下，先別殺他！」薛景仙心裡吃了一驚，快步上前，揮刀加在了求饒者的脖子上。「你怎麼會說唐言？從哪裡學來的？」

「小的，小的不是大食人。小的是木鹿城那邊商戶。當年追隨父輩到長安販貨，所以學了一些唐言。小的是被大食人逼著參軍的，不是自己主動來的呀。小的自知罪該萬死，請唐人老爺念在我等迫不得已的份上，千萬饒恕則個！」年輕俘虜一邊磕頭求饒，一邊飛快地解釋道。

「抬起頭來！」薛景仙大聲喝令。

「小的不敢！小的長得醜，怕驚了唐人老爺！」年輕的俘虜口中大聲回應著慢慢抬頭。高鼻深目，果然長了一副波斯人面孔。

「你真的是被擄裹來的？」薛景仙想了想，遲疑著問。念在對方能說一口流利的唐言份上，他準備發一回慈悲。

「薛大人還是快點兒把他殺了吧。跟一個小商販有什麼可囉嗦的！」一直在旁邊將養馬力的王洵突然大步走上前，笑著跟薛景仙商量。

「也是！」薛景仙楞了楞，旋即轉身準備離開。目光與王洵交錯的瞬間，快速向對方擠了擠眼睛，表示自己已經心領神會。

那年輕俘虜不知道有詐，嚇得立刻撲過去，雙手死死抱住薛景仙的大腿，「唐人老爺，唐人老爺，我家有錢，我家有錢啊。可以贖身，可以給我贖身！」

聞聽此言，眾刀客和隨從們忍不住哈哈大笑，紛紛圍攏過來，看此人口不擇言時，還能鬧出什麼樂子。薛景仙也被逗得雙肩直聳，強忍住笑意，繼續沉聲說道：「你當我窮瘋了嗎？需要你那點兒臭錢？不過是三五吊而已，我還得白養著你好幾個月！」

「不是三五吊，是很多，很多！」年輕俘虜一手繼續緊緊抱住薛景仙的小腿，另外一隻手來回比劃，「很多，很多錢。唐人老爺，我馬上就可以派人給我父親送信。您饒我一命，他肯定會報答您的恩德！」

「一個商販的報答，我不稀罕！」薛景仙向外抽了抽腿，滿臉不屑。「把你的腦袋交上去，我至少能記一等功。官升得快些，啥都有了，不好過拿你家幾個臭錢！」

「不是臭錢，臭錢。是香錢，香錢！」年輕俘虜唯恐薛景仙走開，抱著他的大腿苦苦哀求，「我父親不僅僅是個商販。還是，還是木鹿城的賦稅總管。就是，就是你們中原的戶曹大人！」

「你父親恐怕不止是個小小的戶曹吧！」薛景仙冷笑著轉過身，用刀尖壓住對方的血管，「說實話，你父親到底是做什麼的！再敢滿嘴跑舌頭，我就直接放了你的血！」

他長得原本就不怎麼英俊，一發起狠來，更是滿臉陰毒。年輕俘虜被嚇得魂都快飛了，手指抓住刀刃，鮮血滴滴答答往下淌，「我說，我說，唐人老爺，我再也不敢了。我父親就是木鹿城的總督夏普·蘇倫，小的叫鮑爾伯，還有個唐名叫蘇適！」

「蘇適，對吧？」薛景仙蹲下去，用手輕輕拍了拍對方白嫩的面孔，「除了錢之外，你還能給我什麼好處呢？趕緊說出來，否則，我可沒耐心再陪著你玩兒！」

他本想咋呼對方一番，從其嘴裡逼問一些大食人在這附近的詳細情況，以防追殺過程中遭遇敵人的援軍。誰料叫做蘇適的小傢伙卻會錯了意。一把抓住薛景仙伸過來的手掌，大聲喊道：「我，我父親可以幫你們。一起對付大食人！在大食人打來之前，木鹿城就是我們家的，我父親在百姓當中威望很高！不信，不信你問他們幾個！」

說罷，將手向另外幾名被拉出來的俘虜一指，用一種古怪的語言哇啦哇啦喊了一大通。

那幾名鎧甲頗為華貴的俘虜本來已經覺得生還無望，沒想到自家少主跟唐人老爺還能說得上話。立刻爬了過來，手按自己胸口，同時，嘴裡哇啦哇啦地不住嚷嚷。一看就知道是在賭咒發誓。

「我說的不算。你們向他討饒吧。他才是主將！」薛景仙側身讓開，笑著把眾人的目光引向王洵。

「將軍饒命，將軍饒命！」蘇適立刻帶著隨從爬向王洵，雙手伏地，頭如搗蒜。

「你怎麼能保證，你父親可以幫我們一道對付大食人！」突然間撿到一個寶貝，王洵也有些心動。皺了下眉頭，繼續追問。

「我，我……」唐名叫做蘇適的年輕俘虜四下看了看，確信周圍沒有其他俘虜懂得唐言，壓低了聲音回應道，「不瞞唐人老爺，我家本來就是被迫投降大食人的。我曾曾祖父活著的時候，還做過你們大唐的官兒。叫什麼刺史，對，東安刺史。當時整個那密河沿岸都向大唐效忠，被叫做康居都督府！我家還有人做過康居都督府的長史，負責宣揚大唐教化。」注七

「怪不得此人能說一口流利的唐言！」薛景仙朝著王洵笑了笑，低聲說道。唯恐王洵不知道這段歷史，他又耐心地向對方介紹，「至少是總章二年之前的事情了，當時咱大唐疆域直達阿姆河。只可惜隨後便失去了此地。而國內又因為武后當政，導致內亂不斷……」

聽出自己活命有門兒，蘇適立刻打蛇隨棍上，「我，我曾曾祖父，也是因為沒有得到大唐的及時支援，才不得不投靠大食人的。否則，我家族的人也不會一直學習唐言！」

這話未必說的是實情，但蘇倫家族準備在大食與大唐兩大勢力之間騎牆的心思，卻暴露無疑。否則，其家族也不會將九十多年前的故事，告訴給子孫。並且還費了好多心思教導蘇適學習標準的長安言語。

想到這兒，王洵向薛景仙看了看，迅速做出決定，「我決定相信你的話，但你需要拿出點兒實際行動。證明你是真心投降！」

「真心，真心，比金子還真的真心。如果有半點假心，天打雷劈！」蘇適自知已經逃過一劫，又爬將過來，用嘴唇狂吻王洵的戰靴。

王洵厭惡地將此人踢開，低聲喝道：「還有哪些是你從木鹿州帶來的親信？把他們全部挑出來。替我押著這些俘虜回大營。我會另外派二十名弟兄協助你。如果你敢起什麼歹心的話，他們就直接把你剁成肉醬！」

這更令蘇適覺得喜出望外了，原地打了個滾，快速站起，「遵，遵命！小的這就去召集屬下。你，你，還有你們幾個，還楞著幹什麼，唐人老爺要給大夥立功贖罪機會了！」

「這廝！」饒是臉皮已經被磨礪得足夠厚，薛景仙也是自愧不如。搖了搖頭，低聲向王洵提醒，「二十個人押送俘虜，夠不夠？萬一他們路上起了歹心，豈不是……」

「周圍還有咱們的人在追殺潰兵，沒人能翻起大浪來。況且這姓蘇的波斯小子怕是巴不得有這麼一個機會呢！」歷經這麼多風雨，王洵早就不像在長安城時那般稀裡糊塗，笑了笑，耐心地向薛景仙解釋，「西域這邊，很多小國都是朝秦暮楚。前些年高將軍打了敗仗，他們就一古腦投降了大食。今天咱們在這裡大破大食人十二萬聯軍，消息傳出之後，恐怕很多小國的國主，又要改換門庭了！」

「這廝倒是因禍得福！」薛景仙想了想，瞬間就明白了其中奧秘。姓蘇的波斯小子如果半途逃走，一旦唐軍繼續向西推進，肯定會被其家族綁了當做罪人送給唐軍以表誠意。如果替家族跟唐軍主帥搭上關係，回去之後，此人的地位恐怕就要被其家族另眼相看了！

「是福是禍，倒也難說！據傳言大食也算萬乘之國。不會因為一場勝敗就輕易認輸！」王洵搖搖頭，微笑著回應。

這神態倒有幾分封常清的味道了，令薛景仙忍不住微微一楞。隨後，便笑著調侃道：「我記得王將軍今年還不到二十歲吧，怎麼就像活了好多年的老狐狸一般？」

「是嗎？」王洵自己倒是感覺不到自己身上那種已經與實際年齡大不相稱的成熟，笑著咧嘴，「估計是安西的風沙大，吹得人容易顯老吧！不說這些，大食人只顧著埋頭逃命，人馬都不得休息，體力肯定無法持續。趁著天色尚早，咱們趕緊再追殺他一陣！」

說罷，揮手叫來校尉魏風，命其帶領二十名輕騎「協助」木鹿城少主蘇適，一道押送俘虜回大營安置。然後吩咐方子騰去招呼弟兄們整隊，朱五一帶人去將繳獲的戰馬當中，看上去骨架比較寬大的都拉出來，留作大夥的備用。待將一切都安排得差不多了，又轉過頭來向薛景仙做了個邀請的手勢，一道跳上坐騎出發。

薛景仙幾乎眼皮不眨地看完了整個過程，心中對王洵好感愈發濃烈。在長安中找尋門路的那半年多來，他可是於應酬場合見過不少世家子弟。但這些人要麼眼高手低，只會誇誇其談地指點江山，真

注七、木鹿州位於撒馬爾罕一帶。曾經作為附庸歸順唐朝。但後來被天方教勢力所蠶食。

正做事時卻拿不出半點兒章法。要麼就是一味混吃等死，心中沒有任何長遠打算。而像王洵這般待人又謙和，做事又條理分明的，一百個裡邊也挑不出一個。

「也難怪陛下對此人另眼相待！」想到自己在長安城時聽說的一個傳聞，薛景仙忍不住暗暗點頭。京師官場中很難藏住什麼秘密，除非其干係實在太大，可能導致人頭落地的那些。而王洵被破格提拔的事情，顯然不屬於此列。況且皇帝陛下已經很多年沒有重點關注過一個勳貴子弟了，突然間對王洵青眼有加，無法不引起群臣們的格外矚目。

所以早在薛景仙離開長安之前，各種分析就已經說得有鼻子有眼睛。但是所有分析中，沒一個猜到，被破格提拔的年輕人的確有著一身過人的本事。

「如果把他拉到太子這邊……」心念一動，立刻變得無法收拾。瞪著眼睛上下打量王洵，怎麼看怎麼覺得是上上之選。

即便是在縱馬疾馳中，王洵的六識也非常敏銳。察覺薛景仙笑容的異樣，回過頭來，好奇地追問：「你老晃腦袋幹什麼？不會是已經撐不住了吧！那你可得堅持一下，像這種毫無風險的追逐戰，可不是天天都能遇上的！」

「哪能呢？君子六藝，薛某好歹也都有所涉獵。」薛景仙趕緊將歪心思收起來，笑著用手向身後的隨從們指點，「況且我要是現在就回去，他們幾個豈不恨死我了？」

眾刀客追隨了薛景仙這麼久，也知道這位雇主嘴巴雖然尖酸刻薄，為人其實並不算壞，策馬靠近數尺，笑著反駁：「大人又拿我等開玩笑！也不知道是誰，剛才非要跟了過來！」

薛景仙心情正好，說話也非常隨意，「一群不知道好歹的東西！我是想替你們謀個前程！當刀客有什麼意思，同樣是和人拚命，哪如像王將軍這般，功名馬上取！」

「我們這些人，怎敢跟王將軍相提並論！」刀客們對王洵的武藝也是好生佩服，擺擺手，大聲表示謙虛，「人家可是祖輩父輩積累下來的福緣，不像我等，生來就一副勞碌的命！」

「這麼說對王將軍可不太公平！」薛景仙心裡，最受不了的就是有人拿血脈說事兒，「他也是憑本事奪得這份富貴。你等多學著些，將來未必就一輩子寂寂無聞！」

「承大人吉言了！要是真有祖墳冒煙的那一天，我等一定請大人喝酒！」眾刀客拱了拱手，笑著敷衍。內心深處，對於博取功名的渴望卻又熱切了許多。

風馳電掣般又追出了十餘里，前方果然發現了一大群潰兵。安排人保護好了薛景仙後，王洵策馬衝了上去，手起錘落，將擋在馬前的敵軍割麥子般掃落坐騎。大食潰兵們一個個累得半死不活，根本沒力氣反抗。呼啦啦四下逃散了一大半兒，另外一小半兒，被方子騰和朱五一兩個帶人咬住，接二連三地從背後砍於馬下。

戰鬥剛一結束，薛景仙就又帶著自己的隨從跳下了馬背。爭先恐後地收集大食殘兵的人頭。這波敵軍當中，被大食人強徵來的僕從甚少。故而也沒有幾個人主動投降。薛景仙怕王洵再分兵押送俘虜耽誤了大夥的時間，乾脆主動替他分憂。帶著刀客們將活著的俘虜也全砍了，腦袋瓜子一併拴在馬背上湊數。

待打掃完了戰場，隊伍中就又多出了幾百餘匹大食良駒。雖然已經跑得筋疲力竭，可讓牠們空著鞍子，體力也能慢慢恢復。

王洵在心裡計算了一下時間，又不疾不徐地帶領麾下弟兄向西追了下去。沿途不斷更換坐騎，讓戰馬輪番將養體力。因為對策得當，速度反而沒受到路程太多影響。很快，就又遇見了第三夥和第四夥潰兵，

照舊是王洵帶著安西弟兄們上前衝殺，然後薛景仙負責帶人打掃戰場，清點收穫。轉眼間，又是兩百餘顆首級入賬。與前兩波的收穫加在一起，差不多每名參戰者已經能分到三顆以上了。然而薛景

仙卻還不滿足，一邊與王洵策馬繼續追擊敵方潰兵，一邊笑著提議道：「我看這一路上的大食殘兵，已經都被咱們安西軍追廢了。根本沒力氣舉刀。下次再遇到，乾脆讓我帶幾個人繞到前面堵截，你帶弟兄在後邊砍殺。咱們來個前後夾擊……」

「那可不成！」沒等薛景仙把話說完，王洵趕緊笑著打斷。「薛大人有所不知，這追亡逐北，其中也有許多講究。必須給敵人留一分逃命的希望，他們才不會拚死反抗。若是連希望都不給留，恐怕兔子急了，也會咬人兩口！」

「就憑他們？拚命又能怎樣？」薛景仙對大食人的戰鬥力充滿了輕蔑，皺了下眉頭，不認同王洵的說法。

「今天兩軍陣前的情景大人也看到了。咱們安西這邊，除了李將軍所帶，直搗大食人中軍的重甲步兵，和後來上前支援他的那兩波輕騎傷亡較大外，其他各部，在整個戰鬥過程中損失堪稱微乎其微。可在敵軍開始逃命之後，反倒有不少弟兄因為立功心切，不小心將性命搭了進去。」

「唔！」薛景仙回頭一想，事實果然如王洵所說。今天這場仗，封常清幾乎是完全憑藉弩箭就射垮了敵軍。雙方主力沒有發生貼身肉搏，當然不會遭到什麼損失。但當敵軍主帥從戰場上逃走之後，安西軍急於擴大戰果，反而被某些垂死掙扎的大食黑甲給咬了一口。雖然只傷亡了幾百人，但畢竟出現了損失，給先前的完勝局面蒙上了一絲陰影。

封常清對此怒不可遏，當著全軍將士的面，痛斥了幾名應對失當的核心將領。隨後的分兵追逃過程中，王洵便表現得異常小心。寧可少收穫一些首級，也不肯把敵人迫得太急。

這點兒，此人倒又得了封常清的真傳。對麾下士卒性命珍惜得要死。根本不像個談笑間取敵人首級的悍將。要知道古來慈不掌兵，殺敵三千，自損八百便是兵法大家。為了獲取勝利不惜付出任何代價，才應該是為將者的最佳選擇。

正腹誹間，忽然又聽見王洵笑著嘆氣：「薛大人是不是覺得，只要能將敵軍多堵住一些，咱們哪怕損失幾個弟兄，也是值得。可咱們安西軍就這麼點兒人。每條命都金貴得很。封帥曾經說過，哪怕用一名弟兄，換一百敵人，對咱們來說，也是筆虧本買賣。王某不才，不敢忘記封帥的叮囑！」

這話，在薛景仙心裡倒是能找到許多共鳴，點了點頭，他大聲說道：「那倒是！咱們是大唐男兒，他們算什麼？剛才那些話就當我沒說，該怎麼打，大夥還是聽你王兄弟的！」

「再追上一程，差不多也該往回返了。」抬頭看了看已經西斜的太陽，王洵笑著說道，「其他各路弟兄恐怕都已經收兵。一旦成了孤軍，就輪到大食人追殺咱們了！」

看到薛景仙臉上隱隱帶著不甘之色，笑了笑一下，他繼續補充道：「想必薛大人日後難以再有親自上陣殺敵的機會。今日的收穫，該算在王某名下的，就全送給薛大人吧！難得有人從長安來，總不能讓你兩手空空回去！」

「這怎麼成！不行，不行！」薛景仙被王洵的慷慨嚇了一跳，趕緊連連擺手，「你肯讓我跟著沾光，已經是仁至義盡了。薛某即便再不知道進退，也不能搶你拿性命換來的功勞！」

「薛大人不必客氣！」王洵有心成全對方，笑著搖頭，「臨陣斬將，我已經立下了一件大功。足夠報答朝廷的破格提拔了。今日即便再砍下更多敵人的腦袋，也不過是錦上添花而已。況且王某剛剛才連升三級，哪怕此刻立下天大的功勞，官職還能升到哪去？」

薛景仙本來就精通於官場規則，略一琢磨，便明白了王洵所說的話甚有道理。眼前這個年輕的勳貴才到安西半年就連升數級，不到二十，已經位居正四品中郎將，無論是資歷，還是其背後的根基，都難以服眾。雖然自己在頒發聖旨時，沒有人當面表示質疑。可要說整個安西軍上下所有將士心裡都對王洵一點兒也不覺得嫉妒，也是根本沒可能的事情！所以即便單純從保護年輕人的角度上講，最近一段時間封常清也必然會暫時將王洵的鋒頭稍稍往下壓一壓，以免日後其真的木秀於林。

偏偏今日王洵臨陣斬殺敵將，又出了一個大大的鋒頭。這個功勞為眾人親眼所見，根本不可能抹掉。故而在接下來的追亡逐北過程中，王洵有沒有斬獲，斬獲多少，已經完全失去了意義。

「可這年輕人怎麼會老成到如此地步？」猛然間，薛景仙又突然覺得送上門的禮物開始燙手。同樣年齡的官宦子弟他見過很多，其中沒有一個像王洵這般，能清楚地把握上司意圖，並能讓所有與他接觸的人都心生好感的！「他一而再，再而三地向我示好，又為了什麼？」

薛景仙在官場沉浮多年，心中早就沒有初出茅廬時的那份單純和做人的是非觀念。然而，收了別人的禮物，就要替人辦事兒，卻是他給自己定的最後原則。唯恐王洵過後給自己出什麼難題，他笑了笑，拱手道：「本來王將軍這番好意，薛某是不該推辭的。但將軍來安西的時間並不長，想必也需要多結善緣。所以替將軍計，這份厚禮不如將軍自己留著，拿來送與更合適的人！」

「薛大人這是什麼話？」王洵眉頭一皺，怒形於色，「你不要，我分給弟兄們便是。安西軍中，哪個需要首級，自己不會拿刀去砍麼，誰還稀罕王某名下的這幾顆？」

他昨天主動與薛景仙交往，初衷的確就是探聽長安那邊官場動靜。但今天送功勞給對方，卻是順手而為，根本沒包含任何交易的奢求。誰料反而被對方誤會了，硬拿官場潛規則來往裡頭套。因此心中不免覺得甚為乏味，帶了帶坐騎，便準備離薛景仙這廝遠一些，免得看著此人那副嘴臉鬧心。

薛景仙見狀，趕緊催動坐騎跟上，伸手扯住王洵的馬韁繩：「王將軍莫要生氣！薛某跟你一見如故。所以才替你著想。王將軍應該也知道，薛某是個剛升上來的文官，在朝中根本無法替你說話……」

「哪個需要你替我說話來！」王洵回過頭，又是好氣，又是好笑，「王某不過是念你一個文官，難得來這邊一趟，所以才想多讓你立點兒功勞帶回去。免得日後回想起來，覺得白受了一番苦。你若是心裡頭過意不去，今後朝廷那邊有什麼風吹草動，多給王某透露一二就行了。這邊離長安幾千里路，朝廷中的任何變化，傳過來至少都得一兩個月。若是能比旁人早知道幾天消息，做到事事有備而無患，豈不是比攀上什麼高枝都強？」

這番話半真半假。倒讓薛景仙心裡頭登時安生了不少。送個消息對他來說肯定是舉手之勞的事情，更何況日後為了替太子鞏固基業，他肯定還少不了要與安西軍的將領打交道。想到這層，他笑了笑，輕輕點頭：「如此，薛某就不客氣了。日後有用得著薛某之處，王將軍儘管言語！」

「若是用不著，咱們便老死不相往來了嗎？」王洵看了薛景仙一眼，笑著追問。

薛景仙被問得又是一楞，抬起胳膊，笑著拱手：「薛某說錯了。說錯了！王將軍若是不嫌薛某高攀，薛某交了你這朋友便是！」

「早該如此！」王洵又狠狠地看了薛景仙一眼，氣哼哼地說道。

說罷，二人俱是哈哈大笑。彼此的心中都感覺輕鬆了不少。

向西追了片刻，大夥又遇到了一夥大食潰兵。規模在五百上下，人和馬都跑得口吐白沫。薛景仙怕別人說自己盡佔便宜，竟然不顧勸阻，揮舞著彎刀跟在王洵身側，連斬數名敵軍下馬，舉止如同瘋虎。他的隨從見自家大人如此，也都冒死跟在了安西軍身後衝殺。幾個來回過後，居然將五百餘大食潰兵殺了乾乾淨淨，沒有讓任何一名敵軍漏網。

那些從長安來的欽差侍衛以前沒跟大食人打過任何交道，還不覺得今天的戰果有何奇怪。幾個薛景仙於半路上僱來的刀客隨從卻驚詫莫名，收攏了敵軍的首級之後，一邊喘息著跟著大隊人馬往回返，一邊興奮地議論：「大，大食兵，兵將素，素以強悍聞名，今，今兒怎麼都變成了紙糊的？」

「那還不簡單，安西弟兄比他們更強唄。」有人嘴快，帶著幾分恭維的口吻回應。

這個答案顯然不能令大夥滿意。一名年齡稍老的刀客搖搖頭，低聲感慨：「人家也是一路從西打到東，沿途破國無數的。按道理實力不應該這麼差。不過，安西弟兄比他們強，也是個誰也否認不了的硬道理！」

「這個，薛某倒能猜到一二！」走在隊伍前頭的薛景仙有心賣弄，回過頭來，笑著插了一句。

隊伍當中，數他讀書最多，說出來的話自然有人捧場。立刻，不光是隨從們豎起了耳朵，王洵麾下的一些安西士卒，也都眼巴巴地看了過來。大夥心中其實也甚為納悶，在開戰前，軍中老兵曾經小心告誡，切莫看輕了大食人。當年高仙芝大將軍便是因為打久順風仗，一時不察，才導致在怛羅斯河畔陰溝翻船。可今天的戰場上情況卻和老兵們說得恰恰相反，整個大食東征軍，從主帥的臨陣調度，到士卒的決死之心，武將的戰鬥之力，基本上都乏善可陳。簡直就是一群紙糊的人偶，被大夥用力一捅，就徹底現出原形了。

「依照薛某之見，原因有三。」薛景仙理了理思路，得意洋洋地賣弄，「第一、我大唐國運正盛，大食國雖然疆域廣闊，畢竟是個蠻夷之邦。螢火蟲難與皓月爭輝！」

「呵呵！」眾將士咧嘴而笑，嘲弄的意思立刻寫了滿臉。

薛景仙也不以為意，頓了頓，繼續賣弄，「第二、自從上次怛羅斯血戰之後，安西軍上下臥薪嚐膽，苦等這一天足足等了兩年。從上到下，都做足了準備。而大食人，恐怕還沉浸在上次偶然占到便宜的得意之中，壓根兒沒把咱們大唐男兒放在眼裡。古語云：『驕兵必敗』，就是這個道理！」

還甭說，即便是信口開河，薛某人也胡謅得頭頭是道，把眾將士唬得眼神發楞，臉上的表情立刻帶上幾分欽佩之意。見到大夥被自己糊弄住了，薛景仙更為得意，笑了笑，拉長了聲音道，「這第三，就是封大帥的高明之處了。懸師城外，圍而不攻。逼著大食人遠道來救。結果大食人跑得人困馬乏，戰鬥力剩下的還不到原來一半兒……」

「哎，算了吧大人……」聞聽此言，眾人臉上的表情立刻又變成了不屑狀。圍城打援不是什麼太神秘的計策，老實說，從封常清下令對健陀羅城停止進攻那一刻起，軍中大部分將士就猜到了主帥的戰略意圖。大食人那邊其實也未必猜不到，只是不得不來而已。所以在趕路之時，大食主帥必然會考慮到麾下將士的體力情況。要麼距離唐軍遠遠地就紮營休息，要麼就是在尚有足夠的體力戰鬥之前，才會向唐軍示威。根本不可能出現先自己把自己跑個半死，再送上門來挨刀子這種情況！

「那你們說，今天大食人到底是怎麼了。個個如同軟腳蝦一般，難道安西軍中，還有人會咒術不成？」薛景仙心裡不服，摸了摸滾燙的臉，笑著反問。

「這兒……」包括王洵在內，大夥雖然不認同薛景仙的第三項剖析，卻真說不出所以然來。正為難間，只見校尉朱五一向人堆中擠了擠，訕訕地說道：「卑職，卑職倒是能，能猜出個一二來。就是，就是不知道對，還是不對！」

「說罷，咱們不是都在瞎猜嗎？管他是對錯，說出來算！」在一群武夫之間，薛景仙倒也不願意擺什麼文人架子，招招手，笑著喊道。

「那，那屬下就斗膽了！」朱五一先是向王洵拱了拱手，然後笑著分析，「屬下，屬下當年在碼頭上替人，替人扛過活。明白這麼一個道理。如果，如果哪天接了個大活兒，需要裝卸的東西特別多，大夥又不想拖到半夜才幹完的話，中間休息時，就不能在原地站著。必須，必須來回走動，好把血脈給活動開。否則，否則一旦中間休息時站著不動。等再去搬東西時，肯定渾身都沒力氣，沒一兩個時辰，根本，根本緩不過勁頭來。」

「著啊！」話音未落，薛景仙已經大聲撫掌。怪不得封常清明知道大食人主帥在給其麾下兵將創造喘息機會，還是任由對方拖延下去。並非為沒看破對方的如意打算，而是巴不得對方如此，將計就計。

其謀劃佈置，竟然縝密如斯！

我大唐有如此將士，還懼什麼區區大食！縱使其來勢如同天河決口，又當如何？

自有壯士揮臂力挽，淨洗胡塵！

【第五章】

社鼠

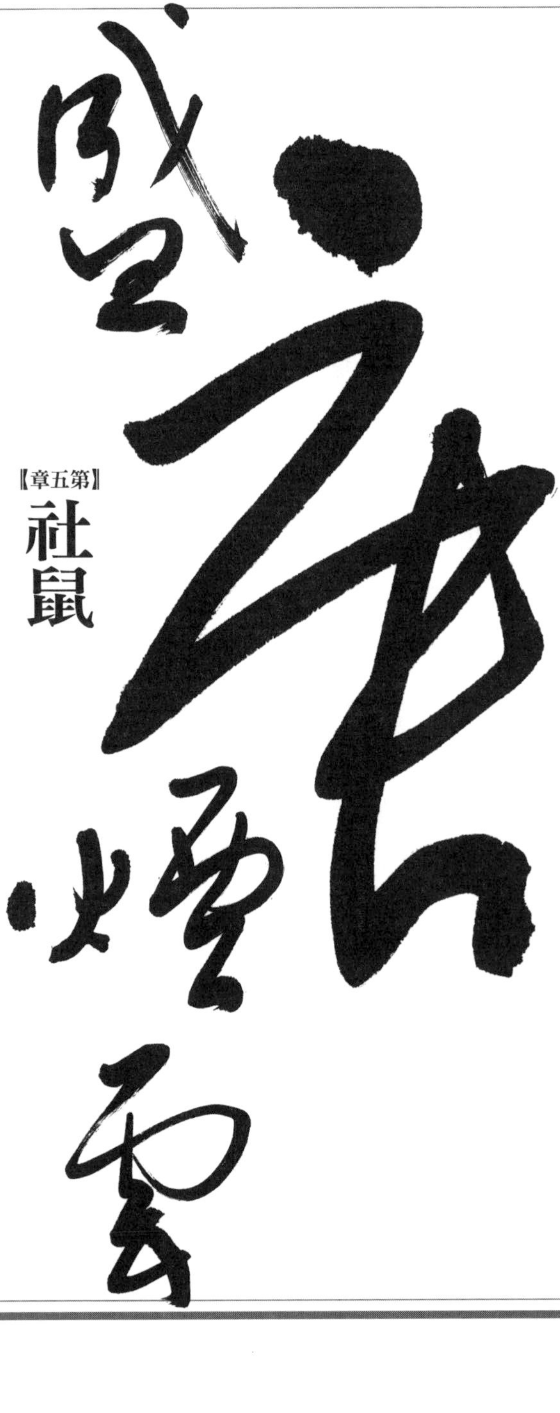

待眾人回到營地，天色已經完全變黑。整個營地燈火輝煌，將士們殺牛烤羊，引吭高歌，一齊慶祝首戰的勝利。

還沒等一曲得勝樂唱罷，外面又傳來一個喜訊，健陀羅國大相艾敏肉袒負荊，親自到唐營來向封常清乞降。願意接受大唐提出的任何條件，只求封大將軍手下留情，不要將坦叉始羅城內的百姓趕盡殺絕。

在西進之初，封常清就沒把健陀羅國當做征服目標，所以只是稍微揑拿了一番，便接受了對方的請降文表。

第二天，坦叉始羅城打開所有城門，清水潑街，黃土墊道，張燈結綵，恭迎王師入城。隨即，封常清與健陀羅大相艾敏兩人，當著所有將領和城中貴冑的面兒，在王宮中交換條文，對天盟誓，永遠遵守信約。接著，條文由通譯們分別謄抄為漢、突厥兩種文字，刻於石碑的正反兩面，豎立在健陀羅王宮前方。

一連串的繁文縟節折騰結束，安西軍將士們也從大戰的疲勞中恢復了精神。整頓兵馬，準備繼續向西推進。

大食軍主帥艾凱拉木不敢與唐軍交戰，以保護教眾為名，帶領殘兵迅速後撤。一口氣跑出了二百餘里，躲進了迦布羅城中才勉強停住腳步。同時徵發闔城青壯，用亂石巨木堵住了由坦叉始羅城通往該城的唯一官道。

迦布羅附近的官道還是大唐中宗時期在此地設立寫鳳、條支、修鮮三個都督府時所修建，本來就因為地形和人手的限制，因陋就簡。天方教趁大唐內亂之時得到此地後，便只管利用，不管建設。數十年下來，官道早已被其糟蹋得破敗不堪。再讓艾凱拉木蓄意這麼一番破壞，立刻徹底宣告癱瘓。非但大隊人馬無法通過，連外出放羊的牧人，都失去了回家的希望。

有道是破壞總比建設容易。安西軍上下都沒料到大食人竟然如此無恥，被堵在了黑石山口之外，數日不得寸進。無奈之下，封常清只好放棄了重新打通道路的設想，帶領大軍轉道向北，準備從小勃律國內迂迴到迦布羅以北，再度逼天方軍決戰。

聞聽唐軍北撤，已經連續數日沒睡過安穩覺的艾凱拉木終於鬆了口氣。派人將所有在上一戰中倖存的將領召集到總督府，帶著幾分悲涼跟大夥商議道：「這次東征，咱們本來就準備得過於倉促。而真主又因為咱們這些信徒之間內鬥不斷，拒絕再給予任何幫助。為了保全真主的信徒和領地，我已經盡了一切可以盡的努力。如果唐軍再從北方迂迴過來，作為大軍主帥，我只能用鮮血證明自己的忠誠了。但你們幾個，卻沒必要陪著我一道等死。能尋門路平安調回西方去的，現在就自己想辦法吧。我估計還有一個月時間可用，趁著唐軍到來之前趕緊走。別讓士卒們知道就行，不用再陪著我死撐了！」

眾將雖然因為前番潰敗，對艾凱拉木甚為不滿。此刻聞聽了他的肺腑之言，也感動兩眼通紅。然而感動歸感動，卻誰也找不到解決眼前危機的辦法，一個個垂頭耷拉腦袋，默默流淚。

關鍵時刻，又是不久以前剛剛獲得艾凱拉木賞識的阿里·本·哈邁德·本·波爾克·阿迪挺身而出，咳嗽了幾聲，笑著說道：「唐軍已經到達城下了嗎？怎麼大夥都像孩子一般慌亂？有抹眼淚的功夫，不如想辦法將唐軍頂回去。」

「莫非你有辦法？」對於即將溺死的人來說，哪怕在附近的水面上看到一根羽毛，也要死死地抓在手中。當即，眾人紛紛抬頭，一起用炙熱的目光盯著小阿迪。

小阿迪卻不肯當眾說出自己的對策，先請艾凱拉木將低級將領全打發走，待議事廳中只剩下幾個核心人物了，才清了清嗓子，慢慢提醒：「幾位將軍大人想過沒有。此番安西唐軍西進，最終目的在哪裡？」

「當然是想把咱們從這裡趕走。」東征軍主帥艾凱拉木眉頭輕皺，話語中約略透出了幾分不耐煩。

「將軍不要著急！」小阿迪擺擺手，繼續循循善誘，「答案沒有這麼簡單。趕走咱們？從哪趕到哪算結束？安西軍頂多也就是三萬出頭，已經接連征服大勃律、健陀羅兩國了，難道胃口還沒滿足？非一路打到麥加去不成？」

「他敢？」

「聖戰的火焰將燒死他們！」眾人大怒，咬牙跺腳地回應。最近一百年來，只有大食國東征西掠的份兒，異教徒們怎可能有窺探聖地的實力？除非他們個個都是精鋼打就，不然的話，沿途的真主忠誠的信徒一人伸出一根手指頭，都能將他們活活捻成齏粉。

身為一軍統帥，艾凱拉木的思維遠比其他幾個將領冷靜。除了憤怒之外，還隱隱地看到了一絲亮光，「你的意思是說，安西唐軍此番西進，除了報仇之外，並沒有具體戰略意圖？」

「至少，他們不可能一口氣打到麥加去！」小阿迪笑了笑，輕輕點頭。

「那是！」艾凱拉木苦笑著表示贊同，「就算沿途每戰必勝，毫無傷亡減員，一個城市留二百人駐守，沒等到達麥加，他們的兵已經分派殆盡了！」

「甭說窺探聖地，估計連整個呼羅珊，他們都沒指望能拿下來！」聖戰者統領阿木爾也反應過滋味來，搖搖頭，滿臉苦笑，「他們的人太少了。頂多再打下兩個城市來，就不得不停住腳步！可咱們也太窩囊了。真主的戰士，居然指望對方人少！」

「發揮自己的長處，沒什麼好可恥的！」小阿迪引了一句格言，輕飄飄地將阿木爾內心的慚愧抹拭乾淨。

「讓我們這樣想想吧！安西唐軍，只是大唐的一部分。沒有足夠的人手和力量進行遠征。除非大唐帝國會以傾國之力支持它。」頓了頓，小阿迪繼續替眾人分析，「所以對於大唐帝國和咱們大食國來說，眼前這仗，其實都是傷不到內臟。但是，大唐帝國的某些將軍野心甚大，居然糾集了西域二十餘國，組成了支龐大的聯軍，試圖拿下整個呼羅珊，徹底吞併河中地區。艾凱拉木和幾位將軍，帶領大夥浴血奮戰，以寡敵眾，讓安西唐軍充分認識到，真主信徒的力量和忠誠。雖然因為健陀羅人的背叛，東征軍蒙受了巨大損失。但是，也徹底粉碎了唐軍繼續西進的野心……」

「什麼，什麼，什麼……」饒是見多識廣，艾凱拉木等人也無法忍受小阿迪如此信口雌黃，忍不住大聲打斷，「你說咱們打敗了唐軍？這話有誰會信！」

「當然有人會信。」小阿迪掃了眾人一眼，嘴角微微上翹，「咱們這些人當中，有誰知道安西軍當初的戰略意圖是什麼？哈里發知道嗎？監國大人曼蘇爾殿下知道嗎？教法官知道嗎？國內教眾知道嗎？既然誰都不知道，則把唐軍堵在了半途當中，就是一個非常輝煌的戰果。絲毫不比當年怛羅斯的戰果來得差！」

「你……」眾人簡直為之氣結。帶著絕對優勢兵力，卻被唐軍打得一敗塗地，已經夠令人慚愧的了。沒想到現在居然還要捏造戰功，掩敗為勝，「你以為哈里發身邊的人都是傻子嗎？就一點兒真相都探聽不到？任憑咱們信口開河！」

「那要看是哪個哈里發了！」小阿迪冷笑著搖頭，臉上露出了一股與實際年齡極不相稱的平靜，「這裡距離庫法恐怕有幾千里吧，什麼消息傳回去都可能已經面目全非。憑什麼那邊的人就相信謠言，不相信咱們的彙報？況且到底哪個才是真相真的很重要嗎？我覺得那根本不重要。最重要的是，下一任的哈里發由誰來做，他又相信哪個真相！」注一

一連串的反問，令大夥如聞驚雷。他們突然發現，自己的年齡真的活到狗身上去了。居然連個二十出頭的年輕人都不如？隱藏在年輕人的目光裡邊，竟是如此一個深邃的世界。那是一個與大夥日常認知完全不同的世界，由其背後的阿迪家族屹立不倒數百年的智慧構成，足以將黑白顛倒過來，將謊言變成事實。

注一、庫法，黑衣大食（阿巴斯王朝）的首都。在如今的伊拉克南部。

眼下大食國內部權力鬥爭如何激烈，艾凱拉木等人其實都心知肚明。大哈里發已經時日無多，其弟監國大臣曼蘇爾窺探權力寶座，無意讓幾個王子染指王冠。而首相、教法官等人憑藉著當年在推翻倭馬亞王朝過程中形成的嫡系班底，各自成一方勢力，各自有各自的支援目標。此番東征軍幾個主要將領的人選，就是數方勢力交易和妥協的結果。只是當初誰也沒想到，東征會遭受一場失敗，並且敗得如此快速而徹底。

如果將戰敗的情況據實向庫法城那邊彙報，無論當初誰提拔了他，艾凱拉木肯定難逃一死。而其餘幾個核心將領，縱使能逃過教法處置，這輩子也就徹底毀了，前途從此暗淡無光。可真的像小阿迪指點的那樣，硬是把慘敗說成「付出了驚人的代價阻擋了唐軍西進的野心」的大勝，則必須要做到兩個前提條件才能有成功的希望。第一、東征軍中的將帥拋棄個人成見，徹底團結起來，統一口徑。第二、把賭注壓在今後最可能執掌國家權柄那個人身上，集體向他暗中投效。

第一個前提條件並不難實現，畢竟從主帥艾凱拉木起到志願者統領加里卜，從嚴格的意義上講，都已經不是純粹的武將。純粹的武將阿布·穆斯林已經被哈里發給毒死了，據說是曼蘇爾在背後搗的鬼。其他很多參加過怛羅斯之戰的高級將領也死的死，靠邊站的靠邊站。像艾凱拉木這種能留下來，並且還能得到一定程度重用者，簡直是鳳毛麟角。自然心中也不會再把什麼武將的榮譽當一回事情。

然而，在選擇效忠對象上面，大夥卻很難達成一致。這並不是說他們對自己背後的東主有多忠誠，而是目前大食國內部的局勢，著實讓人如霧裡看花。監國大臣曼蘇爾接位的呼聲的確最高，然而其他幾個人也不是好對付的。萬一大夥壓錯了賭注，可就要輸得裹屍布都穿不起了。

「這個……」作為教法官的嫡系，聖戰者統領阿木爾猶豫了片刻，第一個向大夥坦誠心中所想，「其實眼下庫法城中的幾位長者，互相之間也並非沒有妥協的可能。就拿教法官大人來說吧，他對權力一向看得很淡。對二王子的支持，也僅僅是受了王妃的所托，不得不敷衍一下而已！」

「是啊，幾位長者總不會真的打起來。否則，豈不是讓倭馬亞家族的餘孽占了便宜去？」志願者統領加里卜笑著補充，彷彿自己從來沒故意拖過主帥艾凱拉木的後腿一般。

見眾人的心思都已經鬆動，艾凱拉木也不再猶豫，笑了笑，低聲道：「咱們都是同生共死過的，當然今後彼此之間要互相照應。幾位長者那邊，估計也是如此。爭執是難免有的，但同時也很在乎當年一道舉義的情分。所以，眼下沒必要把他們之間的矛盾看得太重。至於咱們今後選擇追隨哪個長者呢？……」他笑了笑，把目光再度投向小阿迪，「其實無論追隨誰，目的都是為真主盡忠。依我之見，不妨先看看你背後的阿迪家族到底有什麼打算？！」

到底是經過大風大浪的人，看問題的眼光很是獨到。一時間，幾個原本對艾凱拉木不甚佩服的將領們，紛紛將目光轉了過來，臉上的皺紋裡邊寫滿了驚嘆。

「阿迪家族，向來處事公道，從不介入國家內部的權力爭鬥！」小阿迪笑了笑，低聲說明。

這話也就能拿出來哄哄三歲孩子。誰不知道阿迪家族最擅長做生意？當年哈里發帶領眾人跟倭馬亞軍隊血戰之時，阿迪家族就曾經兩頭下注。而針對如今這種局面，阿迪家族恐怕把年輕一輩佼佼者全都派了出來，跟幾大勢力暗中都有勾搭。無論最後哪一方獲勝，阿迪家族在新任哈里發身邊，都不會缺少自家利益的代言人。

想到這兒，艾凱拉木等人又齊齊將目光轉向小阿迪，看著他含笑不語。被大夥的目光盯得臉皮有些發熱，小阿迪搖搖頭，呻吟般說道：「好吧，我承認，阿迪家族在多頭下注。但就我個人而言，更看重曼蘇爾殿下。人夠聰明，下手夠狠，決策也足夠果斷。另外，更關鍵一點是，他懂得權衡輕重，而不會為了表面上的東西死死抓住某些細枝末節不放！」

所謂細枝末節，當然是東征軍戰敗的現實。按照小阿迪的說法，如果大夥集體向曼蘇爾殿下表示效忠，則謊言也會被當做現實來對待。但小阿迪對曼蘇爾殿下的信心從哪裡來？莫非他不知道，國內大多數武將，因為阿布·穆斯林將軍的慘死，一直對曼蘇爾冷眼相對嗎？

彷彿猜出了眾人心裡的疑惑，小阿迪笑了笑，繼續補充。「我知道，軍方對曼蘇爾殿下有成見。幾方勢力中，曼蘇爾殿下手中所掌握的武力也最小。可是，諸位別忘了，正是因為如此，咱們這支殘兵在他眼裡才愈發重要。對唐軍來講，咱們已經是不堪再戰。可對於庫法那邊，咱們手中此刻所掌握的，可是正宗的呼羅珊精銳。當年在全國都無可匹敵的存在！」

「這……」眾人直眨巴眼睛，費了好大力氣，才完全消化掉小阿迪的言論。如果東征軍集體在某個關鍵時刻發表聲明，支持曼蘇爾殿下速速接掌哈里發之位，穩定國內局勢，的確可以起到一舉打破幾大勢力之平衡的作用。特別對於教法官、大埃米爾兩人那邊，簡直就是釜底抽薪！

脖頸上方懸掛著一把隨時都可能落下來的斧頭，艾凱拉木沒時間憐憫別人。稍作斟酌，便給出了最後選擇，「聯絡監國大人，向他表示投靠的事情，都完全交給你來做！拜託了，阿里。如果此事成功的話，你就是所有將士的救命恩人。我和他們幾個，也永遠對你心存感激！」

「好說，好說。」小阿迪擺擺手，彷彿在談論一件手到擒來的事情，「阿迪家族，在此城中就有貨棧。您抓緊時間寫一封信，大夥集體簽上名姓，交給阿迪家族人秘密帶回庫法城去，交給曼蘇爾大人。相信曼蘇爾大人一定會非常高興！」

「我馬上就可以寫！」東征軍主帥艾凱拉木終於鬆了一口氣，剎那間，覺得有些筋瘦骨軟。「待沙漏下次偏轉之時，就可以寫完。你們幾個也不要急著離開，待我寫完了，一起簽字。然後分頭去找更多的人連署。動作要快，如果哪個到現在還看不清形勢，非要拉著大夥一起死的話。」嘆了口氣，艾凱拉木以極低的聲音補充，「就當他已經陣亡了吧！我會替他的家人請求撫恤！」

「是！」聖戰者統領阿木爾，志願者統領加里卜等人齊聲回應，心頭都覺得很是乏力。只有小阿迪，說話做事永遠有條不紊，「庫法那邊，我可以調動阿迪家族的力量為大夥穿針引線。可迦布羅這邊呢？幾位將軍大人心中可有對策？」

「嗯！」眾人鼻孔裡發出一陣悲鳴。的確，眼下大夥解決了向誰效忠，把潰敗說成慘勝的問題。新的問題又擺在了大夥面前。那就是，如何才能讓唐軍止步？否則，剛才的一切謀劃，都將成為空中樓閣。打，是肯定不行的。以目前的軍心和戰鬥力，即便龜縮不出的話，頂多也只能將迦布羅城陷落的時間拖到明年春末。過了明年春天，估計即便艾凱拉木等人決定繼續死扛，士卒們也會一哄而散。

「還是聽你的吧。我們這些人，也就會跟人拚命而已！」艾凱拉木心灰意冷，索性把一切都推給小阿迪，任由他為所欲為。

「還是你來吧，我們幾個聽著好了！」其他幾名將領也知道玩陰謀詭計的話，自己這邊所有人加起來，都未必是小阿迪的對手。笑了笑，低聲附和。小阿迪等的就是這個機會，立刻當仁不讓地將做主權拿到了手中。「既然這樣的話，我就不客氣了。幾位將軍大人不要嫌我越權，我也是不得已才這麼做！」

「隨你怎麼辦吧！我們都聽你的。」艾凱拉木又咧嘴苦笑，滿臉悻然。

小阿迪笑了笑，輕輕點頭，「我聽人說，大唐帝國跟咱們大食帝國一樣，都是人口眾多，地域寬廣。那大唐帝國內部所存在的問題，想必也跟咱們大食國差不太多。除了一個大哈里發外，還有幾方勢力互相爭鬥，維持著一個微妙的平衡。安西軍如果老打勝仗的話，恐怕平衡就要被破壞了。不知道大唐帝國那邊，會不會有長老能提前意識到這一點！」

「你說是賄賂大唐重臣，讓他們勒令安西軍停住腳步！」艾凱拉木大吃一驚，壓低嗓子提醒，「從這兒到大唐帝國的首都，據說可是有三千多里路。即便賄賂成功了，待使者趕到前線，咱們幾個也早就成了人家陌刀下的碎肉了！」

「不是賄賂，是請和。請求締結和平條約，終止戰爭！」小阿迪搖搖頭，笑著點破其中關鍵。「當然，賄賂也是必須的。但那是咱們的使者到達長安之後的事情。現在咱們要做的事情就是，以哈里發的名義派出使者，承認戰敗，請求與大唐簽訂和平條約！」

「你真的想找死啊。騙了一回不夠，還要再騙第二回！」聖戰者統領阿木爾無法相信自己的耳朵，大聲抗議。

「噓！」小阿迪將手指放在嘴唇上，做出了一個噤聲的暗示。「別說那麼難聽啊！賢者曾經講過，欺騙你的敵人，不能算作欺騙。大唐距離庫法這麼遠，誰能判定咱們的使者是從迦布羅城出發的，還是從庫法城出發的？從過去的經驗上看，大唐帝國只喜歡享受征服的感覺，並不怎麼在乎供奉的多少。對前去投靠的屬國，也很優待。如果咱們派個使者去安西唐軍那邊，說是代表哈里發，向大唐請求臣服。你們認為，安西軍主帥敢把使者直接給攆回來嗎？」

當然不能。答案不言而喻。這樣做還有一個好處就是，因為不敢破壞即將到來的和平，安西軍將不得不停止西進。迦布羅城當然也能就此逃過一劫。然而，條約締結之後，唐人肯定會派遣使節到庫法去表達安撫之意，屆時，所有一切肯定要暴露於陽光之下。

轉眼間，眾人都變了臉色。將一系列問題，連珠箭般射向了小阿迪。「如果唐人派遣使節回訪怎麼辦？如果真相被揭露出來後怎麼辦？如果真主的信徒感到被羞辱怎麼辦？我們有幾條命被人殺？」

「欺騙，我們只是在做戰略欺騙！賢者說，對付敵人，可以用一切手段。」小阿迪將手指豎在眼前，低聲提醒。「我們現在最大的憑藉就是，此地無論距離大唐的國都長安，還是距離大食國的首都庫法，都非常遙遠。所以無論咱們做什麼，一時半會兒都難以被察覺真相。而只要應付過了眼前的難關，其他問題至少都是一年以後的事情。到那時，國內局勢已經穩定下來，你我都為曼蘇爾殿下順利接位立下了大功。誰敢輕易指責咱們？況且咱們欺騙的是敵人，欺騙的是異教徒！又有哪點兒違反了真主的喻示！如果你們非要做一個誠實人的話，就當我什麼都沒說好了。反正我只是一個傳教的伊馬木，隨時都可以離開這裡！」

「也對，條約簽訂下來後，本來就是為了撕毀之用！即便是曼蘇爾大人親自做決定，恐怕也不會比這個好多少！」艾凱拉木別無選擇，只得全盤接受小阿迪的建議。

聖戰聖戰者統領阿木爾點頭表示贊同，然後迅速拋出下一個問題，「可誰去當使者？誰能保證一定可以騙住安西軍？」

「當然是我！」不待眾人開口，小阿迪主動請纓。

「你？」眾人吃了一驚，誰也沒想到這個滿嘴謊話的小傢伙，竟然有如此膽量。

「當然！主意是我出的，沒人比我更為合適。」小阿迪點點頭，鄭重補充，「此外，我也想見識見識，到底是什麼樣的豪傑，能把咱們打到如此慘的田地！」

「好！」強行壓住心頭的震撼，東征軍主帥艾凱拉木沉聲回應，「你需要什麼作為禮物，隨時都可以列出來。我將盡最大努力幫你準備！」

「我需要五十匹純白的單峰駱駝。一百匹上等駿馬和四十斤純金。如果可能的話，我還需要五十名護衛，二十名能歌善舞的女奴隸。要全是沒伺候過人，但又懂得如何伺候男人的處女。要長得好看，並且渾身上下充滿勾人的味道。同時還要求身體強健，能禁得起長途跋涉，至少要活著走到長安……」

迦布羅城雖然在大食人的統治下日漸凋敝，但東征軍主帥艾凱拉木使出刮地三尺的本事，也能將小阿迪所需的出使禮物給湊出來。可此舉畢竟事關重大，仔細斟酌之後，他又皺著眉頭提醒道：「你不怕被唐軍認出來嗎？上一仗，咱們這邊可是被唐軍俘虜了不少人。一旦其中有幾個骨頭軟的傢伙，主動向唐軍舉報你的真實身份，咱們大傢伙可就全都跟著完蛋了！」

「不妨！」小阿迪既然敢主動請纓，心裡就已經仔細考慮過這些可能存在的疏忽。「在上一仗之前，我幾乎沒在您身邊露過面。軍中見到我的人不多。而我帶來參戰的那些本鄉士卒，由於見機得快，戰鬥中只跑丟了二十幾個，估計未必被唐軍俘虜。況且還有很重要的一點是，唐人轉道向北，從小勃律那邊繞一個大圈子，不可能將俘虜都押著跟大隊走。我估計，他們頂多帶一兩百名俘虜做陣前喊話之用，其餘都會直接押往疏勒那邊。如此一來，我被認出真實身份的機會就更少了。等出發時，我再稍作打扮，基本上就可以蒙混過關了！」

「嗯……！」艾凱拉木長聲沉吟，基本上認同了小阿迪的解釋。但心裡卻依舊覺得有些七上八下，皺了皺眉頭，再度說道：「小心些總是沒壞處。指派給你的侍衛，我儘量從迦布羅城原本的守軍中挑選。此外，跟唐人打交道時的說辭你也斟酌些，千萬別露出什麼破綻來！」

「我已經想過了！」小阿迪笑著點頭，「我就說咱們大食國新王即位後，立刻就下令停止了東征。而你恰恰沒來得及接到命令，就跟上國軍隊起了衝突。兩軍交戰的時候，我正在匆匆忙忙往這邊趕路，遺憾的是，依舊沒來得及制止你對天朝上國的冒犯。而因為通往健陀羅的道路又被你下令阻斷，我才不得不繞路，前往小勃律……」

「如此，剛好與唐軍碰了個頭對頭！」聖戰聖戰者統領阿木爾快速補充了一句，替小阿迪徹底將謊話編圓滿。

幾個核心人物又反覆探討了數遍，確定整個計畫都已經天衣無縫，便分頭開始準備起來。當晚，艾凱拉木命人吹響號角，將各級官佐將領不論職位高低，全部召集到都督府中商討「軍務」。隨後拿出已經準備好的，向監國重臣曼蘇爾表示效忠的信，命令將領們依序在上面簽字畫押。有人稍微表示反對之意，立刻就被事先埋伏在大廳外的重裝武士拖出去，一刀砍死了事！十幾個血淋淋的腦袋瓜子丟在了地上，本來對此不服的，也只好認命。紛紛走上前來，在那份足以令全家老小陷入萬劫不復的信後寫下自己的名姓。

隨即，艾凱拉木索性一不做，二不休。當眾宣佈要重新整軍。將原來的聖戰者、志願者、僕從兵和各伊馬木所部私軍全部打散原有建制，完全按照自己身邊禁衛軍的模式重編。至於軍中將領，理所當然地就選了剛才簽字時最積極主動的那些人。

此舉純屬無師自通，卻令聖戰者統領阿木爾，志願者統領加里卜等人對他愈發佩服。捎帶著軍中的命令傳達，也因為減少了若干中間環節，重新變得暢通無阻。待到調整結束，這夥殘兵敗將徹底改頭換面，死氣沉沉狀態背後，居然重新煥發出了一絲隱隱的生機來。

當然，始做甬者艾凱拉木也沒有想到，自己只是為了保密加保命的權宜之計，居然會起到如此令人難以置信的效果。心中對到底應該如何組建一支強軍的問題，也終於有了些許兒明悟。這絲明悟在日後的很長一段歲月裡，曾經多次成為他救命的秘寶。甚至使得他在大食國與西方世界的血腥爭鬥當中，屢屢大展神威。最終成就了一代名將的美譽。

陪著艾凱拉木理順了軍中關係之後，小阿迪在迦布羅城中又刻意逗留了數日。計算時間，估計著唐軍已經快進入小勃律國境了，便帶了禮物和一干護衛，扮作使者的模樣，遙遙地向唐軍可能行走的路線迎了過去。

才過了雪山腳，就被小勃律的部落牧人們捉住，連人帶禮物捆成了一堆，丟在數十輛牛車上送往唐軍大營。

經過了一番長途跋涉，唐軍也很疲憊。所以封常清不得不暫帶領麾下將士在小勃律國都孽多城盤桓幾日，以做休整。正計算著從現在到下雪之前的這段時間，夠不夠將迦布羅城拿下來。隨軍判官岑參突然入內來報，說小勃律的埃爾加酋長抓到了一夥大食細作，想要親自獻給安西軍主帥，以求換取一些賞賜。注二、注三

「這埃爾加，還是死性不改！」封常清對部落酋長的秉性非常熟悉，抬頭看了岑參一眼，笑著說

注二、據資料，安史之亂前夕，黑衣大食曾經派遣使者，到長安朝貢。而阿拉伯人的文獻裡，則沒有相關記載。所以，使節極有可能是冒充。

注三、孽多城，今巴基斯坦的吉爾吉特。

道。「找軍需官拿二百斤茶葉給他，打發他走。就說我最近頭疼，沒精神見他！」

話音未落，旁邊已經有人啞著嗓子，女聲女氣地「點醒」道：「封節度這樣做，恐怕會傷了這些化外赤子對大唐的仰慕之心吧！」

不用看，封常清就知道說話的人是剛剛趕來與自己分功的監軍大人邊令誠，笑了笑，低聲解釋道：「邊大人有所不知，這些部落酋長，經常抓一些過往商戶，冒充別國細作來騙取賞賜。兩軍正在交戰之機，即便派遣細作探聽軍情，也是分散開，悄悄地向對方靠近，誰會弄一大夥人，明目張膽地送上門來給你捉？」

「那可未必！」邊令誠撇了撇嘴，七個不服，八個不忿，「封節度沒聽說過嗎？兵法曾經有云：『虛則實之，實則虛之。』這虛虛實實之間，便是用兵的王道！大食人主帥想必也是個行伍多年的，知道派遣細作容易被識破，索性明目張膽扮作商人過來……」

封常清知道此人跟自己糾纏不清，無非是為了在接下來戰果中多分一杯羹，於是便笑了笑，低聲打斷了他的囉嗦，「邊大人的話的確有道理。這樣吧。岑判官，你先去審問一下，弄清楚了那些細作的來歷，咱們再做計較！」

「諾！」岑參拱手施禮。卻沒有立刻退下，而是猶豫著，低聲補充道：「不如我把俘虜中帶頭的那個押上來，由節度大人親自審問。以免底下人疏忽了，耽誤了什麼重要軍情！」

說著話，悄悄地用手指在衣袖中向旁邊指了指，暗示封常清小心邊令誠在找麻煩。

封常清見此，知道剛才自己的決定可能是太倉促了。笑了笑，低聲補充到，「也好，你就去把人給提上來吧。老夫正需要問問大食那邊的反應。敢在兩軍交戰之時還穿越蔥嶺的，想必有幾分膽色。但願他心思放聰明些，別惹老夫心煩！」

岑參拱了拱手，領命離去。不多時，便親自押了一名中等身材，面色白淨，氣度十分沉穩的年輕人走了進來。邊令誠一見此人，立刻意識到剛才自己信口胡謅，居然給蒙到點子上了。高興得抬頭紋都開了花，用手一拍桌案，大聲喝道：「哪來的奸細，趕緊給咱家如實招來。看在你還年輕的份上，咱家也許會做主，讓封節度給你一條活路！」

大食國素來也有蓄養太監的習慣。作為世襲貴胄，小阿迪單從聲音中，就推斷出眼前這個色厲內荏的傢伙肯定不是什麼真正的男人。再聯想到自己所瞭解的安西軍結構，瞬間對形勢做出了最佳判斷。用力掙扎了幾下，不卑不亢地用唐言吼了回去：「莫非所謂的禮儀之邦，就是這麼對待別國使節的嗎？我趕了幾千里路，就為了替吾王向天朝皇帝陛下表達忠順之意。沒想到不但途中遇見的部落酋長毫無教養，連安西軍主帥也是如此粗鄙！還說什麼天朝上國呢，呸，恐怕連高原上的剝皮族都有所不如！」

「大膽——」邊令誠氣得臉色煞白，拍打的面前矮几厲聲咆哮。「區區一個化外蠻夷，居然也敢對我大唐的禮儀品頭論足。綁你的是小勃律的頭人，關我大唐什麼事情？況且你說你是使者，有什麼憑據？」

這句話表面上顯得非常得體，實際上，已經等於變相承認對方有使節身份的可能了。封常清聞聽，趕緊開口說道：「邊大人，戰事還沒分出勝負來，小心敵人使詐！」

「咱們兩個責任分明。打仗是你封節度的事情，咱家不會干涉。可這言語裡看不起我大唐，咱家自當爭出個是非曲直來！」邊令誠根本不給別人插嘴機會，一句責任分明，就把封常清給擋了回去。

小阿迪見此，心中愈發歡喜。暗道本以為需要前往長安，才能買通幾個大唐權臣，把頹勢挽回來。照今天這模樣，恐怕不用走得那麼遠，就已經能有所斬獲了。故而，又笑了笑，朗聲說道：「憑據自然是有的，只是需要做得了主的人看。否則，我怎麼知道你們不是貪圖我給大唐皇帝的貢禮，故意套我的話！」

一聽到「貢禮」二字，邊令誠的眼神立刻咄咄冒出兩道精光。搶在封常清開口之前，大聲命令：「來人，給他鬆綁。鬆綁。別讓一個蠻夷看了咱大唐的笑話。萬馬軍中，他肯定翻不起大風浪來！」

「諾！」眾衛士齊聲答應，卻將目光都轉向了封常清。封常清不想跟這個皇帝身邊的人鬧得太僵，懶懶地揮了揮手，低聲道：「給他鬆綁吧。監軍大人要替天子撫慰蠻夷！」

眾衛士依照命令上前，將冒牌使者小阿迪身上的繩索割斷。小阿迪先是活動了活動被綁得發麻的肢體，然後重新跪倒在地，向封常清、邊令誠二人叩頭，然後舉起一個不知道從身上哪個角落摸出來的白色指環，大聲說道：「大食國使者阿里・阿迪，叩見兩位上國將軍。」

「把戒指拿來我看！」邊令誠一眼就認出那指環是上等的象牙所雕刻，大聲命令。

左右無奈，只好上前接過戒指。邊令誠一邊握在手裡細細把玩，一邊笑著點評道：「看這做工，倒的確是麥加那邊的風格。你既然自稱是使者，身上至少還應帶著國書吧？」

「國書與貢禮，都被小勃律的埃爾加頭人給截獲了。國書被當做廢紙丟在了牛車上，貢禮他們貪污了一大半兒，另外一小半兒跟我一道送進了貴軍大營！」

「大膽！」邊令誠心疼得直咬牙，「把埃爾加給我抓回來。他居然敢扣留給陛下的貢禮，真是千刀萬剮也不足惜！」

封常清見狀，趕緊出面阻攔，「讓他把貢禮如數吐出來就是了。這些部落頭人，沒全部吞下，然後殺人滅口，已經屬於不易！」隨即，用眼睛狠狠瞪向小阿迪，「國書的事情，我一會兒派人去找。你先說說，你負有什麼具體使命！」

小阿迪被封常清刀子般的目光嚇得一哆嗦，立刻以頭搶地，哭喊道：「下國使者阿里・阿迪，奉新國主之命，前來向大唐天可汗告哀。下國老國主，天可汗的忠實僕人阿布，已經薨了！請天可汗念在阿布國王昔日忠心耿耿的份上，示下我國所犯罪名，以便新國主曼蘇爾痛改前非，永不再犯！」

聞聽此言，不僅邊令誠被忽悠得五迷三道，封常清也為之一楞，「告哀，你家國主阿布已經死了！什麼時候的事情，我在這邊怎麼一點兒消息都沒聽說過。」

「敝國雖小，疆域也有數千里之闊。國都發生的事情，傳到天朝上國這邊，至少也得三、五個月。況且因為奸臣當道，敝國新主不得不暫時對外封鎖消息。所以，元帥大人毫不知情，也是自然！」小阿迪又磕了個頭，淚流滿面。

他的唐言說得甚好，每一句都文縐縐的，表現出良好的教養。邊令誠見此，對其使者的身份已經相信了七分以上，本著謹慎起見，笑著問道：「使者節哀。生老病死，乃人生必然的事情。可既然大食國已經面臨國喪，為何不見軍中有所致哀表示。為何你等還敢主動冒犯我大唐天威。為何你在戰前不露面，打了敗仗之後，就立刻冒出來了？」

他自以為問得足夠高明，誰料句句都沒出對方的事先準備範圍之內。當即，小阿迪清了清嗓子，將與艾凱拉木等人反復演練過數遍的說辭，不緊不慢地「背誦」了出來，同時還沒忘了裝出十分委屈悲傷的模樣，將一個弱國使節為了國家命運在強梁面前不得不忍辱負重的模樣演繹得惟妙惟肖。

被人家口口聲聲天朝上國，天朝上國的叫著，邊令誠從來不知道愧疚為何物的心臟，居然慢慢抽緊了起來。不待小阿迪把全套把戲做足完，便急不可耐地嘆息著回應，「咱家雖然未曾聞聽阿布之名，但他當年能以一己之力重塑大食，想必也是一代雄主。卻沒料到，這麼早就逝去了。真是天妒英才。可惜，可惜。貴使先下去休息吧，停戰的事情，待咱家與封節度商議一下，再給你答覆！」

說罷，也不向封常清請示，揮揮手，命令左右領使節下去休息，仔細伺候著，莫丟了大唐天朝的臉面。

有外人在前，封常清不願意暴露出安西軍內部的矛盾，因此對邊令誠的跋扈一忍再忍。好不容易盼到對方把「大食使者」送走了，立刻輕輕咳嗽了幾聲，正色說道：「邊監軍是不是太不小心了些。此人說話時目光裡精光四射，顯然是滿口的謊言。咱們若是被他的謊話給騙住了，豈不是要全西域的小國都看了笑話去！」

「恐怕，他未必是說謊吧！」邊令誠意味深長地看了封常清一眼，彷彿猜出了對方的心思般。「封帥急著為大唐開疆拓土，立意甚好。然而古語有云：『伐喪乃不祥之兵。不祥，則天必棄之。』我大唐乃禮儀之邦，萬國之表率。豈可在這種大是大非方面授人口實？」注四

「大是大非！」封常清說話的聲音陡然升高，「他大食人趁我大唐內亂，染指西域之時，可曾問過什麼禮儀？什麼不祥？在這四戰之地，兵力便是道義！哪有看到便宜就占，吃了虧立刻講究什麼上古規矩的狗屁說頭？況且他大食國，跟我大唐講什麼上古？」

「可他畢竟是前來朝覲陛下的，我等不可自作主張！」看見封常清發怒，邊令誠反倒不著急了，笑了笑，繼續糾纏。

聽對方抬出皇帝做擋箭牌，封常清也只好再度將語氣放軟，「什麼狗屁使者，監軍不要上了他的當才好。依封某之見，他頂多是個犒師的玄皋！否則，怎麼會早也不來，晚也不來，我軍剛剛取道小勃律，就立刻迎面趕上來了！」

「即便是犒師的玄皋，也表明了此刻大食國上下，已經起了同仇敵愾之心。封帥再貪功冒進，恐怕得不到任何好處吧！」

大凡奸佞之輩，口齒方面都遠比常人便給。因為其平素的心思，便都放在了這裡，而不是如何把事情做好方面。封常清是個武將，本來就不善與人爭論。很快，便被邊令誠前一句《左傳》，後一句《國語》，引經據典地給駁得體無完膚。氣憤不過，只得一拍桌案，厲聲喝道：「封某不管他上下齊不齊心。我安西軍如今已經是箭在弦上，不得不發。斷沒有因為別人幾乎不著邊際的話，就停下來的道理！」

「如此，邊某就只好對不起封節度了！」邊令誠拱了拱手，冷笑著威脅。

「隨便。封某等著你彈劾便是！」封常清也不示弱，撇了撇嘴，不屑地回應。

看到封常清不受威脅，邊令誠立刻惱羞成怒，站起來，大聲斷喝：「封節度莫非想擁兵自重不

成？此地距離京師有數千里路，待京師的聖旨下來，想必你已經在山外給自己打下了一片若大的天地。呵呵，這番計較，倒也用得巧妙！只可惜，咱家既然身為監軍，就算拚上老命，也得替陛下看好了這支精銳！」

「這個帽子，想扣到封某頭上卻難！」封常清也氣得長身而起，「待封某拿下了迦布羅城，自然會向朝廷請罪。」

「那可由不得你！監軍監軍，管不住隊伍的指向，要監軍作什！」邊令誠從桌案後繞下來，氣鼓鼓地擋在了封常清面前。

自打夫蒙臨察為安西主帥時，他便奉旨監軍，因此在安西軍中倒也積累了不少人脈。幾個隨侍在中軍內的文職官員擔心衝突起來，監軍大人吃虧，趕緊放下手中公務，搶上前勸阻道：「節度大人暫且息怒。監軍大人也不要發火。不就是如何處置一個下國使節嗎？兩位犯不著如此較真兒。不如先找幾個俘虜去認認，此人會不會是假冒的。如果俘虜們認得他，想必他剛才的話全是信口開河。如果俘虜認不出他來，再重新計較，也不為遲！」

邊令誠本來就是強撐著跟封常清硬頂，有了臺階，立刻借機向下。「咱家也不是一味的固執，只是涉及到天朝的顏面，不得不小心些！」

「哼！」封常清也不想被人看了笑話，甩了下衣袖，算是答應了幕僚們的請求。

作為節度府判官，這種跑腿的事情岑參自然要出面。為了替封常清爭氣，他特意將隨軍的俘虜們全點了出來，事先告訴清楚了，如果有誰能戳破假冒使者的身份，立刻放其回家，並且給予路費和重賞。然而令他非常失望的是，二百餘名隨軍俘虜中，居然沒有一個人戳破大食使者的真身。倒是使者的衣服和打扮上，進一步確認了他的確血脈高貴，有可能與王室走得很近。

注四、伐喪不祥，出自《左傳》。不祥則天棄，出自《國語》。唐代太監普遍都很有學識文化，只可惜全沒用到正確地方。

岑參無奈，只好悻悻然回中軍繳令。邊令誠的氣焰立刻又受到了鼓舞，大笑三聲，朝著封常清說道：「咱家就覺得嘛？此子像是個見過大世面的！區區一個商人，怎可能有如此雍容華貴氣度。沐猴而冠，怎麼著也裝不像啊！封節度以為，是也不是？」

封常清出身寒微，做到了一方節度之後，氣質上卻依舊保留著當年的質樸。故而總是被一些人在背地裡恥笑。此刻受到了邊令誠的當面挖苦，不覺面紅過耳。眉頭一豎，沉聲道：「監軍說他是使者，自然越找，證據越足。封某卻知道，戰機已經耽誤不得。你彈劾封某也好，捏造罪名告封某的黑狀也罷，弟兄們西進的腳步，卻不能就此停頓下來。否則，一旦軍心受到打擊，再聚集起來，可就難了」

「是嗎？那何不把將士們都招來，問問他們願意隨你冒險西進。還是更願意顧全大局！」邊令誠自覺占了上風，冷笑著提議。

這倒也是個解決辦法，特別是在主帥和監軍意見不能統一的情況下。否則，封常清即便強行領兵出戰，邊令誠憑著監軍的身份，在糧草輜重上給他做一些手腳，也足以毀掉整個安西大軍。

顧慮到這些，封常清終是嘆了口氣，低聲道：「就依照監軍之意吧。如果弟兄們都已經不願意繼續西進的話，今年就把戰線止於此。待到明年開春，想必朝廷那邊，也能分出個輕重來！」

「是啊，都是一心為國，咱們兩個何必呢？」終於逼得封常清向自己讓步，邊令誠得意洋洋。監軍麼，自然要替天子監督整個軍隊了！殺了咱家的侄兒，還想著咱家全心全意配合你，哼哼……

他咧嘴冷笑，兩眼中射出一道陰寒。

封常清心思縝密，當然能猜到邊令誠在故意扯自己後腿。然而對方資格甚老，所作所為都在監軍的職權範圍內，所以他儘管心中惱怒，卻無可奈何。只希望對方那句彼此都是一心為國裡邊，多少有兩成為真。待明白了自己在刻意容讓之後，再看到將士們高昂士氣，只能夠把個人恩怨先放一放。

親衛們敲響了聚將鼓，須臾，所有核心將領趕到中軍帳內。安西節度使封常清先耐著性子將大食使者的來意及其身份上目前存在的疑點一一剖析，然後嘆了口氣，笑著道：「邊監軍以為，伐喪不祥，所以勸本節度就此罷兵。然而戰機稍縱即逝，本節度卻以為，無論使者身份是真是假，大食狼主是死是活，這場仗，一定要打出個高低上下來，才能徹底保證西域的平安。我們二人現在誰也說服不了對方，所以把大夥叫到這裡，共同商量。說說吧，你等對此有何看法！」

「嗯，說說吧。暢所欲言。畢竟涉及到整個安西軍的進退。不能只由一個人獨斷專行。」邊令誠接過封常清的話頭，陰聲怪調地補充。

話音剛落，斥候統領段秀實已經昂然出列，向上微微一拱手，大聲回應：「這還用問嗎？當然是打到大食人心服口服了。段某雖不知兵，卻也明白一鼓作氣，再而衰，三而竭的道理！」

「哼哼，以段將軍之見，朝廷的顏面就可以棄之不顧了？」邊令誠見段秀實居然敢不支持自己，立刻沉了臉色，冷冷地追問。

「不敢！」段秀實笑著拱手，「段某是個粗人，只覺得打得別國兵將落荒而逃方能彰顯大唐顏面。卻沒聽說挨了打不還手，反而能賺到面子的。」

這話說得可就有點重了，邊令誠登時勃然大怒，「你區區一個折衝府果毅，居然也敢替朝廷做主。要知道大食使者可是來向陛下告哀的，不是向你段將軍，也不是向我邊某人！」

「段某只是實話實說而已！」段秀實根本不買他的帳，笑了笑，朗聲補充，「此刻大食人已經成驚弓之鳥，我安西大軍只需繞過雪山，千里之地唾手可得。如果拖延到朝廷的正式決斷下來，恐怕大食人早就緩過勁兒了。到那時，一方士氣已衰，一方以逸待勞，勝負很難預料。」

「的確如此！」

「段將軍說得有道理！」其他各級將領互相看了看，小聲在底下交流。

感覺到自己勢弱，邊令誠立刻向平素幾個跟自己走得比較近的將領使眼色，命眾人出頭來圍攻段秀實。只是這個任務實在有些過於艱難，幾個平素緊抱邊監軍大腿的將領們互相拿眼神推讓來推讓去，最後，只有掌管輜重的將軍畢思琛硬著頭皮站出來說道：「段將軍其實有所不知，我軍雖然曾經大獲全勝，但弩箭、軍糧等物也消耗甚巨。眼下通往迦布羅城的道路又被敵軍用巨石亂木給塞死了，只能從小勃律這邊繞行。而這邊的道路情況大夥也都知道，除了斷崖就是絕壁，弟兄們相互攙扶著倒也勉強走得。糧車、輜重車卻很難上得來。即便強令民壯肩扛手推，十亭之中，也要損失三、四亭。能支持大軍到此地，已經是竭盡全力。再往前邊，就是積年不化的雪山，恐怕把民壯們都累死掉，也滿足不了軍中所需了！」

「這話早怎麼沒聽你說過？」段秀實瞪了他一眼，低聲質問。

「對啊，早怎麼沒聽你說過此事。周某記得當初封節度問你糧草輜重能否接濟得上時，你還信誓旦旦地拍過胸脯！」懷化將軍周嘯風也走出佇列，笑著質問。

「這……」畢思琛登時語塞。當初封常清向他詢問糧草輜重問題時，邊令誠不在場，他當然沒膽子說自己無法完成任務。然而眾目睽睽之下，想改口卻也艱難。正慚愧間，掌管徵發民役的行官王滔整了整衣甲，主動出列替死黨打圓場：「諸位將軍有所不知，當初畢將軍以為，小勃律國已經按照高仙芝大將軍的命令，重新修整了到疏勒的官道，所以才做出了錯誤判斷。然而誰料小勃律國軍民性子懶惰，已經修整了好幾年的官道，居然連一半都沒有完成。他不敢隱瞞實際情況，耽誤軍機，故而才如實稟告！」

小勃律當年背叛大唐投靠吐蕃，的確將通往疏勒的官道橋梁盡數毀去。高仙芝重新征服此地後，曾經勒令當地軍民重修官道。然而放在大唐也就是半年便能完工的事情，放在小勃律卻要耗上好幾年。一則該國人口稀少，難以調集足夠的民夫。二來也是該國民性散漫，幹一天活要歇息大半天。這些都為安西將領眾所周知，平素還屢屢拿來當做笑話講。所以行官王滔拿此出來說事兒，大夥也難以反駁得了。

眼看著支持出征和支持戰鬥就此為止的將領勢均力敵，邊令誠不覺心中得意。朝著右威衛將軍李嗣業點點手，笑著問道，「李將軍，你最老成持重，你以為如此情況下，我軍該做如何打算？」

右威衛將軍李嗣業勇冠三軍，為人處事卻非常圓潤，知道邊令誠這種小人得罪不得。而節度使封常清既然召集大夥公議，想必也生了忍讓的心思。因此便笑著拱了拱手，低聲回應道：「李某不過一個廝殺漢罷了，能想出什麼好主意來？監軍大人不必問我，你和節度使兩個拿出個章程，李某不折不扣照著執行便是！」

「對啊，對啊。我等不過是名武夫。打仗在行，運籌帷幄，便差了些！」站在李嗣業附近的其他幾名年紀較大的武將也拱拱手，低聲附和。

他們都是憑資格熬出頭的老將，對權力鬥爭的風險領會極深。邊令誠這廝雖然貪婪卑鄙，不學無術，背後卻站著黎敬仁、林昭隱、尹鳳翔、韓莊、郭全、程元振、高力士等一干內宦，隱然已經自成一派勢力，號稱小內朝，無論如何得罪不得。至於封常清，雖為大夥的頂頭上司，位高權重。卻是個講道理的人，只要在軍紀方面不犯在他手上，就不用擔心他秋後算賬。

邊令誠見此，心中愈發感到高興，四下看了看，發現欽差薛景仙也在場，想拉他做同黨，便笑著問道：「這不是薛大人嗎？咱家邊令誠，可是仰慕大人你多時了。可惜留守疏勒的那幫小子不會辦事兒，居然面都沒讓咱家跟大人見上一個，就讓大人趕到了前線來！」

此人的嗓子又尖又細，聽起來就像拿著石頭刮鍋底。薛景仙強忍心頭不適，先向封常清投過去歉意的一瞥，然後笑著拱手：「見過封節度，見過邊監軍。薛某本來早就該回去了。難得親眼目睹我大唐軍威，所以不嫌自己身手差，厚著臉皮跟了過來。只想著再過一回眼癮，也好回京師去跟同僚賣弄！」

「哪敢，哪敢。您可是代表著朝廷威儀啊！」邊令誠絲毫不在乎薛景仙話裡的疏遠之意，繼續笑著跟對方套近乎，「您是進士出身，飽讀詩書。依照您之見，這仗咱們是不是得饒人處且饒人呢！」

薛景仙不辭辛苦跟著大軍來到小勃律，一則是為了繼續跟安西眾將加深彼此之間的關係，二來也是為了再多撈些功勞。眼看著兩項目標都快要達成了，半道卻殺出了個太監來。故而心中對邊令誠很是不滿。但是他又沒勇氣與此人硬抗，便笑了笑，低聲敷衍道：「薛某一介書生，哪裡懂軍國大事。還是讓懂得打仗的人做決策好，薛某在旁邊只管搖旗吶喊便是！」

此語已經隱隱有傾向繼續出征之意了，邊令誠硬是裝作聽不出來。笑了笑，自顧說道：「咱家也是覺得，兵凶戰危，一切都需要慎重。正所謂知己知彼，百戰百勝。如今連個使者的身份都弄不明白，怎地就知道大食人不是在迦布羅那邊擺好了陷阱，等著咱們往裡邊跳呢？要知道，當年怛羅斯之戰，咱家起初也是不贊成的。只可惜高節度被眼前小勝沖昏了頭，硬是不聽咱家勸阻……」

「既然如此，我軍何不先遣一支兵馬繞過雪山，探探敵方虛實！總好過在這裡坐而論道！」實在對眾人的表現有些失望，中郎將王洵想了想，出列建議。

賣弄到一半兒卻被人硬生生打斷，邊令誠登時目露凶光，瞪著王洵，沉聲問道：「這位是誰啊。邊某瞧著面生得很呢！」

「他乃是朝廷新授的中郎將王洵！」沒料到王洵吃了那麼多的虧，居然還會主動替自己說話，封常清很是意外，笑了笑，將邊令誠的質問接了過去。「年輕人，性子難免有些急躁。但計策說得倒也不錯。先派一哨人馬繼續西征，一則可以減輕糧草輜重的供應壓力，二來也能讓大食將士知道，我大唐並非瞧不出他的拖延之計來。只是沒把他們這些疥癬之癢放在眼裡罷了！」

「原來是連升三級的王將軍啊！」邊令誠冷笑著站起身，目光四下掃視，「怪不得如此賣力地主張繼續西進呢！不知道他這樣做，有幾分是真的為了大局著想，有幾分是為了報答封節度您的知遇之恩呢！」

「暢所欲言，可是監軍大人親口說過的！」封常清皺了皺眉，沉聲回應，「至於為國舉賢，應該是封某分內之事吧！莫非邊監軍連封某如何選拔將領也要管了？」

「為國求賢，當然是好事。只是邊某怕封帥內舉不避親，給別人留下什麼話柄，影響了我安西軍的軍心。當初邊某本想提醒封帥，只可惜封帥的舉薦文書邊某沒資格看，所以無法過多置喙！」

此話，已經是明擺著含沙射影了。封常清怒不可遏，奮力一拍桌案，便想當眾給邊令誠難看。薛景仙見狀，趕緊起身，搶在封常清發作前，朗聲說道：「這裡邊恐怕是個誤會。薛某來解釋幾句。薛某在長安時，曾經聽同僚們說起過。王將軍的保舉文書送入宮中時，只是正五品。誰料陛下忽然想起了王將軍昔日曾經立過的功勞，所以才親自提起朱筆，給王將軍追加了兩級。」

他是朝廷來的欽差，說話當然能起到撥雲見日作用。頃刻間，封常清面露微笑，邊令誠的臉色，卻變成一個黑鍋底。恨恨地瞪了薛景仙一眼，老太監又冷笑著道：「既然欽差大人如此說，倒顯得邊某多事了。可陛下格外施恩，王將軍總得對得起陛下這番破格提拔才好。否則，豈不是連陛下的顏面也給辱沒了！」

放在往常，薛景仙早就冷眼旁觀了。封常清至今還沒明確表明對太子殿下的支持，邊令誠背後又站著一群自己無論如何都惹不起的帝王親信。然而，大半個多月來，王洵對他處處照顧，卻從沒要求過任何回報。縱使心機再深，他也知道這個年輕人是個值得一交的朋友。因此不待王洵回應，又搶先一步說道：「王將軍數日前，曾經親手陣斬敵軍悍將一名。首級已經用石灰封了，快馬送到了京師當中。估計陛下看到後，也會非常欣慰。知道他慧眼識珠，又為大唐找到了一個難得的少年才俊。」

「哦！」邊令誠楞了楞，沒想到薛景仙居然會主動為王洵出頭。這可跟高力士私下派人送給他的情報中，對此子為人的描述不相符。但受了高力士的委託，他也不敢因為有薛景仙插手，就輕易放棄。笑了笑，繼續說道：「既然欽差大人給王將軍作證。邊某就姑且信之。剛才王將軍說什麼來著？對了，派一小股兵馬探敵軍虛實。既然連封節度都認為是個妙計，邊某也不再攔著你立功報國。這樣吧，就由你領麾下士卒出戰。直抵迦布羅城下，揚我大唐天威。若是城中敵軍不敢迎擊，則使者的身份必然為真。如果他們立刻殺了出來，則本監軍便不再阻攔封節度領大軍去接應你。你看，這個辦法如何？封帥，欽差大人，本監軍這樣安排，沒有越權吧！」

「這……，末將雖然已經升為中郎將，麾下弟兄卻還沒來得及補齊。目前只有兩百多人手！其中近半還是新兵！」王洵皺了下眉頭，如實回復。

「兩百多人去探敵軍虛實，已經足夠了吧。太多了，萬一被敵軍追殺出來，恐怕反而不容易脫身。封節度，李將軍，你們兩個以為呢？要麼，再給王將軍補一點兵馬，湊足一千之眾如何？」

封常清和李嗣業以目互視，都從對方眼裡看到了無奈之色。以邊令誠監軍的身份，硬是拉下臉皮來，找一個新晉武將的麻煩，在座諸將，無論官職高低，誰也干涉不得。

然而這種荒唐的安排，無異讓王洵去送死。即便將王洵的部屬補齊了，兵將之間事先沒有任何熟悉，也發揮不出正常戰鬥力。況且邊令誠這老太監說得輕巧，真的到王洵被敵軍圍攻時，肯定會想方設法阻止大軍西進接應。到那時，王洵即便是生了三頭六臂，恐怕也要被剁成肉醬了。

正當二人一籌莫展之際，已經拖定了要回護王洵到底的薛景仙突然又拱了拱手，笑著說道：「邊監軍此計看起來倒是不錯。薛某不才，也想立些軍功以回報陛下。乾脆，就陪著王將軍一起去如何？若是僥倖在迦布羅城下斬得一兩名敵將，定然不忘邊監軍的提攜之恩。」

「你跟著瞎摻和什麼啊！」聞聽此言，邊令誠心裡暗罵。高力士給他的密信中，已經把薛景仙的背景交代得非常清楚了。此子雖然是楊國忠所提拔，但背地裡卻又悄悄地抱上了太子殿下的粗腿，為人著實機靈得很。如果不小心因為邊某人的「謀劃」，葬送了此子的性命。朝廷那邊如何過關不算，太子殿下日後追究起來，恐怕邊某人生了十顆腦袋也不夠砍。

想到這兒，老太監趕緊笑著擺手：「欽差大人乃一介文職，哪有親自提劍上陣的道理。算了，算了，就當咱家什麼話都沒說過便是！」

見老太監自己先縮了回去，封常清立刻向薛景仙送過去了感激的一瞥。這個人情欠大了，可畢竟為安西軍保住了一顆非常有希望的種子。大不了日後薛某人求上門來，安西軍上下抱成團將人情還他就是。

想到這兒，他微微而笑：「欽差大人有如此氣魄，老夫佩服。然而兵凶戰危，能不冒險，還是不冒險的好。王將軍，從今天起，你就負責帶領你部兵馬，護衛欽差大人。若是他少了一根寒毛，你自己提頭來見！」

「諾！」王洵感激地看了薛景仙一眼，躬身領命。

「老子又賭贏了一回！」薛景仙心中好生得意，朝著王洵輕輕點頭。從一開始，他就料定了邊令誠沒膽子讓自己這個欽差大人去送死，所以既然已經得罪了對方一次，索性得罪到底。反正只要救下了王洵，不愁贏不得安西軍將士的好感。

果然，很快就有不少目光看過來，其中充滿了欽佩之意。態度與先前那種疏遠的尊敬，不可同日而語。薛景仙被大夥看得心裡直發虛，卻死命地將腰杆挺了個筆直。直得他自己覺得辛苦萬分，卻始終驕傲地挺者，一絲也不肯再彎下。

有了薛景仙這個突然出現的變數，邊令誠自然無法再安排王洵去送死。但他也不願就此讓封常清遂了意，便繼續咬住「大食人已經遣使請降」這一條不放。如此，爭論的重點便又兜轉回來，落在了使者身份真偽上面。

封常清、周嘯風等人當然堅持不認為使者的身份為真，卻苦於拿不出任何有利證據。邊令誠那邊雖然有一干黨羽為虎作倀，但都是些個主管輜重、糧草和民役的將領，份量難免有所不足。爭論進行到了最後，王洵冒冒失失提出的建議，反而成了雙方都能接受的對策。於是，雙方便各退一步，同意安西軍主力暫且不繼續向西，由斥候統領段秀實將軍帶其麾下弟兄先去摸清楚敵人的虛實，然後再做進一步打算。

這個結果當然讓很多人大失所望。特別是對於宇文至、宋武等立功心切的年輕將領，一時間對邊令誠簡直恨之入骨。散了軍議，立刻聚集到王洵的寢帳，一邊吃酒解悶兒，一邊大罵奸佞弄權誤國。

「當初就不該准許那廝跟過來。若是封帥不派兵接應，即便借他姓邊的老賊二十個膽子，他也沒勇氣過達坦駒嶺！」

「早知道老賊如此誤事，就該讓他掉到婆勒川淹死！」

眾人你一言我一語地發洩心中的怨氣，絲毫不在乎朝廷派來的欽差大人此刻就坐在旁邊。

發覺幾個年輕將領不再把自己當成外人，薛景仙非常高興。豎著耳朵聽了一會兒，待大夥發洩得差不多了，便笑著提醒道：「封帥心裡，想必對是否繼續西進也有所猶豫吧！否則，他又何必把與邊監軍的爭論擺到明處來？直接將隊伍拉出去便是了，理睬姓邊的說些什麼作什！」

話音未落，四周立刻響起了一片反對之聲。特別是幾個對封常清崇拜備至的年輕將領，幾乎立刻把火頭指向了薛景仙。「你胡說。封帥怎麼會猶豫？！咱們安西軍上下臥薪嚐膽兩年多，為的就是復仇的這一天！」

「封帥為人向來光明磊落，怎麼會借老賊的臺階下？」

「你這傢伙，到底是想幫哪一方？」

倒是王洵更沉得住氣，猶豫了一下，忽然笑著說道：「大夥先別忙著質問薛老哥，他說的話其實也不無道理。」

「嗯？」眾人迅速將憤怒的眼神從薛景仙臉上收回，再度刺向王洵，「你說什麼呢？莫非你忘了封帥對你的知遇之恩不成？」

「諸位兄弟勿惱！」輕輕搖了搖頭，王洵笑著解釋，「如果沒發覺邊老賊存心使絆子，封帥自然會繼續帶領大夥向西挺進。然而剛才中軍帳裡的情況你們幾個也看到了。掌管米糧輜重、鎧甲器械的畢思琛、王滔、康懷順、陳奉忠等人，分明是跟邊老賊一個鼻孔出氣。此番西征，沿途不是大河深谷，就是山口絕壁，萬一邊老賊命令其黨羽暗中在補給上做些手腳，恐怕眼前的形勢再好，我軍也難平安班師了！」

「老賊敢爾！」

「這該死的老賊！」眾人破口大罵。恨不得抄傢伙衝出去，將邊令誠碎屍萬段。

罵了片刻，宇文至低下頭來，喟然嘆道：「明允說得在理！畢思琛他們幾個本來就仗著資格老，對封帥多有不服。若是真的暗中下黑手，封帥的確防不勝防。還不如順水推舟把隊伍停下，待一切潛在危險都解除了，才好繼續與大食人血戰！」

「這樣，弟兄們即便心有不滿。士氣所受打擊也不會過於嚴重！」眾人七嘴八舌，好生嘆惋。

「只是這樣一拖拉，不知道還要等到什麼時候！」

「戰機稍縱即逝。好不容易將大食東征軍打殘了。如果讓他緩過元氣來，下次再擊敗它，恐怕就沒今天這般容易！」

「那倒未必！」見大夥情緒低落，王洵又笑著給眾人鼓氣兒，「其實今年即便繼續向西，頂多也是打到迦布羅城為止。再遠，甭說糧草輜重，就是天氣情況也不准許了。而讓封帥騰出手來先解決掉後顧之憂的話，明年開了春，咱們就可以放心大膽地西進。屆時大食東征軍的實力雖然也有所恢復，可周邊的小國當中，也早把他們這次慘敗的消息傳開了。不會再真心實意地為它提供支援。兩相比較，大食人未必能占到太多便宜去！」

這番話他只是信口說來，並沒有覺得有何高深。但落在聽者耳朵裡，卻立刻有撥雲見日之感。剎那間，有數道目光投射過來，裡邊充滿了佩服之意。王洵被大夥看得有些不好意思，咳嗽了幾聲，笑著解釋道：「我只是瞎猜。瞎猜的。算不得準。但軍中總有一夥傢伙拖後腿，的確是個麻煩。還不如先除掉他們，然後輕裝上陣！」

提到此節，有人立刻低聲感慨，「如何除掉，他們幾個可是當年追隨夫蒙臨察節度的元老。連一向殺伐果斷的高節度，都未能奈他們如何！封帥又凡事都講究個規矩，斷然做不出那栽贓陷害的勾當來，唉！」

「禮送他們到別處養老不就得了嗎？難道有高升機會，他們還會拒絕嗎？」王洵想了想，繼續回答。

這倒的確是安西軍解決自身隱患的一個可行辦法。邊令誠之所以能處處給封常清掣肘，依靠的就是軍中一批有資格卻沒本事的老人。而封常清由於出身寒微，所以一時半會兒也難將這批蛀蟲剔除掉，但送他們高升就不會產生麻煩。首先，這的確在封常清的職責範圍內，並且不算戕害同僚。其次，那幾個元老功利心都奇重，有了升遷機會，絕對會牢牢把握。任邊令誠如何挽留，都不可能再挽留得住。

「明允兄這都是哪學來的。怎麼讓我都快不認識你了！」宇文至與王洵關係最近，對他身上的變化感覺也最深，看了他一眼，疑惑地問道。

「對啊，士別三日當刮目相待，我原來還不信這句話。現在可真有點信了！」宋武在白馬堡大營時，跟王洵也有過數面之緣，存著拉近關係的心思，笑著打趣。

「是嗎？」王洵茫然地摸了下自己的腦袋。變化真有這麼大嗎？自己怎麼沒感覺到？但自己想想，換做一年前自己，肚子裡還真的沒這麼多彎彎繞。否則，還不至於混得在白馬堡待不下去，稀裡糊塗躲到安西來了！

正在心裡感慨間，卻又被薛景仙推了一把，笑著數落，「你倒是聰明。但我怎麼沒見你把這股聰明勁兒用在自己身上！看今天邊令誠那模樣，幾乎恨不得立刻讓你死掉！你到底怎麼得罪他了，居然讓他如此恨你？」

「我哪知道啊！」一提這話頭，王洵就立刻滿腦門子霧水。「那老賊天天忙著在疏勒河邊跑馬圈地。甭看我來安西這麼長時間了，卻連照面都沒跟他打過。即便想得罪他，也得有機會才成啊！」

「依薛某之見，你還是多加小心！」薛景仙收起笑容，正色提醒。「這種肢體不全的傢伙，心腸最為歹毒。既然主動找上了你，便輕易不會善罷甘休！」

「多謝薛老哥提醒！」王洵知道薛景仙是真心為自己好，趕緊拱手致謝，「可小弟真的想不出何時得罪過他。他是監軍，我不過是個無根無基的中郎將。又怎麼可能防得住他背後下黑手！」

「總之，多小心些沒壞處！」薛景仙毫不客氣地接受了王洵的感謝，然後皺著眉頭繼續追問，「你再好好想想，有沒有得罪過他身邊的人？或者跟他關係比較近的人？總是找出怨恨的源頭來，才好見招拆招！」

「沒有！」王洵猶豫著搖頭。真的是好生沮喪。在京師時，他也遇到過麻煩。可每次都能找出，到底是招惹了哪路神仙。可這一回，卻半點兒頭緒都尋不到。老天爺彷彿就是看他不順眼了，所以要故意設下一道又一道關卡。

「當年在白馬堡中，倒是有個姓邊的傢伙違背軍令，被封節度給斬了。但如果邊令誠因此想報復明允，應該在他剛到達安西時就動手了，不會忍到今天！」宇文至在一旁看著著急，主動替王洵找由頭。

「不會！邊令誠要報復，也不會報復明允兄一個人！」宋武笑著接口。「我當時也在場，姓邊的那是自尋死路。周將軍、趙將軍……」他四下看了看，壓低聲音，「他們幾個當時也都在。邊令誠這兩年來，也從沒主動找過他們的麻煩！」

「哦，這倒是真有些麻煩了！」薛景仙沉聲低吟。按照眾人的說法，邊令誠應該跟王洵沒有任何私怨才對。可他為什麼非要除掉王洵不可呢？眼下自己還在，暫時還能扯太子的大旗，罩住王洵。可等自己離開後，王洵又該如何應對？

想了半天，他也沒想出個頭緒來。然而薛景仙的秉性便有些執拗，既然已經插手了，就不會半途而廢，皺了下眉頭，繼續追問道：「其他人呢。我就奇怪了，你好好的飛龍禁衛軍官不當，為什麼會回來安西受苦。以你的家世，即便不來這裡，光在禁軍中熬資格，也能熬出頭來吧？」

「這個……」王洵有些猶豫。此刻屋子裡的弟兄們交情雖然深，可畢竟彼此身後的背景有很大差異。特別是宋武，其兄乃楊國忠的死黨，有些話根本不能當著他的面說。況且楊玉環和壽王殿下偷情的事情，無論誰知道了，都不會有什麼好果子吃。他跟封常清都沒說實話，跟薛景仙更不會說。無他，自己一個人認倒楣了，沒必要再拖不相干的人下水。

「明允兄和子達曾經得罪過丞相大人！」宋武倒是磊落漢子，見王洵臉上帶出了猶豫之色，乾脆自己把話挑明。「但丞相大人早就沒打算追究此事了。況且聽家兄說，丞相和小內朝那幾位，也不大對路！不可能指使邊令誠來陷害他！」

他本意是為了彌合跟王洵等人之間的關係。不料「小內朝」三個字，卻令薛景仙眼前登時一亮。「呵呵，既然明允一時想不出來，就算了吧！咱們還是先核計核計如何躲邊令誠這廝遠些。否則，明允天天在此賊面前走動，難免就會又被人家盯上！」

「乾脆你請明允兄護送你回京師算了！」宋武沒猜到薛景仙是故意把話題往別處引，順口接了一句。

「不成！」沒等薛景仙開口，王洵已經大聲否決。歉意地看了對方一眼，他又趕緊笑著補充，「我當初來安西時，曾經立下誓言。不功成名就，決不東返！邊令誠盯上我又怎樣，我找個機會躲開他就是了。安西這麼大，總不至於我走到哪，他跟到哪裡去！」

薛景仙是何等老辣人物，微微一琢磨，便猜到導致王洵在飛龍禁衛中無法容身的真實原因，肯定不是什麼曾經得罪過楊國忠。否則，此人也不會連長安都不敢回。然而，既然對方不願意據實相告，他也不想強人所難，點了點頭，低聲道：「這也倒是個不錯主意。但並非長久之計。」

「真要逼到王某無處容身的話，那也只好奮力一搏了！」王洵搖了搖頭，說話的語氣有些悻然。想當年在長安城中招搖過市時，那些被自己欺負了的販夫走卒是什麼感覺，他向來是不屑一顧。反正對方與自己地位相差懸殊，即便有所不滿，也沒有力氣報復。而現在，他卻終於明白了這種被人如同螻蟻般踩在腳下的滋味，真的是刻骨銘心，倘若不是念在雲姨、白荇芷和紫蘿三人無依無靠的份上，他幾乎恨不得一頭把天撞出個窟窿來，與所有陷害自己的傢伙玉石俱焚。

「又何必等到那個時候。」宇文至不滿王洵如此委曲求全，撇著嘴低聲冷笑。「要我說，乾脆撿最省事的辦法來，姓邊的最為貪財，肯定捨不得他家中那一畝三分地。馬上秋收在即，如果他回疏勒的路上不幸遇到個什麼馬驚之類的……」

「休要胡說！」王洵低聲怒喝。「咱們已經不是可以說了話不顧後果的時候了。你哥哥可就在長安城中！」

「如果到我自己都快死的時候，哪有心思再顧旁人。」宇文至絲毫不在意自己旁邊就坐著個欽差，繼續咬著牙發狠。

「對啊！拚掉算了。大不了咱們也當沙盜去！」方子陵對王洵的處境感同身受，也走上前，低聲附和。「真的拚了。封節度未必能狠下心來追殺咱們！」朱五一也唯恐天下不亂，啞著嗓子跟著瞎嚷嚷。

只有宋武對王洵所經歷的坎坷一無所知，心情還能繼續保持平靜。見眾人越說越離譜，趕緊笑了笑，大聲提議道：「還是別扯這些沒邊的了。不是還沒被逼到那個份上嗎？薛老哥閱歷比咱們多，聽聽他有什麼好辦法沒有？」

聞聽此言，眾人立刻意識到當著欽差面前不該如此放肆。訕訕地收住了話頭，把目光一道投向薛景仙這邊來。

在座眾人，論舞刀弄槍的本事，薛景仙無疑排在最末一位。然而若論揣摩人心和耍弄權謀，誰也不能出乎其右。並且此子做事向來狠辣，不光對別人，對自己也是一樣。因此略做遲疑，便低聲回應道：「要是躲災嗎？我倒想起一個好去處。不但能讓邊令誠無法繼續找明允的麻煩，還不耽誤他謀取功名！」

眾人聞聽還有如此兩全其美的好事兒，心頭的癢癢肉立刻被勾了起來，七嘴八舌地催促道：「快說，快說！」

「您老兄別賣關子了。真是急死我們！」

「你等還記得那個叫蘇適的傢伙嗎？就是被明允俘虜的那個什麼木鹿城總管之子？」薛景仙做了個稍安勿躁的手勢，笑著反問。

「就是那個鮑爾伯吧。提那廝作什麼？」眾人眉頭輕皺，沒有一個人能猜出薛景仙的具體意圖。

木鹿城總督之子的鮑爾勃，是當日王洵在追殺大食潰兵時遇到的俘虜。當時因為察覺到此人的家族可能有在大食和大唐雙方之間騎牆之意，王洵便順手收留了他，並且在過後鄭重推薦給了封常清。然而封常清汲取了當年怛羅斯之戰的教訓，不再敢信任西域眾部族的諾言，故而隨便問了問，便又將此人丟了回來，留給王洵做日後向其家族索取贖金之用，其他事情一概不提。

此刻薛景仙全心全意想要回報王洵對自己的照顧，便又想起了這個可堪一用的俘虜。笑了笑，繼續補充道：「封帥手握虎狼之師，堂堂正正列陣而戰，就可以將大食兵馬打得望風而潰。當然不屑於合縱連橫的勾當！故而這姓蘇的小傢伙在他眼裡也派不上什麼用場。但是，明允此刻卻為孤身一人，又要躲得邊老太監遠遠的，又不能耽誤謀求前程，這姓蘇的小傢伙，便可以拿來當做寶了！」

「你是說，我自己主動向封帥請纓，到蔥嶺之西走一遭？」王洵的心思轉得甚快，被薛景仙一提醒，立刻反應了過來。

「不是走，是堂堂正正的出使。想當年，班定遠，可是憑此封侯！」薛景仙微微一笑，帶著幾分鼓勵的口吻說道。「你以大唐安西軍中郎將的身份，出使蔥嶺以西諸國，聯絡河中諸國以及當年被葛邏祿隔斷在外的大唐藩屬，共擊大食。此乃九死一生的差事，邊令誠肯定不會從中作梗。而萬一日後有所成，將諸國立約與大唐共同驅逐大食賊虜的文表輾轉送回京師。我想朝廷那邊，也沒人敢貪了你這份驚天奇功！」

「嘶——」他說話的聲音不大，卻聽得眾人齊齊吸了口冷氣。蔥嶺以西的確有很多地方諸侯，一直在大唐與大食之間騎牆。然而比起大唐的無為而治，大食人這些年確是用彎刀將天方教強行推廣到每一個角落。宗教這東西最為可怕，開始被迫接受時，心裡也許還存有一些抗拒。可念經念得久了，自己就把自己給念了進去。狂熱之時，甭說知交故舊，即便父母親情，也比不上對信仰虔誠的重要。王洵真的要潛入蔥嶺之西的話，恐怕稍有應對不甚，就要被天方教狂信徒碎屍萬段。

然而與危險等價的是，此行成功後的回報。朝廷中那位天子素來愛惜顏面，新上位的丞相楊國忠也急於建立不世奇功來證明其本人的能力。若是有人弄二十幾個國家一道向大唐稱臣的文表送回京師，恐怕這番功勞，與破敵人之國都不相上下了。

一片冷嘶聲中，王洵的話聽起來格外清晰，「邊令誠巴不得我死，肯定不會阻撓。可封帥那邊呢，封帥可會答應？」

「他先前不會答應。但現在肯定會答應。恐怕他現在也頭疼如何才能在邊令誠手下護得你的周全？畢竟他身為大軍統帥，不能時時刻刻都盯著你一個人。」薛景仙笑了笑，慢慢伸出一根手指。「這只是其中原因之一。第二，那大食人的使者是真的也好，假的也罷，已經來到了安西軍中。來而不往非禮也，咱們大唐男兒，總不能輕易被一個化外蠻夷比了下去！」

後半句話，聽得眾人心頭俱是一熱。可以說，與王洵相交的這些人，對朝廷如何不滿也好，對好佞如何憎恨也罷，卻都時時刻刻以作為唐人為榮。在大夥眼裡，大食人也好，弗林人也罷，都不過是茹毛飲血的化外蠻夷。眾人平素心中最恨的事情，便是輸給那些平素瞧不起的外族。所以薛景仙一提起假冒的大食使者，眾人登時不約而同地想道：「他算個什麼？換了我處於他的位置，為了背後的安西軍，同樣的事情也都眉頭不皺！」注五

當下，王洵整了整衣衫，對著薛景仙長揖及地：「多謝薛兄指點！他日若能平安歸來，王某定然找薛兄共圖一醉！」

「不急，不急！」薛景仙笑呵呵地拉住王洵的胳膊，自覺好生有成就感。宦海沉浮這麼多載，他不帶任何功利因素交往的朋友甚為寥寥，王洵可能是唯一的一個。故而在心裡格外珍惜，斷不想因為自己一時謀劃失當，將對方葬送在距離長安數千里外的異國他鄉。「你一個人去，恐怕路上難免寂寞，封帥也不會放心。」

「那就我跟明允兄一道去！」宇文至毫不猶豫地上前半步，大聲說道。「我們兩個從小便一道撒野。相互之間配合得早就熟悉了，路上更好彼此照應！」

「我也去！」

「算我一個！」

「千萬帶上我！」

方子陵、魏風、朱五一等王洵的嫡系部屬爭先恐後。

人數上，當然足夠湊成一個小規模使團。然而，薛景仙心中，卻覺得這個使團分量有些欠缺。不是怕他們出去後，在異族面前應對不當，折損大唐威儀。而是怕邊令誠這條毒蛇心裡沒輕沒重，豁出去讓大食人繼續窺探西域，也要想方設法將王洵等人的性命斷送在出使的道路上。

正遲疑間，又見宋武上前半步，仰著臉，笑呵呵地道：「乾脆我也去吧。咱們幾個都是白馬堡出來的，憑什麼眼睜睜地看著你等去建功立業？同去，同去。說不定還能順道拐個弗林國公主回來！」

眾人被他不著調的話逗得哈哈大笑，原本有些肅穆的氛圍登時散了。薛景仙當然巴不得宋武主動請纓，有此人那個當中書舍人的哥哥宋昱在背後坐鎮，邊令誠再想幹什麼對使團不利的事情，想必也會有所顧忌。但他為人處事甚為圓熟，雖然明知宋武是最好的同行人選，依舊擺了擺手，笑著婉拒，「宋老弟還是不要冒險了吧。一旦中書大人問起來，薛某可是不好向他交代！」

「管他呢。你就說不知情便是。」宋武咧嘴一笑，年輕的臉上充滿了陽光，「況且我總不能指望著他照顧我一輩子！」

聞聽此言，大夥看向宋武的眼神登時一亮。誰都沒想到這個背景極深的紈袴子弟，心中居然還藏著如此志向。特別是宇文至，簡直恨不能使勁兒揉幾下眼睛。瞪了對方好一會兒，才咧了一下嘴，酸溜溜地誇讚道：「看不出你小子，居然如此有種！你可想清楚了，此番出去不是鬧著玩的，弄不好，連骨頭渣子都沒人幫你收拾！」

「知道了，不用你囉嗦！自己照顧好你自己就得了！」宋武笑呵呵地白了宇文至一眼，彷彿嫌對方看低了自己一般。隨即，又將目光轉向王洵，拱了拱手，帶著幾分商量的口吻問道：「明允兄不會嫌小弟本領低微吧？咱們好歹也是一座大營裡摔打出來的！」

此刻，王洵心裡也是波濤洶湧。笑了笑，以朋友之禮相還，「豈敢！王某求之不得！」

由於對方有個做中書舍人的哥哥，並且還是楊國忠的親信黨羽，所以他對宋武的態度一直比較冷淡。然而對方總是跟在宇文至身後頻頻向自己示好，又耐著長安同鄉、白馬堡一同受訓這兩重關係，所以他對宋武的態度也無法過於疏遠。只是令王洵無論如何沒有想到的是，在自己落魄到準備外出避禍時刻，宋武居然慨然要求與自己同行。

注五、弗林，阿拉伯人對東羅馬帝國和歐洲的音譯。唐人根據阿拉伯人的音譯稱之為弗林。在阿拉伯人沒有將絲綢之路截斷時，歐洲人與大唐曾經有商旅往來。景教也是由此地傳入大唐。

甭看大夥說得輕鬆，連橫西域諸國，共同驅逐大食。事成之後，便有一場潑天奇功可供大夥分享。事實上，此行成功的希望根本不到兩成。途中稍有不慎，便可能這輩子就埋骨於未知所在，連魂魄都不得回鄉。

以宋武目前的背景，實在沒必要冒這個險。即便他混在安西軍中管管糧草輜重，幾年之後，憑著他哥哥跟楊國忠的關係，也不愁出人頭地。況且與王洵做了一道，就等於自己把自己擺在了邊令誠等人的對立面。縱然邊令誠忌憚中書舍人宋昱的勢力不敢找他麻煩，但勢必也會被監軍老太監另眼相待。注六

這份情意，來得可是有幾分重了。即便有家世淵源作為阻隔，也無損它的熱度。正感動間，又聽宋武笑著說道：「那就有勞明允兄了。說句實話，小弟早就想獨自出外闖蕩一番。只是一直找不到合適機會而已！」

「什麼有勞不有勞的。照理，應該是我謝謝你才對！」王洵搖了搖頭，笑容隱隱帶上了幾分別人難以察覺的慚愧。

當年在白馬堡的那些難兄難弟們，如今已經都長大了。非但宇文至成長得令人刮目相看，連當年表現平平的宋武身上，也漸漸展露出了與以往不同的風采。他們眼下的背景都比自己要好，可他們誰也沒想著仰仗他人的力量。只有自己，當年在長安時傻傻地指望著秦家哥倆做靠山。如今卻又事事指望著封常清。終日把擔當二字掛在嘴邊上，猛然間發現背後的依仗不那麼有力時，就立刻又變得六神無主。

正所謂，三人行，必有吾師。想明白了人生的一處鬱結，王洵模樣立刻精神了許多，挺直肩膀，朗聲說道：「此事就這麼說定了。咱們大夥效仿班定遠，一道往蔥嶺之外走一遭。只是其中還有兩個環節需要仔細斟酌，第一是有關出使時大夥所持的身份憑證以及來歷說辭，雖然準備以大食人之道還治其人之身，但也不能過於馬虎。第二，封帥那邊，還需聲明一下，以得到他老人家的允許與支持！」

話音未落，薛景仙已經笑著接口：「第一點好辦。薛某平素就喜歡擺弄些金石之物，偽造幾分文書，

倒也費不了什麼功夫！至於相關交往禮儀嗎？薛某也算有所涉獵。臨陣替大夥磨磨槍，倒也勉強使得。」

「如此，就有勞老哥您了！」王洵笑著朝薛景仙致謝。

「幾椿小事而已，沒什麼有勞不有勞的。」薛景仙擺了擺手，然後笑著提醒，「但封帥那邊，你還需多下些功夫。這事不僅僅需要他答應你的謀劃。更關鍵是，需要他替你背書，承認你這使節身份是他臨時從權處置，相關任命，稟報朝廷之便可以及時補上。」

「多謝老兄提醒！」王洵微微一楞，隨即又笑著拱手，「還有什麼需要補充的，還是煩勞老兄一塊說出來吧！否則，就憑我們幾個，恐怕功勞不用想立，即便能順利歸來，腦袋瓜子也不敢保證再頂在自家脖頸上了！」

「別急，容我仔細想想！」薛景仙自己取了筆墨紙硯，站在桌案邊慢慢塗塗抹抹。作為一個在官場摸爬滾打多年的老油子，他的心思可是比王洵等人縝密得多。很快，便將所有可能出現漏洞的地方，包括可能被西域各國發現的，以及可能日後被大唐這邊朝中諸人自己雞蛋裡挑骨頭的，都一一羅列了出來，並且注明了破解之道。

宇文至等人起初還是站在旁邊看熱鬧，慢慢地便收起了笑容，臉色的表情越來越凝重，到最後，大夥乾脆在薛景仙身邊圍成了一個圈子，認真得猶如蒙童受教。他們都認同功名但在馬上取，他們都覺得男兒應佩戴吳鉤，縱橫沙場，才不虛此生。然而此刻，他們才驚詫地發現，原來官場上的門道學問，一點兒也不比行軍打仗來得簡單。有些兇險之處，甚至有過之而無不及。

洋洋灑灑寫了十幾大頁，薛景仙又將自己寫下的東西從頭到尾看了一遍，然後再取來一張紙，龍飛鳳舞地寫下了一篇短文。用嘴輕輕吹乾了，按次序放好，一併交到了王洵手上，「前邊是你需要做的準備。最後一頁是給封帥留下的官樣說辭。以他對你等的袒護，當然不需要這東西，但留著這張紙，日

注六、中書舍人在唐代負責制詔，相當於皇帝的機要秘書。故而官職不高，權力卻非常顯赫。

後他也好跟朝廷交代！」

「多謝了，真是多謝了！」王洵簡直佩服得連話都說不利索了，接過薛景仙的謀劃文稿，牢牢地抱在了胸口處。「如果早結識薛老哥幾年就好了。王某也不會笨到連得罪了誰都不明白的地步！」

「早幾年，薛某還未必能入諸位法眼呢！」薛景仙撇了撇嘴，酸溜溜地講了一句大實話。「好了，別跟薛某假客氣了。抓緊時間背熟了它，然後去找封帥請纓。你們幾個一走，薛某繼續留在軍中也沒什麼意思了。乾脆，咱們打著護送我回轉的由頭，一道離開小勃律。在路上趁沒人注意時再各奔東西，估計能騙過邊令誠那老賊！」

王洵點頭受教，然後趕緊坐下來，重新拜讀薛景仙的謀劃。遇到不解或者覺得有待商量之處，便主動向對方求教。薛景仙也是難得不需設防地與人交往一回，故而非常樂於出言指點，往往在說著一件事情的同時，又想起新的隱患來，再度臨時補充入謀劃文稿中。二人一個學，一個教，不知不覺，一下午的時間就過去了。待王洵自認為已經掌握了其中精髓，外邊的天色便已經擦黑。除了宇文至還強打精神在旁邊陪著外，其他眾人早就走了個乾乾淨淨。

「看我，居然耽誤了大夥這麼長時間！好在寢帳中還偷偷藏著幾罈子好酒，不如薛兄就在我這邊隨便吃些！」王洵歉意地笑了笑，起身邀請薛景仙一道就餐。薛景仙卻沒心思再逗留，笑著推了他一把，低聲數落：「真沒眼色。不知道老兄我那邊還有佳人等著呢！咱們各自該幹什麼幹什麼去，我不陪你，你也別送我。」

說罷，自己笑著出門，揚長而去。

王洵朝著薛景仙的背影連連搖頭，然後拉著宇文至走回寢帳，將謀劃文稿鄭重交給他，「你好好過上幾遍。這薛老哥，可真不是個一般人物！至於晚飯，就在我這裡將就著對付一口吧。」

「有本事同時腳踏太子和楊國忠兩隻船的，能普通得了嗎？」宇文至笑著將文案接過去，小心放在桌案一角。「你呢！看著樣子，準備現在就去找封帥請纓嗎？」

「嗯！免得他再因我的事情而為難！」王洵笑著答應了一句，然後開始對著寢帳中的銅鏡子，麻利地收拾行頭。

正四品中郎將的常服很是瀟灑帥氣，再加上他心中已經有了主張，態度從容。很快，鏡子裡邊就出現了一個英姿勃勃的身影。肩膀還不夠寬，但已經非常結實。身材在武將堆中算不得高，然而腰杆始終挺得筆直。曾經充滿稚氣的臉上，如今已經有了幾絲風霜之色，但陽光還在，眉毛從鼻子中間一直延伸向兩個鬢角。

這就是現在的自己。王洵向著鏡子中的人影搖了搖頭，輕輕嘆氣。如果不是今天被宋武無意間戳破的話，他可能到現在，還不明白自己為什麼在現實中屢屢遭受挫折。人都有長大的時候，父輩的餘蔭不可能永遠都罩在頭頂上。如果始終沒勇氣來獨自面對現實的話，也許更多的磨難還要等在正前方。

「怎麼了，你？」見王洵一反常態地站在鏡子前顧影自憐，宇文至忍不住皺著眉頭追問。

「沒什麼？我把自己給丟了，又找回來了！」王洵半是玩笑，半是認真地回應了一句。然後抓起猩紅色大氅披在肩頭，轉身出帳。

封常清也正在為大軍行程被阻的事情而煩惱。聞親信稟報說王中郎將求見，立刻想都不想地信口回應道：「讓他回去老實待著！別來煩我！慌什麼慌？在安西軍這一畝三分地界，只要老子不死，沒人有膽子碰他半根寒毛！」

「諾！」替王洵傳信的親兵鬧了個大紅臉，悶聲做了個揖，轉身退下。還沒等走到屋子門口兒，卻又被封常清從背後叫住，「行了，讓他進來吧。老夫且問問這糊塗小子，什麼時候又惹到了邊令誠那廝？」

他正在氣頭上，故而根本沒注意自己說話的聲音有多高。站在門外的王洵卻不小心聽了清清楚楚。接到親兵的吩咐，先朝對方笑了笑，以示歉意，然後快步走到封常清面前五步左右站好，做了一個及地長揖：「糊塗晚輩王洵，見過封節度！傍晚來訪，給節度大人添麻煩了！」

「行了！」封常清從王洵的話裡聽出了調侃之意，有些尷尬地輕輕擺手，「別在老夫面前耍嘴皮子了。你這個不讓人省心的小傢伙！說吧，這麼晚了找我什麼事情？」

「晚輩豈敢！」王洵笑著直起身，然後將聲音稍微壓低了一些解釋道，「晚輩今日聽封四叔說，有個大食小子居然斗膽學玄奘，心裡十分不服。所以便打算向封四叔討個將令，也去蔥嶺之西走一趟。一則麼，可以換個角度探聽一下大食那邊的軍情與民情。二來，還可以順便聯絡嶺西各國，協助我安西軍共擊大食！」

「你想效仿班定遠！」話音剛落，封常清的眉頭立刻豎了起來。「你也不看看自己有多少斤兩？二十不到，就急著覓封侯了？忙什麼？難道還嫌在老夫帳下升得太慢！」

「晚輩哪敢跟古人相比！」王洵又笑嘻嘻地做了個揖，低聲解釋，「晚輩半年來連升四級，已經快得讓自己都頭暈了。至於斤兩，四叔不會覺得，晚輩連那個大食騙子都不如吧？若論年齡，那假冒的大食使者，豈不跟晚輩差不多大？憑什麼他一個化外蠻夷能做的事情，我大唐男兒反倒做不得！」

「他那是打敗仗，沒辦法，只好死中求活。偏偏姓邊的正需要一個藉口掣肘老夫，所以才得了手！」雖然明白王洵說的話句句在理，封常清卻板著個臉，死死不肯鬆口，「你呢，眼巴巴地急著離開老夫，又為了什麼？莫非，你就這麼不相信老夫，覺得老夫沒本事護得你安全了嗎？」

「晚輩不是那個意思！」王洵又向封常清拱了拱手，低聲補充，「晚輩只是覺得，如果始終躲在您的羽翼之下，不見任何風浪的話，晚輩永遠都不會有長大的那一天。所以才想出去見見世面。您這代豪傑，已經把大食人打得屁滾尿流了。晚輩這一代，更不能輸給大食人！」

「好，好，好……」封常清被王洵說得又是欣慰，又是感慨。「說得好，我大唐的下一代，未必輸給他大食的下一代。唉，老夫，老了……」

長長地嘆了口氣，他臉上的表情又變得有些黯然，「你說得都對。老夫未必能護得了你一輩子。與其日後看著你被人排擠，還不如趁著自己還能管點兒事情的時候。多給你一些鍛鍊機會！但是，萬一你此去有個三長兩短的話，你讓老夫該如何向你姨娘交代？」

「四叔不要為侄兒擔心。侄兒這裡也不是完全沒有準備。扮作使者西去，看似兇險無比。事實上借助於咱們安西軍此刻的兵勢，卻完全可以逢凶化吉。想那嶺西小國，趕著抱您的大腿還來不及呢。誰有膽子對晚輩起歹意？況且他即便起了歹意，晚輩又不是赤手空拳，會伸著脖頸等他砍嗎？您老，您老別笑。先別急著笑話我，聽我仔細跟您分析……」

望著封常清的眼睛，王洵不理會對方的嘲諷，將薛景仙替自己的謀劃，結合自己的理解，一一述了出來。封常清先是不動聲色地聽著，後來臉色逐漸轉向鄭重。再後來，則於不知不覺間以手指輕輕叩打桌案，擊節讚賞。待王洵將所有西去之後可能遇到的情況和對策完完整整地梳理了一遍之後，捋著鬍鬚沉吟了片刻，搖頭苦笑，「看來，老夫豈止是老了！心力和膽識，都照著替你出主意的那傢伙，差了不止一籌半籌。他看得著實長遠，這個法子表面上兇險，背後卻藏著一個建立蓋世奇功的機會。比夾在老夫和邊令誠之間，安全得多，也快意得多！這廝，這廝……」

以封常清的心智，當然不難猜出是誰在背後替王洵捉刀。可此時此刻，他竟然說不清楚，自己到底該罵替王洵出主意的那個人，還是該感謝那個人。連連搖了幾下頭，才又嘆氣著道：「是老夫無能。太低估了邊令誠的陰險。本以為，眼看著一場潑天大功擺在前面，他定然不會扯老夫的後腿。誰料此賊只要能給老夫添堵便好，根本不在乎自己的利害得失！牽連著你，也平白遭受這無妄之災！嗨，老夫這節度使當的，可真他奶奶的窩囊！」

「四叔不必因晚輩的遭遇而自責。晚輩之所以受到邊令誠的關照，其實另有原因。」見封常清始終放不下自己被邊令誠盯上的事情，王洵趕緊出言解釋。

「哦？」封常清的眉頭一皺，迅速將心思從沮喪與自責中收了回來，「說說，到底是哪路神仙，手居然伸得如此之長？」

「還不跟去年遭到哥舒翰追殺那次，屬於同一檔子事情！」輕輕搖了搖頭，王洵的笑容好生落寞。「死了的人才能永遠保住秘密。但皇家的臉面，卻無論如何都丟不得！」

「你說的是楊國忠。他不已經主動向老夫示好了嗎？」封常清又是一楞，信口追問。旋即，雙眉高高地鎖在了一起，「不是楊國忠，那廝雖然不見得有多光棍！然而此刻正有求於老夫，斷不會為了你而輕易毀約。那麼，此刻想要殺你滅口的，就另有其人了。想必跟邊令誠還是一黨？那廝，那廝，居然是高力士！虧得老夫還把他當做個英雄！想不到也是個陰險歹毒的傢伙！」

「他倒未必是陰險歹毒。只是在他眼裡，晚輩不過一個螻蟻之輩而已。踩死了就踩死了，才不會當做是多大的事情！」經歷了這麼多打擊，王洵心中倒也有了幾分明悟。笑了笑，低聲補充。

「這高力士！這高力士，唉！」封常清徹底沒了脾氣，拍打著面前桌案大聲苦笑。「怪不得你想躲到萬里之外去。如果被高力士盯上了，老夫也未必能護得住你。這都是他奶奶的什麼鳥事！將士們不顧生死地浴血奮戰，又他奶奶的是為了誰家？呵呵，呵呵……」

笑著笑著，他突然覺得胸悶氣短，大聲地咳嗽了起來。被西域風沙吹皺了的面孔猛然顯露出一縷病態的殷紅。

令男兒最傷心的，莫過於自己傾盡全力捍衛著的東西，在背後轟然崩塌。什麼千古明君，什麼太平盛世，什麼君臣相得，什麼榮華富貴。剎那間，幾乎全都在背後化作了一團煙雲。原來人家根本不在乎？原來萬里疆土，都比不上一個女人的兩腿之間那短短兩寸！

「四叔不要多想，是晚輩運道太差而已！」王洵走上前，輕輕替封常清敲打後背。他打擊遭受得早，並且是循序漸進，所以心中並沒有封常清此刻這麼大的落差。「若不是您帶領安西將士駐守在這裡，玉門關以內，哪來的夜夜笙歌？況且陛下也不一定知道高力士等人的作為。若是某日重瞳親照，說不定立刻會撥雲見日！」

最後一句話，已經純屬替封常清寬心了。大唐天子李隆基已經到了古稀之年，精力肯定會一天不如一天。而其又過於貪戀聲色犬馬，哪來的時間管國家大事？況且就算是高力士等人打著皇家的旗號胡作非為，天子並不知情。又是誰給了太監們這麼大的權力？不通軍務，卻可以輕而易舉地令整支安西大軍半步前進不得！白白葬送了眼前大好局勢？

「你倒是想得開！」到底是一方節度，很快，封常清便從失望的陰影中走了出來，笑著數落。

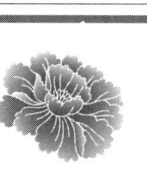

「想不開又能怎樣？晚輩畢竟還是大唐子民，總不能刺了陷害我的人，然後去做山大王！」王洵笑了笑，實話實說。「因此晚輩現在誰也不敢怪。只怪自己過於渺小，所以才不被他們當人看待。哪天晚輩也能像封四叔這般，手握重兵，雄踞一方了。想必別人再想加害於我，也得仔細掂量掂量！」

「話是這麼個理兒，不過，不過……」封常清先是點頭，然後輕輕搖頭。總覺得像王洵這般年紀，還是不要對現實太悲觀為好。「不過，這一切都是你自己瞎猜的，並無真憑實據。此刻大唐恰逢五百年來難得一見的盛世，正是男兒建功立業的大好時機。就算不是為了朝廷，也應該好好珍惜一番。」

話說到一半兒，他自己也覺得此語很沒有說服力。搖了搖頭，又笑著補充道：「出使嶺西諸國的事情，老夫會立刻著手替你安排。朝廷本來就授予了老夫臨時決斷之權，讓你半途中做個使節，也不算違背制度。相關手續文憑，就按你說得，先拿贗品對付一份兒。真的那份在你出發之後，很快就能悄悄地補齊，並且能在禮部留下備案。只是此事不宜聲張，免得邊令誠那老賊得到消息，又故意在背地裡給你使絆子！」

「晚輩省得！」王洵笑著向封常清拱手致謝，「晚輩跟薛大人說好了，打著護送他回長安的旗號，先往東邊走一段。待到了無人之處，再悄悄地扮作商隊，掉頭向西。」

「這倒是個穩妥的辦法！」封常清點點頭，有些形神俱疲。剛才的某一個瞬間，他自己心中幾乎一片死灰。然而畢竟已經為了一個信念奮鬥了大半輩子，不是輕易就能放得下。所以還不如裝作一切都沒看到，反而能活得更輕鬆、愜意。

倘若真的能夠醉生夢死的話，其實何嘗不是一種幸福。

「那晚輩就下去收拾東西了。四叔也早點兒歇息吧。有些事情，其實沒必要放在心上。大食人兵馬已經被咱們打殘廢了。即便多給他們幾個月時間休整，也不過是苟延殘喘而已！」見封常清始終提不起什麼精神來，王洵心裡不覺有些擔憂。相識這麼久了，這個身量不高，肩膀卻如同山岩般結實的始終給他一種挺拔可靠之感。彷彿天塌下來，此人都能用脊梁骨頂住。然而今天，這種沉穩厚重的感覺卻突然消失了，代之的是一種無法驅離的軟弱與頹廢。

「你先別忙著離開。老夫還有些話要跟你交代！」封常清的語氣突然變得有些急切，微微向前抬了下身子，隨後又迅速坐了回去。

「四叔請講！」王洵又向前挪了半步，將二人之間的距離拉近了些，笑著請教。

「嗯！」封常清低聲沉吟，緊跟著用手輕輕擠壓自己的額頭。彷彿有很多話要說，卻突然間忘記了該從哪裡開始一般。想了好一陣兒，才笑了笑，低聲道：「其實也沒什麼好說的。都是些捕風捉影的東西。你還沒吃晚飯吧！乾脆留下來陪我老頭子喝兩杯，如何？」

「晚輩求之不得！」王洵楞了楞，年輕的臉上立刻堆滿了歡喜的笑容。倒不是因為覺得跟封常清一道吃飯有多榮幸，而是自打到了安西以來，他與封常清之間便多了一重上司和屬下的關係。平素雖然不曾刻意相互回避，但能夠接觸的機會也不太多。更甭說像當年在長安時一樣，單獨受到老人的諄諄教誨了！

見到王洵臉上那毫無修飾的喜悅，封常清的臉色也是一亮，笑了笑，低聲數落：「不就是幾杯酒嗎？軍中平素又不禁止你們喝，只是有個節制就行了。」

「這不是馬上要跟四叔分開了嗎？」王洵抓了抓自己的脖頸，笑著給自己找藉口。

「行了！」封常清輕輕擺手，隨即將目光轉向門口，「來人，吩咐廚房，烤一頭麅子來，將小勃律國主送給老夫那幾桶弗林人釀的葡萄酒也拿上來！老夫今天要好好跟自家子侄敘敘舊！非重大軍情，不要讓人進來打擾！」

「諾！」親衛們答應一聲，小跑著去準備。不一會兒，便用一個碩大的銀盤，端上一整隻熱氣騰騰的烤麅子。

夏末本不是吃烤肉的季節，但行伍之人，本來也沒什麼講究。況且在這兒遠離中原的邊陲之地，非但菜肴極為稀缺，連各色香料和調味品都非常難以湊齊。故而用當地炭火烤當地野味，反而成了一道合口的珍饈。

自有人拿來西域諸國進獻的白玉琉璃杯，分別在王洵和封常清面前的矮几上擺好。然後抬起一個碩大的木桶，慢慢將兩個夜光杯斟滿。猩紅的酒漿被冷冰冰白玉一襯，立刻顯出幾分熾熱來，彷彿兩杯流動的血，在不羈的心裡緩緩激蕩。

「乾了！」封常清自己先舉起夜光杯，一口悶了下去。

「好！」知道對方不喜歡拘泥小節之人，王洵痛快地將面前的酒盞舉起，仰著頭一飲而盡。

「好！再來！」封常清用隨身小刀割了一大塊肉吃了，隨即將侍衛們剛剛替自己倒滿的第二杯酒舉起，再度一飲而盡。

王洵本來就喜歡喝上一點，此刻又是長輩所賜，豈能不從。也學著封常清的模樣舉起第二杯葡萄酒，咕咚咕咚灌了下去。

弗林人釀的葡萄酒不同西域，亦不同於中原，甜味寡淡而酸澀之味甚重。配著肉食飲起來，卻極能化解脂肪的油膩。清爽之餘，還在人唇齒之間暗留一股辛甘。這股辛甘之味，雖然不像中原酒水那般凜冽，卻是盤旋在哽嗓之下，肚腹之上，久久不散。就好像裡邊點燃了一團火，要把所有男兒豪情都燒起來，燒成灰，然後變成一粒粒琉璃，撒進西域那蒼涼的瀚海裡。

叔侄二人一口酒，一口肉，很快就喝了個眼花耳熱。待肚子裡的烈焰燒得差不多了，封常清抓起隨從遞上來的濕縑布，信手在上面蹭了幾下，然後帶著幾分醉意問道：「說實話，你小子是不是覺得四叔已經護不住你了？」

同樣的問題，王洵先前已經回答過一次。此刻當然不能出爾反爾，趕緊將手中酒盞放下，笑著解釋道：「哪能呢？是四叔自己想歪了。那姓邊的手中沒有一兵一卒，我還會擔心四叔應付不了他？只是不甘心讓那假冒的大食使者就這樣占了咱們安西軍的便宜。同時也想自己出去見見世面！」

封常清只是苦笑，不拆穿王洵，也不表示自己相信。待後者將話全部說完了，搖搖頭，嘆息著道：「其實你離開得對。若是留在軍中，老夫的確很難護住你了！」

「四叔！」王洵楞了楞，沒想到自己幾句大實話，會讓封常清遭受如此沉重的打擊。「四叔又嚇唬我。這安西軍，還不是您老的一畝三分地嗎？姓邊的再有心機，也不過使些上不得檯面的陰招罷了。真的把您老逼急了，只要一拍桌子，保準嚇得他屁滾尿流！」

「哈哈哈，哈哈哈，哈哈哈！」封常清放聲大笑。不知道是因為王洵的話感到開心，還是覺得失落。「老夫，老夫，想不到老夫在你眼裡，還真這麼有本事！老夫，老夫……」

他突然又開始大聲咳嗽了起來，親信們趕緊上去幫忙順氣，卻被他直接用手撥了個東倒西歪，「滾遠邊上待著去，老夫還沒到要死的時候呢。來，喝酒，喝酒，咱們再乾一杯！」

有人拚命向王洵使眼色，示意他不要再接封常清的茬兒。然而封常清根本不管王洵這邊肯不肯陪不陪著自己，很快又是一杯落肚。將酒喝盡了，他的咳嗽聲也停住了。長舒了口氣，大聲命令：「倒酒，要麼就滾出去，老夫自己給自己倒！」

左右親信不敢違拗，只好虛虛地給他又倒上了半杯。封常清將夜光杯握在手裡一邊把玩，一邊低聲吟誦：「葡萄美酒夜光杯，欲飲琵琶馬上催。明允，你知道後邊兩句是什麼嗎？」

這闕涼州詞，恰是王洵能背誦下來為數不多的幾首名詩之一。趕緊清了清嗓子，大聲回應道：「醉臥沙場君莫笑，古來征戰幾人回！」

「是啊！」封常清低聲輕嘆，「醉臥沙場君莫笑，古來征戰幾人回？那你可知道，古來名將，到底是真正死在沙場上的多一些，還是死在小人手裡的多一些？」

「這個……」王洵徹底被問住了。他本來肚子裡的學識就有限，封常清問的問題又過於突兀深刻，令他連拼湊答案的本事都不夠。搜腸刮肚地想了好一陣子，才揣摩著對方的意思，笑著開解道：「想必富貴終老的也有很多吧。四叔何苦跟那小人較真兒呢。若是厭了他，想辦法讓其離開安西便是。侄兒就不信。朝廷會為了區區一個太監，開罪您老人家！」

「豈止是趕他走，即便讓他悄無聲息的消失，對老夫而言，都易如反掌！」封常清的聲音忽然陰森了起來，就像喉嚨裡堵著一塊冰。然而，幾乎是一瞬間，冰塊便融化得無影無蹤，代之的是一股濃烈的酒意，「可是，趕走他，又能如何呢？朝廷給老夫換個監軍來，一樣會是個太監，一樣跟高力士他們是死黨。除非老夫真的要擁兵自重。呵呵，真的擁兵自重了，反而沒人敢來做監軍了！」

這話，說得就有些太直接了。好在附近都是他信得過的親隨，不會有人將話往外傳。饒是如此，王洵還是替封常清捏了一把汗，笑了笑，儘量把話題往高興處轉，「四叔言重了。雖然晚輩自己的境遇很是一般。但此刻咱們大唐正值盛世，國力如日中天。又有您這樣的老將坐鎮四方，誰吃豬油蒙了心，才敢起擁兵自重之意。您老若是嫌麻煩，就像原來一樣冷著姓邊的就是。不過有人讓我向您提議，安西軍中不少老將，這些年來勞苦功高，他們也該衣錦還鄉，回長安享清福了！」

後半句話，才是他真正想引起封常清注意的。只要將邊令誠在軍中的那些爪牙全部高升調任，日後就不愁其再刻意掣肘。然而向來反應迅捷的封常清，卻一點兒也沒抓到重點。不理會王洵的主意好壞，只是冷笑著抬起頭來，低聲問道：「你說的是真心話，你真的以為現在還是盛世？」

「這……」一頓飯功夫裡，王洵第二次被問得語塞。仔細想了想，才非常認真地回應道，「雖然晚輩個人經歷倒楣了些。不過眼下咱們大唐的確是盛世啊！不止長安的人都這麼說，連我在西域遇到的粟特人、樓蘭人和突騎施人，也都這麼恭維！」

「哈哈哈哈！」封常清以手拍打桌案，笑得滿臉是淚。「你能這麼想，倒也不錯。可你聽說過，底下百姓都快吃不起飯了的盛世嗎？你聽說過，被打得灰頭土臉卻聯手都不能還的盛世嗎？盛世，盛世，如果盛世便是如此，那平庸之治到底還要怎樣？」

王洵再度無言以對。這是今天他第三次被封常清所震驚。從來沒想到，以往看上去對身邊一切事情都能淡然處之的封四叔，內心裡居然還隱藏著如此激烈褊狹的一面。大唐的確有很多不令人滿意的地方，比如說權貴的橫行，貪官的不法。然而大唐畢竟還是他所知道的在這片土地上最強大的國家。曾經帶給他很多榮耀和夢想。

故而在內心深處，王洵很難認同封常清的結論。記憶裡，出口成章的詩仙李白也好，身懷絕技的雷萬春也好，甚至到他所認識的一些好友玩伴，指點江山時，個個都滿臉激憤，然而如果有人跟他們說一句：「大唐已經不行了，眼前的一切繁華都是日薄西山時的迴光返照。」他們肯定會立刻拍案而起，跟對方打成一團。偏偏今天說這話的人，仕途上比李白和雷萬春等人得意了十倍甚至二十倍！偏偏今天說這話的人，居然是他最敬重的長者，封常清封四叔！

「從來沒人告訴你過這些，對嗎？」一眼就看出了王洵心中的不滿，封常清又端起酒盞，一邊慢品，一邊微笑著問道。

「嗯！」王洵點頭承認。封常清肯定喝醉了，作為一個後生晚輩，他沒必要在這個時候還跟一個喝醉了的長者較真兒。反正明天早晨一起來，封四叔自己都未必記得他曾經說過些什麼！

封常清鬱鬱地吐了口氣，彷彿要把心中的塊壘和著酒氣一併噴出喉嚨，「沒人說，因為他們覺得你還小，或者不知道該怎麼跟你說。你在長安的時候，天天錦衣玉食，聲色犬馬地混著，但依舊覺得不快樂，對不？」

「嗯！」王洵也端起酒盞，學著封常清的模樣細細品味。因為釀造工藝的問題，弗林國的葡萄酒，骨子裡邊帶著一絲澀味，品得越仔細，這種味道也越清晰。就像某些隱藏在繁華深處的淒涼，不刻意翻弄，很難想得起來。但是一旦被尋出，就再也難以掩飾。

封常清的話從對面傳來，聲音不高，卻讓王洵覺得頭暈腦脹，恨不能立刻用雙手掩住自己的耳朵，「按道理，你也算個世家子弟，生下來就帶著一份富貴。但是，在長安時，你依舊覺得自己活得不安逸，甚至偶爾還會覺得很害怕，對不對？」

「嗯！」事實如此，王洵只有點頭的資格。他無法否認，一切都無法否認。如果說，早在宇文至被稀裡糊塗丟入監獄之前，他稀裡糊塗，還沒有意識到，自己一向仰仗的家族力量，根本不能保證自己安全的話，在走進長安縣大牢，看到宇文至被人像豬狗一樣拴在泥沼裡的那一瞬間，某種危機感已經在他心中留下了一顆種子。並且迅速地生根，發芽，成長。

在長安城中，幾乎沒有人是絕對安全的。太極宮裡的唯一的那位除外！他王洵可以隨隨便便把街上的某個販夫走卒踏於馬下，然後頭也不回地離開。王鉷、賈季鄰等人，也可以毫不費力地將他王洵像螞蟻一樣碾死。而在王鉷、賈季鄰等人之上，還有楊國忠、李林甫，還有無數龍子龍孫、皇親國戚。即便到了李林甫這般，權傾朝野也不安全。皇帝陛下的一句氣話，就能讓他死後，依舊要被掘墓鞭屍！

這樣子肯定不對勁兒。可到底哪裡不對勁兒了，王洵卻根本說不出來。夜光杯中的酒紅得發亮，彷彿就是一杯剛剛飛濺出來的血。不是別人的，而是他自己的。被某把無形的刀刺在心頭，飛速裡噴射出來，根本無法止住傷口。

在長安城中那種恐懼而壓抑的感覺，再度纏住了他。讓他幾乎無法呼吸。下意識地將求救的眼神投向封四叔，卻看見封四叔用一種殘忍而又陌生的眼光望著自己，嘴角處「血跡」宛然，「知道不對勁了，是吧！實話告訴你吧，老夫早就感覺出來了。不止是老夫，幾乎所有人，都能感覺得到，大唐已經不對勁兒了。但是，從上到下，誰也拿不出解決的辦法。所以只好閉上眼睛，捂住耳朵，裝作什麼都看不見，什麼都聽不見，繼續一口一個盛世，盛世的糊弄自己。」

真的是這樣嗎？王洵不敢相信，也不願意相信。盛世大唐，盛世大唐。這是他的夢，他身為一個唐人的驕傲所在！為什麼封四叔非要戳破它，為什麼自己好端端的，非要發瘋陪著封四叔喝這場酒？

「倘若能一直沉浸在盛世夢裡也好。可別人給你睡覺的時間嗎？」封常清將夜光杯丟下，手掌輕輕互相擊打，「雪山那邊的吐蕃人，蔥嶺西邊的大食人，還有剛剛被打壓下去，隨時都準備重新崛起的突厥人，哪個不在眼睜睜地盼望著大唐朝廷再出問題。想當年，武后和李氏諸子爭權，立刻將我安西將士用性命換回來的數千里疆土，全部丟給了外人。從陛下即位到如今，整整三代安西將士浴血奮戰，也未能重現先輩們當年的輝煌。」

王洵笑了笑，臉上的表情有些苦澀。內心深處，他對開疆拓土的欲望並不強烈。來安西，起初只是為了避禍。後來則是想著撈取功名，儘快做到一定的位置，好替那些冤死在沙漠中的弟兄們報仇。再往後，發現向楊國忠報仇越來越難，而封常清對此也不太支持。他的人生目標就變成了做大官，至少做到正四品以上，在朝廷中留下姓名，讓別人不能再像抹灰塵一樣，輕易將自己從這世上抹掉。待發現正四品中郎將的職位依舊不能確保自己安全之時，他則希望能更高一步，做到封常清這般，手握重兵，雄踞一方。讓任何人招惹自己之時，都得掂量掂量隨之而來的後果。

這也是他願意接受薛景仙的建議，主動前往西方冒險的原因之一。不僅僅為了逃避，而是希望找到更多的升遷機會。功名但在馬上取。當暫時沒有仗打了，馬上取功名的路子走不通了，則換另外一種路，只要能走得更快些。

本質上，此刻的他與好朋友宇文子達，人生追求沒什麼兩樣。都是向上，向上，繼續向上。以便不再被人輕易地踩在腳底下，以便在腳底下，踩住更多的人。只不過宇文至性子偏激，從不掩飾其個人野心。而他王明允的性子稍微平和一些，可以在表面上做得從容不迫，更容易被人接受而已。

可封常清為什麼偏偏要跟他說起幾代安西軍人的夢想？不知道此刻他王某人，連自保的能耐都沒有嗎？不知道此刻他王某人，已經活得很辛苦，很疲憊了嗎？老傢伙今天到底要幹什麼？幹什麼？不管王洵心裡有多少不情願，封常清再度將目光看過來，就像兩把咄咄逼人的鋼刀，「知道老夫今天為什麼要跟你說這些嗎？」

「可能要讓四叔失望了，晚輩真的不太懂！」王洵點點頭，心虛地將目光避開，不願意正視封常清的眼睛。安西軍人的夢想，那是到了節度使位置上才需要承擔的東西。他才是個四品中郎將，還不夠承擔的級別。

「因為老夫欣賞你！」彷彿唯恐王洵逃走，封常清瞬間將嗓門提得老高。「從第一眼看到你那天開始，老夫就看好你，相信你是個人物，將來某一天可以繼承老夫的衣缽！」

「四，四叔，您，您喝醉了！」王洵的腦袋轟得一下，彷彿有無數日頭在裡邊瞬間炸開。就憑自己，連命都差點丟了還替人輸錢的自己？繼承封四叔的衣缽？還是算了吧！李嗣業、段秀實，哪個不該排在自己前面！即便他們都跟封四叔不對脾氣，還有周嘯風、李元欽、趙懷旭這幾個名將、宿將，要人脈有人脈，要功勞有功勞，自己即便臉皮再厚，也沒膽子讓他們向自己一個小輩抱拳施禮。

封常清好像真的喝醉了。話說著說著，就不知道跑到了什麼地方。前腳還在針砭時弊，痛斥朝野上下掩耳盜鈴。後腳便將話題落在安西軍的未來上面。再接著，沒等王洵的思路跟上，老將軍又用力一拍桌案，衝著隨從們大喝，「拿輿圖來！要最大，最詳盡的那份，給我掛在正面的牆上！」

「諾！」幾個隨從狠狠地瞪了王洵一眼，然後快速退下。姓王的小傢伙太不知道進退，如果他先就告辭的話，大夥根本不會聽到後邊這些醉話。這回好了，若是誰無意間把某個話題傳播出去，非但封帥會被人抓到把柄，安西軍的軍心，也會因此而出現不小的浮動。

然而他們卻不敢違拗封常清的命令，只好拖拖拉拉地將一幅巨大的牛皮地圖抬了進來。幾個人合力，才將其完全舒展，掛了滿滿一道北牆。

就在眾人取圖、掛圖這段時間，封常清又喝了不少酒，也逼著王洵喝了不少。爺倆個都有幾分醉了，說話越來越不著邊際。

「你以為作為一個武將，沙場征戰，只是為了功名嗎？你小子也忒看不起老夫，也把自己看得忒低了些！」

「四，四叔說得對。晚輩，晚輩從小就沒什麼志氣。向來是走哪算哪的貨色！」不得不說，王洵喝醉了之後的大實話，還讓眾人覺得比較順耳。

帶著幾分不滿又看了他一眼，大夥還是決定儘量將今晚封常清所謂交托衣缽的話全部忘掉。酒後之言當不得真。況且今天封帥是心中不痛快，所以有些失態了。說不定過後他老人家自己都覺得今晚的事情好笑。將衣缽交給一個才來安西不到一年的年輕人，怎麼可能？這話說出去，又有幾人會相信？

「先別急著說自己不行！你跟我來！」封常清心中酒力上湧，彷彿根本不想去管自己今晚所言所行傳出去後會掀起多大風浪。跳過面前矮几，他一把揪住王洵的胸口，像拖死狗一般將其硬生生地拖到了輿圖面前，「看，說說你到底能看到什麼？」

「晚輩……」身材比封常清足足高出了兩尺半，王洵偏偏還不敢使勁掙扎。只好彎下腰，帶著哄長輩高興的口吻說道，「晚輩這就看。這就看。您老先放開手，放開手，晚輩衣服有點緊，勒……」

「嗯！」封常清接受王洵的藉口，慢慢鬆開手指。整個人卻不肯退得更遠，抱著肩膀，虎視眈眈地在一旁監督。

王洵被盯得渾身上下不自在，只得努力張大眼睛，嘗試從掛在牆壁上的輿圖中讀出幾分深意來。平心而論，這份輿圖畫得很精細，幾乎將圖倫磧以西的，所有山川河流、道路橋梁都包括了進去。即便是不依賴嚮導，憑著這份輿圖走，輕易也不會迷路。

然而封常清所希望得到的答案，肯定不是讓他誇讚輿圖繪製精心。王洵一眼不眨地望著它，雙腳來回踱步。看著，看著，還真琢磨出來些不同的門道來。

從漢代以降，被中原人稱為西域的地方，隨著數百年來的氣候變遷，早已被沙漠分割成了互不相連的幾大塊。圖倫磧往東，玉門關到菖蒲海之間算一大塊。從圖倫磧向西算起，包括疏勒、小勃律、大勃律和目前被大食人控制的康居、迦布羅等地算另外一大塊。雖然這中間還夾著蔥嶺和雪山，但是從總體來說，是片勉強能種莊稼，放牧牛羊的地方。而康居、迦布羅等地再往西，則又是一片無邊無際的大漠。一直到原來的波斯境內，才能重新見到人煙。

大勃律往南，原來天竺國所在，倒是有一整片膏腴之地。然而那邊卻有一道連綿起伏的高山作為屏障。將天竺、吐蕃和安西軍所控制地域隔斷。只留下極少的幾處峽谷可以通行。如果此刻手頭有足夠兵力，並且將士們長期居住在山頂也不會生病的話，王洵寧願在吐蕃、天竺和安西之間築幾座堡壘，然後把兵士往其中一塞。立刻就能堵住吐蕃人下山的道路，讓安西各地永遠不再受到來自南面的威脅。

「怎麼樣，看清楚了嗎？」封常清等得約略有些不耐煩，拍打著王洵的後背催促。

猶豫了一下，王洵決定自己還是不要實話實說，「不太清楚。晚輩只是覺得，咱們安西軍跟大食人或者吐蕃人之間的距離，比跟長安之間的距離還要近一些！」

誰料這一下居然又歪打正著，封常清狠狠地拍了他一下，大笑著說道：「對嘍，老夫挑中的人，眼光自然不會太差。咱們安西軍距離長安，的確比距離敵人還要遠一些。所以來自長安的接濟很難指望，即便有輜重運過來，十車當中，也要損失到五車以上！」

「估計我說什麼，您老都不會放過我！」王洵心裡直嘀咕，臉上卻不敢露出絲毫不滿，咧了咧嘴，算做回應。

「你以為老夫天生好戰，是在為仗打不成了而難過嗎？」封常清對著輿圖，比比劃劃，「胡扯，老夫已經官居一方都護，無論虛職和實職，都快到武將之頂了。還在乎個狗屁功勞！老夫是傷心，為大唐傷心。為幾代安西將士的英魂傷心！你仔細看看，仔細看看，看看這裡，這裡，還有這裡……」

他扯住王洵的手臂，彷彿要把滿腔的憤懣都吼叫出來，「看看，咱們疏勒、大小勃律、迦布羅、康居這一片，是整個西域當中，唯一可以支持起數萬大軍地方。如果把大食人的勢力完全從此地驅逐出去，他們再想西進的話，就得從千里之外運送給養。十停之中，一樣要損失掉六停。而一旦丟失這片土地，大食人就等於在東進的途中，找到了一塊休整之所。糧食、馬匹、軍械，都可以在此補充……」

說著話，封常清又以小勃律為圓心，奮力畫了個巨大的圓圈。「就這片兒，看似窮得鳥不拉屎的地方。卻是大唐、大食、吐蕃三國，爭奪西域的關鍵。無論是誰完全控制住了，就擁有了進攻的主動權限。而另外兩方，今後就只能老老實實地挨揍！我安西將士幾代人前仆後繼，才勉強打下了眼前的大好形勢！老夫卻沒什麼本事，輕而易舉地丟掉了它！老夫，老夫日後，必將成為安西的千古罪人！」

「千古罪人？」王洵懵懵懂懂地重複。真的有那麼嚴重嗎？大食人明明剛剛被封常清打得落花流水一般？然而內心深處，卻似乎有一個聲音在告訴他，封常清說得絕非危言聳聽。正因為封四叔的心思全在於此，他才比別人看得更清楚，他的內心當中，才會覺得時間更為緊迫。

「是的，千古罪人！」封常清的情緒一下子又低落了下去，苦笑著低聲重複，「老夫白天不該向老太監讓步。多好的一個機會啊，就這麼沒了！如果高節度在此，肯定不會像老夫這麼無能！」

被封常清變來變去的思路弄得有些頭暈，王洵笑了笑，低聲安慰：「段將軍不是已經領兵西進了嗎？說不定，明年開春後，四叔您就可以點齊大軍到迦布羅城下與他會師了。只要屆時想辦法將扯後腿的人都趕走，保證了糧草供應無虞，誰還有膽子跟您對著幹！」

「明年！」封常清繼續苦笑，「說是明年還能繼續，誰又能料到，明年發生什麼？老夫無能，居然被一個太監弄得縛手縛腳。悔不該，悔不該當初不下個狠心，派人在半路上作了這個沒卵蛋的東西！」

「四叔醉了！」這回，王洵可真的不敢再聽下去了。雖然他心裡，巴不得讓邊令誠死無葬身之地。

「老夫沒醉。老夫心裡頭清醒得很。否則，老夫也不會拉著你這小傢伙囉嗦個沒完了！」封常清大聲苦笑，回過頭來，踉踉蹌蹌地往桌案旁邊走。「倒酒，倒酒，明允，今晚老夫跟你兩個不醉不休。不准推辭，你是老夫的晚輩。你身上流著王家的血！」

王家的血怎麼了？王家幾代人不都沒出仕做官嗎？攙扶著封常清的胳膊，王洵迷迷糊糊地想。老人的身體很輕，他用一隻手，幾乎就能將對方給舉起來。然而內心深處，卻覺得沉甸甸的，沉甸甸的，彷彿被一座高山壓住了般。令他幾乎無法呼吸，更沒有勇氣正視封常清的朦朧醉眼。

那裡邊，燃燒著一個不醒的夢。王洵肩膀太嫩，根本承擔不起。

這一晚上到底喝了多少酒，王洵自己也數不清楚。只記得自己稀裡糊塗地被封常清拉著把整個安西的地形地貌，完完整整地細數一遍。哪裡可以屯兵，哪裡適合扼守，哪裡適合主動出擊，諸多他這個級別根本不需要記住的軍事概念，隨著葡萄酒一起，帶著幾分熾烈，一盞接一盞灌進了他的肚子裡。同時，他還稀裡糊塗地被封常清逼著說了很多豪言壯語，許下了很多自己可能永遠也不會履行的承諾，然後稀裡糊塗地醉去，人事不省。

醉夢裡，偏偏又回了長安，還是像當年那樣，終日聲色犬馬，無憂無慮。然而朝廷卻終於發現了他的才幹，派他去做一個守門將領。王洵領了印信得意洋洋地走馬上任，爬到敵樓之上，卻猛然看見長安城已經被包圍了，門外黑壓壓地，一片騎著駱駝的人潮。

「我還沒學會怎麼打仗呢！」到了此刻，王洵才豁然發現，自己在白馬堡大營中學的東西居然一點也都沒記住。想要把責任推托掉，城上城下，卻又無數道期待的目光看過來，匯流在一起，重若千鈞。

「二郎，小心！」關切的聲音來自白荇芷。她背後，就是崇仁坊內的祖宅，已經傳了整整四代，雕梁上的彩漆都日漸斑駁。

「你是我的男人啊！」恍惚間，他走入了自己的睡房。丫鬟紫蘿打來熱水，對著鏡子喜滋滋地替他整理頭髮，絲毫沒把外邊震天的喊殺聲放在心上。

「二郎，你祖先相如公當年只有十八歲，卻已經帶著五百綠林草莽，硬對上了大將軍衛文升的五千鐵騎！」頭髮沒等梳理完，鏡子內又出現了雲姨的面孔，擔憂當中，略帶幾分恨鐵不成鋼。

「不用替他擔心，我封常清看好的人，絕不會差！」矮個子封四叔走在雲姨身後，手按刀柄，豪情萬丈。

周嘯風、趙懷旭、李元欽，蘇慎行，一個個安西軍的將軍陸續出現，靜靜地看著他，讓他感覺到自己肩膀上沉重無比。「你們都錯了，我真的什麼都不會啊！」王洵大聲喊叫，眼前的人卻瞬間煙消雲散。他依舊孤獨地站在城門上，門外是滾滾而來的大食黑潮。

「我真的不行啊，不行啊！」大叫一聲，王洵翻身坐起。額頭之上，冷汗淋漓。是在做夢，好可怕的夢！長安城怎麼可能會被大食人圍困？即便對方舉傾國之兵東來，還有安西四鎮擋在前面呢！

正迷糊間，眼角處突然瞥見了一縷刀光。「誰！」王洵立刻清醒了過來，翻身滾下床榻，同時將手探向了掛在床頭的橫刀。

刀不在了，只剩下了一個空蕩蕩的皮鞘。刹那間，所有酒意從王洵身體裡消失，所有肌肉都緊緊地繃了起來。好在持刀者的反應還算及時，「我一個！」回答的聲音堅硬且古怪，一聽，就不是出自中原之口。

王洵戒備地提著刀鞘，定神細看，這才發現自己平時讀書的地方，坐著一個身材矮小，四肢卻非常結實的中年人，正拿著一塊白布，不緊不慢地擦拭著自己很少用到，也很少打理的那把橫刀。

「十三，是你，你怎麼還沒走……」他遲疑地問。迷迷糊糊地想起，昨天晚上，就是這個人將自己扛回寢帳的。只是沒有料到，此人將自己送回來後，居然在寢帳裡守了一整夜。

「將軍您忘了？十三從昨天起，就已經是您的人了！」放下橫刀，十三膝行上前，朝著王洵再度施禮，「從今往後，就請主人多多關照！」

「我的人？你怎麼會是我的人？老子要你一個鬍子拉碴的大男人什麼用？趕緊出去，該到哪忙活到哪裡忙活去！」王洵氣得差點沒暈倒。這是哪跟哪啊，喝一頓酒，居然喝出了這麼多麻煩來！

十三嚇得向後縮了縮，委委屈屈地提醒道：「將軍大人昨天親口說過的。從昨天晚上起，十三就算您的人，可以跟著您一道做官，做大官！您是天朝的將軍，不能出爾反爾，封節度當時在旁邊聽見的，他可以替十三作證！」

「喔！我記起來了！」被對方如此詳細的提醒，王洵終於約略想起了些具體情況。昨天晚上有人把十三搬來勸阻封四叔繼續狂飲，而封四叔卻突然想到自己此番出使蔥嶺以西諸國，身邊正缺少一個得力侍衛，就將十三轉送給了自己。

當時這個叫十三的傢伙好像還很不情願。直到封常清許下給他落大唐戶籍，並且升他做大唐的旅率，才終於改變了主意，歡天喜地的答應了下來。

見王洵終於肯認賬，倭人十三揚起臉來，不依不饒地補充：「十三既是您的屬下，又是您的族人。當然要守在您的身邊了！況且您昨晚又沒給十三分派寢帳，十三不在這裡，還能到哪裡去！」

「好了，好了，我喝醉了，行了不？」王洵自覺理虧，丟下刀鞘，用手指輕輕按摩自己的太陽穴。葡萄酒味道雖然好，宿醉之後，頭卻疼得非常厲害。視線之內，很多東西都是斜的，來來回回不斷晃動。

十三見狀，立刻乖巧地站起，走到王洵身邊幫他按摩頭頂的穴道。一邊拍著馬屁，一邊低聲請求道：「十三既然算是唐人了。是不是該有個姓氏？否則，大人您終日十三，十三地叫著，肯定也不順嘴！」

「哦！」王洵的神智還是不太清醒，順嘴回應，「那你準備姓什麼？」

小心翼翼地看了王洵一眼，十三給出了一個早已準備好的答案，「屬下，屬下準備，準備姓王！」

這個倭人在其本國出身極其寒微，所以連姓氏都沒有。此刻既然跟了王洵，改做王姓也理所當然。只是在王洵的印象裡，此人的想法應該沒有這麼靈活才對？怎地剛剛做了唐人，思路就變得如此清晰？

「姓王啊。不錯！可我這個姓氏，並不算怎麼尊貴！」帶著幾分玩笑的口吻，他試探著詢問。

十三果然上當，立刻得意洋洋地說出了內心真實打算，「昨天晚上十三想了一整夜到底該姓什麼才好！今天突然想起來，將軍大人姓王，十三也可以跟著姓王。日後回了故鄉，十三就跟人說，這個姓氏來自大唐的一位貴族將軍。誰再敢欺負十三，就是跟大唐過不去，就是蔑視整個天朝……」

「噗哧！」沒等對方把話說完，王洵已經憋不住笑意。低下頭，用手指著對方的腦門數落道：「好你個十三，肚子裡居然藏著這麼多花花腸子。虧得封四叔一直把你當個老實人！說，你還打著什麼歪主意，還不給我從實招來！」

「沒歪，沒歪，都是正經主意！」王十三跪在地上，滿臉堆笑，「您這麼年輕就做了四品將軍。日後肯定還能再升官。十三現在是旅率，日後說不定也能借您的光再升幾級。到那時十三就向您告兩年假，租一艘大船回故鄉去。穿一身將軍鐵衣，挎一把橫刀……」

畢竟是化外蠻夷，十三雖然唐言說得日漸俐落，卻還沒學會如何掩飾心中的野望。被王洵一問，就如同竹筒倒豆子般，將自己的夢想一一托出。王洵聽著聽著，心中便也湧起了幾分豪氣，將手臂一揮，大聲打斷：「租什麼租，看你那點兒志氣。要買，自己買一艘三層樓高的大海舟，直接僱人開回家門口去！讓你當年的同伴看看，我王十三，又回來了！」

聞聽此言，王十三登時兩眼放光：「對，買，要買的！要買的！十三有自己的俸祿了，立了功還有賞金可拿。攢上兩年，肯定就能買得起！」

「到時候我也去你家鄉逛逛！」王洵笑著伸手，將十三從地上拉了起來，「別跪著了。趕緊到伙房去要些吃的來，咱們一起吃早飯！」

「我？」十三還沒有完全適應自己的新身份，猶豫著問。猛然間，想起自己已經是安西軍的旅率了，不再是那個被送來送去的倭國奴隸，立刻喜得眉開眼笑，「將軍大人稍等，十三這就，不，屬下這就去給您準備早點。不，屬下立刻去吩咐人，把您和屬下的早飯端進來！」

說著話，他整個人已經竄出了帳外，手腳靈活得宛若一隻猿猴。

「這傢伙！」看到對方那歡天喜地的模樣，王洵心裡也有幾分高興。昨天晚上的那些醉話可以先不去想，反正封四叔身體還健康得很，沒有十年八載，無需考慮安西軍的權力交接。況且王洵到現在也無法相信封常清在說那些話時，神智是否還足夠清醒。畢竟眼下安西軍看起來人才濟濟，無論怎麼輪，也輪不到自己一個後生小輩來掌管大權。

倒是西行前的一些準備，需要抓緊時間去做了。他王某人現在已經不是老哥一個，隨時可以來去自由。那些活著到達安西的前飛龍禁衛，那些不小心捲入他與楊氏之間漩渦，有家歸不得的民壯，還有那些曾經與他為敵，後來又主動投效到他麾下的部落戰士，都指望他來謀取前程。從某種程度上而言，這些人已經圍繞著他形成了一個小圈子，日後將隨著他的升遷而身價倍增。亦會隨著他的失敗而瞬間落魄。

趁著王十三去傳早飯，此刻無人前來打擾的功夫，王洵強迫自己打足了精神，將最近需要做的事情一一謀劃。大夥剛剛分到手的田產和牧場是不能沒人管的，雖然這些土地遠不及中原肥沃，但數量頗多。若是打理好了，有的人將來即便不幸因傷退役，也可以在疏勒河畔做個小地主。守著幾百畝良田和數頭耕牛過好日子。而繼續跟在他王某人鞍前馬後的弟兄們，也會因為名下的土地、牧場產量充足，減少幾分後顧之憂。

此外，對於屬下一眾部落武士的訓練，也需要更加抓緊。雖然這些武士個個在馬上都是好身手，然而行軍打仗畢竟不是賽馬打獵。跟李嗣業麾下的陌刀隊、段秀實麾下的斥候營相比，這些部族武士簡直就是群烏合之眾。與前兩者一對一單挑，絕對不會落於下風。雙方各出一夥人對戰，則十場中至少要輸掉七場以上。若是一旅對上一旅的話，根本不用打，王洵麾下的那些武士會被人虐得連北都找不著！

還有就是關於嫡系隊伍訓練、補充和軍官的選拔問題。眼下不止是安西軍，整個大唐各軍鎮，都存在著將多兵寡的麻煩。以王洵目前中郎將的身份，理論上說至少可帶足一府兵卒，麾下設兩個別將，四個校尉，八名各司參軍以及旅率、隊正若干。校尉以下各級軍官，只要他舉薦，上面便會一概照准。根本不會做任何干涉。而事實上，他麾下的兵將加在一起，才勉強能湊夠一個團。凡是識得幾個字，在弟兄們中略有人望者，如民壯頭目魏風、朱五一等，都直接做了軍官。但大部分軍職卻依舊空在那裡，根本找不到合格人選。

帶著這樣一支缺兵少將的隊伍出去，沿途若是遇到大麻煩，肯定應付不過來。即便路上不跟馬賊、大食人的哨探或者地方豪強的家丁起衝突，到了出使的各個目的地，也會給大唐臉上抹黑。所以，要麼將他們留在軍中，一個都不帶。要麼就抓緊出行前最後這些天，打造出一夥精兵強將來。

想到這些事情，王洵立刻連飯都吃不出味道了。將十三帶著親兵辛辛苦苦傳來的飯菜隨便劃拉了兩口，就又急匆匆地去找幾個好朋友商議。私下裡，大夥都把西去出使當作一個難得的建功立業機會，故而也就不做任何保留，全心全意地替他謀劃。眾人拾柴火焰高，再加上有薛景仙這個官場老手於旁邊指點，很多隱患迅速得到了解決。只有兵力問題是個真正的麻煩，但在封常清的刻意關照下，周嘯風、李元欽和趙懷旭等人，都強忍著「肉疼」，從各自麾下割了幾十名精銳併入了王洵的嫡系部曲。雖然依舊不能足額，但勉強將兩個團的架子給搭了起來。

有了這群精銳的加入，王洵在白馬堡學到的本領也就找到了展示機會。在方子騰等飛龍禁衛的幫助下，照搬當年的練兵手段，很快就將兩團人馬操演得有模有樣。雖然對上李嗣業、段秀實等人麾下的精銳，肯定依舊會被打得毫無還手之力。然而嚇唬嚇唬外行和沿途馬匪，卻已經綽綽有餘了。

人一忙起來，日子過得就快。大半個月之後，薛景仙終於找不到藉口繼續於安西軍中逗留，只得起身回長安覆命。封常清也按照先前的私下約定，順水推舟地點了王洵及其所部兩團兵馬，負責護送欽差大人東返。至於護送到何處為止，何時回安西軍中繳令，一概聽從欽差大人的安排，任何將士不得擅做主張。

見到下手的目標距離自己越來越遠，老太監邊令誠也覺得十分無奈。他跟王洵本來沒什麼不共戴天的大仇，置對方於死地也不過是順應某個大人物的要求。既然王洵在封常清的庇護下躲離了他的勢力範圍，也就不能算他沒盡力辦事。況且薛景仙這廝明顯是仗著背後有太子殿下撐腰，護定了王洵。作為一個聰明人，邊令誠實在沒有必要為了給朋友一個交代，把自己日後的出路也給堵上！

終於到了離開的這一天，安西節度使封常清、監軍邊令誠兩個，親自帶隊給欽差薛景仙送行。臨別之際，封常清跳下坐騎，走到王洵等人面前，將他們身上的武將常服一一扯整齊。然後望著大夥，鄭重叮囑道：「前路山高水急，諸君多加小心。無論走到哪裡，記得，你們都是我安西軍的弟兄！」

王洵笑了笑，鄭重抱拳施禮：「節度大人保重。諸位將軍保重！我等走了，咱們後會有期！」

大多數弟兄都不知道此行的真正目的，然而作為安西軍的一員，他們卻隱隱感覺到了一股異樣的離愁別緒。跟在王洵身後，朝著大夥肅立長揖，「節度大人保重。諸位將軍保重！」

「去吧！」封常清笑著揮手，花白的頭髮在朝陽下顯得格外清晰，「你等放心上路，老夫已經派了岑參向周邊各部傳話，誰敢動我安西軍將士一根寒毛，老夫即便拚著被朝廷處置，也要將其部落連根拔起來！」

「四叔你……」好端端地，王洵突然覺得眼裡有股溫熱的東西在湧動，想說幾句叮囑的話，張了張嘴巴，卻發現根本找不到任何恰當的言辭。來安西軍，並非他的主動選擇。離開安西軍，也不是他自己情願。冥冥中，彷彿有一雙大手在推著他走，一步步遠離長安，遠離故園，遠離一切他自己所依戀的地方。

到底哪裡才是終點，只有老天知道！今後還有哪些磨難在路上等著他，知道答案的，也只有老天。從兩年前的那個秋天起，王洵就像做了一個長長的夢。總不相信遇到的事情都是真的，卻始終無法從惡夢中醒來。

「走吧，看你那點兒出息！」封常清又慈祥地笑了笑，宛若在看著自己即將出門歷練的嫡親子侄，「既然生為男兒，就別婆婆媽媽。記住，有些責任與生俱來，無論怎麼逃，都是逃不掉的！」

「侄兒記住了！」王洵輕輕點頭，將湧到眼角的淚水憋進了鼻孔。「四叔保重。」

說罷，轉過身，朝著弟兄們奮力揮手，「上馬！」

「上馬——！」王十三扯開嗓子，用極不標準的唐言，將命令傳了出去。

兩個團的將士迅速跳上坐騎。跟在中郎將王洵身後，護住欽差大人，緩緩向東走去。漸行漸遠，將無數雙關切或者憎恨的目光，遠遠拋在了背後的群山深處。

隊伍前頭，有數面猩紅的大旗高高地挑了起來。「安西」「大唐」「中郎將，王」。宛若數團跳動的火焰，點燃了整個秋天。

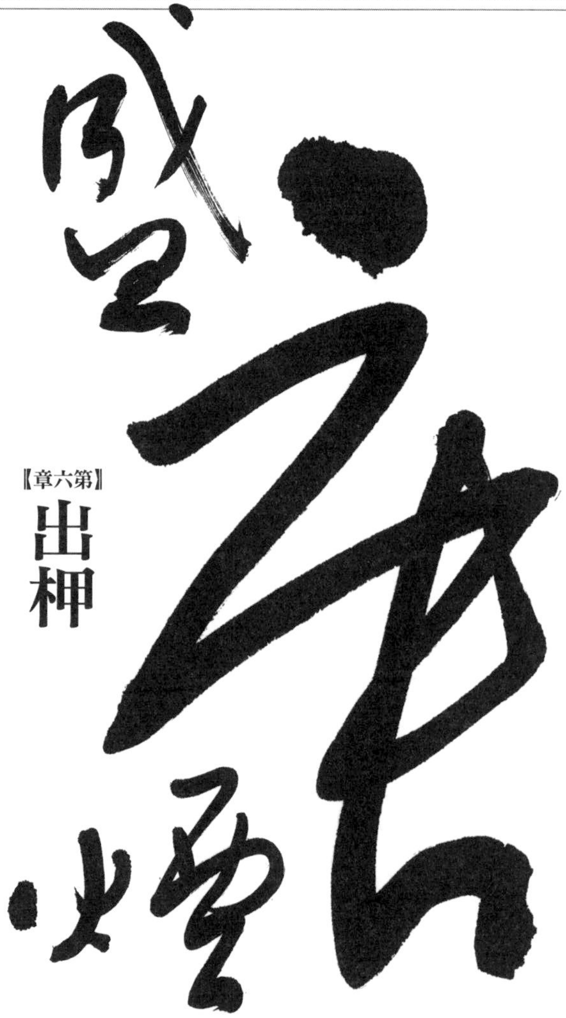

【第六章】

出柙

西域的天氣涼得早，才入了秋沒幾天，山上山下，高高低低的灌木雜草，已經被風吹成了一片層層疊疊的風景。淺綠、鵝黃、淡金、火紅，由下到上，次地分明。如果換做二十年前，刀頭齊大嘴肯定要伸長脖子，狂吟一首在疏勒城酒肆偷學來的唐律。西北的刀客圈子裡，他是為數不多，上過幾年縣學並能寫一手漂亮魏碑的「秀才」之一，不如此，無法顯示他卓然不群。可現在，齊大嘴卻只希望把嘴巴閉得越緊越好。絲綢古道已經越來越危險，特別是離開唐軍控制區域後，簡直是一步一個陷阱。稍不小心，整個商隊就要遭受滅頂之災。齊大嘴今年已經四十有七，再走上幾趟，就可以回家頤養天年了，所以少引起些關注為妙。

「該死的天方教徒！」儲獨眼策馬走在齊大嘴身邊，一邊左顧右盼，一邊罵罵咧咧。他是齊大嘴的老搭檔。因為早年間幫人押貨，一隻眼睛被馬賊用沾了糞便的弩箭射瞎，所以才得了這麼個綽號。不過刀客們紛紛傳言，儲獨眼當年不但被人射壞了眼睛，底下某些代表男人身份的東西也被射壞了。否則，他也不會在鬼門關走了一遭回來後，整個人性情大變。毫無理由地將賢慧漂亮的嬌妻趕回了娘家，並為此賠給了岳父近半家產。隨後其妻含憤改嫁一開飯館的鰥夫，成親不到七個月便產下一男嬰。據偷偷去看過的刀客同行們透露，男孩的眉目與儲獨眼長得極像。消息傳開後，儲獨眼只是悄悄地找了個沒人的地方哭了一場，然後就繼續刀頭添血，再也沒靠近妻子的新家五十步以內。

不過，從那之後，此人的脾氣卻是越來越壞了。動不動就拔出刀來跟人拚命。好在他遇到風險時，也總是揮刀衝在第一個。所以西域各地的新老刀客們對儲獨眼不喜歡歸不喜歡，每每接了大活，卻總是記得叫上他一起幹。

有道是人不要命，鬼也害怕。十幾年下來，跟齊大嘴一道走絲綢之路的刀客們死的死，殘的殘，囫圇活到現在的沒剩下幾個！儲獨眼偏偏也成了其中之一！屍山血海中打滾打得多了，此人身上便淬鍊出一股濃郁的殺氣。獨眼微微一掃，便能讓附近的同伴不寒而慄。遇到需要拚命的時刻，那隻獨眼裡射出來的光芒，則能令匪徒們手腳慢上半拍。對於刀客們來說，這半拍便是生與死差別，大夥跟在儲獨眼身後一擁而上，往往能硬生生地在匪群中為背後的商隊撕出一條血路來！

兩個多月前，唐軍和天方勢力在健陀羅一帶打得熱火朝天，導致商人們紛紛止步。嶺西、河中、古波斯乃至比古波斯更遠的西方，絲綢、茶葉的價格一路狂飆。如今，戰爭終於暫時停頓了下來，已經被利益燒紅了眼睛的商人們紛紛出動。與此同時，被「餓」了小半年的各路綠林豪傑也聞到了葷腥味兒，紛紛抄起藏在牲口棚裡兵器，再度如餓狼一樣，聚集成群。見到獵物，便毫不猶豫地撲將上去，「吃」得連骨頭渣兒都不剩。

越是這種情況，刀客們的賣命價錢越高。故而刀頭齊大嘴明明已經賺夠了可以頤養天年的身家，卻依舊抗拒不住銅錢的誘惑，繼續帶領隊伍走在了絲綢古道上。憑著多年在道上闖下的名聲和號召力，他不顧商隊頭領難看的臉色，硬是逼著對方出了僱傭尋常刀客四倍的高價，把自己的老搭檔儲獨眼也給拉入了隊伍。為的就是借助後者那一身煞氣，給整個商隊增加幾分平安往返的機會。

多出了一筆錢，則意味著利潤的減少。商人們自然心裡不會太高興。而儲獨眼那醜陋的面孔和沾上火就著的性格，也令商人們和刀客同行們，對其敬而遠之。所以這一路上，齊大嘴就成了儲獨眼唯一的聽眾。耳朵裡灌滿了後者那粗俗的罵聲，從早到晚，從疏勒到圖魯喀爾特山口。

過了圖魯喀爾特山口，便徹底出了安西軍控制範圍。儲獨眼的目光愈發陰沉，罵聲也愈發喑啞難聽。也不怪他火氣大，如果不是因為天方教那幫孫子打了敗仗，自己將健陀羅通往迦布羅的山谷堵死的話，大夥完全可以走南線。那樣，雖然路過大食人控制範圍時，商隊難免要被拔掉一層皮。但總比走北線稍微安全些。並且通過賄賂，完全可以讓損失減到更小。

然而天方教的將領膽子太小，居然為了逃避與唐軍的戰鬥，將西行最方便也最安全的一條道路硬生生給毀了。所以商隊只好在北方，經休循州、康居、安息、輾轉再到波斯。這條道上，光接受大食人冊封的總督就有十幾個，個個都像蚊子一樣貪婪。偏偏這些總督們，麾下又都沒多少兵士，根本掌控不了整個絲綢之路北線，導致一路上匪幫多如牛毛。有的地方貴族，本身就是匪首。平素收收人頭稅，禍害禍害治下百姓。一旦哪天貪心忽起，立刻召集起麾下的兵士，換了衣衫，到別人的地盤上大幹一票。

「奶奶的，該死的天方教徒。統統該死！」前方已經快到安集延，當年高宗時代安西將士們建立的烽火臺隱隱可見。儲獨眼四下巡視，嘴巴繼續罵罵咧咧。如果不是該死的天方人，趁著大唐內亂的機會，煽動這片土地上的各族諸侯獨立。安集延一線將非常太平。唐軍習慣建立秩序，故而無論走到哪裡，第一件事情便是肅清匪幫，連通驛道。一點兒不像天方人，嘴巴裡說得全是真主如何如何仁慈，天國如何如何舒適。現實中，卻除了刮地三尺之外，什麼都不願意做。

「差不多就行了，當心商隊裡有天方教徒！」齊大嘴終於忍無可忍，偏過頭，朝著老夥計叮囑了一句。「這疙瘩，可已經算是天方人的勢力範圍。在寺院門口罵禿驢，你不是嫌自己活得長嗎？」

「我就是嫌乎自個兒活得長了，怎麼著！」儲獨眼梗著脖子，大聲回敬。雖然不服氣，卻念著搭檔多年的份上，給了老朋友一個面子。不再口口聲聲問候天方人的祖宗八代，而是概括地罵道：「凡是打著天神名義禍及百姓的傢伙，都不得好死。否則，他敬的肯定不是個好神仙！」

這話，倒也占幾分道理。並且從沒有人喜歡自己主動捱罵。齊大嘴笑了笑，不跟對方一般見識，「到了休循州，我要給自己尋摸兩匹好馬。你呢，跟不跟我到馬市上轉一圈？」

「不用！這一路上土匪多得跟牛毛般，你還愁搶不到一匹好的來！」儲獨眼斜了他一記，悻悻地打擊。轉瞬，目光中卻泛起了一絲難得的溫情，「你家小桌子，快五歲了吧？買匹歲口小一點兒的大宛馬，剛好讓他慢慢養著！」

「小桌子過了年就六歲了。小凳子過了年也兩歲了！」齊大嘴點點頭，刀削斧剁過般的臉上，寫滿了幸福。「我買一公一母，托人給我家那不爭氣的兒子捎回去。先讓他幫著小桌子照看，等小凳子大了，母馬也該下小崽了！」

「這算籌倒是打得精明！難怪咱們這麼多兄弟，只有你攢下了一份家業！」儲獨眼點點頭，說話的語氣終於變得正常了起來。老朋友的兩個孫子，他都抱過。一點兒也不像其他孩子般怕他，反而黏在他身上叫二爺爺。這讓他又想起自己被別人養大的那個兒子來，過了年都二十三了，其養父眼睛裡只認得錢，根本捨不得給孩子預備彩禮。而疏勒這邊唐家女兒又少，所以硬生生將親事拖延到現在。

「走完這趟，去瞅瞅吧！」看到老朋友的臉上隱隱露出了幾分憂傷，齊大嘴立刻猜測出對方在想什麼，嘆了口氣，設身處地的勸告，「都這麼多年了，還有什麼放不下的？那開飯館的傢伙人品不錯，雖然摳門了點兒，卻一直拿小寶當親生的看待。」

「狗屁親生。親生的還捨不得給他說個好媳婦？」回頭掃了掃沒其他人跟得自己近，儲獨眼皺著眉頭抱怨。「老子不是捨不得這張臉，是不願意讓小寶他們娘倆多受氣。否則，才不在乎那開飯館的傢伙怎麼想！」

「拉倒吧，你！」齊大嘴嘴角微微上翹，擺出一副我還不知道你的模樣。「你這人啊！是死要面子活受罪。這麼著吧，等回了疏勒，我做東，請你去那邊吃蒜泥羊尾巴。順便著，咱們看看小寶，然後替他把親事張羅張羅。那開飯館的捨不得出錢，咱們倆出不行嗎？我替你出一半兒！」

「多事！誰稀罕你那仨瓜倆棗！」儲獨眼又瞪了齊大嘴一記，悻悻地罵道。「老子這麼多年，就沒存錢了？老子就是不給，怎麼著？老東西，鹹吃蘿蔔淡操心！」

「行，行，算我多事，行了不？」齊大嘴又笑了笑，懶得跟這混人較真兒。儲獨眼的心思他多少能猜到一些，當年箭毒入腦，隨時都可能再度發作。他不忍妻子為自己守寡，所以才趁清醒時與對方一刀兩斷。誰料老天捉弄人，明明郎中說頂多活不了五年的傷，偏偏讓儲獨眼活出了一個奇蹟。所以莽莽撞撞做下的錯事，只能偷偷地在沒人處抹眼淚。那開飯館的傢伙除了小寶之外，也沒有其他後人。如果儲獨眼一直躲小寶母子遠遠的，則生親不如養親，人家這輩子也算沒白照顧小寶母子倆一回。如果此刻他大馬金刀地殺回去，丟下一份厚重的家當替小寶張羅親事。你叫兒子到底該姓儲呢，還是繼續跟著別人姓張？

所以有些事情，糊塗著比明白了更好。糊塗著只傷害一個人，扯明白了，卻會傷害一大堆。這麼多年來，他看見過儲獨眼喝醉了酒亂發脾氣，看見過儲獨眼一個人偷偷地抹眼淚。卻始終沒看見過，儲獨眼到前妻母子的住處走一遭。雖然疏勒城只有巴掌大，兩家前後不過是半刻鐘的路程。

「就是你多事兒！」儲獨眼繼續不依不饒。「有那心思，先想想怎麼把隊伍平安帶回去吧。這兩天，我總覺得心裡不太踏實！」

「怎麼個不踏實法子？」齊大嘴一楞，立刻壓低了聲音追問。憑著多年行走江湖養成的直覺，最近這幾天，他也覺得頭皮麻麻的。總好像被一雙眼睛盯上了般，但這雙眼睛到底在什麼位置，卻根本發現不了。

「我查不到！但就是不踏實！」儲獨眼雖然人看起來很粗魯，心思卻非常細膩。「你覺得，咱們路上遇到那幾波土匪怎麼樣？什麼時候，西域的土匪變得如此不經打了，居然被咱們隨便一打就散了，連商隊的寒毛都沒碰倒一根？」

「嗯——」齊大嘴皺著眉頭低吟。回頭望望，看看周圍沒有人偷聽，壓低了嗓門跟儲獨眼商量，「這話別跟別人說，免得動搖了隊伍的士氣。最近幾天，我也覺得眼皮老跳。可仔細想想，也許是安西軍西進的消息，被土匪們聽到了。怕被封大將軍秋後算賬，所以心狠手辣的都遠離了這一帶，只剩下了一群小菜鳥！」

聽到這話，儲獨眼忍不住微微冷笑：「想得真美！人家朝廷大軍，會替你一幫商販出頭？這話咱們自己都不信，更甭提沿途那些慣匪了。我估摸著，前面幾波土匪，都是踩盤子的。目的是試探咱們的實力。畢竟這麼多商號湊起來的隊伍，很難一口吞下。」

齊大嘴倒吸一口涼氣，凜然回應：「所以你就估摸著，對方準備藏在某個地方，給咱們來一記狠的！你個獨眼龍，怎麼不死去你！」

「不光是如此。」儲獨眼笑了笑，直接忽略了後半句詛咒，「我估摸著，匪徒們也在糾集隊伍。先將咱們的實力試探清楚，然後發現無論是誰，都很難一口吞下這麼大一支商隊。所以幾家集合起來，一起動手，然後坐地分贓！」

他說得滿不在乎，齊大嘴聽得卻臉色越來越白，咬著牙尋思了好半天，才壓低了聲音說道：「如果這樣，商隊可就懸了。你估摸著，能交保護費嗎？」

「難！」儲獨眼摸了摸手中刀，低聲否認。「都是馬匪，誰都管不了這麼長一段路。並且其中不少都是貴族老爺們的私兵，撈一票就換地方的傢伙。不像天山那邊，還講究個細水長流，不把商販們趕盡殺絕！」

「那樣可就真麻煩了！」齊大嘴越聽心裡越沉，嘬著牙花子，喃喃嘟囔。年老惜命，他可不願意沒看到孫子娶媳婦那天，就早早地埋骨他鄉。然而所有刀客都唯獨他馬首是瞻，如果此刻他突然生了退意，這支商隊就徹底毀在了路上。整個疏勒刀客行的聲譽，也因為他一人的行為而徹底完蛋。那樣的話，非但商販們的後臺饒不了他，所有西北地方的刀客們，也會一起趕來滅了他的滿門。

「有什麼麻煩的！還不是跟早些年一樣！」儲獨眼倒是看得開，咧了咧肥幫子，笑著開解。「你別老跟著我。找幾個機靈點兒的，過來聽我指揮，負責頭前替大夥探路。再找幾個膽大不要命的，讓他們負責斷後。你自己則坐鎮中間，負責指揮這個隊伍突圍。這麼多年來，遇到大麻煩時，咱們不都是這麼幹嗎？屆時各安天命，衝出來的，繼續發財賺大錢。落入土匪手裡的，就自認倒楣。道上的規矩便如此，他們又不是不懂！」

道上的規矩便是如此，血淋淋，卻非常公平。刀客們以命換錢，商販們冒著屍骨無存的風險，去西方賺取百倍的利益。越往西，茶葉和絲綢的價錢越高。特別是茶葉，在中原一吊錢可以買上百斤的粗劣貨，運到了古波斯，則與白銀等價。運到弗林那邊，據說當地商人販賣時，茶團外邊要包上黃金。外邊那層金箔只算添頭，藏著裡邊的，才是真寶貝。至於路上多少刀客埋骨他鄉，多少商販身首異處，全做了穿著絲綢衣衫喝下午茶時的談資，不如此，則襯托不出主人的身份高貴。

「我已經安排過了。居中調度的，另有他人！你不用操心！」齊大嘴點點頭，強裝出一份鎮定，「我跟你搭檔慣了，一起幹探路的活，肯定比別人強。你只管把獨眼瞪圓了，給我看看危險藏在什麼地方就好。咱們兩個搭夥闖了半輩子，不信這回就要躺在道上！」

「滾你個烏鴉嘴。要死，你自己去。別算上我！」儲獨眼笑了笑，低聲罵道。居中調度肯定比頭前開路安全，即便是剛入行的刀客，也明白這個道理。但齊大嘴雖然為人謹慎，卻也不是個不講義氣的傢伙。所以才捨棄了刀頭的福利，寧願身先士卒地陪著他。

「不拉你拉著誰！剩下的都比你年輕。」齊大嘴笑著回敬了一句，直其腰來，緊緊按住手中的刀柄。「弟兄們，打起點兒精神起來啊。休循州的藍眼睛娘們，洗乾淨了等著你們呢！」

休循州，是唐人對渴塞城的稱呼。其他地區往來的商販已經忘記了這個名字，而稱其新改的大食名，拔汗那。類似的還有被改作撒馬爾罕的康居，改作阿濫密的安息。只有唐人，以身上流著華夏血脈為傲的中原子孫，才始終堅持其百年前的稱呼，彷彿這樣叫，就能拉近彼此之間的距離一般。

「好咧！」身後傳來整齊的回應。很多被風沙吹黑了的面孔，帶著笑，帶著對幸福的渴望，帶著趕路趕出來的汗水，眉宇間倒映出秋日的陽光。

當年唐軍修建烽火臺之時，選址都非常講究。幾乎每兩座烽火臺之間的距離都差不多，並且基座所在要高出周邊地勢不少。一眼望去，在荒原中非常醒目。更難得的是，為了方便士兵堅守，烽火臺內部或者附近，往往還挖有深水井。非但能為士兵們提供飲水，還完全解決了過往商隊的補給之憂。

大食人的勢力控制了這一帶之後，所有烽火臺都徹底報廢。然而唐軍打下的水井卻被完整地保存了下來。當地牧人視其為活命本源所在，過往商旅也以此作為歇息、休整的最佳場所。與此同時，強盜們則喜歡在烽火臺附近守株待兔，劫殺所有靠近水源的獵物。

安集延附近的烽火臺諢名叫做黃泥墩，因為築造時使用了附近特有的黏土，所以通體呈金黃色。在西域的落日照耀下，顯得格外醒目。此地乃是齊大嘴與商隊頭領事先商量好的沿途落腳點之一。大夥之所以選中這裡，是因為這座烽火臺距離城市極近，只有區區十里左右。本著兔子不吃窩邊草的原則，當地部落貴族，不會在這裡襲擊商隊。而其他地區的馬賊如果敢於「撈過界」，只要商人們給足好處，駐紮在安集延城內的部族私兵會在半炷香時間內趕到戰場。

故而，非但齊大嘴這種有著多年為商隊護鏢經驗的老江湖會把安集延附近的烽火臺視為比較保險所在。其他大大小小的商旅、刀客團夥，也都將黃泥墩視作野外打尖的首選。只要大夥不進安集延城，在黃泥墩下湊合一夜，第二天就可以直接走到休循州。這樣，本來要交兩次的進城稅，便可以省下一次。此外，還有一個大夥心照不宣的約定，小規模的商隊若是在黃泥墩附近相遇，可以根據自願的原則，彙聚成較大的一股。而實力雄厚的商隊，亦可以在收取一定好處後，接受小商隊的投靠。如此一來，保護商隊的刀客數量就更多，力量也更為集中。職業和客串的馬賊們即便想打商隊的主意，也會事先掂量掂量，自己是否能承受得起相關損失。

因為戰火剛剛平息的緣故，今年的各路商隊出發的時間大體都差不多。所以此刻的黃泥墩下，前後左右紮滿了各式帳篷。齊大嘴等人所在的商隊雖然規模龐大，卻無法在這裡仗勢欺人。只能在距離水井較遠的地方，選了一個稍微避風的窪地，緩緩停了下來。

駐地選好之後，不用齊大嘴招呼，刀客們立即開始忙碌。老刀客帶著新入行的年輕後生，資格不老不新的壯年刀客則自願結夥，憑著經驗行動。眾人七手八腳，迅速在駐地周邊打下一圈木樁，然後用捆貨物的草繩，將一根根木樁連接起來。再接著，商隊的大小夥計們將整筐或者整箱的貨物沿著草繩一圈圈碼放，不能裝筐的零散的貨物則放於竹筐中間的空隙處。然後有人將牲口牽走餵水，將竹筐和木箱圍攏出來的空地打掃乾淨，支好帳篷。一座似模似樣的營盤便拔地而起。

商販們都非常講究眼色。臨時營壘內一座座倉促搭建起來的帳篷看上去東倒西歪，凌亂不堪。事實上卻非常嚴格地遵守了某種潛在的約定。眾人推舉出來的頭領住在營地正中央，資格老，本錢足的大商號掌櫃住在裡圈，資格和本錢都一般的商販則依次向外。最周邊，臨近貨箱和木樁的地方，則是刀客們的帳篷。清一色為粗氈子所製，又厚又髒，個別帳篷還打滿了大大小小的補丁。卻是整個臨時營寨裡最整齊的所在，隱隱地透出幾分威嚴。

這座臨時營地規模甚大，按照以往的經驗，只要商隊頭領的中央大帳一豎起來，立刻便會有小規模的商隊前來搭訕，順便請求入夥。刀客們也會因為外人的加入，從商隊頭領所得的「抽水」裡邊分上一兩成，算作約定之外的酬勞。但是今天的情況卻有些令齊大嘴失望，站在營門口眼巴巴地盼了半天，身背後的商戶夥計們都開始忙活著支鍋造飯了，周圍的其他商隊卻連個湊上前套近乎意思都沒有！

「奇了怪了，莫非這條道上的馬賊們都偃旗息鼓了？還是商販們一個個都吃了豹子膽！」非但齊大嘴一個人失望，他的老搭檔儲獨眼對此也非常不滿。賣命賺的錢，沒人會嫌多。刀客們誰也保證不了自己下次還能出來接買賣，所以每一趟，都希望多賺仨瓜倆棗，好多給身後的老婆孩子留一些，少讓她們在自己無法照顧到時，受人的白眼。

「恐怕是，附近還有比咱們這支實力還強的隊伍吧！」齊大嘴左思右想，只能得出這樣一個結論。可只要是從疏勒城出發的，還能有哪支商隊比自己背後這支更大呢。畢竟他齊大嘴的江湖名聲在那擺著呢！只要是對疏勒城江湖情況略有熟悉的人，聘用刀客的時候，誰不會第一個想起他老齊？

「不可能！」儲獨眼瞇縫著眼睛，寒光在四周掃來掃去。「停戰的消息剛剛傳出去。即便是龜茲來的商販，都不可能比咱們出發更早。除非他們根本沒把打仗當回事，春天時便從長安出發，差不多這時候剛好走到這裡？」

這個推測倒也合情合理。長安城乃天下最繁華之所。也是所有中土和天下各國特產貨物的彙集地。來自波斯、弗林甚至更遠國度的商人們，在巨額利益的驅使下，往往肯花上三年到五年甚至更多的時間走上一個來回。如果有這樣一批不要命的商人，春天時從長安運貨西行。則恰好能避開絲綢古道因為戰爭而關閉的時間。

能把生意做到萬里之外的商隊，規模自然不會太小。比起齊大嘴背後臨時拼湊起來的隊伍，小商小販們當然更願意托庇於前者羽翼之下。只是，如此一來，期望中的外快就拿不到了，來自疏勒城的一眾刀客們內心裡不免有些失落。正罵罵咧咧間，卻聽見有個很威嚴的聲音喝斥道：「一群鼠目寸光的傢伙，有人搭伴兒，豈不是更好？我出去看看，到底黃泥墩今天到底來了哪路神仙？老齊，你再叫個人，跟我一道走一趟！」

甭看齊大嘴在刀客們中間威風凜凜，見到說話之人，卻立刻賠上了一副笑臉，「是了，莫大哥說得對。錢再多，也得有命花才行！老儲，咱們兩個跟莫大哥去學兩手。莫大哥，您老走這邊，小心，剛才弟兄們在沙土裡撒了紮馬釘！」

「這麼幾根釘子，管個屁用！」被稱作莫大哥的壯漢不屑地撇了撇嘴，笑著數落。「被馬賊用竹耙子一掃，就全清理乾淨了。還不如直接給他們留著門兒省心！」

「您老哥說得對！但弟兄們畢竟背了一道了，能使上點兒就比閒著強，您老說是不是？」齊大嘴連連點頭，嘴巴比抹了油還滑溜。

見到他如此低三下四，儲獨眼禁不住暗暗賭氣。然而生氣歸生氣，他也清楚老齊這樣做全是為了大夥。頭前這個叫做莫大的壯漢，是商隊頭領的心腹家將。光看那塊頭和眼睛裡無法隱藏的精光，就知道是個吃慣了刀尖飯的傢伙。這種人不到萬不得已，儲獨眼絕對不會主動招惹。況且當初齊大嘴非要拉上他時，商隊頭領本來嫌僱傭他的價錢太高，多虧了姓莫的傢伙在旁邊嘀咕了一句，才勉強答應了下來。

那姓莫的雖然脾氣桀驁，江湖經驗卻非常豐富。帶著齊大嘴和儲獨眼兩個隨便兜了小半個圈子，便套問出了另外一夥大商隊的具體駐紮位置。帶著幾分挑剔的味道，他快步走向目標。距離對方的營地還有好大一段兒，卻突然猶豫著停下了腳步，站在原地發起了呆來！

「怎麼了，莫大哥？」齊大嘴反應極其迅速，立刻把手按在了刀柄上，跟儲獨眼兩個一左一右，將姓莫的壯漢夾在中間。

「別衝動，他們絕對不是馬賊假扮！」壯漢莫大迅速伸出手掌，死死拉住了齊、儲二人的胳膊。「趕緊走，別離他們太近。回頭跟誰都別提起，就當什麼都沒看見！」

「嗯！」齊、儲兩個老江湖悶聲答應，目光卻忍不住繼續向前方飄。對方到底是什麼路數，居然讓莫大連上前打個招呼的勇氣都沒有？正疑惑間，前面的臨時營盤已經大門敞開，有幾個人迅速迎了上來。

此刻再走，就徒招懷疑了。不用莫大吩咐，齊大嘴和儲獨眼趕緊將刀柄放開，以江湖之禮向對方抱拳致意。壯漢莫大見走不脫，也只好肅立抱拳，苦笑著向來人打招呼：「安西程家老字號程掌櫃，路過此處，特地派小的過來看看有沒有搭夥的機會！」

「是你，萬俟……，你怎麼會在這兒？」來人之中，帶頭者顯然跟莫大有過「交情」，警惕地在十丈之外停住腳步，手按刀柄。

「你認識我！」被人叫出了真實姓氏，先前還驕橫無比的莫大，瞬間便氣焰全消。「啊，我想起來了，你是宇文將，宇文家的表少爺……。別誤會，別誤會。萬俟現在就是個替人看貨的家將。絕對是路過，路過。不敢對您說半句謊言！」

「路過，那你趕得可真巧！」被稱作宇文少爺的年輕人顯然不太相信「莫大」的解釋，笑了笑，繼續緩緩迫近。他身邊的同伴也瞬間加快腳步，左三右二，不聲不響擺出了個兩翼包抄的陣勢。

齊大嘴和儲獨眼都是刀尖上打了幾十年滾的老江湖，焉能感覺不出對方身上透出來的濃烈殺氣？立刻抽刀在手，背靠背貼在了一塊兒。只有商隊頭領的家將「莫大」，根本不敢拔刀抵抗，高高地舉起雙手，繼續大聲喊道：「我真是偶爾路過！宇文少爺，您就行行好，放我等一條生路吧！不信您儘管去查，程家商隊就在距離這邊兩里不到的大沙丘後面。如果萬俟說了半句謊話，就讓我走進沙漠中，再也找不到路出來！」

對於常年行走於絲綢古道上的人來說，這句誓言比天打雷劈還要惡毒。天打雷劈，不過是瞬間的痛苦。而迷失在沙漠當中的人，卻是要被一點點日頭曬成乾屍，連死後都不得安寧。被喚作宇文少爺的年輕人見「莫大」說得斬釘截鐵，臉上的表情明顯有些猶豫。想了想，低聲喝道：「大夥先別動手！小許，你跟老吳兩個去那邊看看，新來的商隊頭領是不是姓程。老張、你回營去跟王大哥說一聲，就說我在這兒碰到一個老熟人。怎麼處理，請他定奪！」

「老熟人，老熟人！」見對方終於收住了攻勢，「莫大」連聲重複。唯恐負責老張傳話不到，又追著對方的背影大聲補充了一句：「是宇文少爺的老熟人。當年在長安城裡有過一番交情的！」

「哪個跟你有交情？」宇文少爺笑著啐了一句，按在刀柄上的手掌終於鬆了下來。「我說萬俟，你怎麼越混越倒退了。先前好歹伺候的是個國公爺，現在卻給一個絲綢販子當起的家將！」

還不是被你逼得嗎！化名為莫大的萬俟玉薤肚子裡暗罵。當年他的故主王鉷、王淮父子，就是斷送於眼前這個宇文至和其他一干飛龍禁衛的手上。好在萬俟玉薤當年見機得快，猜到王氏父子這條大船已經四處漏水，所以乾脆提前跑了一步。否則，以他的身份，肯定也少不了一個被當做王氏父子的爪牙斬首示眾的下場。可這些實話他沒膽子當面跟宇文至掰扯，只好笑了笑，含含混混地回應道：「那不是，那不是當年受了，受了雷爺和白姑娘的點化，所以不願在長安城中繼續胡混下去，才決定回到西域謀出身？可您也知道，萬俟出身又不太好，點子又背，投軍未必有人肯要。所以，所以只得放下臉面，先混碗飽飯再說！」

「你是怕被認出來，受到王氏父子的牽連吧？虧你長了這麼大個頭，膽量卻比兔子還小。」宇文少年根本不給人留情面，一語戳破了萬俟玉薤肚子裡那點兒小心思。「你想得太多了。那事兒已經過去了。長安城中，根本沒人願意再提！」

「真的……」萬俟玉薤喜出望外，兩隻眼睛中精光直冒。

「我沒事兒幹呀！騙你幹什麼？」宇文至看了他一眼，撇著嘴質問。

「嘿嘿，嘿嘿……」萬俟玉薤伸出蒲扇大的巴掌，來回摸自己的後腦勺。顯然，平素被心中的顧忌壓抑得不輕。

他二人東一句，西一句說得痛快。齊大嘴和儲獨眼兩個卻被弄得霧水滿頭。到了此刻，再傻的人都能猜到，所謂莫大，不過是個化名。眼前這位身高過丈的壯漢恐怕壓根兒不姓莫，而是來自鮮卑族的複姓，萬俟。可他跟另外一位複姓宇文的傢伙到底是什麼交情，為什麼對這人敬畏得像老鼠見了貓兒一般。此外，姓宇文和他的那幾個伴當，剛才到底擺了個什麼陣勢？怎麼只是區區五六個人，就壓得大夥根本透不過氣來？

饒是齊、儲兩個老江湖閱歷豐富，一時也無法把這些謎團全部解開。只是隱約覺得，眼前營盤裡那支商隊恐怕來歷絕不簡單，這姓宇文的，還有他那些伴當，十有八九是長安城裡某個王公貴胄的部曲。為了趁著大唐和大食開戰的機會撈上一票，才不惜打扮成普通商隊，悄悄地走在了絲綢之路上。

沒等他們兩個理出個大致思路，被宇文少爺派去探聽情況的「伴當」已經快步折回，走到他的身畔，當著大夥的面兒回稟道：「的確是疏勒程家出頭聚攏的商隊。營盤上的那個旗子我見過。出來放馬的那幾個夥計，我看著也很眼熟！」

「是嗎？」宇文少爺輕蹙的眉頭，轉身向自家營盤張望。顯然，還是有些拿不定主意。站在他對面的萬俟玉薤怕他生了殺人滅口的念頭，趕緊高聲補充道：「是啊，是啊。我都在程家幹了快兩年了。只是一直沒想到少爺您也來了西域而已。他們兩個，一個姓齊，一個姓儲，家都在疏勒城中。您隨便派個人到刀客中間一問，就能問得出來！」

他奶奶的，姓萬俟的真不仗義！齊大嘴氣得心中暗罵。沒想到為了取信對方，姓萬俟的連自己的家眷都給賣了。

做了如此沒品的事兒，萬俟玉薤也自覺心中慚愧，回過頭來，低聲向齊、儲兩位刀客解釋道：「這位宇文，宇文少爺，是個富貴人。不會，不會做對大夥不利的事情。只是，只是……」

只是了半晌，他也沒只是出個所以然來。倒是對面的營盤裡，又快速走出了一名身高和萬俟差不多的年輕人。古銅臉龐，濃眉大眼，闊背寬肩，手臂和腿腳勻稱有力，一看，就知道是個習武多年的練家子。

「王，王小，王小爺，您，您怎麼也在這兒！」對於此人，萬俟玉薤顯然比對宇文少爺還敬畏，居然遠遠地就迎了上去，毫不猶豫就是一個及地長揖。

「原來是萬俟！」姓王的壯碩少年一把拉住萬俟玉薤，放聲大笑，「王某還奇怪呢，在這裡，怎麼會有王某的熟人。真是想不到，想不到。」

「他說是做了程家的家將。一路護送商隊過來的！我剛才已經派人查過了，應該不是在撒謊！」姓宇文的少年對來人同樣很尊敬，快步迎上前，低聲將自己剛才探明的情況重新述說了一遍。

「哈哈，這麼說，王某跟你還真是有緣！」王姓少年的臉上，帶著一種與年齡極不相稱的練達，一邊拉著萬俟的手，一邊大聲說道。「既然碰上了，就乾脆搭個伴一起走吧。回頭我跟商隊的頭領說一聲，衝著萬俟老兄的面子，我們李記就不抽程家商隊的水了。萬俟老兄，你意下如何？」

我有得還嗎？萬俟玉薤一邊陪著笑，一邊在心中叫苦。真是倒楣催的，先前在長安栽於誰的手上，這裡偏偏又遇上了誰！既然王小侯爺和宇文少爺這兩個飛龍禁衛頭目都混在商隊中了，眼前這個所謂的商隊，恐怕擔負著極其重要的使命。自己若是不肯答應，恐怕單單是為了保密，對方也會立刻痛下殺手。

好漢不吃眼前虧。是萬俟玉薤一貫的處事原則。點點頭，他笑著回答：「那敢情好，敢情好。跟在您王爺身後，萬俟還能不放心嗎？我這就回去跟程大掌櫃告知。告訴他您王爺來自京師裡鼎鼎有名的老字號，跟您走一路，肯定沒虧吃！」

「我也不能護送你們多遠。東家的目的地是木鹿州。到了那之後，你們就得靠自己了！」王姓少年還真不知道什麼叫做客氣，立刻替程記商隊做好的路線規劃。「不過你放心，在此之前，所有遇到的麻煩，都有我們李記應著。這趟買賣，東家下足了本錢。光是能在馬上拉弓放箭的好手，就派出來了一百多位！」

有一百多位弓騎兵坐鎮，恐怕連夜逃走，都會被追上亂箭穿身。萬俟玉薤聽得心中一凜，再度拱了拱手，陪著笑臉回應：「如果知道能跟李記搭上關係，帶隊的大掌櫃恐怕高興得要跳起來。無論遠近，我們程記上下心裡都承您老的情。我這就回去跟他說，馬上就能給您回音！」

「嗯，那就有勞萬俟兄了！」王姓少年笑著點頭，示意萬俟可以離開。「我家掌櫃行事一向低調，所以，還請萬俟兄別驚動太多人！」

「那是自然，那是自然！」萬俟玉薤將頭點得像小雞啄碎米一般，倒退著向後走去。直到對面的王姓少年已經轉過身了，才慢慢收起了笑容，朝著齊大嘴、儲獨眼兩個低聲吩咐，「還楞著幹什麼，趕緊跟我一起回營地去。記住，剛才聽到的話，全爛在肚子裡。跟誰也不能說起！」

「知道了！」齊大嘴和儲獨眼兩個聳著肩膀回答，對此人剛才的所作所為甚是不屑。萬俟玉薤也是個老江湖，豈能聽不出來？估計將腳步放慢了幾分，待齊、儲兩名刀客跟上自己之後，才壓低了聲音補充道：「有幾句話好叫你們二人知道，咱家複姓萬俟，喚作玉薤。先前是因為遇到點兒麻煩，才不得不隱姓埋名，並非故意欺騙。剛才那位宇文少爺，還有王少爺，身份都非同一般。他們所效力的李記，也是京城當中數一數二的大買賣，後臺背景極深。你們兩個可以不信我說的話，卻不要拿自家的性命開玩笑。咱家不求你永遠閉嘴，只要能保證在與他們分開之前不多說話即可。等回到疏勒，你們仔細一打聽，便知道咱家今天到底是不是為了你們好！」

齊、儲二人不過是有點兒看不慣萬俟玉薤對兩個年輕後生卑躬屈膝，心裡倒也沒真的想牴觸他的命令。此刻聽他說得坦誠，不由得收起了輕視之心，先笑著陪了個諾，然後低聲回應道：「萬俟大哥連這等秘密都不瞞我們倆，我們倆如果再不知道好歹，就真白活這麼大年紀了！」

「就是，就是。萬俟大哥儘管放心，今天的事情，我們兩個就讓它爛在肚子裡，永遠不會到處亂講。咱江湖人吐口唾沫砸個坑，如果哪天違背誓言，就讓他……」

話還沒等說完，萬俟玉薤已經用大巴掌拍了過來，「呸！呸！呸！答應便答應了，發那勞什子毒誓作甚！誰家背後沒一堆老婆孩子需要養，怎能輕易地就說那些晦氣話！」

「萬俟大哥說得是！」聞聽此言，齊、儲二人愈發覺得不好意思。相繼拱了拱手，爭搶著說道：「那咱們就瞎子吃湯圓，心裡有數便行。反正我們兄弟的嘴巴到底夠不夠嚴實，您一打聽就知道！」

「回去後，我們兄弟兩個還叫你莫大。你自己也仔細些，別讓程掌櫃怪你擅做主張！」

「不妨！」萬俟玉薤笑著擺手，臉上充滿了自信，「我跟程掌櫃各自負責一攤兒！買賣事情我不插手，沿途如何走得安全，他亦要聽我的安排！」

「那我們兩個就放心了！」齊大嘴和儲獨眼點頭而笑。心中都為平白送了萬俟玉薤一個人情而感到高興。

程記在疏勒也是數一數二的大商號，否則也不可能輕而易舉地在當地拉起一支商隊。萬俟玉薤既然深得東家的信任，日後的前途自然難以估量。對於齊大嘴和儲獨眼兩個刀頭上討生活的人來說，結交上這樣一位「人物」，日後的生意就多了分保障。至少，下次想幫人從程家攬活計時，丟下一句「我跟貴號的莫大有交情」，程記的掌櫃和夥計們也會照顧一二。

想到這層，兩人對萬俟玉薤的態度更加尊敬。一點兒也記不起，剛才自己在心裡鄙夷過誰來！待回到營地，無需萬俟玉薤叮囑，便自發將有個京師來的大商隊正在黃泥墩附近安歇的消息散發了出去。並且將與對方搭伴兒同行的好處說了個天花亂墜。

眾刀客們和夥計們對此當然沒什麼怨言。西去的路不太平，同行的商隊越多，抱得團兒也就越大。抱得團兒越大，生存的機率也就越大。這就好比螞蟻過河，一個一個游，肯定全都得淹死。抱成球滾過去，縱然也免不了一些倒楣的，活下來的機會卻憑空增大了數倍不止。

程記派出來的掌櫃是個老江湖，雖然不甚滿意「莫大」擅自作主張，但也明白搭伴同行利大於弊。只是千叮嚀萬囑咐，要求「莫大」一定要探明了對方的來路，別是馬賊假扮才好。見他如此小心，「莫大」忍不住哈哈大笑，「您老要是不放心，就自個兒去那邊看看。若他們是馬賊的話，天底下的人就全成馬賊了！」

程掌櫃將信將疑，打發走了莫大之後，還真偷偷派了兩名機靈的心腹夥計，要他們出去探聽探聽「京師大商號」的陣容。半個時辰之後，兩個素以機靈著稱的夥計回來，滿臉羨慕地彙報：「到底是不是京師來的，小人不敢保證。他們那邊威風大得很，根本不讓陌生人靠近營地。不過他們肯定不是馬賊，連在營地外給牲口飲水的小學徒，腳下穿的都是鹿皮靴子！要是馬賊們有這個身家，誰還出來吃刀頭飯啊！」

「說不定京師那邊鹿皮靴子便宜呢！」聽夥計們這麼一說，程掌櫃算是徹底放了心。笑了笑，酸酸地回應，「人家那邊，據說是金子埋到了腳脖子上。只要低頭就隨便撿！」

「那咱們乾脆哪天也去撿幾塊去！」夥計們一齊搖頭，對京師人的「奢侈」又是羨慕，又是嫉妒。

類似的話題很快傳遍了整個臨時營寨。同行的大小商戶都知道這回遇到了貴人，心中都興奮不已。掌燈之後，京師大商號那邊派人來請主事者過去商量路上細節，程大掌櫃便當仁不讓地拉上萬俟玉薤去了。不多時，滿臉得意地回轉，額頭上的皺紋都帶上了幾分富貴氣。待到整個營地的人都看清楚了他的那張老臉，他卻又偷偷地將萬俟玉薤拉進自己寢帳，低聲問道：「那個京師裡的蘇掌櫃到底是什麼身份？我怎麼看著像個胡人？」

「我也沒見過他們掌櫃。我只是跟掌櫃身邊的那個刀客頭領比較熟！他跟胡國公秦家關係頗深！很得秦家兩位少爺的賞識！」萬俟玉薤心中也有很多謎團無法解開，想了想，半真半假地回應。

「是那王姓頭領嗎？怪不得架子那麼大？連蘇掌櫃說話時，都不停地拿眼睛朝他這邊看！」程掌櫃點點頭，自行推測答案，「不過蘇掌櫃的出身肯定也非同一般，這點兒從他說話做事時的語氣姿態就能看得出來。如果不是見慣了大場面的，帶不出如此足的做派！」

萬俟玉薤點點頭，心不在焉地附和，「京師裡，也有很多胡人的商號。其中不少，還是當年為太宗皇帝陛下效過力的！那蘇掌櫃說不定是這種人家的庶子。繼承不了官爵，所以乾脆替家族四處摟錢！」

這個推測，倒也有幾分可能。程掌櫃想了想，便將你作為了定論。畢竟，通過親眼觀察，他絕對相信，那支京師來的李記大商隊，不可能是馬賊假扮。西北道上的馬賊即便換了絲綢衣服，全身上下塗滿金粉，也裝不出人家那種雍容華貴的氣派來！

不過既然是李家商隊，掌櫃的怎麼不隨家主的姓氏，反而姓了蘇？想破了腦袋，程掌櫃也弄不明白。類似的破綻還很多，照常理兒根本瞞不住他這雙火眼金睛。然而他心裡已經先入為主，相信對方是一支很有來頭的大商隊，所有破綻，便都顯得微不足道了。

萬俟玉薤想的則是另外一回事情。畢竟他伺候過王氏父子，知道京師裡大富大貴人家是什麼樣一個做派。今晚去商量搭伴兒同行的細節時，他敏銳地發現，那個蘇姓掌櫃恐怕出身極為高貴。但與其說此人是這支商隊的掌櫃，不如說此人是個掩人耳目的傀儡。商隊的真正主事者，恐怕就是他的老熟人王洵。

一聯想到對方飛龍禁衛的身份，萬俟玉薤背後就冷氣直冒。有六百多飛龍禁衛護送，還弄了一個王侯之子做掩護，這買賣豈能小得了嗎？弄不好，都是可以滅國亡族的「生意」！早知道這樣，自己下午時又何必非要查看對方的動靜！都是貪心不足惹的禍！這下好了，連躲都沒地方躲了。一不小心，連命都得搭進去！

越琢磨，他越覺得自己捲進了一個的巨大的陰謀當中。偏偏究竟是什麼陰謀根本想像不出。回到自家寢帳之後，竟然是整夜無法入睡。第二天早上起來，立刻頂了一雙黑眼圈。好在決定結伴同行之後，商隊如何行走的事情，都不用他來操持。京師李記那邊自然派了十數名幹練的家將，把所有願意同行的商戶安排得井井有條。

幾個昨天晚上本來沒想搭夥的小商隊，見京師來的人做事如此麻利，也都相繼改變了主意。王洵和宇文至等人也不在乎他們出爾反爾，一一接納。到了最後，竟是昨晚在黃泥墩附近歇息的所有商戶都加入了進來，林林總總有四十幾號。光是馱貨物的駱駝迤邐拉出了五六里遠，煙塵遮斷了半邊天。

如此龐大的一支隊伍，速度自然快不到哪去。王洵等人也不著急，一邊走，一邊按照封常清事先的要求，拿出軍中的輿圖，仔細核對。沿途哪裡有水源，何處有草場。地勢如何，有沒有密林，山丘後可否能藏得住伏兵，道路與一百多年前有何變化。都由蘇慎行、宋武二人帶領著偽裝成刀客的斥候仔細查驗了，一一在輿圖上注明。

他們兄弟幾個志向遠大，總覺得以安西軍目前的實力，用不了多久，就能重現永徽年間，大唐帝國在西域的輝煌。所以做起事情來渾身都是力氣。這些舉動落在同行的商隊眼裡，卻愈發透著神秘了。

大凡商隊西行，遇到馬賊都是強衝而過，從不與對方做任何糾纏，亦沒能力在隊伍前後左右五里之外都撤出大量哨騎。而王洵等人在白馬堡中時，學的便是如何打仗。各類警戒手段在他們眼裡屬於家常便飯，想都不想便會施展出來。再加上軍隊向來講究令行禁止，紀律森嚴，而刀客們則都是自由散漫的性子。相處時間一久，便有很多聰明人，從彼此行事風格的差別上，發現了一些端倪。

「不對勁兒。這個李記八成不是什麼商隊！」中午休息的時候，幾個常走西域的老掌櫃碰到一起，小聲嘟囔。

「他們要是商隊，我們田記的招牌從此倒著寫！」有人氣急敗壞地賭咒發誓。

然而上賊船容易下去難，此刻再想分道揚鑣，顯然已經來不及了。只能在心裡默默祈求，李記那個看上去還算和氣的蘇姓掌櫃能說話算話，到了目的地後，允許大夥安全離開吧！

如此提心吊膽走了兩天半，第三天下午，便到了拔汗那，原來大唐休循州所在。李記商隊在此要逗留數日，通知大夥，願意繼續搭伴兒的在城中等候。不想耽擱時間的則可以自行離去。聞聽此言，眾商販們心裡登時鬆了一口氣，緊跟著便又念起與李記這個冒牌商隊同行的好處來。從黃泥墩到休循州這兩百餘里路，大夥甭說大批馬賊的影子都沒看見，就連幾個湊到商隊附近踩盤子的小嘍囉，都被「李記」的刀客策馬追上，毫不猶豫地從背後射成了刺蝟。

當下，有三五支膽小的商隊提前向眾人告辭，其餘大部分，包括已經把迷惑寫在了腦門上的程家掌櫃，都決定繼續與「李記」同行。畢竟船大能抗風浪。他們李記是真的商隊也好，假的商隊也罷，跟大夥根本沒什麼關係。只要他們能充當免費保鏢，大夥又何必不揣著明白裝糊塗！

拔汗那國王原為一突厥土酋，利用了大食與大唐爭奪西域的機會，才謀取了該城的控制權。在自立之後，該國便奉行左右逢源之策。既使向大唐納貢，又不肯將大食人得罪得太死。十餘年前，其王阿悉爛達汗因幫助唐軍消滅突騎施可汗吐火仙有功，被冊封為奉化王。此後，又因迎娶了義和公主，與大唐的關係日漸親密。

阿悉爛達汗為人甚為機靈，曾多次試探著自請去除王號，仿照高宗時代那樣舉國內附，為休循州都督一職足矣。大唐為了對西域諸國宣揚仁德，反而遲遲沒有接受他內附的請求。雙方揣著明白裝糊塗，誰也不把最後一層窗戶紙戳破，彼此之間倒也相處得融融洽洽。每次安西軍在河中有戰事，阿悉爛達汗必然出兵相助。而每次安西軍大戰勝利，都會分下大批金銀細軟，牲畜糧食，令拔汗那將士帶著大包小裹滿意而歸。

天寶十年的怛羅斯之戰，拔汗那又站在了大唐一方。但因為葛邏祿人中途背叛，安西軍遭到了五十年以來最嚴重的挫折。戰後，蔥嶺西北諸國陷入了大食與葛邏祿的前後夾擊當中，不得不屈膝投降。拔汗那國也只好隨波逐流，被迫與大唐中斷了聯繫。

但阿悉爛達君臣心裡卻都非常清楚，安西軍的實力雖然遭受重大損傷，但憑藉來自中原的支持，其元氣恢復到全盛時期，也不過是三五載的事情。而大食人雖然來勢洶洶，其國富庶與強大程度卻根本不能與大唐相提並論。因此拔汗那國雖然轉奉大食為宗主，卻依舊能對治下百姓一視同仁，死活不肯像臨近的葛邏祿和柘支那樣，將國中所有與大唐有瓜葛的人等抄沒財產，貶為奴隸。

對於這麼一幫「冥頑不靈」的傢伙，大食宗主自然十分不滿。只是因為國中內亂剛剛結束，一時也騰不出手來收拾。便只好採取老辦法，先借助宗教勢力一點點向當地貴胄滲透，然後再尋找機會廢掉阿悉爛達，推出一個更聽話的傀儡。

這種已經用爛了的招數，自然讓阿悉爛達君臣更為離心。所以，他們時刻都瞪大眼睛盯著安西軍的一舉一動，準備重新站隊。封常清在健陀羅大敗天方教東征軍的消息傳開後，整個西域為之震動。原先投靠天方教的地方貴胄們紛紛與背後的東家劃清界限。阿悉爛達便借著整肅治安，以防宵小趁機作亂的由頭，將國內親大食勢力狠狠收拾了一番。然而緊跟著「王師」卻止步於小勃律，遲遲不肯西進。阿悉爛達便又開始後悔起來，抱怨大相張寶貴怎麼不提醒自己些，以至於冒冒失失地鑄成了大錯。

就在這個節骨眼兒上，木鹿城總督夏普・蘇倫之子，突然領著唐使偷偷到訪，怎不會令阿悉爛達君臣喜出望外？當即命人打開王宮正門，以迎接失散多年的老友名義，將王洵等人迎了進去。賓主之間相談甚歡，一天後便達成了初步協定。明年開春，大唐安西軍將擇機翻越蔥嶺。屆時，拔汗那與木鹿兩國將為嶺西諸國表率，在藥殺水畔恭迎王師。

為了讓安西軍師出有因，拔汗那與木鹿兩國還將帶頭，彙集被葛邏祿阻斷在外的嶺北諸國，還有被大食征服的波斯、南天竺、吐火羅等，重新向大唐上表稱臣。同時，乞求王師繼續西進，徹底驅逐大食殘匪，救嶺西黎庶於水火。

「好教上差知道，我嶺西諸國雖為同源，卻是良莠不齊。有的至今不忘大唐當年扶持救助之恩，有的卻是良心早就被狼叼了去。大食人讓他咬誰，便會咬誰！」在事先起草好的乞求王師西征的文表上第一個用了印之後，拔汗那國主阿悉爛達沉吟片刻，鄭重提醒。

「中原有句古話，叫做龍生九子各有不同。」能這麼快就說服阿悉爛達重新倒向大唐，已經順利得有些出乎王洵預料，故而他並不怎麼在乎前路上可能會遇到的麻煩，「像奉化王這樣高高飛在雲端之上的，肯定能看得遠些。而某些鼠目寸光的蠢物，注定要替人馱石碑！」

突厥人的傳統聖物為狼，但通過數代人跟中原的交流、通婚，文化上的差距已經非常小。有關龍子龍孫的傳說阿悉爛達也非常清楚，因此無需別人替自己解釋，便能明白王洵話裡的意思，開心地笑了笑，將聲音提高了幾分說道：「可是那些蠢物總是自不量力，總想跟真龍一較高下。即便沒膽子飛到空中，也會躺在地上當攔路石！」

「那就將他們搬開就是！」王洵也笑了笑，年輕的面孔上寫滿了自信。「只是需要奉化王事先指明是誰即可，也免得我大唐出兵時，他又蒙起頭來裝恭順！」

聞聽此言，幾個親唐的大臣眼睛裡邊立刻放出了熱切的光芒，阿悉爛達倒沉得住氣，點點頭，繼續借題發揮道：「身為大唐臣子，當然要為主君分憂。只是我那幾個目光短淺的兄弟雖然有罪，他麾下的百姓卻很無辜。他們總歸算是我的同族，真不忍心讓他們再受一回亡國之痛！」

這簡直已經是在考校王洵的猜謎能力了。好在出發之前，薛景仙已經根據木鹿城王子蘇適提供的資訊，根據河中一帶可能遇到的情況，替王洵預備了足夠多的答案。假裝猶豫了片刻，王洵笑著搖頭，「我大唐對待嶺西、嶺北諸國，向來是只求一個君臣名分，不曾謀取寸土。安西軍忙著跟大食對峙，想必一時半會兒也抽不出合適的人來治理地方。依照本使的意思，與其從長安硬派一個不熟悉此地民情的官員來，還不如乾脆勞煩諸位國主多費一些心思。這樣，既酬謝了諸位鞍前馬後勞碌之功，又令地方百姓心裡不至於覺得太難過。只是本使不知道，奉化王還有多餘的精力沒有？」

「本王屢受大唐洪恩，為陛下分憂，豈能敢推三阻四？莫說此時還年富力強，即便老得爬都爬不動了，也不敢耽誤陛下的囑託！」阿悉爛達目光大亮，再也不拉著王洵繞彎子，迫不及待地回應。

當年在樓蘭部落，王洵的心臟承受能力早就被老狐狸康忠信給磨礪出來了，知道這些部族頭領個個是些個只要有便宜可占就不會在乎臉面的主兒。因此即便阿悉爛達此刻變臉變得再快，他也不覺有什麼突兀。點點頭，笑著回應道：「奉化王說這話就見外了。畢竟您和大唐皇帝陛下是翁婿之親，不勞煩您還要勞煩誰。即便您真的老到不願意管事那一天，不還有您的王子王孫嗎？照理，他們也是我大唐皇帝陛下的姻親，出頭替大唐巡狩西域最合適不過！」

「那是，那是！」阿悉爛達見王洵如此善解人意，高興得臉上像開了花一般。

給足了對方好處，王洵笑了笑，趁機問道：「本使初來乍到，對這邊的情況不甚瞭解。所以到底哪些豪傑依舊心向大唐。哪些目光短淺之輩已經不值得再去浪費心思，還請奉化王指點一二！」

「木鹿城主老蘇倫，肯定是心向大唐的。」阿悉爛達可汗看看已經把耳朵豎起來偷聽的木鹿王子蘇適，笑著介紹，「還有東曹城主咄喝，當年乃大唐所立，至今仍念念不忘陛下的看顧之恩。再有就是安息王阿斯藍，他的父兄皆為大食人所殺，若有機會復仇，定然不會放過。但距離本城最近的柘支，也就是偽大宛國主俱車鼻施，當年勾結大食人與高仙芝大將軍作對的人就是他。此後更是舉國皈依了天方教。所以天使就不必到他那邊去了，免得此人為了向大食主子邀功領賞，對您老暗下毒手！」

「哦！」王洵做恍然大悟狀，朝著阿悉爛達輕輕拱手，「若非奉化王提醒，本使差點自己把自己送入虎口當中去。這偽大宛國主既然如此可惡，本使就不給他任何機會了。待我安西大軍一到，立刻將他驅逐。只是大宛國的正朔如今流落到何方，奉化王可有他的消息？」

「我家大汗就是大宛王室唯一的嫡傳血脈！」

「俱車鼻施竊父子取王位多年，我家大汗不忍見藥殺水兩岸生靈塗炭，才對他一忍再忍！」沒等阿悉爛達開口，周圍幾個貴胄已經大聲嚷嚷了起來。

大宛在隋代為突厥所滅，其國主血脈早就被屠戮殆盡。無論是現在自稱為大宛國主的俱車鼻施，還是叫喊著要大唐為其主持公道的阿悉爛達，都屬於昭武九姓之一，如假包換的突厥血統。跟大宛國王室可以說連半點兒關係都搭不上。但既然阿悉爛達君臣這麼嚷嚷，王洵也就順水推舟，向東方拱了拱手，大聲道：「剪除奸佞，匡扶正朔，乃我大唐天朝對屬國應盡之責。本使回去後，定將此事原原本本啟奏於陛下知曉。諸位儘管放心，屆時陛下必將還奉化王一個公道！」

「如此，小王就先感謝陛下洪恩了！」阿悉爛達一點兒也不知道謙讓，立刻敲磚釘角。

倒是他的大相張寶貴，見自家主公表現得如此急切，心中覺得有些不妥。笑著走上前來，向王洵長揖為禮，「拔汗那國小力弱，日後想在河中立足，還少不得仰仗大唐的扶持。然我國君臣亦不敢辜負天朝眷顧，待王師西進之時，必將披甲持戈，為王前驅！」

「百餘年來，凡不負我大唐者，我大唐亦不會負他。」王洵避開半個身子，以上司對待下屬之禮還了個半揖，「張相乃飽學名儒，應知本使所言非虛！」

「然也！」拔汗那大相張寶貴鄭重點頭。從貞觀年間到現在這一百三十多年裡，大唐對於主動臣服於他的屬國，的確表現得像一個忠厚長者。「正因為如此，我拔汗那君臣百姓，才不敢有負於大唐。他日王師西進，儘管集中兵力對付大食匪寇。像驅逐大宛偽王俱車鼻施這種小事，只要王師肯支援些甲杖器械，我拔汗那兒郎便可以代勞，實在不敢勞煩王師過多！」

「嗯！」王洵輕輕皺眉。由大唐將整個大宛國打下來轉賜給阿悉爛達，和由阿悉爛達自己帶人將國土打下來，表面結果看起來差不多，本質上卻大相逕庭。仔細看了看張寶貴，他打算先把這個問題敷衍過去，「如果奉化王有此雄心的話，我大唐當然樂於見之。不過軍事上的事情本使不太懂，還是屆時由奉化王主動向封常清大將軍提出來吧。相信他也願意成全奉化王的威名！」

「可看天使的身形和氣度，分明是個熟知兵勢的百戰將軍！」張寶貴眼睛很毒，一語便道破了王洵的身份。

「君子有六藝，大相莫非沒聽說過嗎？」王洵搖搖頭，露齒而笑，「本使的確出身將門，但走的卻是科舉之道。只是家傳的武藝未曾丟下，所以看上去更像一個行伍之人罷了！」

這個藉口，倒也找不出什麼破綻來。張寶貴楞了楞，心中好生不甘。就在他準備從其他方面尋求突破的當口，宋武慢慢地踱了過來，朝著他輕輕做了揖，笑著問道：「護衛統領宋武，見過丞相大人。剛才末將聽丞相大人說話略帶些河北口音，不知道丞相大人與清河張氏可有什麼瓜葛？」

清河張氏乃大唐有名的望族，其始祖乃為漢留侯張良。宋武這麼問，等同於主動往對方臉上貼金箔，豈有被拒絕之理？當即，張寶貴笑了笑，非常自豪地承認道：「張某才疏學淺，年近花甲卻一事無成，實在有辱先祖威名。不知將軍，為何會有此一問？」

「原來是奠定大漢四百餘年基業的留侯之後，怪不得見識卓然不群。奉化王有張公為佐，想必日後建立宣昭、太武一般的基業，亦不在話下。青史之上，張相亦少不得要與王、崔兩公齊名！」宋武繼續大拍對方馬屁，言談之間，卻把胡漢之分，點了個清清楚楚。

前秦世祖宣昭皇帝苻堅和北魏太武皇帝拓跋燾，都曾經一統中原北方，建立了不朽威名。而他們二人麾下，亦有王猛、崔浩這樣的漢臣，為其鞠躬盡瘁地出謀劃策。但是，王猛終其一生，都極力阻止苻堅領兵南下，攻擊偏安一隅的南晉。崔浩也因為極力替北魏的漢人爭取權益，最後竟因此身死族滅。

相比之下，張寶貴這個所謂的留侯之後，卻念念不忘從大唐手中替異族爭取好處，就顯得有些愧對祖宗了。故而宋武的話音剛落，張寶貴的臉已經漲得一片血紫。想了想，拱手道：「借小兄弟吉言。如果真的有那麼一天，張某必以王、崔二公為畢生楷模！」

說罷，不敢再繼續跟王洵糾纏，找了個藉口避向了一旁。

阿悉爛達雖然能講一口流利的唐言，卻畢竟不像張寶貴這般，對中原歷史能做到了然於胸的地步。所以根本沒聽懂宋武話裡的典故。看到自己的大相幾句話便敗下陣來，心中就明白今日已經不可能從王洵這裡要到更多了。笑了笑，大聲說道：「如果能一統大宛，本王定然日日東向焚香，感謝陛下的扶持。今後不僅自己不會忘記，子孫後代，也叫他們永遠感念天朝的恩德。希望天使回朝後，能替本王表明這番心意！」

「那是自然！」王洵微微一笑，彷彿對方的要求對自己來說不過是舉手之勞一般，「本使日後，還想在柘支城古王宮中，代天子向大宛王頒發印信呢！」

「屆時，本王一定拿最好的酒水，最漂亮的女人，招待天使！」阿悉爛達用力一揮手，以大笑聲結束了討價還價，「但是今天，還請天使先遷就一下，不要嫌本王的酒水不夠濃烈，舞姬不夠豔麗！來人，上酒，奏樂，為大唐天使洗塵！」

在門外等待多時的琴師和舞女們列隊而入，在王宮大廳中賣力地演奏了起來。阿悉爛達拉住王洵的手臂，強行將其扯到上首，與自己同席而坐。大相張寶貴則扯了宋武，坐在緊挨著阿悉爛達的尊貴位置上，繼續探討儒家經義。其餘拔汗那貴胄也根據自己的級別，相應地找上宇文至、蘇慎行等，一邊把盞論交，一邊欣賞歌舞。整個大廳，氣氛迅速攀升至歡樂的頂點。

「天使既然肩負秘密而來，想必行藏不可暴露得太早！」酒過三巡，阿悉爛達摟著王洵的肩膀，主動替對方分憂，「我聽說有幾個商戶不知道好歹，居然辜負了天使的好意，提前走了。這些眼裡邊只有錢的傢伙個個都機靈得很，與其冒險賭他們什麼破綻都沒看出來，不如……」

他用另外一隻手抓起割肉用的小刀，奮力向面前的蒸羊背上切了下去，「唯有死人的嘴巴最嚴……」

「不必了。多謝奉化王提醒。」王洵搖搖頭，笑著表示謝絕，「除了封常清將軍外，即便在安西軍中，知道本使此行目的者都寥寥無幾。幾個尋常商販又怎可能猜得出來！頂多覺得我等不像夥商人罷了！」

「我記得天朝有句老話，叫成大事者，不會在乎小的變通！」阿悉爛達顯然有些喝過了量，涅斜著醉眼繼續堅持，「如果貴使下不了狠心的話，不妨由本王手下的弟兄們代勞！這戈壁灘上，消失幾個人也是稀鬆平常的事情。絕對不會牽連到……」

「真的不必了！」王洵的聲音有些高，但不至於令對方難堪。同樣的話，宇文至也曾提起過，但他反覆斟酌後，卻不敢接受這個看似最穩妥的建議。當年為了保住皇家的秘密，高力士和陳玄禮兩個毫不客氣地將他和一眾飛龍禁衛送上了不歸路。如果他自己此刻為了可能存在的危險，便對無辜者痛下殺手的話，那跟高、陳等人，還有什麼分別？

正因為曾經被像雜草一樣踐踏，所以他從此再不敢踐踏別人。猛然間，王洵心中一陣酒意上湧。「他們都是唐人！」望著阿悉爛達充滿迷惑的雙眼，他以平靜，卻又非常鄭重的語氣強調，「他們都是唐人。有句話，好叫奉化王知曉，他們之所以為唐人，便是因為他們無論走到哪裡，背後都站著一個大唐！」

輕而易舉地說服了拔汗那土王阿悉爛達，為此行贏得了一個開門紅，所有使團成員都非常興奮。

回到館驛，大夥依舊沒有半點兒睏意，便擠在館驛的前廳內，一邊飲茶，一邊借著三分酒勁兒繼續指點江山。

憧憬著大軍西來時如何勢如破竹，一眾核心人物幾乎個個都覺得豪氣干雲。只有王洵自己，因為想著阿悉爛達如何殺人滅口的那些話，心情依舊有些鬱鬱。便沒有加入，端著一盞茶，站在窗口慢慢品味。

大唐會站在每個唐人的身後。這句話是他咬著牙根兒硬說出來的。事實上卻是，此刻大唐非但不能為遠離國境的唐人提供任何庇護，連境內的百姓，往往也感覺不到半點兒皇家恩澤。世家、豪門、貪官、污吏，一層層弄權之輩盤根錯節，幾乎將普通人頭頂上的天空完全遮住了。雖然有了科舉制度這種解決問題的途徑，可經過幾代人的不懈破壞，科舉制度已經完全變了味道。真正有才華且想為百姓幹些實事的人，補不上官缺。倒是那些憑著父輩餘蔭的貴胄子弟，個個都能走到高位上。

此外，望族與望族之間的相互傾軋，權貴與權貴之間的相互碰撞，每時每刻都在消耗著大唐的最後一分力量。每時每刻都在擠壓著普通人的最後一點生存空間。作為開國侯之後，如假包換的勳貴子弟，他還被壓抑得幾乎喘不過氣來。更甭說那些升斗小民，平素活得是如何壓抑而沉重了。

這不是他夢想中的那個大唐。夢想中的大唐應該處處充滿陽光。皇帝聖明、大臣正直、官吏公正廉潔。這甚至不是三十年前的那個大唐。三十年前的那個大唐如果像今天這般暮氣沉沉的話，安西軍也不可能重新奪回西域，威震四夷。這個大唐肯定出問題了，封四叔也是這樣認為。李白、高適、張巡等人心裡恐怕更是清清楚楚。然而正像封四叔所說，可怕的不是看到了狀況不對，可怕的是從上到下所有人都找不到解決辦法。只好閉上眼睛，捂住耳朵，假裝看不見，假裝聽不著，在一個盛世的夢裡繼續沉睡不醒。

王洵現在是使團的領軍人物，一舉一動不可能不引起別人的注意。聊了一會兒，大夥便看出了他臉色不對。紛紛湊過來，笑著問道，「明允兄今天是怎麼了？莫非是擔心阿悉爛達再出爾反爾不成？」

「這種彈丸小國，都是朝秦暮楚慣了的。此刻我安西軍挾大勝之威，他們當然巴不得能有機會靠上來！怎可能再玩什麼花樣。」王洵疲憊地笑了笑，低聲回應。「我只是酒喝得有些多，需要用茶壓一壓。你們聊你們的，我喝完了茶，便先去睡了！」

「倒是。拔汗那距離安西這麼近。如果敢玩花樣，大軍西進之時，第一個便蕩平了它！」

「明允兄說得對。咱們現在給他一個機會。如果他不知道好歹的話，也不配再做一國之主！」

大夥點點頭，七嘴八舌地附和，都覺得此地的事情已了。只有宇文至的見解與眾不同，撇撇嘴，冷笑著往眾人頭上潑涼水，「能在這種紛亂之地站穩腳跟的主兒，哪會那麼容易相與的？他今天肯帶頭連署表文，無非是想借助大唐的力量，趁機在河中確立自己的超然地位罷了。若是過後發現勢頭不對，少不得就會改變主意！」

「改變主意又怎麼樣？難道還敢對我等下手不成？」方子陵向來不喜歡宇文至這種尖酸刻薄模樣，看了他一眼，大聲反問。

「明著不會，暗地裡可保不準！咱不能吃一百斤豆子，記住不沾豆腥氣！」宇文至聳聳肩，笑著撇嘴。後半句話，打擊面兒可就太廣了。連一向不喜歡開口的魏風都忍無可忍，向前湊了半步，低聲反駁道：「未雨綢繆當然是好。可如果天天把蓑衣穿在外邊，豈不是瘋魔了嗎？況且拔汗那城中的親唐勢力也不會坐視其國主胡鬧，特別是那個大相張寶貴……」

「那大相怎麼說也是個唐人。義和公主據說也深受阿悉爛達寵愛！」其他人也覺得宇文至過於杞人憂天，七嘴八舌地附和魏風。

「我今天跟他聊過。覺得此人心中還存著一絲故國之念。況且他既然以留侯之後自居，怎麼說定要對得起祖宗！」宋武自覺今天表現出色，笑著替自己宣揚。

「唐人又怎地？留侯之後又怎地？吃誰的飯替誰做事！人家現在端的，可是拔汗那的飯碗？」宇文至再度聳肩，對所有人的言論表示不屑一顧，「身為拔汗那大相，他不為本國謀劃，才是真的怪事。至於義和公主，不怨恨陛下將她當蒲包送人已經夠好了，還指望著她給阿悉爛達吹枕邊風？哼哼……」

眾人被他駁得體無完膚，一個個直瞪眼睛。正吵鬧間，今晚負責帶隊執勤的蘇慎行推門走了進來，靠近王洵身邊，以極低的聲音彙報：「有人送來一張名帖，請欽差大人今晚過府飲茶……」

「誰！」王洵吃了一驚，紛亂的思緒立刻被拋到了腦後。雖然沒有採用殺人滅口的手段保密，此刻拔汗那城中知道唐使到來的人也早被限制在一個極小的範圍之內。館驛內外，這幾日亦被阿悉爛達的親信圍了個密不透風。來人能夠知道他的身份，並且不費絲毫力氣直接將請柬送到他的住處，顯然在拔汗那城中地位不低。

「不清楚。」蘇慎行雙手遞上名帖。「送信的人說，他家主人的身份，您去了就會知道。他此刻就在門外等，您看……」

王洵將名帖接過來，於燈下仔細觀瞧。只是一張極其尋常的紙片，上面沒有任何裝飾。隨便一個商隊掌櫃所用，都比這個奢華得多。名帖中央，則用蠅頭小楷書了四個字，瀚海苦囚。

此時中原向道之風甚勝，文人都喜歡以別號自代，像李白就別號青蓮居士，賀知章號四明狂客，王維號摩詰居士。但這些別號或者儒雅，或者狂放，像名帖上這般以流落在沙漠中的囚徒自居者，卻是聞所未聞。

當即，宋武等人也被驚動，紛紛湊過來，對著名帖嘖嘖稱奇。王洵這兩年的人生經歷忽起忽落，心境已經被歷練得非常通達。略一沉吟，便斷定名帖的主人恐怕對大唐有些怨懟之意。想了想，笑著對蘇慎行說道：「這地方習俗可真怪，還有大半夜拉人喝茶的癖好。那我就去見見他吧。說不定會有什麼意外收穫！」

「我帶幾個弟兄跟你一起去！」宇文至立刻跟上前，低聲建議。

王洵搖搖頭，笑著拒絕，「能知道我的真實身份，並且能輕易通過王宮侍衛盤查找上門來的，會在城中下手對付我嗎？你們幾個早點兒睡吧，我很快就會回來！」

眾人仔細一想，都覺得王洵的話很有道理。拔汗那距離安西甚近，即便城中傾向於大食的貴胄們想除掉使團，也得等到大夥離開拔汗那境內才好動手。否則，安西軍別的事情做不到，將拔汗那徹底剷除卻未必要花費太大力氣。

既然有恃無恐，大夥也就不替王洵的安危擔心了。又湊在一起，繼續鬥嘴。王洵跟在蘇慎行來到院門外，只見一名圓臉矮胖的男子正站在那裡恭候。附近的拔汗那親衛顯然對矮胖子很熟悉，連看都不多看他一眼。

「這就是我家大人了！」蘇慎行搶上前半步，主動替王洵介紹。矮胖子立刻雙手抱拳，長揖及地：「小的六順兒，參見欽差大人。這麼晚了，本不該前來打擾大人。但我家主人說，大人公務繁忙，隨時都可能啟程。所以才顧不得施禮，想跟大人聊上幾句家事！」

「家事！」王洵楞了楞，心裡對名帖主人的身份更加迷惑。他的曾祖父王相如雖然位列開國侯，幼時卻極其孤苦。除了一個母親和三個妹妹外，根本高攀不到任何親戚。而功成名就之後，王相如也只娶了一位妻子。家中人丁素來不旺。到了王子稚和王洵這兩輩，則父子俱為一脈單傳，更不可能有什麼遠在國境之外的親戚了。

彷彿早就預料到王洵會發楞，矮胖子六順兒笑著做了個請的手勢：「欽差大人不必懷疑，我家主人沒任何惡意。這邊請，轉過街就能到！」

「嗯！」王洵點點頭，舉步跟上。附近的拔汗那侍衛看到了，也不阻攔，任由矮胖子將八王的貴客從驛館中領走。

那矮胖子臉面極大，無論到了哪，巡街士卒都不敢干涉。轉眼間，就帶著王洵出了館驛。連續走過幾處高牆大院，隨後，在一處青灰色的院牆外伸手指了指，笑著道：「天太晚，就不給貴客開正門了。

免得惹人閒話。請走這邊，亮燈的地方有個角門……」

此舉就有些過於失禮了。除非王洵是他家的晚輩，或者是至親。還沒等王洵發作，角門處已經傳來一個低沉柔婉的女聲：「前面可是欽差大人，貧道天棄，在此有禮了！」

「天棄？」一個晚上，王洵已經第三度露出了驚詫的神色。不僅因為請自己前來喝茶的是個女道士，而且為對方古怪的道號。

「是啊，無福之人，天亦棄之！」黑暗中，女道士的聲音幽幽傳來。王洵看不清她的表情，卻知道她一定在笑，對著自己，對著這天，這地，輕輕地冷笑。

「妳是義和公主？」猛然間，心中閃過一道白電，追問的話脫口而出。問過了，王洵才緩過神來，朝著陰影處的女道士長揖及地，「下官王洵，見過公主殿下！」

「什麼公主殿下啊。那不過是個糊弄人的頭銜而已。」陰影中，女道姑笑著側開身，微微下蹲，以平輩之禮相還，「陛下可沒我這號女兒，大人還是別折我的陽壽了罷！」

「這個……」「這個……」一時間，王洵竟有些語塞。用普通宮女冒充公主，賜給周邊的小國藩王和親，是大唐朝廷拉攏周邊勢力的一貫手段。那些藩王對此其實也心知肚明。然而和親的女子畢竟頂著個公主頭銜，能代表她得到了大唐的支持，並且多為年輕貌美。所以便揣著明白裝糊塗了。

但萬一大唐與該番邦交惡，那名頂著公主名頭送出的女子，便成了第一個犧牲品。丈夫要拿她的血，表明自己從此與大唐勢不兩立的態度。而故國這邊，因為她根本沒有皇室血統，也不會拿她的死活來當做一回事。

如果換做三年之前，王洵肯定覺得，用一個不相干的女人令兩國平息干戈，是個非常合算的辦法。但是，現在的他卻能理解被當做貨物送人的女子，心中藏著多少無奈和悲苦了。因此，嘴唇嚅囁半晌，居然沒找出半句合適的話來。只好訕訕地笑了笑，再度長揖及地。

那女道士這回沒有躲閃，站在遠處完完整整地接受了王洵一揖。然後搖頭笑了笑，低聲道：「你這欽差，臉皮可真夠薄的。跟我進來吧，這個院子是大汗專門賜給我的，這會兒不會有外人來打擾。」

「欽差大人裡邊請！」沒等王洵表示猶豫，矮胖子六順兒已經搶先一步，拉住了他的胳膊，「我家主人只是想問您幾句閒話而已，無關國家大事。所以您儘管放心！」

我是怕阿悉爛達誤會！王洵心中悄悄嘀咕，卻無法將此話宣之於口。只好笑了笑，跟在了矮胖子身後。

若是在中原，他們這麼晚了來見一個已婚少婦，已經是失禮之極。但今晚少婦想必有什麼重要的話要說，或者有什麼重要的資訊，需要當面講給他聽。所以他也就沒必要在乎這些繁文縟節了。

義和公主微微點頭，臉上的表情似笑非笑。然後擺手命令六順兒退下，端起茶水親自給王洵斟了一盞，笑著說道：「還是前年的茶葉呢。欽差大人不要見怪。商販們運到這邊來的只有茶磚，新茶在拔汗那很難見到！」

「我對茶葉沒什麼挑剔的。」王洵笑著回應。隨後發覺自己的話裡語病很大，又趕緊追加了一句，「我一般只喝白水，或者喝酒。對茶涉獵很少。所以公主殿下此刻即便拿小龍團招待我，也是白瞎。我根本喝不出好壞來！」

這句話純屬順口瞎編，卻引得美女莞爾一笑。「難道中原的風氣又變了，文人都不喜歡喝茶了嗎？還是欽差大人，本來不是個文人？」

王洵吃一驚，強穩住心神才沒把手中的茶水撒在大襟上。正猶豫著是不是把說給大相張寶貴的那些謊言再重複一遍的時候，義和公主笑了笑，繼續補充道：「若不是軍中男兒，想必也不會說出每個大唐百姓，背後都站著一個大唐的話來！換了個無良文人，才不會在乎區區幾個商販的死活呢！」

她這話是什麼意思？一時間，千百個念頭從王洵心裡閃過。跟拔汗那土王阿悉爛達交涉之時，他根本沒注意到周圍有沒有像義和公主這樣一副面孔。如今對方借著將其請過來喝茶的機會，不斷地對他的真實身份刨根究柢，莫非是想找機會向阿悉爛達邀寵？或者說想借機報復大唐皇帝將她冒充公主遠嫁之仇？

偏偏出門之時，有那麼多雙眼睛看著。即便王洵現在想殺人滅口，都不可能令自己全身而退。義和公主見他遲遲不肯回應，笑了笑，低聲解釋道：「貴使儘管放心。今天貧道跟你說的話，不會有第三個人聽見。你來自軍中也好，來自朝廷也好，總歸都是為了大唐。而貧道這個嫁出門的女兒，縱然對這樁婚姻有千般不滿。今後想在婆家有個地位，背後的娘家當然是越有實力越好。否則，一旦年老色衰，還不是被夫家欺負得生不如死？」

聞聽此言，王洵已經提到嗓子眼的心臟終於再度落回肚子內。放下茶盞，微笑著朝對方拱手：「如此，末將就不瞞公主殿下了。末將的確是從軍中而來，但出使的事情，卻經過了安西節度使封常清大人和太子殿下認可，所做一切承諾，都可以代表朝廷。」

「這麼說，安西軍西征的事情，已經是板上釘釘了？」義和公主眉毛一跳，臉上的表情有些迫不及待。

王洵想了想，真真假假地回應，「三萬將士厲兵秣馬，只是因為天氣已經轉冷，才不得不在小勃律國先停一停。待到明年開春，無論這邊有沒有人回應，也會開過嶺來。將河中各地，重新納入大唐版圖！」

這本來就是安西軍的既定計畫，即便傳播出去，也不會有什麼壞的影響。大食人東征軍已經被打殘了，九姓諸胡都是手下敗將，並且彼此之間相互掣肘，根本無法統一行動。放眼整個河中，唯一有實力給安西軍扯一扯後腿的，便是前幾年徹底倒向大食的葛邏祿。而無論葛邏祿投降還是死撐，在封常清等人的計畫裡，這個反復無常的部落都要被徹底抹除。否則，當年戰死在怛羅斯河畔的大唐將士們根本無法閉眼。

「那就好。那就好！」義和公主雙手合攏，朝著正殿方向喃喃禱告，「真武大帝保佑，讓封節度的兵馬早日打過來。貧道願意早晚焚香，永遠感念大帝的恩德！」

「莫非公主在此地還有別的仇家？需要安西軍幫忙剷除嗎？」王洵見她說得虔誠，忍不住驚詫地追問。

「柘支城！」先前還溫婉善良的義和公主突然變得滿臉仇恨，咬牙切齒地回應，「如果安西軍到來，請欽差代我祈求封節度。整個柘支城中，不要留一個活物！」

「這？」如此狠辣的事情，王洵可不敢答應。且不說安西軍向來以仁義之師自詡，光是自己心裡那一關，就不可能過得去。「公主跟偽大宛國主有仇嗎？還是為了尊夫請求此事。我記得，今天奉化王也要求本使，千萬不要放過偽大宛國主？」

「他真的向你這樣請求？」義和公主無法相信自己的耳朵，瞪著眼睛追問。

「嗯。他的確建議我不要給俱車鼻施汗任何機會！」王洵點頭頭，笑著回應，心裡感覺好生奇怪。阿悉爛達是窺探整個大宛的國土，所以才要求安西軍將現在的大宛王俱車鼻施汗驅逐。而義和公主居然要求安西軍更進一步，做出屠城滅族這種事情。她們夫妻兩個到底跟俱車鼻施有什麼怨仇，居然恨得如此銘心刻骨？

義和公主滿是仇恨的目光中，難得湧上了一絲溫情。擦了把淚，喃喃道：「他，他終於想起來自己是個父親了！他，他終究不敢自己去報仇，還是要假安西軍之手！」

「莫非俱車鼻施害了你家王子殿下？」王洵想了想，猶豫著追問。

「我是大唐的和親公主啊！」義和公主轉過頭來，臉上的笑容如霜花一樣慘烈，「安西軍戰敗了，大食人打到家門口了。如果想要證明已經跟大唐一刀兩段，阿悉爛達總得拿出點讓人信服的證據來！」

「他把你的孩子交了出去！」王洵差點把眼眶瞪裂。據他所知，義和公主下嫁奉化王阿悉爛達，不過是天寶三年的事情。即便二人成親後很快便有了王子，在天寶十年，也不過才八九歲的模樣。興數萬大軍，對付一個垂髫小兒，大食人怎麼下得了手。

「他是王子，身上流著大唐血脈的王子！」義和公主伸出乾瘦的手指，輕輕擦拭眼淚。「大宛國有兩個王，一個是俱車鼻施，一個是阿悉爛達。都說自己是正統。阿悉爛達當日搶先一步迎娶了我，自然可以仰仗大唐的威風，將俱車鼻施壓得無法喘氣。而俱車鼻施勾結替大食人帶路，在怛羅斯河畔打敗了安西軍，回過頭來，打著大食人旗號做的第一件事情，當然是讓阿悉爛達選擇，要麼交出我和孩子，要麼交出拔汗那！」

江山和妻兒之間，英雄們當然要選擇前者。王洵自己做不得英雄，卻明白阿悉爛達會如何選擇。娘家敗了，義和公主便失去了價值。連帶著一個不到十歲的孩子，也要為此付出生命。

「出城那天，靖兒還以為我要帶著他出去打獵，高興得嘴巴都合不攏！」義和公主將頭轉向旁邊，緩緩地說道，聲音低沉沙啞，彷彿要把滿腔的抑鬱，一併倒個乾淨。「他那沒膽子的父親就在城頭看著，連句告別的話都不敢說。我將他帶到了俱車鼻施汗的馬前，跪下來求他，請念在靖兒年幼的份上，放他一條生路。我願意拿自己擁有的一切報答他。他先是朝著我大笑，然後就命人將靖兒綁到了馬尾巴上，從門口一直拖回了柘支城。二百六十四里路，整整二百六十四里……」

「禽獸！」王洵忍無可忍，拍案大叫。「阿悉爛達呢，阿悉爛達呢，難道他就一直看著！」

義和公主低頭掩面，淚水順著指縫往外冒，落在火盆中，濺起淡藍色的煙霧，「他找人幫忙。找人幫忙向俱車鼻施說情，用一千匹駿馬的代價，把我從柘支城的那夥禽獸手中贖回來。他說孩子沒了可以再生，只要我活著，他活著，就有機會捲土重來！」

「這樣的廢物，也配叫男人？」王洵以手捶地，低聲唾罵。然而，內心深處卻有一個聲音清楚地告訴他，阿悉爛達做得一點兒也不過分。好歹他還記得將自己的妻子贖回來。當年楚漢相爭，劉邦可是把兩個兒子直接推下了馬車。父親被烹，要分羹一盞。妻子落入項羽手中數月，他的選擇亦是不聞不問。最後逼得楚霸王自己都覺得不好意思了，派人專程將老人和女人給劉邦還了回去。

然而世人只會在意英雄們最後的收穫是如何輝煌，卻很少注意到，在這個過程中，那些被英雄們棄之如敝屣的妻兒老小，到底承受了怎樣的傷害。恐怕英雄們自己也不會在意。就像現在的阿悉爛達，與義和公主一樣，他也打算借助安西軍勢力。可他只在乎能不能得到大宛王位，對殺子之仇提都沒提。

「公主但請節哀。在下無法保證幫妳屠城。但只要有機會，在下絕對要讓俱車鼻施生不如死！」心中被某種火焰慢慢灼傷，王洵坐直身軀，鄭重許諾。不代表朝廷，也不代表安西軍，只代表他自己。

「那，那我就先謝過王將軍了！」義和公主慢慢收起眼淚，整頓衣衫，朝著王洵深深俯首。

「公主殿下！」王洵可不敢接受大唐公主的跪拜，本能地起身閃避。義和公主卻膝行著追了過來，再度頓首於地，「我不是公主。我跟陛下沒有半點兒血緣關係。我只是陛下拿來安撫奉化王的一件禮物而已！王將軍，請接受民女謝意！」

王洵躲無可躲，只好站穩身形，結結實實收了義和公主三個響頭，然後伸手將對方扯了起來。「妳放心，答應妳的事情我一定做到。哪怕是俱車鼻施見機得快，主動投降。我也有的是辦法收拾他！」

「我相信！」義和公主抓著王洵的手，彷彿能從那裡汲取力量，「今天聽了你那句唐人背後站著大唐的話，我就相信。在你之前，從沒有人這樣說過，從沒有人……」

應該還有一句，犯我強漢天威者，雖遠必誅！可那裡的強漢天威，指得是大漢天子的臉面，跟升斗小民恐怕沒半點兒關係。想到這兒，王洵忍不住搖頭苦笑。自己今天借著酒力，居然吹了這麼一口大氣。可能做到嗎？那樣一個大唐真的可能存在過嗎？他自己也無法相信。然而，從這一刻起，他卻被自己無意間說出的一句話，燒得熱血沸騰。直到很多很多年後，脈搏裡還迴盪著同樣熱浪。

過了好一會兒，義和公主才突然注意到自己還抓著王洵的手。不覺臉色一紅，悄悄地將手指撤回來，慢慢走回裝著茶水的銅壺前。

銅壺裡的茶湯早已冷了。她的心卻是熱的。揉了揉哭紅了的眼睛，不好意思地朝王洵致歉，「看我，本來是想請你過來說幾句家鄉話的。結果一不小心就扯到國仇家恨上面。坐吧，水馬上就能燒熱，我再去重新煮壺茶來！」

「不必了！」王洵擺了擺手，笑著告辭，「我該回去了。明天使團就準備離開這裡，我得早點回去安排行程！」

「這麼急著走嗎？」義和公主臉上隱隱透出幾分失望，抬起臉，再度反覆打量王洵，「也是，王將軍此行，恐怕還要替安西軍招攬很多幫手呢？拔汗那只是其中一個而已！」

「其實只是為了師出有名。」王洵笑了笑，坦言相告，「打這麼大一場惡仗，也得跟朝廷上的某些人有個交代。畢竟某些人總把仁義道德掛在嘴邊上，每次對外用兵，都比打了他們的爺娘還難受！」

義和公主被王洵逗得展顏而笑。不經意間，眼角上居然流露出幾分昔日的嬌豔。「我知道，比起打仗，他們更願意用女人和財帛買平安。反正女人不是他們的女兒，財帛也不用他們自己出！」

「男人無能，才用和親這種蠢辦法！」想到義和公主的境遇，王洵順嘴罵了某些人一句。「如果連自家姐妹都保護不了，朝廷養我們這些兵大爺幹什麼用？還不如都回家種地，也好替戶部省點兒糧食！」

義和公主又笑了笑，然後像個鄰家姐姐般起身相送，「那你路上小心些。這些蠻夷之國，根本不懂得什麼叫做禮義廉恥……」話說到一半兒，她又意識到自己將丈夫也罵了進去，搖搖頭，訕訕地補充，「反正做出的承諾，未必可信。哪怕是一句落到紙面上的東西。特別是靠近吐火羅一帶，受天方教影響甚久。已經很難再找到心向大唐者！」

「多謝公主提醒！」王洵拱拱手，轉身出門。已經到了亥時，深秋的夜空中，繁星如斗。走在這樣一個純淨的夜空下，讓人很容易就想起很多事情。有關長安，有關大唐，有關安西軍，還有自己個人的前途與命運。很多東西交織疊雜在一起，王洵心裡本來找不到半點兒頭緒。然而今天跟義和公主談了一陣子話，卻隱隱約約，彷彿看到點什麼。

那像一絲光亮。如同在慢慢的長夜中，點亮人眼睛的唯一一星螢火。可到螢火到底喻示著什麼，他卻又很茫然。彷彿已經把答案抓在了手裡，彷彿手中根本沒有答案。一切都似是而非，似夢似醒。

就在此時，耳畔突然傳來一陣輕微的腳步響。「誰！」憑藉多年習武練就的本能，王洵手握刀柄，迅速轉身。

「我！」黑暗中，露出六順兒胖胖的臉。「我家主人說欽差沒提燈籠，特意又派我送一個出來！」

「哦！那就多謝公主了！」王洵笑了笑，接受了對方的解釋。

矮胖子六順兒提著燈籠，一直將王洵送回館驛之內。待看到大門關上了，立刻轉過身，迅速向不遠處的王宮跑去。附近的巡邏侍衛紛紛退讓，不一會兒，他已經來到阿悉爛達平素處理公務之處。站在門外向裡邊探了探，隨即壓低了聲音喊道：「啟稟大汗，六順兒有事情彙報！」

「滾進來吧！」阿悉爛達正在裡邊跟大相張寶貴議事，二人臉上都看不到半絲酒醉的痕跡。

矮胖子六順兒將燈籠交給門口的侍衛，笑嘻嘻地快步走入。臨進門，腿腳故意絆了一下，如同個肉球般滾到了阿悉爛達的腳邊，趴在地上輕輕叩頭：「啟稟大汗。正如大汗所料，王妃今晚召見了唐使！」

「是嗎？他們都說了些什麼？你一一說給我聽！」阿悉爛達得意洋洋地看了自己的大相一眼，笑著吩咐。

「是！」矮胖子六順兒低聲答應，慢慢爬起來，笑嘻嘻地說道：「王妃她把唐使召過去，先是請對方喝茶。然後趁機套問安西軍的真正出兵時間。隨後，便請求唐使幫忙，殺光柘支城中所有人！替小王子報仇雪恨！」

「這個笨女人！」阿悉爛達生氣地跺了一下腳，「一天到晚就想著報仇、報仇，本王都快被她給煩死了！那唐使怎麼說？答應她了嗎？」

「那唐使甚為心軟。聽了小王子的遭遇後，氣得眼睛都紅了。當下拍著胸口保證，一定要讓俱車鼻施汗血債血償！」六順兒點點頭，滿臉獻媚。

「蠢！」阿悉爛達繼續跺腳，不知道是罵王洵，還是在罵義和公主。

大相張寶貴想了想，笑著開解，「其實王妃這樣做，也是件好事。一則讓大唐方面明白，你與大食人有不共戴天之仇。二來，也能加深大唐皇帝對你的印象。為了大唐天朝，您連自己親生兒子都搭進去了。難道天朝皇帝還不該給您點補償嗎？」

「嗯！」阿悉爛達笑著點頭，顯然被說到了心癢處。「那女人，見識雖然淺了些，對本王卻是一向忠心。如果真的因為此舉替本王謀得了好處，也不枉本王當日為她花費的那一千多匹駿馬！」

「中原女子，向來講究的是出嫁從夫！」張寶貴得意地笑了笑，彷彿自己臉上也很有光彩般。「大汗對她如此寵愛，她當然要全力為大汗謀劃。」

說著話，又將頭轉向矮胖子，「柳總管，你剛才說王妃從唐使口中套出了具體出兵時間，你記住是哪天了嗎？」

「記得，小的記得清清楚楚！」矮胖子笑著朝張寶貴施了一禮，大聲回應，「安西唐軍已經在路上了。因為擔心下雪，才停在了小勃律。據那唐使說，明年開春，無論這邊有多少諸侯回應，安西軍都會跨過蔥嶺來！」

「廢話。他們本來就是箭在弦上。」阿悉爛達悻然打斷，「本王是奇怪，他們怎麼在小勃律耽擱了這麼久？若是戰後立刻兵出蔥嶺，此刻恐怕已經將半個河中抓在了手裡，怎用擔心冬天時在野外紮營？」

其中緣由，張寶貴已經猜到一二。然而想起宋武白天時跟自己說過的話，他就有些猶豫自己是不是該將謎底揭開。阿悉爛達瞥了他一眼，笑了笑，又低聲道：「奇怪。今年的事情件件都很邪門兒？大相沒發覺欽差和他的屬吏都很年輕嗎？並且個個骨架粗壯，一看就像是行伍出身！」

欽差和他的隨從身上都帶著股子殺伐之氣，張寶貴這一點兒早就發現了。只是耐著同族的面子，沒有繼續深究。此刻被阿悉爛達提起，心臟立刻如同受驚的兔子般狂跳了起來。眼睛也下意識地側開，不敢與阿悉爛達的目光相接。

「莫非大相對使者的身份也有所懷疑？」阿悉爛達笑著上前一步，低下頭追問。

他的身材遠比張寶貴為高，此刻故意將距離拉得極近，立刻形成了一種居高臨下的壓迫感。張寶貴被壓得透不過氣來，內心裡反復掙扎了幾次，終於還是功名富貴占了上風。拱了拱手，笑著道：「大汗果然慧眼如炬。臣的確對他們的身份有所懷疑，但苦於沒有真實憑據，所以才不敢胡亂猜測！」

「那你猜到了什麼？說給我聽聽！」阿悉爛達點點頭，笑著將身體挪開。

頭頂上的壓力頓時緩解，張寶貴輕輕嘆了口氣，低聲回應道：「臣只是胡亂猜測。如果猜得不對，還請大汗寬恕！」

「沒關係。你在本汗帳下也不是一兩年了。本汗何時說過連一點兒小錯都犯不得！」阿悉爛達大度地擺擺手，一語雙關。「說吧，把你猜到的都說出來，本汗自會做出決斷！」

「其實安西軍止步於小勃律，和使者身份存疑這兩件事，彼此息息相關！」畢竟是頭老狐狸，張寶貴只要突破了自己心裡那道無形障礙，思路就變得非常清晰。「安西軍坐視戰機丟失，卻遲遲不肯西進，依臣之見，恐怕不是因為天氣，而是因為，大唐朝廷那邊對是否拿下河中起了爭執！」

「打了勝仗不撈點兒好處，天下還有這麼笨的人嗎？」阿悉爛達搖頭大笑，有點不贊同張寶貴的分析。

「那看好處能不能落到自己頭上了！」張寶貴笑了笑，繼續剖析，「據臣所知，大唐天子早就懶得處理朝政。而他麾下的臣子，又分為很多派系。彼此之間爭鬥不休。安西軍打了一個大勝仗，恐怕已經令朝中的幾方勢力失去了平衡。如果再把整個河中收歸版圖的話，恐怕……」

「蠢！」阿悉爛達收起笑容，低聲喝罵。隨即，又迅速補充了一句，「我不是罵你。你繼續說。為了打擊自己的政敵，連唾手可得的土地都不去取，真是愚蠢透頂！」

「好處反正落不到他的頭上。損人不利己罷了！」張寶貴咧了下嘴，彷彿在點評一夥與自己毫不相干的人。「並且，安西軍本來距離長安已經有幾千里路。很難被大唐朝廷掌控。如果再把河中拿下來，糧秣輜重完全實現自給。大唐朝廷拿什麼來保證封常清的忠心呢？」

「唔！」饒是奸猾無比，阿悉爛達也被中原那博大精深的權謀之術給折服了，沉吟了半天，楞是沒找出一個合適的評價之詞來。

反正已經把王洵等人給賣了，張寶貴也不在乎賣多賣少。索性順著自己的思路，繼續說了下去，「所以，依臣之見，安西軍是因為受到了自家人的牽制，才止步不前。而使團出現的目的，則有三個，第一，替大軍探路。第二，聯絡河中一帶傾向大唐的力量，一起對付大食人。第三，也是其此行的主要目的，是給安西軍找一個繼續西進的藉口，堵住反對者的嘴巴。同時為自己化解來自背後的糾纏，贏取緩衝時間。最後這一點尤為重要，比起它來，頭兩項只是添頭，順手做的事情。」

「你是說，使者全是安西軍將士假冒的？怪不得，那個欽差居然對幾個商販動了婦人之仁。若是換了真正的高官，恐怕才不在乎犧牲幾條人命來保守秘密！」阿悉爛達反應也不慢，順著大相張寶貴的話頭說道。

大相張寶貴搖搖頭，笑著給出自己猜測的答案，「假冒倒未必。但來自安西軍無疑！安西節度使有遇事決斷之權，先將使團派出來，再發信請求朝廷追認，完全合情合理！一點兒也不違反典章制度！」

「嗯！」阿悉爛達再度沉吟。順著大相的話往下捋，所有謎團便幾乎水落石出了。一夥年輕的將領，在西域各地聲名不顯赫，被認出來的機率便降低了許多。因為都很年輕，所以心中的建立功勳的渴望遠比老將們強烈，所以敢於冒險。同樣是因為年輕，這些人做事總透出一股生澀，一點兒也不像以前代表天朝前來的那些使節，每句話都能說得滴水不漏。還是同樣因為年輕，他們從頭到腳透著一股勃勃生機，讓人無論如何都不敢忽視。

「所以，依臣之見，大汗需要做兩手準備。第一，裝作什麼都沒猜到，繼續與大唐，其實是跟安西軍保持友好。以便日後借助安西軍的力量，一統大宛國。第二，則需要跟大食那邊也留下一線餘地，以免日後安西軍的行程有變，咱們自己反被推到風尖浪口上。就像上次怛羅斯之戰後那樣，使盡了全身解數才得以化解。」

這的確是老成謀國之見，阿悉爛達不得不表示贊同。但他心裡，卻想到了更深的一層。「咱們兩個跟安西軍打交道，恐怕不下二十年了吧？」

「二十三年了！」大相張寶貴笑了笑，咧著嘴回應。那時阿悉爛達還是此地一股極小的勢力，完全靠著打劫商隊或者替別的城主作戰討生活。而他不過是個跟著商隊行走西域的帳房。被阿悉爛達俘獲後，為了尋一條活路，才不得不委身於賊。而現在，二人卻一個做了拔汗那的國王，另外一個做了大相，位極人臣。當年恐怕自己做夢都沒想到會走到這一步，走到這一步後，卻是無論如何都回不去了！

「二十三年來，你在安西軍那邊也好，大食軍那邊也罷，見過如此有生氣的面孔嗎？」阿悉爛達目的顯然不是為了懷舊，看著張寶貴的眼睛問道。

張寶貴的心臟猛然抽搐了一下，但隨即迅速將負疚感丟到身後，「臣沒見過，大汗需要早做綢繆！」

阿悉爛達點點頭，對張寶貴的表現很是滿意，「咱們這一帶，在大食與大唐之間糾纏完了，下一代恐怕還要繼續糾纏。該拔的刺，還是不要留給後人為好！你下去後找幾個可靠的人，把唐使已經秘密抵達河中的消息，給我傳到柘支城和迦布羅去。特別是柘支城的俱車鼻施汗那邊，一定要讓他知道，唐使會故意繞開他，不給他棄暗投明的機會！」

【第七章】

礪鋒

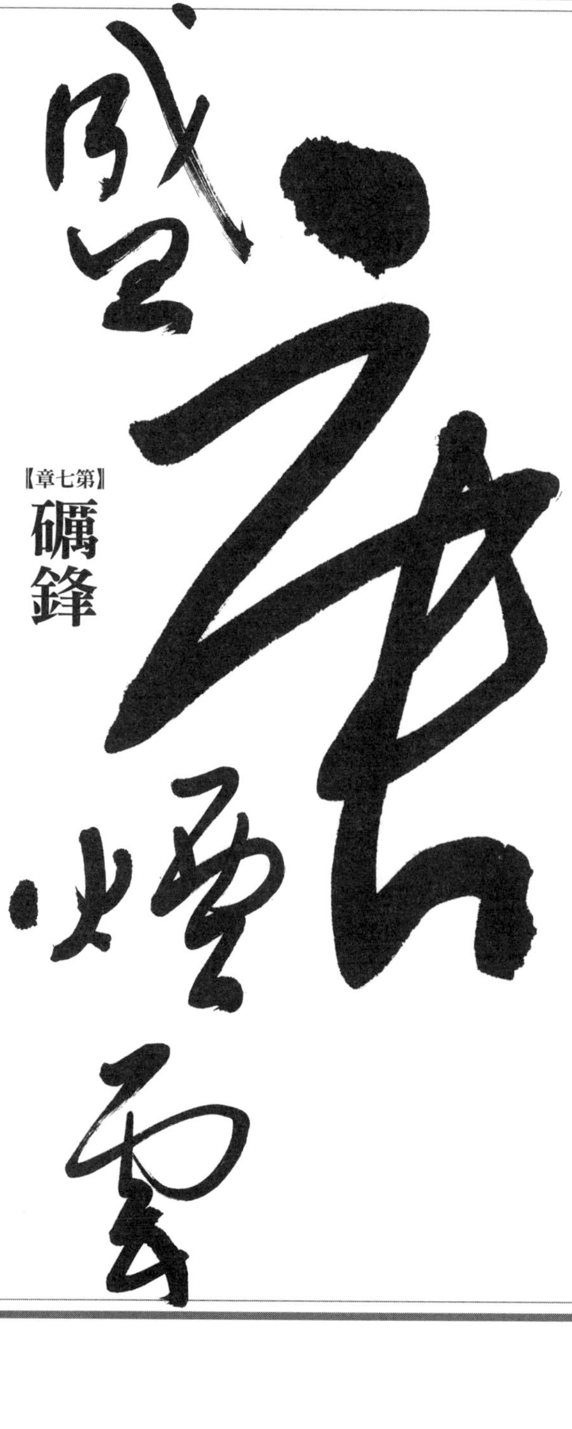

從拔汗那出來，商隊沿著藥殺水北岸繼續西行，越走，風景越蒼涼。

這一帶本來是西域難得的膏腴之地，藥殺水曲曲彎彎，在兩片大漠中間沖積出一片綠野，造就了碎葉、休循、大宛、康居等無數繁華所在。然而由於連年戰亂和大食人蝗蟲般的掠奪，幾乎所有文明都以肉眼可見的速度衰落了下去。城池日益衰落，鄉村凋敝不堪，大路變成小徑，農田淪為牧場。倒是狼和豺狗成群，日益興盛了起來。成群結隊地在荒草中，見到落單的生物，便試圖圍攏過去，將其變成口中血食。

這樣的旅途中，自然是危機四伏。商販們很自覺地收攏牲口，儘量將隊伍長度縮至最短。已經悠閒了好幾天的刀客們，也把手掌緊緊搭在了兵器上，時刻準備應付突然出現的危機。只有他們所依賴的主心骨，來自長安李記的商隊有些例外。兀自優哉遊哉地走走停停，不斷地修正手中的輿圖，不斷地用石塊和動物的骸骨堆成一座座矮塔，為以後經過的旅人提供認路的標記。

商販們對此很是困惑，卻沒有膽子發出疑問。三天前，當大夥都擠在為商販提供的客棧大通鋪上聞彼此的臭腳丫子味道時，人家「李記」的掌櫃和幾個主要夥計們可是做了拔汗那城主的座上賓。就憑這一點兒，就證明了「李記」的確像大夥先前猜測的那樣，已經可以手眼通天！

眾人如此合作，飛龍禁衛們臉上的神色卻絲毫不見輕鬆。這條路太寂靜了，寂靜得有些令人寒毛直豎。自打離開拔汗那那一刻起，整整三天半時間，大夥在路上都沒看到一個陌生人。非但前往極西之地販賣中原貨物的行商消失了，騎著駱駝去中原做生意的波斯商人也不見蹤影，甚至連前些日子像蒼蠅般怎麼打都打不乾淨的馬賊探子，也統統失去了蹤影。二百餘里路下來，除了不時出現的狼群和野兔之外，大夥的視線裡，沒看到任何活物！

情況不對。即便從來沒有過做行商的經驗，王洵也知道自己可能遇到了大麻煩。使團的真實身份十有八九是暴露了，要不然，已經「餓」了大半年的馬賊，不可能突然都集體放了大假。而眼下除了拔汗那國的可汗及少數上層貴胄之外，可能走漏消息的，只剩下那幾個提前離開的商販。

「我早就跟你說過，行大事者不能拘於小節，你就是不聽！」宇文至認定了使大夥暴露身份的罪魁禍首是商販，跟在王洵身邊低聲數落。「這回好了，所有人都知道大唐的使者來了。來聯絡西域諸侯一起對付大食人，那些天方教的教徒豈不是個個都得急紅了眼睛！」

「那樣做，我跟楊國忠又有什麼區別？」實在受不了宇文至的抱怨，王洵看了他一眼，皺著眉頭反問。他不肯殺人滅口，並不是因為有什麼婦人之仁。而是自己經歷過了被別人當草芥踐踏的滋味，所以不願再視普通人為草芥。這種思考顯然在宇文至心裡得不到任何理解，後者看了看他，憤然抖動馬韁繩，「區別就是，楊國忠現在已經做了宰相，而你我卻不知道能不能活著回去！」

說罷，不待王洵反駁，快速縱馬遠去。

平心而論，宇文至不願意跟王洵爭吵。雖然兩個人現在越來越不投機。在宇文至心裡，王洵之所以被捲入那麼多麻煩當中，全是因為自己當初不小心上了楊家的賊船。但有時候偏偏他又很難忍住心中的火氣，為了王洵的平和，也為了自己心中的絕望。

兩個人都憋了一肚子委屈，兩個人都想著報仇雪恨。這是他和王洵現在最大的共同點。但王洵卻是吃多少虧不會學乖，居然還堅持著他心中那種迂腐的做人信條。時時刻刻表現得像個大俠。甚至比當年在長安城中時，還要執拗。而他，卻已經不再相信這世界上有任何公平可言。人類就像這草原上的獸群，弱肉強食是最基本的規則。兔子生來就是注定了當狼和豺狗口中食物的命運，而狼和豺狗頭上，還有豹子和獅子。想要不被吃，就得狠下心來，讓自己變強，變成狼，變成豹子，變成獅王。把所有敵人都撕成碎片，哪怕牠們是自己的同類。而明明是頭獅子，卻長了顆黃羊的心臟，往往不會被任何種群接受，連死都找不到葬身之所。

宇文至不嫉妒王洵升官總是比自己快，也不嫉妒王洵在年輕一系將領中的人緣比自己好。但他無法容忍王洵有著這麼多優勢卻不擅長利用，平白因為愚蠢的善良，一次次主動往陷阱裡邊跳，甚至一次次陷入危險。

他宇文至是個恩怨分明的人。自從他陷入囚牢，而王洵不惜冒著抄家滅門風險，也要想辦法營救他那一刻起，他宇文至就在心裡暗暗發誓，這輩子一定要報答王洵。哪怕為此丟了自己的小命。但他不能容忍王洵固執己見，眼睜睜地浪費自己的回報。

背後有馬蹄聲追了過來，宇文至不用回頭，便知道來的肯定是王洵。就像當年在長安城時那樣，好朋友在遷就自己。總覺得他比自己大了一些，就喜歡充大哥。實際上，卻不知道他這個當哥哥的，心智遠沒自己這個弟弟的成熟。

「你別生氣，我並不是想跟你爭！」果然，王洵的態度明顯軟了下來，聲音裡帶足了遷就的口吻，「我覺得，那些商販不太可能猜到咱們的真實身份。即便有所懷疑，未必會跟別人說起。再者說了，那幫傢伙都是無利不起早，向大食人高密，他們能得到什麼好處？」

後半句話倒也說在了點子上，宇文至強忍心中的怒火，慢慢拉緊馬韁繩，「那還有誰，莫非你現在懷疑阿悉爛達不成？」

「你不是說過，不能輕易相信阿悉爛達這廝嗎？」王洵的聲音由遠及近，依舊是不慍不火。

他也不想跟宇文至處得太僵。畢竟是從小玩到大的朋友，彼此之間雖然性子漸漸不合，卻沒什麼化解不了的矛盾。況且同行的這批弟兄當中，宇文至也是唯一一個有膽子，也經常跟自己唱反調的人，多聽聽他的見解，而今自己保持清醒。

雖然被王洵抓住了痛腳，宇文至卻不準備認輸，撇撇嘴，冷笑著道：「那天也不知道是誰，自覺舌燦蓮花！」話說完了，卻突然想起當晚自己是和方子陵、魏風等人打嘴架，王洵從頭到尾什麼一個字都沒說過，心中不覺有些尷尬，撇撇嘴，繼續補充道：「用你的話說，那廝也是個無利不起早的傢伙，把咱們賣了，對他能有什麼好處？」

這個問題，令王洵一時半會根本無法回答。按常理，雙方既然已經聊到了戰後利益如何分配的層面上，拔汗那土王阿悉爛達應該不會這麼快就改弦易轍才對？除非他確定安西軍明年不會出兵，或者能從中撈到更大的好處。可採取借刀殺人的手段，將整個使團葬送掉，對拔汗那君臣來說，好處又在哪裡呢？莫非他還能借此壯大自家實力？

看著王洵那眉頭緊鎖的模樣，宇文至又覺得有些恨鐵不成鋼。換了自己處於同一個位置上，做出的決策肯定比王洵痛快得多，也簡單明瞭許多。有道是慈不掌兵義不掌財，即便是封常清封大帥，為了達成最後的目標，也會犧牲掉一部分無辜者，他王洵憑什麼總覺得能十全十美？

「想不出來就別想了！」狠狠踢了胯下坐騎一腳，宇文至氣哼哼地建議。「反正咱們的身份肯定是暴露了，現在就看誰第一個帶兵堵上來，拿咱們的腦袋向大食那邊邀功領賞。與其琢磨過去的事情，不如多謀劃謀劃眼前。滿打滿算就六百來號弟兄，還要帶著這麼多拖累，下一步，你打算怎麼辦？」

「我……」王洵就像沒睡醒般，回頭四望。宇文至的話沒錯，六百號弟兄，的確是少了點兒。商販們根本沒有任何戰鬥力，那些被僱傭的刀客，論身手個個都不錯，真的放到兩軍陣前，個人的勇武根本沒機會發揮。萬一被某個勢力在這裡圍住……。他又舉目四望，忍不住搖頭苦笑。周圍是一望無際的曠野，沒有險要，沒有密林，甚至連個可以借助列陣的丘陵都找不到。這一帶，天生就是騎兵的戰場，打起來一定酣暢無比。

「把商販們甩下，咱們加速往前衝。只要衝到下一座城市附近，無論是誰，讓咱們死在眼前，都承擔不起安西軍的怒火！」實在沒有辦法，宇文至只好替王洵出主意，雖然他知道自己這個主意，十有八九會被對方否決。

果然，王洵立刻就開始搖頭，卻遲遲不給出任何反駁理由。

「這也不行，那也不行，你到底想怎麼樣啊。大夥都看著你呢！」宇文至再度憋不住怒火，氣急敗壞地提醒。

怎麼樣？王洵第三次回轉頭，打量身後長長的隊伍。他承諾過，保護那些商販的安全。承諾過，有朝一日，要帶那些飛龍禁衛和民壯們風風光光地回中原去。那些部落武士之所以追隨他，是因為相信他能給大夥帶來一個好前途。雙方彼此之間沒有任何承諾，約定卻切切實實存在。

他現在已經不是長安城中，那個闖了禍可以不負任何責任的小混混。他的一舉一動，都跟很多人的利益息息相關。

他早就不是一個人。

「說話啊，真不明白，封帥怎麼會看重你！」宇文至急得心中火燒火燎，湊到王洵耳邊大聲催促。怎麼看怎麼不堪大任的王洵突然嘿嘿一笑，露出滿口的白牙：「我突然想起一個姓王的傢伙來。當年他好像帶得人比咱們還少。卻幾乎橫掃了整個西域！」

王玄策單人獨騎蕩平西域諸國的故事，在大唐幾乎流傳到了婦孺皆知的地步。宇文至又怎可能不明白王洵的意思？然而好朋友的前後反差實在太大，幾乎到了一瞬間換了個人地步，令他無法不瞠目結舌，半晌，才喃喃回應道：「瘋了，你真的已經瘋了！」

「如今你我，不發瘋還有活路嗎？」王洵咧嘴而笑，搖頭反問。「在長安時你靠朱七，結果被人家給賣了！在安西時我想靠封四叔，誰知封四叔也有照顧不到的地方。在這前不著村，後不著店的荒山野嶺，你我還能靠得誰來？東曹、姑墨？又焉知那些土王不會把咱們綁了當做蒲包送給大食人？」

「他，他們……」宇文至無言以應。先前他提議拋下商隊，帶著護衛衝到臨近的城下求救，本來就是一個不是辦法的辦法。比像現在這般在路上混吃等死稍強些，卻半點兒也不能保證對方肯接納大夥。更無法保證城中的土酋不會心生歹意，將使團中的所有人殺得乾乾淨淨，從而達到滅口的目的。

「若是咱們自己不爭氣，靠樹樹倒，靠牆牆塌！」王洵狠狠看了宇文至一眼，彷彿要掐滅對方心裡最後一絲希望，「如今之際，咱們只能靠自己和手下這幫弟兄，從絕境中走出一條活路來！如果這點兒本事都沒有的話，甭說將來找楊國忠報仇，就是僥倖逃回安西去，軍中也不會再有咱們兄弟立足的地方！」

這回，輪到宇文至表露軟弱的一面了，嚅囁著嘴唇，半晌，才喃喃道：「封，封帥，封帥不是那種人。封帥不是那種人，他不會害自己的弟兄！」

「那也得咱們爭氣才行！」王洵回頭掃了一眼後面的隊伍，繼續說道，「想讓別人把你當個人物，你自己得先把自己當個人物看。否則，無論到什麼時候，你都是可有可無的東西。被當成棄子了也沒人猶豫！」

「封帥沒把咱們當棄子。特別是你王明允！」宇文至的聲音陡然提高，嚇得附近的商隊侍衛不斷拉緊戰馬的韁繩，「是你自己主動請纓的。不能怪封帥，絕對不能！」

他當年在長安城中無人可依，直到進入白馬堡大營，才真正感覺到了安全。所以在他心中，早就把封常清當做了父輩一樣的人物，無法容忍別人半點兒污蔑。包括王洵，也絕對不能。可眼下的王洵突然強勢得幾乎不講理，聳聳肩，冷笑著道：「我當然相信封四叔。但現在你我根本指望不上他。在安西，指望不上。在這裡，更不可能。一句話，我要把大唐使節的旗號亮出來了，你跟不跟我一起幹！」

「把旗號亮出來？」宇文至根本追不上王洵的思路，緊皺著眉頭回應。把旗號亮出來有什麼用？那東西又不能當兵器使？但是在轉瞬之間，他的眼裡就冒出了一道咄咄逼人的精光，「你是不是早就想這麼幹了！薛景仙那廝給你支的招，對不對，對不對！」

把大唐使者旗號亮出來，就等於把眾人此行的目的，暴露於光天化日之下。也等同在逼迫周圍的各方勢力站隊，要麼立刻倒向剛剛打了勝仗的大唐，要麼繼續給大食人盡忠。休想再首鼠兩端。而目前所有針對於使團的陰招，同時便被宣告無效。想劫殺使團向大食人邀功也好，想幫助使團以便取得大唐的支持與諒解也罷，都必須擺到明白上來，真刀真槍的幹。

憑著他對好朋友的瞭解，寬厚沉穩的王洵，根本不會想到如此決絕的招數。對朝廷忠心耿耿，用兵又素來講究謹慎的封常清，也不會准許有人這麼做。此番出使，本來已經是先斬後奏，達到了封常清所能支持的極限。如果沒等朝廷那邊的批復下來，就亮出旗號狐假虎威的話，更是等同於硬將整個大唐中樞綁上了使團的戰車。

宇文至所認識的人中間，唯一膽大、心細、不要臉的便是薛景仙。也只有此人，才會給王洵出這種斷子絕孫的狠招。

然而，好朋友的回答卻再度出乎的他的預料。「不是薛景仙！他也沒想到咱們會遇到目前這種尷尬情況。我是在臨出拔汗那城時才想到的。我等挾安西軍大勝之威而來，是在給別人改過自新的機會，又何必偷偷摸摸？」

「改過自新！」宇文至突然發現，王洵早就不是他認識的那個王洵。雖然肩膀看上去還一樣結實，面孔看上去還一樣坦誠。但僅僅這份顛倒黑白的本事，就足以令人刮目相看。

當年安西軍在怛羅斯河畔慘敗，西域諸國倒向大食的舉動，根本無可厚非。如今安西軍一雪前恥，西域諸國重新投向大唐，也是應有之理。畢竟這些小國的生存之道，便是朝秦暮楚。從來不會把見風使舵的行為當做恥辱。

而從王洵口中這麼一說，事情就完全變了味兒。如果附近的各方勢力立刻表明對大唐的忠心，則大唐可能會「原諒」他們當年的背叛。如果他們繼續猶豫下去，或者對大食人心懷眷戀，則活該被犁庭掃穴。

不講道理，一點兒道理都不講。沒有君子風範，一點兒都沒有。可站在一個唐人的角度，王洵的話偏偏又讓宇文至覺得非常過癮。彷彿只有這般，才更符合他們天朝來使的身份。才更顯得勝券在握！

「怎麼樣，宇文小子，你有種跟我一起幹嗎？」望著宇文至充滿迷惑和猶豫的眼睛，王洵又大聲追問了一句。臉上的表情，與二人在長安街上做惡少時別無二致。

「二郎你說什麼？」宇文至習慣地反問，然後猛然抬頭。因為個人經歷和對待事物的態度不同，這兩年，他跟王洵之間已經隔閡越來越深。但就在此刻，那堵隔在二人之間的無形之牆，卻突然裂開了一條細細的小縫。透出另外一側那熟悉的溫暖。

如果馬上要死的話，至少這樣的死法，更痛快，更轟轟烈烈。轉眼之間，宇文至已經做出了決定，「行，咱就再給他們一個機會！」

「你帶幾個弟兄去隊伍兩側，免得一會兒有人被嚇到，做出什麼冒失舉動。」用手拍了對方一巴掌，王洵毫不客氣地吩咐。旋即，撥轉坐騎，逆著人流走向隊伍正中央。

宇文至朝著他的背影咧了下嘴巴，隨後，點手叫過十幾名自己的嫡系手下，「趙大元、楊昊、史懷義，你們幾個，各帶一伍弟兄，四下加強警戒。待會兒若是發現有人敢不服從命令亂跑亂動，直接射殺！」

「諾！」幾名低級軍官齊齊拱手，大聲回應。

被點到的都是見過血的老兵，原本就不怎麼合格的偽裝一去掉，渾身上下立刻殺氣畢現。商隊中立刻出現了一陣混亂，無數雙眼睛抬起來，錯愕地看向了隊伍中央。

那是「李記」大掌櫃所在。雖然這些天來，此人很少露面。但那身雍容華貴之氣，還是給商販們留下了極為深刻印象。

然而，令大夥更驚愕的事情出現了。不知道出於什麼原因，「李記」大掌櫃卻朝著姓王的護衛頭領，諾諾拱手。正當大夥迷惑不解的時候，幾名身材魁梧的「家將」從李記大掌櫃身後的駱駝背上，扯出了一面旗幟，迎風抖了抖，驕傲地躍過了頭頂。

「唐」紅色的大字，黃色的旗面，邊緣綴滿了流蘇，在太陽的照射下流光溢彩。

多日來壓抑於眾人心頭的謎底終於揭曉。不知道為何，幾乎所有人在此刻感到的不是恐懼，也不是驚訝，而是發自內心的激動與驕傲。王洵和宇文至事先做出的預防手段全部落空，商販們先是難以置信地張大嘴巴，伸出手來用力揉眼睛，然後猛然間爆發出齊聲歡呼。

「噢！」

「噢！」

「大唐！」

「大唐！」

這個遠在數百里之外的故國雖然不盡如人意，此刻卻使得離家在外的遊子們心中充滿了驕傲。

我是個唐人。憑著這句話，無數黃色的面孔行走於陌生的國度，無論面對多少危險和挫折，卻始終能挺胸抬頭。

我是個唐人。憑著這句話，無數黃色的面孔在陌生的地域生根、發芽，開枝，散葉。卻始終未曾忘記自己的祖先，自己的文明。

感覺到那歡呼聲中的崇敬，護旗的兵士挺直身軀，盡力將旗杆挑直，挑高，挑高。

起風了。

金秋的風吹過來，將旗面吹得獵獵作響。

西域的秋風，吹得四野一片金黃。

天更高，雲也更淡。曾經齊腰深的牧草都被風吹得倒伏下去，沒有力氣再站起來。露出附近平整空曠的大地。

這是天生給男兒放歌縱馬的所在。每次看到它就令人神清氣爽。特別是坐在一頭汗血寶馬的雕鞍之上，周圍簇擁著數千弟兄的時候，更是不由得你不豪氣干雲。

半天雲的大當家阿爾斯蘭就是這樣一個幸福的人。坐在馬背上放眼望去，附近清一色的牛皮硬鎧，清一色的大宛良駒，足足一千五百餘名弟兄，個個紅光滿面。這都是他阿爾斯蘭的手下，他縱橫河中的本錢。如果絲綢古道上的買賣能像最近這般繼續紅火上半年的話，阿爾斯蘭相信，附近某座大城，就要換了自己當主人。

也不怪他氣焰如此囂張，最近半個多月，這支綽號叫做半天雲的馬賊，的確賺了個盆滿缽圓。絲綢古道南線被大食潰兵人為的給破壞掉了，往來商販們只好繞行北線。而半天雲的勢力範圍，剛好覆蓋了藥殺水拐彎處這數十里綠洲，商販們無論如何也繞不開的地方。

正所謂三年不開張，開張吃三年。連續十多天下來，阿爾斯蘭帶著麾下弟兄，日日出擊，日日都滿載而歸。絲綢、茶葉和珠寶等物在東西方的巨大差價，導致往來商販們個個都將駱駝背上的行囊塞得滿滿當當。而在阿爾斯蘭手裡，這些商人無異於一頭頭送上門的肥羊，不搶簡直就是對不起自己。

當貨物落到了阿爾斯蘭手裡後，很快就會透過一個便捷的管道，以極其低廉價格銷售給附近的城主、國主，和總督們。為他換回來大把大把的金幣和糧食！有了錢和糧食，就意味著能招募更多的弟兄。有了更多的弟兄，就意味著能吞下更大的肥羊。吞下的肥羊越多，半天雲的名氣也會變得越響亮。名氣越響亮，則在河東一帶越吃得開。不但窮困潦倒的牧民會主動前來入夥，就連肩負維持地方安寧的國主、城主和總督們，也會悄悄地伸來友誼之手。准許馬賊們在他的城中設立窩點，銷贓、打聽資訊，購買鐵器、糧食和戰馬，反正只要不公然在城裡動刀子，其他什麼事情都可以睜一隻眼，閉一隻眼兒。

當然，這個友誼不是無任何代價的。在「朋友」需要的時候，馬賊們必須兩肋插刀。比如在「朋友」不方便出面時，替他做掉某個人，某個家族。或者在朋友與別的勢力發生衝突時，作為僱傭軍突然出現在敵對勢力的後方。偶爾馬賊們還需要幹點兒本職工作，到朋友指定的地點去製造幾場聳人聽聞的流血事件，然後在朋友帶領軍隊來時，丟下幾具屍體迅速被「擊潰！」。這樣「朋友」就會因為做事得力而受到其更高層主人的賞識，馬賊們也因為配合默契，拿到應有的補償。

今天，阿爾斯蘭準備做的生意，在某種程度上，就可以說是受了「朋友」之托。有一支規模巨大的商隊即將從藥殺水大拐彎處通過，數日之前他就得到的消息。隨後，便有幾支馬賊同行主動示警，宣佈這支大唐商隊是根難啃的硬骨頭。幾家同行陸續派去踩盤子的眼線，居然全被保護商隊的刀客們給射死了！這麼多天，連商隊具體規模和主要運送的貨物，都沒一支馬賊隊伍能探聽清楚！

本來阿爾斯蘭聽到示警之後，已經不打算動手了。以免折損過多弟兄，得不償失。畢竟綠林道上純憑實力說話，萬一啃上去嘣了門牙，很快就會被別人取而代之。然而，老朋友俱車鼻施可汗卻主動派人找上門來，以五百把軍中專用大食彎刀的代價，請他出馬。不由得他不重新考慮自己的決定。

河東一帶好鐵匠難尋，肯到馬賊中討生活的鐵匠更是鳳毛麟角。大多時候，馬賊們手中的兵器需要高價從城中購買。而被准許在市面上公開買賣的兵器，品質肯定比軍隊所用差上一大截。所以對正準備大肆擴充實力的半天雲來說，這批彎刀簡直就是雪中送炭。

憑著多年在刀尖上打滾兒練就的本能，阿爾斯蘭不相信大宛王俱車鼻施會如此好心。然而，五百把彎刀的誘惑，又讓他實在無法拒絕。思前想後，他決定接受自己的軍師，一個來自中原的牛鼻子道士建議，收下俱車鼻施的禮物，然後聯絡附近的幾家綹子，一塊兒「宰肥羊」！這樣做，將商隊的護衛殺光之後，分給每一家綹子頭上的「羊肉」難免會變薄，但同時也把被獵物嘣掉門牙的風險，降低到了最小！

今天是個出獵的好天氣。放眼望去，十里之內的景物一覽無遺。阿爾斯蘭本隊人馬的左側，有兩支衣冠不整，兵器雜亂的隊伍，人數各自在三百左右。那是阿爾斯蘭請來助拳的盟友，一捧沙和雪打旺。右側，則是另外兩支前來助拳的盟友，老北風和倒拔柳，各自人數也在三百上下，嘍囉們個個面黃肌瘦。跟綽號兵強馬壯的半天雲相比，這四家盟友簡直都是叫花子。根本沒有繼續存在的必要！

「如果我做完這趟買賣之後，順手把他們……」猛然間，阿爾斯蘭眼中冒出一道淒厲的寒光。周圍這四家同行的實力太弱了，跟他們一起生意，自己肯定吃虧。而過後不肯按約定分贓的話，四家盟友肯定也不會善罷甘休。最合適的辦法，就是讓他們「融入」半天雲。這樣的話，自己不必再為分出去的東西而肉痛，與商隊戰鬥時所遭受到的損失，也能迅速補充回來。

這個主意是如此的高明，阿爾斯蘭一旦想到，就覺得心頭火燒火燎。扭過臉，他向身邊的親信馬六兒吩咐：「你，去把老穆頭兒給我叫來，不，請，請軍師過來。說我有大事跟他商量！」

「軍師……」馬六兒有些猶豫，「您不是讓軍師帶人去探聽商隊情況了嗎？」

「叫你去你就去，哪那麼多廢話！」阿爾斯蘭不喜歡被屬下質疑，舉起皮鞭，狠狠地給馬六兒來了一記。「讓軍師把事情交給別人做，趕緊到我這邊來！」

馬六兒躲閃不及，臉上立刻出現了一道血痕。他楞了一下，不敢動手去擦傷口，催動坐騎，迅速跑開。望著此人順從的背影，阿爾斯蘭心中突然有點兒後悔，然而大當家的驕傲很快又壓住了後悔之心，撇撇嘴，低聲罵道：「連一點兒眼力都沒有，還敢跟老子頂嘴，該死！一支商隊，還有什麼可探查的。你們幾個，給老子打起點兒精神來，一個個低頭耷拉腦袋的，老子沒管你們飯啊！」

後半句話是朝著其他幾名親兵說的。因為馬六兒挨打而物傷其類的親衛們被嚇了一跳，立刻將身體挺得筆直。阿爾斯蘭這才終於覺得心裡舒坦了些，掃了眾人一眼，大聲道：「別給老子丟人。誰敢給老子丟人，老子就要他的狗命！只要你們好好幹，咱們早晚也會有一座城池來安身。到時候，老子給你們每人都封一個大官做，誰都不會落下！」

「謝大帥！」明知道阿爾斯蘭在畫餅充飢，眾侍衛們還是齊聲道謝。

阿爾斯蘭心頭一片火熱，繼續喋喋不休：「老子說到，就會一定做到。阿悉爛達當年，不也是跟老子一樣吃刀頭飯的嗎？他現在已經做了國主，老子只是生得比他晚了十幾年罷了！」

這下，不但侍衛們受到了鼓舞，附近的嘍囉也士氣大振。紛紛拔出彎刀，大拍馬屁，「阿爾斯蘭汗！」「阿爾斯蘭汗！」「阿爾斯蘭汗！」

現在稱汗，肯定太早了些。阿爾斯蘭不想過於招搖，揮揮手，制止了眾人的歡呼。如果能吞併其他幾家盟友，他麾下的戰兵人數就可達到四千。再動用今年劫掠所得，招募一些牧民入夥的話，明年開春時湊出五千騎兵沒有任何問題。

五千輕騎，用得好的話，已經可以顛覆一個國家。特別是在大唐與大食爭鋒，河東一帶群雄亂成一團的當口。阿爾斯蘭記得軍師穆陽仁曾經對自己說過，附近的大宛王俱車鼻施和拔汗那王阿悉爛達，都不是正統的大宛皇家血脈。他們之所以能各自竊取半壁江山，完全是由於懂得把握機會的緣故。

而阿悉爛達手中的兵力滿打滿算也只有一萬五千左右。俱車鼻施的實力比阿悉爛達略強，能夠養得起兩萬步騎。可他們在即將到來的爭奪河西之戰中，肯定要選擇大唐或者大食其中一方。無論怎麼選擇，戰鬥中都不可能不蒙受損失。那樣的話，半天雲的力量，就幾乎能與這兩個國家平起平坐了。

如果手中掌握著一支可以跟國家平起平坐的力量，誰還當馬賊？阿爾斯蘭將拳頭握緊，將手指慢慢塞進自家的嘴裡。

狠狠咬了幾下之後，他確信自己並沒有在做夢。老天已經把機會擺在眼前了，就看自己能否把握得住。坐視機會流逝的人，天亦棄之！

片刻之後，一身道士打扮的狗頭軍師穆陽仁騎著馬趕到，板著灰敗的老臉朝阿爾斯蘭拱了下手，低聲詢問：「大當家找我什麼事？馬上就要跟敵人開戰了，最好不要輕易改變部署……」

「當然是非常要緊的事情！」阿爾斯蘭皺了皺眉，念在眼下正有用得到此人的份上，沒做過多計較，「區區一個商隊，還用不著你我太緊張。本督突然覺得，等宰了這批肥羊之後，咱們的隊伍又需要增加些人手了！你以為呢？」

說著話，他拿眼光不斷往左右兩側的盟友方向瞄。誰料一向擅於揣摩上意的穆軍師今天的反應卻出奇地遲鈍，順著阿爾斯蘭的目光梭巡了好一會兒，才轉過頭，喃喃地回應道：「若是能籌集到足夠的錢糧，把隊伍擴充一下也是應該的。不過……」

「不要跟我說那些沒用的廢話！」本想聽幾句奉承卻沒聽見，阿爾斯蘭心中有些惱怒，用力甩了下鞭子，陰森森地命令，「本督已經做出了決定。你只需要想辦法把事情做好便是！人，我想要。但最好是他們乖乖地把隊伍交出來，免得大夥撕破了臉，到最後誰都為難！」

穆陽仁本能地向後躲了躲，臉色顯得愈發灰敗。反復沉吟了半晌，他才幽幽地說道：「如果大當家執意如此的話，某這裡倒也有一個現成主意。可萬一傳揚出去，未免會壞了大當家的名聲！」

阿爾斯蘭眉頭一簇，很是厭煩穆陽仁的囉嗦，「名聲管個鳥用！俱車鼻施、阿悉爛達、還有那個鮑爾伯，他們幾個誰的名聲好過？說，如果主意管用的話，本督日後少不了你的好處！」

穆陽仁又猶豫了一下，嘆了口氣，低聲補充，「既然如此，一會兒『殺羊』的時候，大當家何不讓弟兄們動作稍慢一些！能讓踩盤子的眼線一個都回不來的商隊，實力肯定不會太弱。咱們先設計使得一捧沙、雪打旺、老北風和倒拔柳他們不顧一切往上衝，衝得傷筋動骨。然後大當家再借著照顧彩號的名義，邀請他們到咱們那邊休整。屆時，恐怕他們心裡即便不想去，也沒膽子推托了！」

這個主意的確足夠陰損，只是顯得有些過於一廂情願。畢竟其餘四夥馬賊的大當家也都是刀尖上滾出來的，不可能一點兒提防之心都沒有！阿爾斯蘭斟酌了片刻，又低聲問道：「這麼明顯的陷阱，他們肯往下跳嗎？一旦看出來了，豈不是要耽誤本督的正經事？」

「大當家剛才也說過，敵手不過是區區一個商隊而已，再強能強到哪裡去？」穆陽仁拱了拱手，用阿爾斯蘭自己的話做注解，「況且那四人都是窮瘋了的。只要大當家事先跟他們約定，誰第一個攻破商隊防禦圈兒，就有權分七成貨物。他們豈肯落於咱們身後？」

「哈，這倒是個好主意！」阿爾斯蘭高興得將手中鞭子上下亂揮，差點抽到穆陽仁的眼睛上。「好好好，本督這就將他們幾個請過來做約定。你，該忙什麼繼續忙什麼去吧！」

「是！」軍師穆陽仁整了整道袍，朝著阿爾斯蘭深施一禮，然後慢吞吞地撥轉了馬頭。

「沒事兒給老子施這麼鄭重的禮幹什麼？」阿爾斯蘭被對方弄得一楞，笑著罵道，「你這臭神棍，莫非心裡覺得不忍嗎？哈哈，既然不忍心，你怎麼又給本督出了這麼陰險的主意來？」

軍師穆陽仁彷彿沒聽見他的話，佝僂著腰，慢慢往後隊去了。繡著一幅火焰圖案的道袍在這一刻，顯得格外骯髒。「這臭神棍！」阿爾斯蘭又低聲罵了一句，撇著嘴嘀咕，「才幾天沒拿鞭子抽你，你的尾巴就翹起來了。等著，待本督先收拾了那幾個雜碎，然後再想辦法整治你！」

罵夠了，他自管命人去請其他四夥馬賊的大當家前來議事。擺出一副老子吃定了你們幾個的姿態，強行要求大夥答應誰先突破商隊防禦圈，誰分七成貨物的條件。其餘幾名前來助拳的大當家一聽，立刻鬧了起來，破口大罵阿爾斯蘭不守規矩。

「規矩？本都督要不是念在大夥都是同行的份上，才不會拉扯你們幾個一道發財！」阿爾斯蘭撇了撇嘴，大聲冷笑，「好，就按規矩，誰出力多誰拿大頭兒。本都督麾下有一千五百弟兄，個個身手都是一等一的棒。看看你們，手底下帶的都是些什麼玩意兒。知道的是給本都督助拳來了，不知道的，還因為來了一群打秋風的叫花子呢！」

「這條道都半年多沒行人了！」

「人多又怎麼樣？大不了咱們一拍兩散。老子不伺候了，你自己跟商隊拚命去！」

眾人氣苦，七嘴八舌地嚷嚷。但心裡卻不得不承認，自家的實力的確照著阿爾斯蘭差了甚多。

「好，你們不是說按規矩來嗎？按規矩，本都督是主，你們是客。按規矩，本都督人多，你們人少。所以本督要分貨物的七成，你們幾個有何話說？哼哼，本督好心給你們機會多分些羊肉，可你們還拿本都督的好心當做驢肝肺……」阿爾斯蘭心中早有定計，裝出一副氣急敗壞的模樣與對方掰扯。

幾個大當家你一句，我一句，吵了半天也沒吵出個頭緒來。一捧沙的頭領沙千里先支撐不住了，咬了咬牙，大聲道：「可以，就按你的辦法來。但先破了商隊防禦圈子者，至多分六成。幹不幹你給個痛快話，倘若不行，沙某寧可立刻走人，不伺候了！」

「對，黃某也是這個主意！」雪打旺的頭領黃萬山素來跟沙千里一個鼻孔出氣，見好朋友真的準備撂挑子，也咋咋呼呼地附和。

阿爾斯蘭心裡頭分明已經樂開了花，臉上卻依舊做出一副很不甘心的模樣，「即便大夥不分先後，本督這邊也應該分五成才對。本督好心……」

「我呸！你要是有好心，沙漠裡的野狼就都變成了活羅漢了！」老北風的頭領塞吉拉胡向地上啐了一口，冷笑著打斷，「最多六成！幹不幹？不幹拉倒！」

倒拔柳的頭領花十三見大夥先後敗下陣來，也不想獨自死撐到底。笑了笑，低聲道：「就算我們占了你便宜不成嗎？你阿爾斯蘭家大業大，何必跟我們這些窮鬼斤斤計較！就六成吧，反正，把纛著是你的旗子先插進商隊中央去！」

「那可保不準。打仗的事情，誰能事先把一切都預料清楚！」阿爾斯蘭撿了便宜還賣乖，悻然回應。「六成就六成，誰讓本督拿你們幾個當朋友呢！說好了，我這邊發令後，大夥才一起往前衝。誰也不准搶先！」

「好好好。一切都按照你說的來！」沙千里看了看好朋友黃萬山，撇嘴冷笑。

黃萬山本來就不大瞧得起阿爾斯蘭，此刻愈發覺得對方形象齷齪，乾脆撥轉坐騎，一言不發地離開。

「怎麼走了。咱們還沒盟誓呢！」阿爾斯蘭大急，策馬追了幾步，高聲喊道。

「大夥說好的事情，除了你阿爾斯蘭之外，我們幾個誰有膽子敢違背？」沙千里又冷笑了幾聲，策馬越過阿爾斯蘭，去追自家好朋友黃萬山。

阿爾斯蘭本來就是作作樣子，以免被眾人看出什麼破綻來。聽了沙千里的嘲諷，便順勢拉住了戰馬的韁繩。老北風的頭領塞吉拉胡和倒拔柳的頭領花十三見此，也覺得心裡很不舒服。聳了聳肩，撥馬朝黃萬山相反的方向而去。

轉眼之間，四名前來議事的大當家就都離開了半天雲的隊伍。埋首走在左側的黃萬山突然將坐騎的韁繩拉緊了些，等好朋友沙千里從背後追上來後，低聲道：「你說，這阿爾斯蘭，到底打的是什麼鬼主意！他的眼窩子不會真的就這般淺吧？」

「一個殺人越貨的強盜頭子，目光再長遠，還能長遠到哪裡去？」一捧沙的頭領沙千里搖了搖頭，苦笑著回應。「人家兵多，拳頭大，你我還是忍了吧！」

「我說的不是這個意思！」黃萬山搖搖頭，低聲輕嘆。對方是強盜頭子，鼠目寸光，自己又好到哪裡去了？一樣是靠殺人越貨過活，一樣手上沾滿了無辜者的鮮血。

「那還什麼意思！」沙千里繼續苦笑，「莫非你真的為那六成貨物動了心？莫說憑著你我麾下這點兒人手，未必能拔了頭籌。即便僥倖第一個突破商隊的圈子，過後那阿爾斯蘭肯兌現諾言嗎？」

「你是說。他不但想分了貨物的大頭，還想吞了咱們！」黃萬山微微一楞，壓低了聲音反問。

「莫非你一點兒都沒察覺嗎？阿爾斯蘭今天的確太好說話了。放在平日，誰能從他嘴裡多挖出半成貨物來？」

「嘶！」黃萬山直拔自己的落腮鬍子。他的確察覺出了阿爾斯蘭居心叵測，卻沒想得這麼深。「吞了咱們，他就不怕樹大招風？」

「樹如果足夠大，就不怕了！」沙千里一語道破天機。「我聽說，封瘸子要領兵打過來了！俱車鼻施做下了那等好事，封瘸子一到，會留他一條狗命嗎？」

「嘶！」黃萬山一不小心，直接將鬍子扯下了一小簇。疼得直吸冷氣。如果俱車鼻施汗被唐軍處決，柘支城一帶必然會出現權力空檔。阿悉爛達出身草莽，未必能一口整個大宛吞下。屆時，藥殺水兩岸必然又是一番風起雲湧。也難怪阿爾斯蘭未雨綢繆了。如果黃萬山和沙千里兩個出於跟阿爾斯蘭同樣的位置上，也未必能抵擋住這個誘惑。

然而，此刻沙千里想的卻是另外一番光景。沉默了片刻，他咬了咬牙，低聲跟好朋友商量：「兄弟，做哥哥的問你一句話，這樣的日子，你過得滋潤嗎？」

「滋潤個狗屁！」黃萬山一磕馬鐙，沉聲回應，「若不是捨不得將最後這點弟兄白白葬送在路上，老子早掉頭向東去了。即便死，也是咱安西軍的鬼雄！老沙，你是不是想跟我說，起兵接應封瘸子。你放心好了，只要他的旗幟一出蔥嶺，老子立刻帶人迎過去！」

沙千里輕輕點頭，嗓音居然有些哽咽，「封瘸子為人雖然古板。卻也不是個不講道理的傢伙。當年怛羅斯慘敗，大夥兵找不到將，將找不到兵。能活下來，已經不易。他的心眼裡只要還有半分人性，想必就不會追究咱們這些年殺人越貨的過錯。所以，咱們手中這點兒弟兄，無論如何不能被阿爾斯蘭吞了。這麼多年咱們都熬下來了，不能倒在最後這幾天上！」

「嗯！」黃萬山低聲回應，虎目中有淚水在輕輕打轉。近兩萬大軍出征，最後跟著高仙芝撤回安西的，只有區區不到千人。剩下的，或者戰死沙場，或者被大食人俘虜，當做奴隸賣往西方。他和手下幾十名弟兄，是硬在屍山血海中殺出一條路來，遁入了萬里瀚海。

待大食軍撤走後，他帶著弟兄們靠劫掠為生。漸漸在藥殺水畔闖出了名號。不久，又在一個偶爾的機會，碰到了同樣從死人堆裡爬出來的沙千里。為了避免成為附近幾大勢力的關注目標，二人不敢合兵一處，不敢肆無忌憚地擴充實力。只想有朝一日，能帶著麾下的弟兄們回到安西。回到中原，回到自家那十五畝永業田旁。

這個夢，是支撐著二人和各自麾下的弟兄們活下去的動力。所以，誰也休想將它吵醒。哪怕是將刀架在脖子上也不能。半晌，黃萬山抹了抹眼角，低聲道：「老沙，這一關該怎麼過？你說吧。你主意多，我跟著你就是了。」

「即便咱們不跟商隊拚得兩敗俱傷，事後，也逃不過阿爾斯蘭的惦記！」沙千里想了想，咬著牙道，「所以，咱們待會兒只能這樣……」

在如此空曠的荒野裡，獵物的蹤影很容易被發現。剛剛脅迫著幾個前來助拳的同行簽訂城下之盟沒多久，隊伍的正前方就傳來了嘍囉們的歡呼聲。

「嗷！」「嗷！」眾馬賊像狼一樣大聲嚎叫，然後迅速擺出攻擊姿態。羊很肥，不是一般的肥！放眼望去，光是馱貨物的駱駝恐怕就不下兩千頭。而更令馬賊們振奮的是，貪婪的商人們居然沒有選擇趁大夥立足未穩之時奪路而逃，卻錯誤地將駱駝驅趕到隊伍周邊，緊緊地縮蜷成了一團。

這無疑是個極其愚蠢的策略。如果商人們丟下一部分貨物跑路的話，因為動了貪心，眾馬賊便很難盡全力追趕。所以頂多截下商隊的部分貨物，其餘的便只能任由他們逃離生天。而商隊一旦縮蜷成團，試圖負嵎頑抗的話。雙方便只剩下了不死不休的結局。要麼馬賊們因為代價過於慘重，忍痛退走。要麼商隊所聘請的刀客和商人們一道被殺光，貨物全部落於馬賊之手。

見一切事情都朝自己希望的方向發展，阿爾斯蘭心情非常振奮，清了清嗓子，大聲吩咐，

「傳本都督的將令，不准出擊，先打人牆，把羊群圍起來！」

「大當家有令，不准出擊，先打人牆，把羊群圍起來！」

「大當家有令，不准出擊，先打人牆，把羊群圍起來！」

發財在即，一眾親兵也非常高興，扯開嗓子，把阿爾斯蘭的將令流水般傳了下去。

半天雲的二當家敏圖和三當家哈根聞聽，立刻帶領各自的嫡系，分左右抄向商隊的兩側。狗頭軍師穆陽仁也抖擻精神，領著百餘名與自己關係近的小嘍囉繞向商隊的身後。一旦包圍圈形成，便是總攻開始的時刻。阿爾斯蘭滿意地揮了幾下馬鞭，將頭向左右兩側的同行們看去，「嗯……！嗯？」

他突然像被蜜蜂螫了一下般，兩道掃帚眉緊緊地皺成了一個疙瘩。本隊人馬右側的老北風和倒拔柳如他事先所料，人和馬都躁動不安，顯然不甘心「羊肉」被別人拿走大半兒，準備搶個先手。但本隊人馬左側的一捧沙和雪打旺兩支隊伍卻太沉靜了，沉靜得有些令人恐懼。

「他們要幹什麼？」憑著多年刀尖上打滾形成的本能，阿爾斯蘭嗅到了一絲陰謀的味道。眼下他的本隊人馬已經分成了四部分，留在自家身邊雖然還占大頭兒，也不過八九百人。如果一捧沙和雪打旺兩人趁這個機會反水的話……

「傳令，讓老二和老三趕緊撤回來。南北兩側的位置留給老北風和一捧沙他們！」當機立斷，阿爾斯蘭向身邊的親信大吼，「快，吹角，吹角，讓老二、老三和軍師給我收攏隊伍！」

「大當家，你說什麼？」親兵馬六等人不敢相信自己的耳朵，直著眼睛確認。阿爾斯蘭剛才的命令根本不合常理。大夥把命令變成角聲容易，可一旦領會錯了大當家的意圖，過後恐怕就不是挨一頓鞭子就能恕罪的事情。弄不好，連腦袋瓜子都得被砍下來挑在槍尖上！

「收攏隊伍，傳令。全體向我靠近！」阿爾斯蘭沒時間跟麾下這群笨蛋解釋，厲聲怒喝。屈於他平日的淫威，傳令兵慌忙抓起一隻號角，用力吹了起來。

「嗚嗚──嗚嗚嗚嗚──嗚嗚！」令人失望的角聲從中軍傳出，迅速響徹整個曠野。「大當家在幹什麼？」「大當家今天怎麼了？」已經跑出半里多遠的二當家敏圖和三當家哈根等人拉住坐騎，遲疑地回頭張望。先是放著好好的頭功不准自家弟兄搶，非要照顧老北風等幾個外來戶。眼下又於攻擊的半路上把隊伍硬往回拉，準備放商隊一條生路。瘋了，莫非他昨夜縱欲之時，腦袋栽到了地上不成？

「咚咚—咚咚咚咚——咚咚！」沒等他們決定接不接受來自背後的亂命，不遠處的商隊中猛然響起一陣激烈的鼓聲。伴著雷鳴般的旋律，一杆金黃色的大纛，高高地從駱駝背上豎了起來。

「唐！」猩紅色的漢字，隨著旗面上下舞動。

緊緊依偎在一起的駱駝猛然被人拉開，戰鼓響處，有股暗金色洪流傾瀉而出。金盔、金甲、暗金色戰旗。一排排馬槊平指前方，宛如銀河中的點點繁星。

「咚咚——咚咚——咚咚！」金色的洪流湧動速度不是很快，但那股一往無前的氣勢，卻令所有馬賊六神無主。第一排只有五個人，彼此之間相距三尺。第二排是六個人，在衝刺的過程中，與前方袍澤拉開兩丈左右的距離，錯開半個身位。第三排衝出來的金甲戰士，比第二排又多了一個人，依舊與前排袍澤拉開兩丈距離，錯開半個身位。然後是第四、第五、第六、第七……

就在馬賊們被突然發生的變故驚得手忙腳亂之際，已經有近十排金甲戰士從駱駝隊深處湧出，每個人手中都是一柄丈八長槊，槊鋒處反射著耀眼的寒光。

「唐軍！」阿爾斯蘭聽見自己已經變了調的聲音，他不知道自己該慶幸還是詛咒。好大一隻肥羊，吃進肚子後，足夠讓他積累起稱雄河中的本錢。可這一切的前提是，他能做一頭真正的狼，而不是餵羊的那把青草。

留給他做正確反應的時間沒多長，稍一遲疑，便徹底失去。從駱駝隊身後殺出來的唐軍越衝越快，轉瞬間，已經跟亂成一團的二當家敏圖所部發生了接觸。如陽光照見了積雪，阿爾斯蘭能想像多快，二當家敏圖所部敗得就有多快。「嘭！」第一排與唐軍接觸的馬賊，連招架的姿勢都沒擺全，就被對方用槊鋒撞離了馬鞍。一丈八尺多長，碗口粗細的槊杆在與人體接觸的瞬間，如弓臂般彎曲成弧，隨即，游龍擺尾。戰馬衝鋒產生的力量和雙方碰撞產生的力量，重新彙聚在一起，由槊杆中部徑直向槊鋒釋放。「錚！」「錚！」「錚！」清脆的聲音不絕於耳。馬賊們一個個飛起來，飛上天空。慘叫著，盤旋著，無可奈何地墜落於地。被急衝而至的戰馬踩在蹄下，踩成一團團肉泥。

在最前方的五名唐人速度稍稍變慢，卻依舊追上了另外幾個躲避不及的馬賊。「嘭！」「嘭！」「嘭！」「錚！」「錚！」「錚！」沉悶的撞擊聲和清脆的槊杆彈開聲交替而起，又是五具屍體落地。二當家敏圖所部隊伍，轉眼被撞凹了一個大坑，血如泉湧。

當長槊第三次彈開之後，最前方五名唐人的坐騎終於放緩了腳步。然而，他們身後，另外六名唐軍已經殺到。借助戰馬奔跑的速度，撞進前排袍澤在敵陣中砸出來的血凹深處，「嘭！」「嘭！」「嘭！」如驚濤拍岸，一瞬間將血凹變成血口子，轉眼又擴大成一道永遠也無法彌合的放血槽。

第二排唐軍的速度因為屍體的阻擋而放緩，第三排唐軍又至。還是同樣一個位置，還是同樣一種節奏。將血槽繼續擴大，擴大，徹底撕裂成一道壕塹。

第四排……

不用第四排了。沒等第三排七名唐軍釋放完戰力，二當家敏圖及其麾下的馬賊們已經魂飛魄散。不用任何人下令，爭先恐後地撥轉坐騎，向遠離唐軍的方向竄去。把匆匆湊過來支援的另外一支隊伍，三當家哈根所部打得東倒西歪。

然而唐軍的攻擊卻還在繼續。如同事先演練了無數遍一般，一排接一排湧上來，從背後追上逃命的馬賊，將他們挑上半空。然後又是一排接一排加速，疊浪般，掃清沿途一切阻礙。

「完了！徹底完了！」站在本陣中調度全局的阿爾斯蘭如同被嚇傻了般，呆呆地目睹了二當家敏圖和三當家哈根的潰敗，沒有發出任何正確命令。那只在大夥假想裡令人垂涎欲滴的獵物，根本不是什麼肥羊！只是它偽裝實在太好了，太逼真了。直到它露出獠牙後，才被發現是一頭獅子。

到了此刻，阿爾斯蘭唯一清楚的就是，俱車鼻施挖了一個巨大的陷阱讓自己往裡邊跳。商隊的真實身份，俱車鼻施肯定一早就知道。所以，他才不惜重金來買通半天雲，推著大夥往火堆上撲。毫無疑問，當自己帶領著一眾馬賊把唐人耗得筋疲力盡之後，俱車鼻施將帶著傾國之兵跳出來。一刀一個，將先前拚命雙方殺得乾乾淨淨。

「大當家，大當家。怎麼辦啊。怎麼辦啊。您倒是說句話啊！您倒是說句話啊！」危難關頭，親兵馬六兒倒比阿爾斯蘭更能沉得住氣。見自家頭領兩眼發直，趕緊用力晃了他幾下，大聲呼喊！

「怎，怎麼辦？怎麼辦？」阿爾斯蘭喃喃地回應。對付絲綢古道上的行商，他有充足的經驗。然而跟官軍作戰，他卻一點兒頭緒也摸不著。對方的攻擊太犀利了，犀利到了根本無法阻擋的地步。阿爾斯蘭剛才分明看見，三當家哈根幾次穩定隊伍，試圖憑藉人數的優勢打斷對方攻擊節奏。但所有的努力都是徒勞的，在絕對的戰鬥力差距面前，弟兄們簡直是在自尋死路。

在三當家哈根的激勵下，幾十名素以兇悍著稱的弟兄，飛蛾撲火般掉頭衝向黃色洪流。卻連個泡都沒冒起便被甩上了天空。紅色的血漿在天空中飛濺，頭頂的太陽也被染得流光溢彩。比陽光更耀眼的，是敵軍挑起的那面戰旗。

「唐」，熾烈如火，驕傲亦如火。

「眼下最要緊的，當然是穩住。正面過來的唐人只有兩百多。而咱們這邊，加在一起還有兩千多弟兄！」馬六兒徹底急了，冒著被阿爾斯蘭秋後算賬的危險，越俎代庖。「傳令，您趕緊傳令。讓老北風、一捧沙他們，全都靠過來，靠到您身邊來。咱們結圓陣，結圓陣，耗也把唐人耗死！」

「傳，傳令。所有人，向我，向我靠近！結圓陣，結圓陣！」阿爾斯蘭先是順嘴答應，隨後全部神魂又回到了身體當中。「傳令，結圓陣迎敵。大夥跟唐寇拚了！」

「圓陣。所有人向大當家靠近！」

「圓陣。所有人向大當家靠近！」

親兵們再度扯開嗓子，將命令傳了出去。隨即，是一陣陣驚惶的號角聲。已經亂成一鍋粥的馬賊們終於有了主心骨，紛紛策動坐騎，螞蟻一般擠向阿爾斯蘭所在位置。被突然發生的變故弄蒙了的老北風、倒拔柳等馬賊隊伍，也重新振作士氣，慢慢向阿爾斯蘭所部靠近。

如果圓陣結成，未必沒有翻盤的機會。至少，能挺到俱車鼻施趕來，拉著唐人一道去下地獄。惡狠狠地看了已經突破了所有阻礙，馬上就要衝到本陣邊緣的唐軍一眼，阿爾斯蘭咬牙切齒，「跟他們拚了。殺退了唐寇，寨子中所有積蓄，大夥平分！」

「平分！」「平分！」馬賊們大聲鼓噪，自己給自己打氣。然而，唐軍的攻擊力實在太強了，比他們以往見過的所有隊伍都強了一百倍。二當家敏圖沒等撤回本陣，就被唐軍追上，從背後刺下了坐騎。三當家哈根幾度試圖阻擋唐軍的腳步，為大當家這邊贏得變陣機會。卻把手中所有力量都搭了進去，緊跟著自己也被一支冷箭射下了戰馬，生死未卜。

這道憑空冒出來的黃色洪流，根本不是人力所能阻擋。眼看著唐軍越來越近，越來越近，阿爾斯蘭剛剛穩定住的隊伍，又開始動搖。圓陣最周邊的嘍囉拚命往裡擠，圓陣內部的馬賊們為了保命，不得不將刀尖對準同夥的後背。而一捧沙、雪打旺兩支隊伍更損，居然不聲不響地繞到了圓陣後方，隨時準備著開溜。

「都別擠，跟我來！」關鍵時刻，阿爾斯蘭也被逼出了幾分狠勁兒。回過頭，向黃萬山和沙千里兩人大喝。「老子帶人先頂上去。老沙，老黃，塞吉拉胡，您們幾個看著辦！」

「並肩子上啊！」老北風的頭領塞吉拉胡和倒拔柳的頭領花十三都被激起了幾分血性，揮舞著彎刀大聲回應，「一起上，堆也堆死他們！」

沙千里看了看黃萬山，又看了看越來越近的那個「唐」字，忽然咧嘴而笑。「一起上啊，弟兄們！」

他大聲呼喝，手中鋼刀斜劈，將距離自己最近的某個隸屬於半天雲的馬賊頭目，一刀劈成了兩段。

「弟兄們，把咱們的旗子扯起來！」黃萬山緊隨沙千里之後，一邊策馬前衝，一邊大聲呼喝。

「把咱們的旗子扯起來！」

「扯起來！」

震耳欲聾的歡呼聲中，有面千瘡百孔的戰旗，在馬賊們的背後高高地扯起。

「唐！」已經陳舊得幾乎看不出顏色的漢字，這一刻，竟然如火焰一般，灼痛了所有人的眼睛。

怎麼會這樣？

一時間，阿爾斯蘭、塞吉拉胡和花十三等人幾乎不敢相信自己的眼睛。但很快，關於一捧沙和雪打旺兩支隊伍的記憶，便如潮水般從他們的心頭湧起。

每當一捧沙與別的綹子起了衝突，第一個趕去支援的，肯定是雪打旺。反之，亦然。

每當眾馬賊合夥做買賣，或者聚集在一起根據各自的實力重新劃分活動範圍的時候，沙千里和黃萬山兩個總是共同進退。

這兩支隊伍的地盤相距極近，卻從沒起過爭執。如果換了別人，恐怕已經不知道火併多了少回。

黃萬山和沙千里兩個明明好得幾乎穿一條褲子，卻也從沒露出過試圖將手下隊伍合併跡象。

無論是豐年還是荒年，一捧沙的隊伍只有三百上下。雪打旺的規模也差不多。沒有多大發展，也不見削弱。

絲綢古道上，幾乎任何一夥馬賊，都不是獨立的存在。都或多或少地與地方勢力有瓜葛。然而，一捧沙和雪打旺兩支隊伍，卻沒接受過任何地方勢力的資助，也從沒為任何地方貴族充當過打手。

無人能駕馭得了他們

即便把他們逼到了山窮水盡的地步，也很難讓他們屈服。

這些年，綠林同行不看好他們，地方勢力不待見他們，卻都無法將他們解決掉，或者吞併為自己的屬下……

他們像兩隻迷途的雪狼，驕傲且孤獨地存在。與背後的碧野黃沙格格不入！

平素這些細節沒人過分關注，如今那面已經看不出顏色的戰旗一亮出來，所有謎團便昭然若揭。他們不是綠林同行，始終不是。他們甚至不屬於河中這片天地。他們來自大唐，他們是把驕傲刻在骨頭裡把堅強融進血脈深處的大唐男兒。無論距離家鄉多遠，多久，都是！

不知為何，此刻在阿爾斯蘭、塞吉拉胡和花十三等人心中，對沙千里和黃萬山兩個，居然生不起什麼恨意來。原來那兩個傢伙是唐人啊！難怪他們不肯為任何實力賣命。原來他們一直在隱藏實力，就是等著今天，等著有朝一日，能再堂堂正正地打起自家的旗幟。

這種男兒，即便做了對手，也令人覺得佩服。三名馬賊大當家相對苦笑，都知道今天的戰鬥，已經徹底寫好結局。前面一支唐軍裝備精良，攻擊犀利。後方一支唐軍士氣高昂，經驗豐富。被這樣兩支氣勢如虹的大唐兒郎前後夾擊，即便人數再多一倍，大夥也不可能取勝。

如今，三名大當家不約而同想做的，就是帶著盡可能最多的親信脫離戰場。唐軍再強，終歸是一夥過客。而他們卻都是土生土長的本地人。唐軍來去如風，他們卻堅韌如戈壁灘上的野草。當對面這夥唐軍和背後的一捧沙、雪打旺等人離開後，附近方圓數百里，依舊是他們的天下。腳下這片貧瘠而廣袤的土地上，人是最不值錢的東西。只要身邊能剩下幾十名老嘍囉，用不了多久，就能重新拉起一支隊伍。

可如此一個低廉的要求，實現起來也非常地困難。在正面唐軍的犀利攻擊下，馬賊們不斷後退，宛如巨錘下翻滾的頑鐵。而來自背後的唐軍就成了一塊鐵砧，與前方的唐軍遙相呼應，不斷將馬賊的隊伍壓扁，壓扁，壓成了細細的一長條。每一錘擊落，都是紅光飛濺。

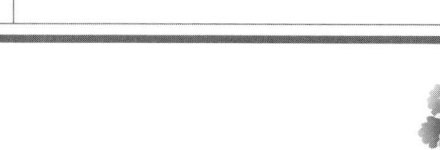

老北風的頭領塞吉拉胡向後組織了兩次突破，都被一捧沙和雪打旺的人給硬生生頂了回來。倒拔柳的頭領花十三用刀子逼著一些嘍囉往前添，試圖擾亂唐軍的攻擊節奏，以便為自己和嫡系親信們贏得安全撤離的機會，卻偏偏事與願違。

沒有人能擋住前方唐軍的鋒纓。雖然他們只有百許人，但那區區百餘杆長槊如同被薩滿施加的祝福般，所指之處，一切皆成齏粉。沒人能突破後方唐軍的阻攔，雖然他們衣衫不整，兵器殘破，但他們所站立的地方，卻堅硬如銅牆鐵壁。

這就是唐軍。

曾經橫掃河中，讓眾豪傑紛紛俯首的唐軍。

這就是唐軍，曾經以區區數人，帶領十幾萬僕從蕩平半個天竺的唐軍。

雖然經歷過怛羅斯之戰的慘敗，腳下這片土地已經不為大唐所屬。然而，唐軍威名，依舊像夢魘一樣印在藥殺水兩岸每個牧人的心上。

無論他們手裡拿著如何簡陋的兵器。

無論他們被逼到了怎樣的逆境。

他們依舊，

一人可十。

十可當百。

百可破萬。

當上萬唐軍席捲而來，整個天地都將為之顫抖。

而唐軍以往對待俘虜的寬容與仁慈，又使得馬賊們心中生不起頑抗到底的念頭。當看見兩面新舊不同，卻一模一樣大唐戰旗分別豎立於自家身前身後之時，馬賊們的士氣就已經垮了下去。當發現自己這邊無論採用何等招數，都難擋唐軍全力一擊之時，馬賊們已經徹底絕望。

打不可能打得過，敗在這樣一支隊伍手裡，也算不得什麼恥辱。況且丟下兵器投降，還未必會丟掉性命。大夥又何必自己非要往唐人的槊鋒上撞？

也不知道是誰帶的頭兒，最靠近唐軍的嘍囉們，開始丟下兵器，跳下戰馬。把雙手抱在了自家脖頸上，緩緩蹲下身體。

這是標準的投降動作。據說，當年那支唐軍，見到做出這個動作者，都不會再施加傷害。

前方嘍囉的舉動，令距離唐軍稍遠一些的嘍囉們愈發不知所措。很多人都將坐騎拉住，免得不小心衝到唐軍馬前，被長槊在身上捅幾個透明窟窿。可背後就是大當家和他們的嫡系，眾嘍囉也不敢現在就徹底放棄抵抗。只好呆呆地站著，等著最後的機會到來。

嘍囉們不願意拚命，阿爾斯蘭、塞吉拉胡和花十三等人也束手無策。偏偏此刻他們的位置都處於隊伍正中央，想要策馬從兩側逃走，卻被亂成一團的自家弟兄擋住了去路，半晌都挪不開三尺遠。

眼看著再不出去，大夥就都得被唐軍的戰馬踏成齏粉。親兵馬六急中生智，揮刀從背後劈翻兩名亂作一團的小嘍囉，大聲叫嚷道：「風緊，分頭扯呼。別擋道！擋道者死！」

「你這……」阿爾斯蘭心疼得直哆嗦，揮起彎刀，就想把馬六砍成兩段。但他的胳膊被老北風緊緊地架在了半空中。「你瘋了，他是為了你好，趕緊走，別耽誤功夫！」

阿爾斯蘭楞了楞，猛然驚醒。雙腿一夾馬肚子，緊緊跟在了馬六背後。幾名嫡系護住他，一邊前衝，一邊掄開胳膊左劈又砍。一瞬間，就在周圍砍出了條血淋淋的縫隙來。

塞吉拉胡和花十三兩人的嫡系見樣學樣，也紛紛向同夥舉起了馬刀。這些傢伙個個都是殺人不眨眼的慣匪，只要動了殺機，手下便毫不留情。須臾之後，以阿爾斯蘭的戰馬為前鋒，一支鮮血淋淋的隊伍從人群側面冒了出來。因為唐軍前後夾擊而湧成一條長條狀的嘍囉們轟然崩潰，大小頭目各不相顧，四散而逃。

「想跑，哪那麼容易！」正在駱駝隊後調度全軍的王洵見狀，立刻命人晃動軍旗，把原本埋伏在駝隊兩側，準備拿來用做疑兵的鏢師們全撒了出去。「一顆人頭一吊開元通寶，三顆人頭一石茶磚。不願意要錢的，可以折算軍功，領取武勳。回頭到安西節度使大營兌現。」

「嗚嗚——嗚嗚——嗚嗚！」伴著催命的號角，齊大嘴和儲獨眼兩個，各自帶領百餘名刀客傾巢而出。人馬捲起一陣狂風，打著旋從背後追向逃命的馬賊。刀鋒過處，人頭滾滾而落。

單純論個人武力，刀客們遠遠在馬賊之上。然而以往雙方相遇，為了保護貨物和雇主，前者總是處於被動挨打的地位。即便有幸殺出重圍，或者耗得馬賊們不得不退走，也要付出非常慘重的代價。

今天，這一切都翻過來了。看上去年紀輕輕，說話做事都不怎麼靠譜的欽差大人，居然神不知，鬼不覺地在馬賊背後安排了一支伏兵。在兩支唐軍的前後夾擊之下，人數占據絕對優勢的馬賊們居然連一刻鐘都沒堅持住，就開始四散逃命。如果讓他們跑掉了，大夥將來還有臉見那些死在馬賊手裡的同行嗎？此刻不給他們報仇，還要等到什麼時候去？殺，殺光他們。即便不為了欽差大人許下的高額懸賞，也要將馬賊斬草除根。為了這些年來死在絲綢古道上的刀客，為了那些永遠回不了故鄉的冤魂。

看到左右兩側伏兵盡出，阿爾斯蘭和塞吉拉胡等人心中愈發絕望。雙腿拚命磕打馬肚子，即便身邊就有人被從坐騎上砍落，也絕不回頭迎戰。好漢不吃眼前虧，已經輸成這樣子了，就不在乎輸得更多。狡猾的唐軍連伏兵都安排好了，誰知會不會還藏著更多的後招？今天這仗，本來就是個大陷阱。即便沒有沙千里和黃萬山兩人不帶隊反水，大夥也討不到任何便宜去。

如果阿爾斯蘭、塞吉拉胡和花十三等馬賊頭領，此刻有膽子回頭張望一下的話，他們就會立刻地後悔得把腸子都吐出來。

唐軍的如潮攻勢不見了。曾經讓塞吉拉胡用盡全身解數都無法阻擋的如林槊鋒，在一群丟下兵器，引頸就戮的俘虜面前卻遲緩了下來。他們似乎還不能徹底摒棄對同類的憐憫，無法放任自己的坐騎從俘虜的身體上踏過去。儘管每多耽擱一瞬，便會有更多的馬賊成為漏網之魚。

與這些無法擺脫婦人之仁的持槊者相比，後來從兩翼殺出的「伏兵」們顯然更為狠辣果決，但這兩支伏兵所發出的聲勢固然浩大，取得的實際戰果卻微乎其微。他們過分追求於展示個人的勇武，相互之間很少配合，或者根本沒有配合。什麼迂迴，包抄，策應，接力，諸如此類基本騎兵戰術，一概不會！只要馬賊們不惜代價埋頭前衝，就有機會從給他們的刀下逃生，根本不用過分害怕。

與上述兩支隊伍相比，臨陣倒戈的一捧沙和雪打旺等人，倒是透出了幾分久經戰陣的老練來。但比起追亡逐北，他們眼下更需要的是儘快證明自家的身份。畢竟一杆破舊的戰旗無法說清楚一切，剛才有共同的敵人在時，對面的唐軍無暇顧及太多。待馬賊的抵抗一瓦解，立刻有數十名長槊手擺出了警戒姿態。如果一捧沙和雪打旺兩支隊伍稍微表現出一點敵意的話，他們不介意將剛才加諸於馬賊們頭上的如雷攻勢，再度施展一次！

只要阿爾斯蘭等人不被突然出現的巨大變故弄得六神無主。只要他們剛才帶領嫡系部屬在戰場核心處多堅持片刻。結局將截然不同。至少，他們有可能將半數以上的嘍囉撤出來。

然而，這一切只是假設。唐軍在西域的數十年積威，足以令阿爾斯蘭等人魂飛膽喪。他們不敢回頭，不敢顧身邊弟兄們發出的慘叫，只管一味地催動坐騎，催動坐騎。追過來的刀客們雖然人數眾多，畢竟在坐騎的精良程度和對周圍地形的熟悉程度上與馬賊們有一定差距。砍下了幾十顆人頭後，便慢慢被拉開了距離。

眼看著再追下去，就有與大隊人馬失散的風險，齊大嘴戀戀不捨地收攏了隊伍。另外一位刀客頭目儲獨眼還沒殺得盡興，聽齊大嘴吹響了事先約好的收兵號角，策馬湊了過來，皺著眉頭問道：「就這樣放走他們，太可惜了吧？」

「先讓他們多蹦躂幾天！」明明跟好朋友一樣覺得惋惜，齊大嘴卻生了一張硬嘴巴，笑了笑，做出副成竹在胸的模樣，「欽差大人事先叮囑過，讓咱們不要跑得距離大隊太遠。想必他早就料到了此節，故意放幾個賊頭一條生路！」

「欽差大人交代過，我怎麼一點兒都不記得了？」儲獨眼狠命皺眉，無論如何努力，都想不起欽差大人幾時曾經對自己和齊大嘴作出過這種要求。然而，此刻的他對王洵已經佩服得到了恨不能將對方供起來的地步，絲毫不敢做絲毫違拗，「估計是我當時沒往心裡頭去。說實話，老齊，咱們哥倆這回可真看走眼了！」

「誰說不是呢！」提起最近幾天發生的一連串變故，齊大嘴就忍不住想咬手指頭。太像做夢了，比做夢還不真實。幾個在絲綢古道上混了大半輩子的老江湖，居然沒看出商隊和軍旅的區別來！而欽差大人在身份暴露之後，所顯示出來的胸襟和手段，更是令他拍刀讚嘆。不肯遷怒無辜的商販和刀客，不肯屈服於逆境。在敵我難分的未知之地，毫不猶豫地打出大唐使節的旗號。面對數倍於己的敵軍，毫無懼色，並且奇招盡出，摧枯拉朽般將馬賊們擊潰。

特別是那支事先潛到馬賊隊伍身後的伏兵，簡直就是神來之筆。數遍心頭所有能記住的名將、智將，齊大嘴都不認為他們做得和欽差大人一樣神不知鬼不覺。

越是用崇拜的眼光看，欽差大人的形象越完美。雖然他的臉比傳說中的那些英雄黑了些，身材也顯得過於粗壯，與傳說中那些運籌帷幄，決勝千里的瀟灑模樣格格不入。回返的路上，齊大嘴繼續跟老朋友探討：「你說咱們大唐，是不是早就盯上這幾夥馬賊了！否則，伏兵怎麼那般容易潛到馬賊身後去？」

「我估計是！」儲獨眼揉了揉興奮得已經發了紅的眼睛，咧著嘴回應。「你注意到沒？伏兵的旗子都掉色了。往少了說，他們至少比咱們早來了一年多。嘖嘖，欽差大人這謀略，真叫老成。跟他比，咱們這些人年紀真的活到了狗身上！」

「是啊，是啊。人不可貌相啊！」附近的刀客們連連點頭。無論先前對年輕的欽差大人多不看好，此刻，大夥全都當此戰之前的那些怪話不是出於自己之口。「最好欽差大人先別忙著公幹，帶著咱們一路橫掃過去。哼哼，我看這條道上，哪支馬賊再敢囂張！」

真的會這樣嗎？別做夢了吧！齊大嘴和儲獨眼兩人互相對著搖頭。以他們二人做刀客這麼多年的經歷，官軍主動為商販提供保護的情況，平生還是第一次見到。以往大唐在西域的威名固然赫赫，安西軍實力固然藐視群豪，但是，這份威儀卻從沒跟普通百姓分享過。在大部分平頭百姓眼裡，官軍在西域打輸打贏，好像都是朝廷的事情。與他們無關，也給他們帶不來半點兒利益！

可今天這位帶著大夥殺馬賊的欽差大人，說話做事，真的和其他大官不一樣。莫非他除了欽差身份之外，還有別的背景？這樣想著，齊大嘴和儲獨眼兩個，不約而同地抬起頭，向遠方的戰場望去。

那面金黃色的大唐戰旗還筆直地樹立在風中，驕傲且華貴。真的不同了，以往的大唐戰旗，從沒讓人感覺到如此親近。真希望他走得更遠些，挑得更高些。齊大嘴等人默默想著，不知不覺間，已經將腰杆挺得筆直，筆直。

他們幾個對王洵佩服得五體投地，卻不知此刻戰旗下的王洵，在指揮作戰方面，其實是個如假包換的半桶水。非但臨陣倒戈的兩夥馬賊與他半點兒關係也沒有，就連拿來對付阿爾斯蘭、塞吉拉胡等人的手段，也是參考了幾個月前安西軍大破大食軍的招數，照著葫蘆畫了個瓢而已。

按照王洵原來照搬照抄來的部署，整個戰鬥應該分為以下幾個階段。第一步，長槊手列隊衝陣，打敵方將士一個措手不及。第二步，輕甲騎兵把握住戰機，從長槊手撕開的缺口衝進去，攪亂敵陣。第三步，當敵軍陣型徹底出現兩翼與中央不能相顧之態時，他事先安排下的疑兵，數百名由齊大嘴和儲獨眼帶領的刀客要一齊殺出，干擾敵方主將的判斷。然後，才是真正的殺招，由他帶著一百五十名陌刀手靠上前去，給敵方以致命一擊。

幾個殺招環環相扣，也算抄得了封常清當日幾分精髓。誰成想第一招還沒使全，馬賊們居然全軍崩潰了。後面幾式「巧妙」安排，除了兩支疑兵在追殺敵軍的過程中起到了些許作用外，其餘全落到了空處。這讓王洵心裡感覺非常難受，就像掄著上百斤的大鐵錘去砸石頭，不小心卻砸到了一泡狗屎上面。雖然目標的結果同樣是四分五裂，持錘的人卻被自家弄得氣血翻湧，一時半會兒根本緩不過精神來！

被從天而降的勝利弄得頭暈腦脹，王洵接下來的指揮就像突然間換了一個人一般，半點兒也沒有可稱道之處。好在阿爾斯蘭等人已經被嚇破了膽子，根本沒有勇氣回頭。而宇文至、宋武、方子陵等人好歹也都是白馬堡大營正規培訓出來的軍官，縱使從中軍傳來的將令前言不搭後語，也懂得如何按部就班地收容俘虜，打掃戰場。同時，大夥還不忘了分出一部分兵馬，監督來歷不明的「友軍」。以免整個戰鬥功虧一簣。

待王洵的心智終於又回到正常水準，戰鬥的收尾工作已經基本結束。斥候們事先探聽清楚的兩千七百多名馬賊，除了阿爾斯蘭、塞吉拉胡等匪首和一名叫做穆陽仁的狗頭軍師，各自帶著幾十名嫡系成功逃走外，剩下幾乎被全殲於此。不過被陣斬的馬賊人數還不到總人數的兩成，剩下的全都主動繳械做了俘虜。

這可讓王洵感到有些為難了。他身邊只有六百多名唐軍，還不及俘虜的三分之一。若是被對方緩過神來，就很難再控制住局面。然而，將俘虜盡數誅殺，在此刻也不是一個合適的選擇。一則與安西軍的軍規不符；二來他此番出使的目的是為了合縱群雄，也不宜表現得過於血腥。

「不如將處置俘虜的事情暫且擱到一邊。先跟對面的人打個招呼去！」見王洵滿臉遲疑之色，宇文至走上前，低聲提醒。「如果他們所打的旗號為真的話，恐怕是當年在怛羅斯之戰中被殺散了的。若是能拉到咱們隊伍當中來，可成為你我今後的一個大助力！」

「他們？」王洵先是遲疑，然後狠狠地拍了自己腦袋一下，「虧得你提醒，否則我真的太對不起人了。走，一起過去。無論是不是當年失散的弟兄，至少人家今天幫了咱們大忙！」

說著話，他策動坐騎，緩緩走向對面已經按兵不動多時的友軍。遠遠地挺直身軀，拱手致謝：「多謝對面的弟兄出手相助。大唐河中安撫使，中郎將王洵在此有禮了！」

幫了忙卻被當賊看，沙千里和黃萬山兩個早就都憋了一肚子火，見王洵年紀輕輕就穿了正四品武將服色，身後還披著一件赤紅色披風，心中愈發覺得憋屈。當即，由沙千里拱了拱手，冷冷地回應道：「幾個怛羅斯河畔的孤魂野鬼，能不拖大人的後腿就不錯了，怎配提『幫忙』二字。剛才即便沒有我等湊熱鬧，想必馬賊們也難逃出大人的手掌心。若有添亂之處，還望大人不要見怪才好！」

「是啊，是啊。還請欽差大人不要見怪才好。否則我等還真擔當不起！」其他幾名原安西軍將領紛紛附和，看向王洵的目光充滿了挑釁。

「強敵環伺，所以在沒弄清楚諸位身份之前，王某不得不小心些。得罪之處，在此賠禮了！」王洵在馬上再度拱手，大聲向眾人致歉。

「不敢，不敢！」沙千里等人紛紛閃避，臉上的陰雲卻沒有半點兒消散跡象。

周圍這些人如果真為怛羅斯之戰失散的安西軍弟兄的話，這幾年來，所吃的苦頭可想而知。而從這些人匆匆套在身上的標識上看，其中官職最高者，也不過是個校尉。也難怪他們心中不舒坦。猜到敵意的起源，王洵笑了笑，非常平和地說道：「今天如果不是你等出現，王某縱然能取勝，也要付出不小的代價。作為答謝，所有繳獲之物，便全歸諸位好了。除此之外，王某還能給諸位擠出大約夠吃兩個月的乾糧和一批鎧甲、兵器。如果諸位不嫌棄的話，立刻就可以派人跟我去取！」

「你？」沙千里等人先是一楞，然後怒形於色，「你這話什麼意思！拿我等當叫花子打發嗎？」

「幾位兄弟誤會了！」王洵非常禮貌地再度拱手，心平氣和地解釋，「王某此番奉命出使，有重任在身，不敢於路上耽擱太久。而諸位與王某又互不統屬，無論是上報功勞，還是指揮調度，王某都不便干涉。所以才準備擠一些乾糧和兵器出來，讓諸位自行返回安西。安西軍剛剛打了一場勝仗，從這裡往東，應該沒人敢難為一支打著大唐旗號的兵馬！」

說著話，他自管抬著眼皮往對方那面破舊的戰旗上看，壓根不在意沙千里等的憤怒。眾人被氣得幾欲吐血，卻從王洵的話頭裡挑不出半分毛病來。半晌，黃萬山輕輕嘆了口氣，帶頭向王洵拱手：「我等日日盼著，就是重新站在大唐的旗幟下。卻不敢作為一哨殘兵，灰溜溜地爬回安西去。欽差大人如此年少有為，還是請給我等再指一條明路為好！」

「是啊，是啊。欽差大人既然能一路毫髮無傷走到這裡，想必見識要高人一等。我們這些人都是莽夫，還請大人不吝指點！」沙千里也強忍住心頭惡氣，順坡下驢。

他與黃萬山兩個本來就有再度為國出力之意，否則也不會看到王洵這邊的旗號之後，立刻打出同樣大唐戰旗。但先是因為宇文至等人的刻意提防，讓他們幾個覺得熱臉貼了冷屁股。後來又因為把王洵當成了借助祖宗餘蔭撈功名的紈袴子弟，心生輕慢。所以才故意冷言冷語一番，免得表現得過於急切，合兵一處之後反而被王洵呼來喝去。

誰料想王洵根本沒有收編他們這支隊伍的打算。並且還主動提供糧草輜重，送他們東歸。這種大度且毫不在意的姿態，登時讓沙、黃兩人的盤算落了空。若是灰溜溜地逃回安西，這兩年來，他們原本就有很多機會，又何必等到現在？況且就這樣不聲不響地回去了，又怎可能得到封常清的關注？若是得不到封常清的關注，不能在安西軍下一次東征時斬將殺敵，日後九泉之下，又如何面對當年戰死在怛羅斯河畔的袍澤？

想到那些死不瞑目的袍澤，眾人心裡先前對王洵的一點不滿也變得微不足道了。相繼拱手，你一言，我一語地說道：「兩年多來，我等將河中各地的山山水水，大路小徑，摸得爛熟。若是欽差大人有需要我等效力的地方，儘管開口就是。我等不敢推辭！」

「是啊！都是為大唐而戰。分那麼清楚幹什麼？欽差大人做事仗義，我等也不能太被人小瞧了去！」

早在聽到對方自報身份為「恒羅斯河畔的孤魂野鬼」的時候，王洵心裡就已經開始打這支隊伍的主意。只是他這兩年所受磨礪頗多，心中早就被磨出了無數溝壑，所以才使出了一招以退為進，逼著對方先行表態。

如果沙千里和黃萬山等人不肯上當，王洵自然還有很多從高力士、陳玄禮、封常清等仇人或者恩人身上偷師來的手段，一招招施展開來，逼著對方就範。總之，這支在敵人背後忍辱負重多年的隊伍他已經看到眼裡了，絕對不會任由它從嘴邊溜走。

此刻已經漸漸接近目標，王洵嘆了口氣，裝作很為難的樣子說道：「不瞞諸位，此刻等在王某面前的，幾乎步步都是陷阱。今天的這夥馬賊，不過是別人丟出來的探路石子而已。你等如果拿了乾糧現在就向東返的話，十有八九能平安回到大唐境內。如果跟王某一道向西，前路恐怕是九死一生……」

「有什麼可怕的。我等這條命原本就是撿回來的！」

「就是！若是沒有風險，我等還沒興趣呢！」

不待沙千里和黃萬山兩個人做決斷，附近的將士們紛紛表態。王洵要的就是這個效果，當即將雙手一抱，四下做了個羅圈揖，「如此，王某就多謝諸位弟兄了。都是軍中弟兄，咱們就直來直去。請諸位先在我帳下委屈些日子，待回到安西後，所有功勞苦勞，無論是這幾年王某沒親眼看見的，還是今後王某親眼看見的，將一一上報，絕對不會讓諸位的血白流半滴！諸位，可願意相信王某！」

「願意，願意！」眾將士聽王洵突然滿口都是大實話，愈發覺得此人可靠可親。紛紛圍攏過來，大聲回應。

「兩位大哥，可願意助王某一臂之力！」得到了眾人的支持，王洵才又回過頭來，向沙千里、黃萬山兩個頭領發出邀請。

「我們……」沙千里不禁有些氣結，弟兄們躍躍欲試了，做頭領的哪還有阻撓的道理？「我們二人，願意唯大人馬首是瞻！」

見沙千里和黃萬山兩人的氣焰已經不像先前那樣高，王洵迅速換了副面孔，笑著建議：「那就趕緊帶著弟兄們過來換身整齊鎧甲，捎帶著把兵器也補充一下。我這次帶的輜重雖然不多，給大夥每人擠出一套來，還是綽綽有餘！」

兩支孤軍被困在河中一帶已經將近三年，大多數弟兄們此刻非但身上的鎧甲早已破得沒法再修補，就連手中的兵器也豁牙露齒，令士氣和戰鬥力俱大打折扣。而對於將士們而言，有一整套優質的鎧甲和兵器，無異於多出了半條命。因此，沙千里和黃萬山兩人根本沒有拒絕的餘地，再度齊齊拱了拱手，帶著幾分感激的口吻說道：「如此，就多謝欽差大人了！」

「別叫我欽差，我聽著彆扭。」王洵笑著搖了搖頭，伸出胳膊，做了個邀請的手勢。「請兩位前輩帶著弟兄們跟我來。在下姓王，單名一個洵字，乃是封節度帳下的一個廝殺漢。封節度需要試探河中地區群雄對大唐的態度，為來年的西征做準備，一時半會兒卻找不出合適人選來，才臨時趕我這個笨鴨子上了架。若依王某本心，這合縱連橫之舉，乃文人玩的勾當，根本不該有王某一介武夫什麼事情，也遠不如真刀真槍拚得痛快！」

這番話有真有假，意在表明自己的真實身份。沙千里和黃萬山兩個聽在耳朵裡，卻覺得非常親近。「在下沙千里！見過將軍大人！」「在下黃萬山！見過王將軍！」

正客套間，二人突然覺得王洵這個名字有點兒耳熟。仔細一看，又看到了他掛在馬鞍橋下的兵器，同時楞了楞，將兩雙眼睛圓圓地瞪了起來。

宇文至一直在警惕著對方的一舉一動，發覺氣氛有異，立刻提了提馬韁繩，與王洵並在了一處，「兩位前輩怎麼了？還有什麼特別要求，儘管提出來讓我家將軍知曉？」

「你是王洵？」沙千里根本不理睬宇文至舉動，目光上上下下地掃視，顫抖著雙唇追問。

「是啊！」王洵被問得丈二和尚摸不到頭腦，撥開宇文至，笑著回應。

「你真的是王洵！」黃萬山也好像受到了什麼驚嚇般，盯著王洵的臉，上上下下看了個沒完，「你真的是王洵！那個兩軍陣前，將大食第一好漢薩爾格拉在兩軍陣前一錘子砸死那個？老天爺，沒想到竟然是你！」

「我……？我哪有那麼大本事啊！」王洵瞠目結舌，如墜雲霧。他無論如何也不會想到，自己稀裡糊塗地居然已經闖下了這麼大名頭。兩軍陣前一招斬殺敵將，對方還是大食第一好漢？這是什麼時候發生的事情啊？自己的確斬殺過一名大食莽夫，卻也是費了好大力氣的，並且最後用的也是刀而不是錘，怎麼傳來傳去全變了模樣！

此刻，沙千里和黃萬山兩人才沒心思管真相到底是什麼呢！他們兩人能帶著一夥殘兵，在強敵環伺之下堅持到現在，所憑的全是心中一股信念。幾乎有關大唐的一切，都會被拿來放大、加工、激勵士氣。而唐軍數月前以少勝多，大破二十萬大食聯軍的喜訊，早就被二人添油加醋對屬下弟兄重複了無數遍。幾個關鍵人物，更是濃墨重彩地反復描繪，並且加入了無數個人想像在裡邊。

況且西域各地交通簡陋，資訊傳播完全靠旅人的嘴巴。安西唐軍與大食之戰的經歷，傳到沙千里和黃萬山兩個的耳朵裡時，已經承受過了無數道加工，與事實相去甚遠。

在民間的想像裡，能被大食軍主帥派出來挑敵罵陣者，肯定是軍中第一好手。大食軍之所以敗得那麼狼狽，也肯定是因為第一好手輸得太快，影響了全軍的士氣。而殺死了大食第一好手的唐將，肯定是身高過丈，眼似銅鈴。說不定還是什麼古代神明轉世，專門來對付殘暴野蠻的大食人的。

諸多因素疊加在一起，王洵形象在傳說中已經非常高大。即便是沙千里和黃萬山兩人，也不止一次地設想過，如果有朝一日能與此人並肩而戰，將會是何等的榮耀。二人沒想到的是，短短幾個月後，他們的願望就能實現了。更沒想到的是，當自己第一眼看到心目中的英雄時，居然會把對方當成個混軍功的紈袴子弟！

想到這兒，沙千里和黃萬山兩個不覺面紅過耳。先朝著王洵深施一禮，然後回過頭來，朝著各自的部屬大聲介紹：「弟兄們，這就是我跟你們說過的鐵錘王，陣斬大食第一勇將的王洵王將軍。還不趕緊過來一道拜見！」

剛才聽到兩位頭領跟對方的交談，弟兄們已經激動得躍躍欲試。此刻得到許可，誰還能再保持鎮靜。紛紛策馬上前，朝著王洵用力拱手，「見過王將軍！」「見過鐵錘將！」

「大夥免禮。免禮，都是自家弟兄，千萬不要客氣。不要客氣。」被熱情的人群包圍起來的王洵額頭見汗，不斷拱手相還，「再客氣我就頭暈了！趕緊跟著我領鎧甲兵器去。還有很多事情要大夥做呢！」

聽王洵說得直爽，眾人更覺得這位年輕的將軍頗對脾氣。齊聲答應著，讓開一條路，然後簇擁在王洵身後朝駱駝隊方向走。經過剛才帶隊監督自己的方子陵等人面前時，卻還念念不忘瞪上幾眼，以洩心頭怨氣。

「都是人啊。運道咋就差這麼多呢！」方子陵氣得直翻白眼。剛才王洵只帶著宇文至一人過去跟來歷不明的隊伍打招呼，他其實心裡暗中捏了一把汗。畢竟對面的那支殘軍除了一面千瘡百孔的大唐戰旗之外，拿不出任何可以證明身份的東西。一旦他們懷著某種不良企圖，王洵就等於自己把自己往刀尖上送。

誰料王洵走過去後，三言兩語便折服了對方的兩名頭領。隨即，虎軀一震，再震，再再震，居然轉眼就成了那支殘軍的主心骨。

單看臉上的表情，此刻即便王洵拿大棒子往外趕，那夥來歷不明的殘軍也要死乞白賴追隨他了。這情形，沒法讓人不嫉妒。可是嫉妒之餘，方子陵卻又由衷地替王洵感到高興。如果殘軍的來歷真的像他們自己所說，是當年怛羅斯河畔失散的弟兄。收服了他們，就等於大夥身邊又多出了兩個團老兵。與原來的兩個團加在一起，甭看只有區區千把人，卻都是實打實的精銳。此後西行路上再遇到任何規模的對手，勉強都有一拚之力了。

王洵的好運氣顯然不止這麼一點兒。很快，令方子陵更為嫉妒的事情就發生了。走過俘虜們身邊的時候，沙千里遲疑了一下，低聲向王洵問道：「怎麼他們還都站在這兒。將軍是不是很頭疼怎麼處理這幫傢伙？」

「的確如此！」一旦拿對方當了自己人，王洵就不喜歡打腫臉充胖子，咧了咧嘴，坦然承認。「王某此番前來，是替大軍探路的。不宜殺戮太重。可輕易地放他們走的話，王某又怕他們以為我唐人迂腐可欺，回過頭在絲綢之路上變本加厲地禍害咱們的人！」

「放他們走？哪有那麼便宜的事情！」沙千里有心在王洵面前表現，笑了笑，主動請纓，「末將想跟大人討一支令，收編了這夥土匪。不知道大人意下如何？」

「收編他們？」王洵臉上的表情很是遲疑。類似的主意他也想過，然而一則難以保證馬賊們的忠心，二來對方的戰鬥力也實在太差了些。用來搖旗吶喊則浪費糧食，驅使起作戰的話，恐怕沒等敵人靠上前，他們反倒把自家陣腳給衝散了。

「這片土地上，向來是強者為尊。以大人目前的名頭，不愁他們不忠心耿耿。」彷彿猜到了王洵的擔憂，沙千里笑著補充，「至於打仗，這邊和咱大唐不一樣。向來是憑著少數精銳決勝負，其他人能起他，就可以帶著兵器和戰馬離開，此外，還贈送十斤茶磚！有不服的沒有？有想賺茶磚的沒有？」

今天，輸給了鐵錘王。一點兒也不冤！他老人家說了，哪個要是還不服，儘管向他單挑。只要打贏了

「聽清楚沒有？我再說一遍。」把俘虜們的表情看在了眼裡，沙千里繼續用兩種語言重複，「你們

名，向周圍弱小者亮出白森森的獠牙。

爾斯蘭旗幟下。如今來了一個比阿爾斯蘭強大百倍的豪傑，大夥便立刻恨不得撲將過去，借托他的威

則。服從強者而鄙視弱者，並且沒有什麼持久的忠誠概念。先前阿爾斯蘭實力強，大夥紛紛聚集於阿

河中地區百姓多為突厥遺族，雖然近年來已經漸漸被大食人同化，但骨子裡信奉的依舊是狼群法

立刻消失不見，代之是由衷的欽佩和尊敬。

還把敵意寫了個滿臉。待聽了第二遍，猛然間就把王洵的模樣跟傳說中的人物對上了號。臉上的敵意

唯恐有人聽不明白，他先用漢語說了一遍，緊跟著又用突厥語大聲重複。眾俘虜們聽第一遍時，

成肉醬！」

跟你等一般見識，沒有親自動手。否則，甭說阿爾斯蘭那廝跑不了，你們這些個傢伙，也得一半兒都變

道：「你們知道今天輸給了誰嗎？兩軍陣前一招砸扁了大食第一勇將的鐵錘王。也就是他老人家懶得

沙千里卻不怕招人恨。先是策馬圍著俘虜隊伍兜了幾個圈子，然後帶住坐騎，朝著俘虜們大聲喊

能一起撲上前，將此人碎屍萬段。

他的頭上。因此個個滿臉憤恨，若不是兵器已經被收走，旁邊還有幾十名唐軍虎視眈眈的話，真恨不

「得令！」沙千里興奮一拱手，縱馬朝俘虜們奔去。馬賊們將今天戰敗的原因十之八九歸咎到了

了！那就煩勞沙將軍收編了他們，能借著他們的人數，沿途壯壯聲勢也好！」

王洵先是一楞，隨後恍然大悟，「原來是這樣。我還奇怪呢，怎麼剛一交手，半天雲就潰不成軍

的作用都很有限！」

眾俘虜你看看我，我看看你，訕訕而笑。據說能空手搏殺虎豹的大食第一勇士薩爾格拉都被鐵錘王一錘子砸扁了。自己上去，不是純粹活得不耐煩了嗎？

「好，既然沒人有膽子跟鐵錘王單挑，我就再給你們另外一個機會！」看看火候已經差不多，沙千里笑了笑，突然將腰間橫刀抽出來，高高地舉在了手中。「鐵錘王需要有人替他殺人放火，願意去的，自己列隊，跟我到鐵錘王面前，向他發誓效忠。不願意的，自己割了兩根大拇指，滾到柘支城中做叫花子吧！」

鐵錘王招募嘍囉？俘虜們喜出望外，立刻騷動起來，推推搡搡地在沙千里的背後列隊。一些原本就是小頭目者則出動出面維持秩序，唯恐表現得晚了，日後不會受到鐵錘王的重視。而個別不願意想繼續過刀頭舔血日子的馬賊，卻捨不得兩根大拇指，猶豫再三，趔趄著跟到了隊伍末尾。

轉眼間，隊伍已經收拾整齊。在沙千里的帶領下，走到王洵面前，齊刷刷拜倒，大聲地說道：「我等沒長眼睛，得罪了您老人家，該死，該死。請英雄饒恕我等。我等從今以後，願意供英雄驅使。您讓我殺誰我殺誰，您讓我打誰我打誰。即便讓我自己抹脖子，也絕不皺一下眉頭！」

這些人有的說突厥語，有的說粟特語，有的說漢語，各種語言彙集在一起，比數百隻鴨子的叫聲還要亂。王洵根本聽不清楚他們在說什麼，卻知道沙千里已經出色地完成了任務。高興之餘，又想著收攏這些人的心，清了清嗓子，大聲回應：「諸位免禮！都站起來吧！咱們也算不打不相識。既然你們願意跟著王某，王某也不會虧待你們。從今以後，有功同賞，有過同罰……」

「謝大人！」俘虜們亂烘烘的站起身，東倒西歪，完全是一夥烏合之眾。

這般模樣，上了戰場也只會拖自己人後腿。可自己能拿什麼鼓舞士氣呢？一邊訓話，王洵一邊搜腸刮肚。錢財，好像作用不大。自己也拿不出太多的錢財。大義？如果馬賊們心中有大義的話，也不會去殺人劫道了。翻來覆去，他豁然發現，此刻，除了被越傳越玄的威名外，自己近乎一無所有……

突然，王洵看到了封常清送給自己的侍衛，原先的倭人，現在的唐人，王十三，心中靈光乍現：「如果有人接連三次立下頭功，我就做主，幫他歸化，讓他做個唐人！」指了指不遠處的大唐戰旗，他真誠地許諾，「教他說唐人語言，許他穿唐人衣衫，幫他取唐人名姓。讓他的子子孫孫，永遠都是唐人！無論走到哪裡，都是受人尊敬，讓人羨慕的唐人！」

他有心將這夥馬賊徹底地收服為在關鍵時刻亦可以依仗的部曲，因此毫不猶豫地便拿出了自以為最具誘惑力的賞格。誰料曾經讓倭人十三苦盼了十數年的大唐子民身份，對一眾馬賊卻起不到任何激勵作用。眾人只是敷衍著道了聲謝，便紛紛把頭低了下去。彷彿根本沒把王洵的許諾當一回事情。

難道他們沒聽明白我說什麼？現實遠遠偏離預期，王洵尷尬地皺起了眉頭，兩眼之中充滿了困惑。記憶中，倭人十三為了得到大唐子民戶籍，可是花了近十年功夫。而眼下追隨在自己身後的那些樓蘭人、突騎施人，提到唐人的生活如何如何，又有哪個不是滿臉羨慕？哪個會像這夥馬賊般，根本沒把天朝上國的戶籍看在眼裡？

有道是，人的名，樹的影。他現在的形象已經被傳言描述得像個八臂修羅一般，足以令人談之而變色。此刻雙眉一皺，立刻有一股無形的壓力以兩腳所站立處為核心，慢慢擴散開來。眾馬賊見狀，更不敢與他的目光相接，一個個將頭埋到腰間，再稍低些許，就要整個人鑽進泥土中。

還是沙千里為人機警，發覺現場的氣氛不對，趕緊出頭來替王洵打圓場。「你們這夥鳥人，耳朵都塞驢毛了？」扯開嗓子，他對著一眾馬賊們大喊大叫，「鐵錘王他老人家剛才的意思是，如果你們肯好好幹，他就收你們做家奴。子子孫孫都跟著他吃香喝辣！」

「謝老爺！」「謝大人」眾馬賊如夢初醒，興高采烈地拜倒在地。有人按捺不住內心激動，磕完頭後，居然拍打著胸口唱起了歌。雖然歌詞裡面的內容王洵一個字都不懂，但歌聲中所包含的感激卻是如假包換。

如此荒唐的情景，令王洵登時哭笑不得。這些傢伙到底什麼毛病啊。難道給人當家奴，比自由自在地做一個尋常百姓還有誘惑力嗎？但眼下肯定不是探討這些問題的時候，既然馬賊們心甘情願，他也只好順水推舟。反正他在疏勒河畔還有不少的田產沒人幫著收拾，日後把這夥馬賊帶回去做佃戶和牧民，也省得他們再四處為禍。

想到此層，他便不再於細節上較真兒了。先叫來方子陵和魏風和幾個有官爵卻沒有補到相應實缺兒的部屬，讓他們將歸降的馬賊們隨意均分為四個團。然後直接命方、魏二人做校尉，其他人做旅率、隊正，把其中兩個團的架子給搭了起來。隨即，又將剩下的兩個團馬賊帶到了沙千里和黃萬山二人面前，笑著問道：「不瞞兩位前輩，王某出使前剛剛升的中郎將，麾下正好有幾張空頭告身。如果兩位前輩不嫌棄的話，請先在王某這裡屈就都尉一職，順帶著幫我管管這些傢伙。其他一些事情，咱們等回到安西後，再從頭細說！」

「這……」沙千里和黃萬山楞住了，誰也沒想到王洵會這般大方。想當初，他們在安西軍中拚死拚活數年，才勉強拚到手一個振武校尉的散職。如果不是因為弟兄們被打散了群龍無首，這輩子可能都沒機會補上統領一團兵馬的實缺兒，獨自統帥一團人馬。而今天剛剛投靠到欽差大人麾下，便從校尉升到了都尉。並且各自麾下人馬也得到了擴充，由不足一個團變為足額的兩個團。

要知道，此刻王洵自己的嫡系麾下，算上剛才補充進去的俘虜，也不過才四個團的人馬。沙千里和黃萬山兩個所控兵卒，加在一起已經足以跟主將分庭抗禮？

這是何等心胸才能做出的決定。能做出這種決定的主將，又怎能不令人心折？楞了一會兒，沙千里和黃萬山兩人互相看了看，不約而同跳下坐騎，朝著王洵肅立拱手，「大人，大人如此厚愛，末將，末將愧不敢當！」

「兩位前輩真的是客氣了！」王洵哈哈大笑著跳下坐騎，伸手將沙、黃二人拉住，「咱們都是刀尖上謀富貴的，說這些客氣話做什麼。抓緊時間把他們訓練出來，派上用場才是正經！說實話，日後需要用到兩位跟人拚命之時，王某也不會跟你們客氣！」

「願聽大人差遣！」「敢不為大人效死力！」沙千里和黃萬山兩個又退開半步，向著王洵鄭重施禮。

到了此刻，王洵才有把握，自己真正得到了二人的支持。笑呵呵地擺擺手，大聲提議，「都是安西軍出來的，咱們就不在虛禮上耽擱功夫了。你們兩個趕緊把隊伍整理好，然後到駱駝隊中的那座軍帳找我。我先去那邊安撫一下商販們，順便命人準備些飯菜。咱們待會兒一邊吃，一邊商量下一步該怎麼走！」

「多謝大人！」沙千里和黃萬山齊聲道謝，然後各自高高興興地整頓兵馬去了。

目送二人離開，王洵吩咐方子陵和魏風也去整頓各自的部屬，然後拉著宇文至、宋武等人，一起返回駝隊中央。

駝隊中央，商販們親眼目睹了一場毫無懸念的戰鬥，早已對年輕的欽差大人佩服得五體投地。大夥心中都盼望著，這趟生意就一直如今天般走下去，遇到不開眼的馬賊就上前砍翻，遇到前來窺探的小嘍囉就射成刺蝟，耀武揚威，誰也不用再擔驚受怕。

但是，欽差大人到底準備護送著大夥走多遠，商販們心裡卻沒半點兒把握，也不敢主動詢問。作為「士農工商」四民中地位最低的一類，他們平素能跟著縣太老爺直接對上幾句話，都是難得的榮耀。更甭說對欽差大人指手畫腳了。那可是皇上的信使，手裡拎著尚方寶劍的人物。稍不高興，把你給先斬後奏了，大夥跟誰喊冤去？

可心中的期盼一旦冒了頭，就很難被壓抑住。憑著以往跟官府打交道的經驗，商販們湊了一份賀禮，公推了程記掌櫃程思遠和家將「莫大」做代表，等在駝隊的缺口前「犒師」，期待著這份禮單能打動欽差大人，讓他儘量能命令麾下軍隊護送大夥多走一段。

恰好前去追殺逃敵的齊大嘴和儲獨眼兩人也趕回來繳令，見到程掌櫃和莫大，便主動打了個招呼。程掌櫃正愁怎麼才能跟欽差大人搭上話，立刻拉住了二人，竹筒倒豆子般將商販們的拜託說了出來。

「我估計大夥這回是杞人憂天了！」齊大嘴略作遲疑，便笑著掉起了書包，「欽差大人如果不是心懷慈悲的話，先前如何肯帶著我等走這麼遠？他老人家此行的最終目的地在哪，咱們不該問，也不能問。但只要他繼續向西，咱們就跟在隊伍後邊，想必他老人家也不會拒絕！」

「那是，那是！」因為常年低頭跟人說話的緣故，程掌櫃的背有點駝，「但咱們受了大人的好處，怎麼也得有所表示不是？否則，豈不被人笑咱們不懂禮數？二位老哥都是在欽差大人面前說得上話的人物，待會兒只要把大夥的意思說清楚了，大夥過後肯定會念你們二位的好處！」

「都是鄉里鄉親的，什麼好處不好處我看就算了！」剛剛品嘗了一回將馬賊追得屁滾尿流的滋味，儲獨眼自覺視野和心胸都開闊了許多，笑了笑，謝絕了程掌櫃許下的好處，「我跟齊大哥，肯定會盡力把大夥的意思帶到。您老人家和莫大哥也千萬長點兒眼色，不該提的要求，不要亂提！」

「那是，那是！」有求於人，程掌櫃點頭哈腰時，脊背駝得更低，「你們都知道，小老兒從不是那不曉得進退之輩。可大夥都把寄託放在小老兒這裡了，小老兒怎麼著也得探探大人的口風。待會兒，還請您二位儘量給小老兒多多美言幾句。還有你，莫大，待會兒看到我……」

轉過頭，他剛想對同伴叮囑幾句拜見欽差大人需要注意的細節，卻發現一向謙卑有禮的家將「莫大」此刻卻抬著腦袋，兩眼直勾勾地盯著一個方向發傻。程掌櫃心中大急，推了對方一把，低聲呼喚：「莫大，莫大，你看什麼呢。你聽見我說沒有？」

接連推了幾下，家將莫大才回過神來，先看了一眼滿臉惶恐的程掌櫃，然後又看了一眼從遠處漸漸走近的王洵、宇文至等人，長長出了口氣，自言自語道：「這才是男人，這才是男人該過的日子！萬俟這半輩子，這半輩子，真的他娘的是白活了！」

「你說什麼呢？莫大！」程掌櫃被弄得一頭霧水，又狠狠推了「莫大」的胳膊一把，焦急地提醒，「欽差大人就要回來了。別在他老人家面前失了禮數！」

「我不叫莫大，我叫萬俟玉薤！」一向與人為善的「莫大」突然有了脾氣，甩開程掌櫃的胳膊，大聲強調，「你老不用擔心，大夥的意思，我去跟欽差大人說。我跟他也算曾經有些交情！不過，從今天起，萬俟要跟您老告辭了。萬俟不願意再窩著了！萬俟要去過今天真正男人的日子！」

就你？還跟欽差大人有過交情？程掌櫃歪起腦袋看著萬俟玉薤，根本不相信對方說的任何一個字。放眼疏勒程記商號，有誰不知道莫大雖然長了一副好身板，卻生就了一個兔子膽兒。遇見麻煩能躲就躲，實在躲不開了也會想方設法大事化小，小事化無。如果他真的跟欽差大人有交情的話，這兩年多來又何必天天夾著尾巴做人？

誰料齊大嘴和儲獨眼二人此刻也好像吃錯了藥，非但不幫著程老掌櫃勸阻莫大，反而相繼拱了拱手，信誓旦旦地說道：「好漢子，你儘管放心去。疏勒城中如果有什麼需要照應的人，包在我們哥倆身上！」

「是啊，包在我和老齊身上。要是我們老哥倆再年輕個十來歲，說不定也跟你一道去了！」

這叫什麼事兒！程老掌櫃氣得呼哧呼哧直喘粗氣。依仗為左膀右臂的家將要去投軍，高薪禮聘來的刀客跟著煽風點火。倘若其他刀客再跟著起哄，後半段路程莫非我老漢還得自己拿刀保護貨物不成？

還沒等他想出幾句合適的話來勸說眾人不要胡鬧。萬俟玉薤已經越眾而出，遠遠地向著王洵以抱拳，大聲喊道：「恭賀王將軍旗開得勝。萬俟玉薤受眾商販之托，特帶了禮物前來犒勞您和您麾下的弟兄。萬望王將軍不要嫌棄我等寒酸！」

幾句話說得不文不白，好歹大致意思沒什麼差錯。程老掌櫃先是被弄得一楞，然後趕緊追上前來，雙手將禮單舉過頭頂，「小老兒受同行之托，特來為欽差大人賀勝。些許禮物，不成敬意，還請欽差大人代將士們收下！」

早在長安時，王洵就不是個貪財的性子。經歷了若干風雨之後，更不把這些身外之物看在眼裡。聽完了萬俟玉薤和程掌櫃的客套話，跳下坐騎，上前攙住程老掌櫃，「大夥的心意王某領了，但這份禮物，還請老人家給大夥帶還回去……」

「那怎麼行？」沒等他把話說完，程老掌櫃已經跪了下去：「欽差大人帶著弟兄們跟馬賊拚死拚活，我等幫不上什麼忙，出點小錢，總是應該的。否則，接下來的道路，怎好意思再受大人的保護！」

「老人家快快請起，大夥賺的都是血汗錢，王某絕對不能收！」王洵聞聽此言，趕緊用力將程掌櫃拉起來，同時笑著向對方交底兒，「至於保護你等安全，乃我大唐將士應盡之責。您老人家只管讓大夥放心跟著我走就是了。別的不敢保證，至少河中這段路，王某會一直護送著大夥走完它！」

「多謝欽差大人，多謝欽差大人！」程老掌櫃心裡終於有了底兒，再度向王洵跪拜致謝，「可是這份禮物，您老人家……」

「行了！」萬俟玉薤見程老掌櫃沒玩沒了地為禮物之事糾纏，大聲出言打斷，「欽差大人乃開國侯爺之後，不稀罕你那仨瓜倆棗。真的有犒勞弟兄們的心思，您老人家不如回去跟大夥商量商量，多為大人湊點兒乾糧、熟肉出來。或者找熟人在沿途購買些糧草補給！別跟我說為難，這條路上，你們肯定有辦法！」

「呃……」程老掌櫃被嚇了一哆嗦，旋即明白莫大的話有道理。才打了第一仗，欽差大人的部屬就翻了翻。照這樣發展下去，軍中攜帶的糧草補給肯定不夠用。而商販們的目的地雖然不在河中，跟沿途的地商卻或多或少有些瓜葛。即便當地貴族下了禁令，大夥偷偷跟城裡的老客聯繫上，也能弄出些糧食來。

想到這兒，他便不再於禮物一事上糾纏。順著王洵的攙扶站起身，向著對方輕輕拱手，「小老兒不會說話。但今天卻可以向欽差大人保證。只要您一聲令下，就是挖門盜洞，小老兒也能幫您挖出足夠的軍糧來！」

還甭說，這個許諾，真的歪打正著。王洵剛才還在跟宇文至、宋武兩人為保證大軍的補給而犯愁，沒想到有人會主動把任務攬過去。當即，他點點頭，鄭重向程掌櫃拱手還禮，「如此，就拜託給老丈了。眼下軍糧還不缺，但用不了太久，王某就會請老丈出手。」

「不敢，不敢。能為大人做事，是小老兒幾輩子修來的福分！」程老掌櫃趕緊側開半邊身子，滿臉自豪地承諾。「大人放心好了。若是做不到，小老兒就把這身老骨頭拆了給弟兄們熬湯喝！」

「你那身骨頭，再熬也熬不出幾兩油來！」萬俟玉薤笑著又插了一句，將程老掌櫃推在一邊，旋即朝著王洵再度抱拳，「王將軍，這兩天萬俟羨慕你跟宇文將軍的英姿，天天都睡不著覺。萬俟自問還有把子力氣，想給將軍當個馬前小卒，請將軍一定要給萬俟這個機會！」

「你要從軍？」王洵還記得萬俟玉薤當年發覺王准父子處境不妙，立刻找藉口逃離長安的過往，不太敢相信他真的有投軍報國的膽氣。聽對方說得熱切，忍不住低聲反問。

「請大人給我一個為國出力的機會！」萬俟玉薤見王洵好像不太想收留自己，心中大急，「撲通」一聲跪倒於地。「萬俟做了半輩子窩囊廢。今天不想再繼續做下去了。請大人給萬俟一個做好漢子的機會！」

「前方的仗，可不會都像今天這般容易！」王洵對萬俟玉薤的武藝倒也很欣賞，只是不太喜歡他那種見到風險就躲的性格，想了想，笑著提醒。

萬俟玉薤重重地磕了個頭，大聲回應：「萬俟知道！萬俟心裡已經有所準備！」

「光是心裡有所準備還不行。如果膽小退縮的話，軍法可是不講情面！」有心激一激萬俟玉薤的血性，宇文至從旁邊插言。

「萬俟知道！」萬俟玉薤紅著臉，再度叩頭，「如果萬俟玉薤敢臨陣退縮的話，將軍自管派人砍了萬俟的腦袋就是了。萬俟絕對不敢有半句怨言！」

「那我就給你一個證明自己的機會！」王洵笑著拉起萬俟玉薤，上上下下打量對方的身板，笑著鼓勵：「說實話，就憑你這副骨頭架子，不在陣前博取功名，的確是虧得慌。」

「嘿嘿，嘿嘿嘿！」萬俟玉薤笑著搓手，不敢接王洵的話茬。他之所以動了從軍的念頭，主要是被今天戰場上的血氣所激。但還有一份考慮就是，跟著王洵比給程記當家將更有機會出頭。雖然當兵有戰死沙場的風險，可給人當家將，也不保證能永遠平安無事。特別是走在絲綢古道上，天天面對著一群群馬賊之時。同樣是提著腦袋賭命，何不將腦袋押在獲利最大的地方？

兩年來歷盡那麼多波折，王洵一直以為自己厄運纏身。無論如何也想不到，在萬俟玉薤這種真正的市井小民眼中，他的升官速度，已經足以用平步青雲來形容。見萬俟玉薤一個勁兒地低頭傻笑，還以為此人是因為初來乍到而眼生，想了想，朝著背後呼喊：「十三，這個大個子交給你帶。讓他先到親兵隊裡歷練幾天，日後再安排具體差事！」

「好嘞！」難得被王洵注意了一回，親兵旅率王十三竄上前，一把扯住萬俟玉薤的衣袖，「你就跟著我，先給大人當侍衛好了。大人的侍衛最容易當了，平時一般人根本近不了大人的身。打仗時，大人的主要責任是調兵遣將，不到危急關頭，也輪不到你我出手！」

王洵一聽，就知道十三抱怨他自己沒有機會施展才能。抬腿給了他一腳，笑著啐道：「再囉嗦，我就把你調到輜重旅去養馬。讓你天天都有忙不完的事情做。」

「大人饒命，小的不敢了，小的真的不敢了！」王十三扯住萬俟玉薤的袖子，輕飄飄地蕩開去，躲過王洵的「襲擊」，「小的只是說了幾句實話而已。給大人這種身手的將軍做侍衛，實乃天底下最輕鬆的美差！」

他出生於東瀛，身子骨本來就比唐人短小。又拉了虎背熊腰的萬俟玉薤做陪襯，更顯得像一隻猴子。眾人被逗得哈哈大笑，都覺得欽差大人這兩名侍衛選得巧妙。王洵憋不住笑意，又虛踢了一腳，低聲罵道：「去，哪學來的！剛做了唐人，就原形畢露！」

罵歸罵，此刻，他心中也覺得美滋滋的挺舒服。今天這仗雖然指揮調度方面乏善可陳，畢竟是個開門紅。況且這兩年來纏在頭上的厄運，好像也有了漸漸消退的跡象。至少，幾個馬賊頭目的運氣，沒比自己更好。

唯一的遺憾是，未能讓那些投降的馬賊們真正歸心。想到剛才自己做的傻事兒，王洵又慢慢地收起笑容，正色命令：「十三，你先跟我過來，我有些話要問你！」

「諾！」親兵旅率王十三見好就收，快步走過來，朝著王洵肅立拱手，「請大人發問？」

「跟上我！」王洵將戰馬丟給親兵照顧，邁開雙腿，與前來迎接自己的程掌櫃等拉開距離。待周圍已經沒有了與軍旅不相干的外人之後，壓低聲音，很鄭重地問道：「十三，當初，你為什麼非要選擇做唐人？」

雖然能說一口地道的唐言，十三的心智卻不太那麼靈光。被王洵沒頭沒腦的問題問得楞了半晌，直到看見了迎面打來老大一個拳頭，才跳開在一旁，遲疑著道：「這，這做唐人的好處可就太多了。一時半會兒根本說不完。您要十三我從哪……」

「別囉嗦，撿你認為最緊要的說！」王洵皺著眉頭瞪了對方一眼，不耐煩地打斷。

「這個……」十三掰著手指頭，齜牙咧嘴「第一，大唐這邊比我們老家富庶得多，幾乎稍稍彎一下腰就能撿到成吊的銅錢！不瞞大人，十三現在一個月的軍餉，在我們老家那能頂一個禁衛中將。第二，大唐這邊任何人只要有錢，都可以隨便吃肉，在十三老家那邊，普通人只配吃菜團子和鹹魚乾……」

「叫你做做唐人的好處，你扯這些沒用的東西幹什麼？」王洵被十三幾輩子沒吃過肉一般的模樣被氣得七竅生煙，抬腿給了對方一腳，大聲打斷。

「啊！」正在憶苦思甜的十三猝不及防，被踢了個趔趄，捂著屁股低聲抗議，「大人讓我撿最緊要的說的。想吃什麼就吃什麼還不緊要嗎？在十三老家那邊，平民百姓即便偷著吃，一旦被鄰居揭發的話，也要……」

「信不信我一拳頭捶死你！」王洵揮了揮缽盂大的拳頭，再度打斷。

「看看，十三一說實話，您就不愛聽。您又沒說為什麼問十三這些事情？十三怎麼知道您需要知道些什麼？」跟王洵處久了，十三早就摸清楚了自家將軍的脾氣。向後躲開數步，嘟嘟囔囔地抱怨。

對方是封常清賜下來的家將，大多時候，王洵還真拿此人沒辦法。狠狠瞪了對方一會兒，無可奈何地說道：「你自己沒長著眼睛嗎？剛才你家主人我好心許諾讓那些俘虜做唐人，他們居然老大不願意。可我分明記得，封帥答應幫你入大唐籍貫那天，你喜歡得恨不能翻一百個跟頭！」

「那當然了！」十三聳聳肩膀，根本不以王洵的調笑為意，「將軍您有所不知。在十三老家那邊，凡是跟大唐能搭上個邊的，都會被高看一眼。不僅從大唐回去的遣唐使，能被封個老大的官職。連帶著他們的僕從，也都跟著飛黃騰達。如果已經入了唐籍並且有官職在身，就像十三現在這樣，更是不得了。您甭看十三在您麾下只是個小小的旅率，回到老家去，便是天朝來的上差，能和左右大臣平起平坐。走到哪有人都爭著巴結，看上誰家的女兒，只要勾勾手指，當晚就會被人送過來！」

「左右大臣？」王洵對日本國的官制不太瞭解，皺著眉頭追問了一句。

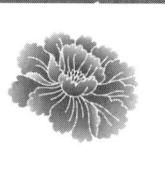

「就是左右丞相，十三老家那邊，官制都是從咱們大唐照抄的。只不過是改了個名，其他基本都跟咱們大唐一樣！」侍衛旅率王十三臉上沒有絲毫慚愧之色，很坦誠地承認。

「哦！」王洵總算明白一點兒。倭人十三為什麼會為可以入大唐籍貫而興奮得幾欲發狂，原來有切切實實的利益牽扯在裡邊，而不像自己，對大唐的歸屬感覺完全是與生俱來認同，很少牽扯到什麼實際利益。可那些被俘虜的馬賊為什麼更願意做王家的家奴，而不願意歸化大唐呢？難道做一個「鐵錘王」門下的僕從，比成為唐人的利益更大，更實惠不成？

正百思不解間，又聽十三小心翼翼地說道：「至於那些馬賊的想法，恐怕十三多少能猜到些。將軍如果不嫌十三囉嗦的話……」

「你儘管說！」王洵詫異地看了十三一眼，笑著鼓勵。

「如果十三說錯了，您不能打十三！」十三先提了一個條件，然後飛快地逃開幾步，見王洵沒有追過來，才捂著屁股慢慢解釋道：「其實，將軍只是對西域這邊的情況不太瞭解，所以白白被人辜負了一番好心。十三聽封節度說過，大食人為了將咱們大唐的痕跡徹底從西域抹除，可謂用盡了各種手段。特別是當年咱安西軍失利後，大食人更是肆無忌憚。」

他一口一個咱們大唐，說得極其順溜，彷彿早就忘記了自己原來的身份，或者巴不得別人也一樣忘記，「十三聽封節度說，當年藥殺水沿岸各地，凡是與咱安西軍有瓜葛的官員百姓，無論高低貴賤，除了少數見機極快者之外，其餘全都被貶成了奴隸。唐人兩個字，眼下在河中這一帶，就是可以隨便掠奪的肥羊。貪官污吏，地痞流氓，誰見了誰上前搶一把。當地官府對此非但不管，並且暗中支持鼓勵類似的行為。這樣一來，哪個還有膽子再做唐人？反倒是做了您老的家奴更安全些，即便日後他們又成了別人的俘虜，念在是同族的份上，也不會被過分苛待！」

「居然是這樣！他們，他們真，真夠……」王洵這回徹底被震驚了，手掌按住刀柄，五根手指曲曲伸伸。大唐與大食對於西域的爭奪已經持續了近百年，然而大唐朝廷只追求名義上的征服和軍事上的威懾，從來也沒像大食人這般，把諸多手段發揮到如此淋漓盡致的地步。

他終於開始理解，為什麼封常清苦心孤詣地，試圖打造一條完美的防線，將大食人徹底隔絕在蔥嶺以西了。那不僅僅涉及到安西軍的榮辱，也不僅僅涉及到幾名邊將的功名富貴。而是與整個隴右道，近百萬戶唐人生死攸關。如果被大食人突破進來，憑著其無所不至的同化手段。用不了太長時間，從玉門關往西的漢家百姓，就不得不披髮左衽了。

「不僅如此！」跟在二人身後聽了一小會兒，新任侍衛萬俟玉薤也低聲插了一句，「即便是大唐的商販往河中出售貨物，如果沒有一個信天方教的地商做保人的話，也要多交三倍的稅。雖然那些地方貴胄，一天也離不開咱們大唐的東西！萬俟給人當家將這兩年，親耳聽說幾家商販，為了少交些商稅，偷偷派自家子侄到河中去，改了大食姓名做地商！」

「該死！」王洵低聲怒罵，不知道是罵大食人，還是罵那些為了些許利益連祖宗都肯出賣的商販們。

萬俟玉薤笑了笑，低聲道：「大人別瞧不起那些商販。畢竟他們還是為了些蠅頭小利。可眼下咱們大唐，卻有很多人，寧可不要任何好處，也上趕著把祖宗賣給外人。」

「是誰？」王洵敏感地側過頭，看著萬俟玉薤的眼睛追問。

「大人還需要問我嗎？當年在長安，您又不是沒見到過？」萬俟玉薤咧了下嘴，低聲反問。

明知道屬下說的是句牢騷話，王洵卻無言以對。當今皇上偏愛異族，認為他們比自家子民更淳樸。前宰相李林甫投其所好，提拔了大量的異族將領。哥舒翰、安祿山、高仙芝，這些手握重兵的節度使，之所以得到重用，哪個不是沾了血統的光？你堂堂一個天國上朝，將異族的利益凌駕於本國百姓之上。而本國百姓在外又屢屢受人欺凌卻無處伸冤，久而久之，豈能不對自己的故國失望？

想到這兒，非但那些俘虜不願意做唐人的舉動可以理解。即便是小販們改了自家子侄的名字冒充大食人的行為，在王洵心裡也不是罪無可恕了。他自問沒有能力改變朝廷的政令，然而於自家所掌控的一畝三分地當中，卻絕對不肯任由類似的情況發生。又斟酌了片刻，低聲道：「今天的話，你們兩個就不要再對別人說了。王某麾下也有很多兄弟來自異族，話被傳歪了，難免會引起誤解，於軍心不利。

但王某可以保證，在咱們這裡，對所有人都一碗水端平。功名富貴各自憑本事爭，誰也別憑著血統占便宜。在白馬堡中，趙將軍曾經說過一句話，王某至今還記得清清楚楚……」

那是一段很淺淡的記憶，如果不是今天受到了外物刺激，王洵也許永遠不會主動想起來。他記得，那是在一個秋日的早上，剛成為軍人沒幾天的他和一群長安貴冑站在一起，彼此套著近乎，顯擺著祖上曾經的榮耀。而槍棒教頭趙懷旭恰巧從旁邊經過，撇了撇嘴，很不屑地說道：「我記得挑牲口一定要挑名血名種，這貨體格強，騎在胯下時對主人的意圖領悟得快。至於人，總得跟牲口有點兒差別！」

當時的王洵心裡不無惱怒。如今，對趙懷旭的教誨，卻只有感激。憑祖上餘蔭，這輩子他都甭指望趕上秦家哥倆。憑血統，他亦永遠比不上安祿山、哥舒翰。但是……。再度看了看正眼巴巴等著下文的十三和萬俟玉薤，他笑了笑，年輕的臉上充滿了與年齡不相稱的老成，說：「人不是牲口，不需要名血名種！」

這句話乃是他從趙懷旭嘴裡聽說，如今原樣轉述出來，在語氣語調上，卻又加進去了許多自己的感觸。半生潦倒的萬俟玉薤聽在耳朵裡，登時雙目便是一亮。旅率十三聽到後，心中也好像有半盆熱油被引燃了般，燒得恨不能立刻就跳起來。手握刀柄激動了好半天，卻又慢慢低下頭去，嘆了口氣，幽幽地道：「跟趙將軍認識這麼久了，沒想到他還能說出如此高深的話來！當年十三追隨下道朝臣大人之時，他也曾經說過類似的話……」

「下道朝臣，名字怎地這般古怪？」萬俟玉薤不知道十三來自東瀛，楞了楞，本能地追問。

「就像你的名字哪裡不古怪一般？」十三瞪了他一眼，氣咻咻地回應，「他是日本國望族，名字當然和大唐不一樣！」說罷，又將頭轉向王洵，繼續嘆息著道：「大人當時跟我說，大唐之所以強盛，便是因為唐人的富貴貧賤不是生下來之時就注定的。只要你有本事，只要你肯努力上進，功名富貴就擺在你眼前！」

真的是如此嗎？難怪人家都說距離越遠景色越好。作為一個唐人，王洵的感受卻和十三的故主，日本遣唐使下道朝臣截然相反。自高宗之後，科舉制基本上就成了明日黃花。能榜上有名者，十中七八不是憑個人本事，而是看背後的推薦者為哪位，其實力如何？僥倖有那麼一兩個憑真本事取得功名的，如小張探花、薛景仙等，則始終在底層官吏位置上徘徊。只要抱不上一棵大樹，就永遠甭想有站在朝堂上指點江山的那一天。倒是一堆像自己這樣，既然沒什麼本事，也不願意努力做事的人，靠著祖輩父輩的餘蔭，很容易便爬上了五品、四品乃至以上的高位。

想到這兒，王洵忍不住又嘆了口氣，低聲問道：「十三，你現在心裡頭是不是覺得很失望？」

「沒，沒有！」立刻，十三將頭搖成了個撥浪鼓。「十三可以發誓，真的沒有！大唐雖然有些地方不像下道朝臣大人說得那麼好，可比起十三的老家來，還是強得太多。」說到這兒，他學著王洵的模樣嘆了口氣，低聲補充，「在十三老家那邊，大人們如果覺得平民冒犯了他的尊嚴，可以當街拔出刀來，將對方砍死。過後絕對沒人追究。大唐這邊，雖然出人頭地也不容易。可即便是奴僕，主人也不可以隨便將其處死。這種待遇，這種待遇就好比……，唉！十三是個鄉下人，不知道該怎麼說。反正，反正從聽到這條法令那天起，十三就發誓，這輩子不會再回日本去了。將來有了兒子，也一定讓他做個唐人！十三沒本事讓他成為貴胄，十三卻有機會讓他走在街上，不被人無緣無故地殺死。」

回國做一個平民，隨時都可能被地方豪強當街砍死。在大唐為人奴僕，反而更安全些。站在十三的角度，王洵估計也會做同樣的選擇。現在的他已經能懂得站在對方位置思考，所以能充分理解十三的感受。但是，又不希望身邊的氣氛一直這麼壓抑下去。因此伸手輕輕推了對方一把，笑著道：「前兩天不是誰，還說要買了大船回日本去耀武揚威來著？對了，你有兒子了嗎？怎麼從沒聽你提起過？」

「有了，有了！」提到子嗣，十三立刻從憂傷的回憶中掙脫出來，「有三個呢，都是在疏勒生的。老大已經七歲了，頭上長了兩個旋兒。特別能吃，還長了一個大個子，站起來，頭已經能頂到我這兒……」

他用手比了比自己的鼻子尖，滿臉驕傲。王洵見此，又輕輕一巴掌拍過去，笑著調侃道，「不是他高，是你長得太矮了。半大小子，吃死老子。你那點兒餉銀夠開銷不？在咱們疏勒，米價可是不低！」

「夠，夠！」十三連連點頭，「封帥賞了十三兩百畝地，位置就在疏勒河邊。我家兩個婆娘和五個佃戶都是當地人，個個擺弄得一手好莊稼……」

「誰家的女兒嫁給你，真是倒了八輩子楣。平素擔驚受怕不說，居然還被當做佃戶一樣使喚！」見十三說得眼冒金光，萬俟玉薤忍不住也加進來，酸酸地調侃。

「她們自己樂意！」十三一揚脖子，滿臉驕傲，「誰叫咱大小也是個安西軍的軍官呢？不但有餉銀拿，種地還不用交田賦。嫁給我，她們其實一點兒也不虧！」

「你！」萬俟玉薤被堵得無言以對。疏勒乃大唐邊境上的重鎮，軍人的地位在這裡極高。而封常清又是出了名的護短。所以掛著正八品宣節副尉腰牌的十三，在大街上的確可以仰著脖子走。而他這個商販人家的護院，賺得錢雖然多，見到副尉大人卻只有打躬作揖的份兒。

難得有人被自己說成了啞巴，十三心中好不得意。走過去，拍了拍萬俟玉薤的肩膀，笑著安慰道：「你小子也不用眼熱兒。咱們家欽差大人，是我見過升官最快的一個。給他做侍衛，還愁沒功名可撈嗎？說不定兩場硬仗打過後，你就可以升到從八品。等咱們折返回大唐時，正七品致果也是跑不了的！」注一

「還得請您老哥多多指點！」萬俟玉薤被說得心頭火熱，拱了拱手，向十三鄭重請求。

「好說，好說。將軍大人不是說過，讓我先帶著你嗎！」十三立刻大包大攬，彷彿自己有天大本事一般。

見兩人說得熱絡，王洵也不想打斷。笑了笑，拔腿走開。彷彿後腦勺處長著另外一雙眼睛般，十三立刻丟下萬俟玉薤，寸步不離地追了上來，「大人小心。大人小心。這邊，這邊，我來，我來給大人拉開帳篷簾子！你，你，還有你，楞著幹什麼，還不快去給大人打盆洗臉水來！你，趕緊把這裡收拾乾淨

了！別跟塊木頭樁子似的！馬上大人就要升帳議事了！」

眾侍衛早就習慣了十三狐假虎威的做派，笑了笑，七手八腳地開始忙碌。須臾之後，臨時中軍帳被整理乾淨，王洵也在侍衛們的幫助下解去了鐵甲，洗乾淨了手和臉，坐在了一張胡床上，一邊慢慢吃東西，一邊在心裡琢磨下一步的去向。

正式亮出大唐旗號的作用已經開始顯現。馬賊、地方貴胄、大食人的爪牙，無數挑戰將接踵而來。他自問不畏懼於這樣的挑戰，然而，前面到底有多少敵人？敵人到底藏在哪裡？類似的情報卻半個也欠奉。現在的使團，就像在伸手不見五指的天氣裡趕夜路，四下裡全是一抹黑，唯有手中的燈籠，可照見腳下咫尺之遙。但是燈籠裡邊的蠟燭能點多久，卻是誰也沒有把握。

儘管如此，王洵卻絲毫不為自己先前的決定而感到後悔。不亮出大唐旗號，也許整個使團就會被悄悄地淹沒在西行的某段路上。日後大唐朝廷因為顧及臉面，未必會承認他們，後世的歷史更未必會記得他們。他們中間所有人都將籍籍無名地死去，所有付出和犧牲起不到任何作用。亮出旗號，至少還能讓周邊的各路諸侯有所忌憚。至少能為安西軍探明河中地區各方勢力的真實態度。退一萬步，即便這些目標都沒達到，至少，他們保護了自己應該保護的人，沒有白白辜負了別人的信賴。至少，他們曾經轟轟烈烈地存在過，像軍人一樣戰鬥著死去，而不是如同牲畜般任人宰割。

如果敵人都像今天的馬賊一般弱小就好了！明知道不可能，王洵心裡依舊存著類似的奢望。打完今天的這場仗後，他手中的實力就擴張到了兩千四百多人，正面單挑一方諸侯，力量上依舊有所欠缺。然而如果僅僅把目標設定為自保的話，希望卻無形中又增大了許多。可那樣到底有多少仗要打？周圍的城主、總督們，不會一直用馬賊來試探。他們早晚會親自帶領嫡系部屬撲將上來，並且來得不止是一路！使團可以打退第一波、第二波，乃至第三、第四波，可消耗下去，依舊會有筋疲力竭的那一天！

注一、致果校尉，正七品上級武散職。類似於現代的上尉軍銜。不帶兵時拿乾餉。帶兵時可任旅率或者隊正。

一味地等著敵軍上門，肯定不是個辦法！必須找到一個更好的解決方案。憑藉手中的輿圖和僅有的情報，王洵反覆推算隊伍的最佳出路。在安西軍大兵壓境的情況下，藥殺水沿岸的大多數城主、總督目前對使團都會呈觀望態度，極少數即便心向大唐，在大食人沒有徹底敗退之前，也未必有膽子明著上前迎接天朝來使。真正死心塌地歸附大食人的，同樣是極少數。如果使團可以擊敗或者拿下其中一夥……

這個設想讓他心情為之一振。但是，有這樣的可能嗎？憑著手中這兩千四百多號兵馬，其中還有一半兒是剛剛抓來的俘虜，主動去進攻一城、一國？即便是當年的王玄策，在沒借到泥婆羅兵的時候，也沒膽子這麼幹。

正猶豫間，軍帳外突然傳來一陣爽朗的笑聲：「王將軍在裡邊嗎？找出半天雲受誰指使沒有？咱們登門去討賬？」

「是黃、沙兩位前輩嗎？快請進來敘話！」王洵臉上一燙，快步走到軍帳門口，迎接新收的兩位部屬入帳。

初次統領超過兩個團的兵馬，他難免有些手忙腳亂，分不清主次，因此忘記了從俘虜口中套問敵情，也是情理之中的事情。只不過在兩位外人兼安西軍前輩面前，實在有些抬不起頭來。好在新收的侍衛萬俟玉薤非常擅於把握上級的心思，見王洵臉色有些不自然，立刻圍著帳篷繞了個圈子，然後裝作氣喘吁吁地模樣跑回到軍帳門口，搶在沙千里和黃萬山二人再度發問之前，向裡邊大聲彙報：「啟稟將軍，宇文將軍說他奉命審問俘虜，得到了一份重要情報。此刻正在核實，馬上就會送過來！」

「這個宇文子達，做事總是神神秘秘的！」王洵的臉色又是一紅，然後順水推舟地回應。「你去催催他。就說這是行軍途中，不比疏勒，差不多就成。不必弄得太花稍！」

「諾！」萬俟玉薤肅立拱手，然後扯了把兩眼發直的親兵旅率十三，小跑著去找宇文至。都是從死人堆裡邊爬出來的老江湖，沙千里和黃萬山兩人豈能瞧不出來王洵的這番做作？然而初來乍到，二人也不願讓主帥下不來台。故而笑了笑，陸續補充道：「宇文將軍的確是太較真兒了。其實不用審問俘虜，咱們也能猜到是誰在背後指使。」

「附近就那麼幾頭臭魚爛蝦，一個巴掌就能數得過來。即便沒有證據是他們幹的，咱們打上門去討要主謀，他們有膽子抵賴嗎？」

「兩位前輩有所不知……」被沙千里和黃萬山二人的囂張弄得有些迷糊，王洵再度強調自己一方的實力，「本次出使，王某只帶了六百餘人。加上兩位的嫡系部曲和新抓來的俘虜，咱們也不過才兩千餘弟兄！」

「兩千餘弟兄還不夠嗎？咱們背後可是站著封節度的十萬大軍！」沙千里有些不滿王洵的謹慎，看了他一眼，低聲提醒。

「封帥那邊，一時半會兒恐怕也幫不上咱們太多！兩位前輩暫且坐下喝口茶，有些內情，咱們慢慢說。」王洵沒有辦法，只好把使團的來歷如實相告。唯一隱去的就是，自己是受到了邊令誠的排擠，不得不暫時外出避禍這部分細節。「……，眼下又馬上要入冬了。更不可能有大軍跟著過來。河中地區的諸侯恐怕也清楚這一點，否則也不會有膽子買通馬賊，暗中與使團為難！」

聽完他的話，黃萬山忍不住義憤填膺，拍了拍座下的胡凳，大聲罵道：「這沒卵蛋的老太監，居然還沒有死掉？當年怛羅斯之戰，要不是他一直在高帥耳朵邊煽風點火，高帥也不會行軍太快，以至於被突然背叛的葛邏祿人抄了後路。」

「是啊。那廝在軍中根子扎得極深。封帥有時候也不得不忌憚他幾分。」王洵苦笑著搖搖頭，低聲附和。「可有什麼辦法？人家畢竟是朝廷派來的監軍，有參與軍務之權。」

「他懂個狗屁。不過是好處沒拿夠，所以想方設法拆封節度的台罷了。那封節度也是，一點兒大都護的威儀都沒有，居然被一個沒卵蛋的太監玩得團團轉！要我看，咱們大唐，早晚得毀在這幫沒卵蛋的傢伙手裡。」黃萬山點點頭，罵得越來越肆無忌憚。

後半句話，可就有些犯了忌諱了。沙千里不忍看著好朋友因言取禍，皺了下眉頭，低聲插言：「封節度用兵，素來持重，在軍糧供應都不能保證的情況下，當然不會輕易拿弟兄們的性命冒險。不過……」看了看王洵的臉色，他的語鋒陡然轉向，「封節度這回恐怕持重得有些過頭了。藥殺水兩岸這麼多城池，還怕找不到地方養活幾萬大軍嗎？甭說才兩三萬，就是十幾萬，咱們一個城池挨一個城市掠過去，也能把三年的軍糧湊出來！」

「是啊！沒有軍糧，就食於敵便是了。何必跟這幫王八蛋客氣！」提起搶劫，黃萬山就兩眼放光。

這兩位都是什麼人啊？可真是當馬賊當習慣了，把大唐官軍看得跟強盜一般！王洵在心中暗自苦笑，一點兒也不贊同兩位前輩的觀點。沙千里是個機靈人，看到了王洵的嘴角，就明白他心中的大致想法，笑了笑，繼續說道：「都把兵馬開到別人家門口了，再講什麼仁義，那不是哄鬼嗎？再者說了，河中這一帶，向來講究的是弱者供奉強者。你打了勝仗不搶糧食、不搶牲口，人家還會覺得實力不濟，在給自己留後路呢。大食人這些年把各位城主、國主們逼得都快當褲子了，也沒見誰敢心生反抗的念頭。倒是咱們安西軍，處處待人以寬，反而養出一群叛逆來！」

這話說得倒也符合實際。王洵根本無從反駁。然而，眼下需要解決的是如何在困境中殺出一條生路，而不是替封常清出謀劃策。因此，他笑了笑，輕輕揮手，「兩位前輩說得甚有道理，但如今咱們卻遠遠算不上強者。憑藉手中這點兒兵馬，頂多自保。想要上門尋仇的話，恐怕會被人趁機……」

「這話沙某不敢苟同！」縱然是已經奉王洵為主帥，沙千里卻不願意眼睜睜地看著對方犯傻，「咱們手中實力不濟，除了咱們自己，還有哪個清楚？況且沙某聽說段秀實將軍的旗號半個月前曾經在俱密城附近出現過。如果咱們派幾個人打起他的旗號作為疑兵，再於軍中多置些旌旗，想必能讓附近的城主、國主們嚇得連覺也睡不著！」

「是啊。更何況還有你這鐵錘王的名頭。只要打出來，誰願意提著腦袋上前送死？」黃萬山想了想，也跟著低聲附和。「如果他們真的敢出城決戰的話，就等於擺明了車馬要跟大唐作對。封節度過後肯定饒不了他們。如果他們沒膽子出城的話，嘿嘿，那可對不住了。城外的糧倉、草垛還有那些來不及撤回城內的牲畜，正好拿來為他們贖罪！」

這兩個人膽子還真不是一般的大。三言兩語，便拿出了一個主動出擊的戰略。見王洵一時半會兒反應不過來，沙千里想了想，又低聲分析道：「河中這邊城池，與中原不大一樣。這邊的百姓通常都不種糧食，完全靠放牧、擠奶過活。牲畜、乾草和平時積累下來的肉乾、皮革、乳酪，都無法送進城去統一存放。所以幾乎每座城池周邊，都有幾個大大小小的堡壘。這些堡壘當中平時守軍就不多，戰時更是顧不過來。只要咱們將城內的守軍嚇得不敢出頭，補給就能隨便拿。而一些牧人平素本來就對城主不滿，失去了過冬的財貨，除了加入咱們之外，根本沒有別的活路！」

這不還是打家劫舍嗎？王洵聽得心裡暗中發苦。不待他出言反駁，黃萬山接著好朋友的話頭敲磚釘角，「要是人少就一定要怕人多的話，那我和老沙兩個，早就被附近的城主給剿了。實際情況卻是，光腳的不怕穿鞋的。這兩年來，每到入冬前後，我跟老沙兩個都要到城池附近打秋風。那些城主、國主們明明派遣出一些兵馬就能把我們兩個幹掉，卻你看我，我看你，誰也不肯先出手！大人您可知道這是為何？」

「為何？」王洵沒法不奇怪，順口追問。

「即便古代名將出馬，殺敵三千，通常還要自損八百呢！況且這些國主、城主們，哪個又是名將的料子？」黃萬山也突然變得口齒便利起來，借著王洵的提問侃侃而談，「幹掉我們這六百多弟兄，他們自己少說也得死傷同樣的精銳。巴掌大的小國，哪有那麼多精銳可供折損？一旦自家折損太厲害了，說不定第二天就會被別人給吞掉。所以，還不如睜一隻眼閉一隻眼，捨棄點牲口錢財，買個消停！」

「嗯！」如果身邊有個長輩在的話，王洵真想跟對方討教一下該如何做決定。可惜，現在連封常清都遠在數百里之外，他能依仗的只有自己。沉吟半晌，他才試探著問道：「兩位前輩的意思是，咱們主動打上門去，抖一抖大唐的威風？」

「對！」看到王洵終於開竅，沙千里高興得直拍大腿，「欽差大人反正原來就是虛張聲勢，索性咱們死挺到底。隨便找一個城池，以勾結馬賊，謀害大唐使節的罪名討伐他。看城裡的人有沒膽子在這個節骨眼兒上公然與大唐為敵！」

答案基本上是否定的。甭看有心人敢暗中對使團下黑手，讓他公開跟大唐為敵，借八個膽子他們也鼓不起勇氣來。到了此刻，王洵也相信沙千里和黃萬山兩人的建議，確實有可行之處。自己原來不過是想把危險由暗處引到明處，逼著周圍諸侯表明態度。而沙、黃二人的建議，卻又進了一步，居然要憑藉安西軍懸而未發的虎威，強迫藥殺水兩岸諸侯簽訂城下之盟。

這個計畫不可謂不膽大。但萬一僥倖成功，帶來的震動也更加無法估量。特別是第一份城下之盟簽署以後，周圍的諸侯們恐怕愈發膽戰心驚。所有暗中伸過來的黑手，要麼迅速縮回去，要麼直接暴露在陽光之下。屆時，自己應對起來的可就比現在從容多了。

想到這兒，他終於把心一橫，低聲衝外邊喊道：「擂鼓！叫校尉以上將佐到中軍議事。」

「這就對了。」見王洵最終還是採納了自己的建議，沙千里忍不住心頭一片火熱。「在這片土地上，只有咱們大唐男兒橫行的份兒。什麼時候輪到過別人？」

須臾，眾將領趕到中軍帳，齊刷刷在帥案前站了兩排。

宇文至有心給自家兄弟作臉，不待王洵開口，便高高地將一張按滿了手指頭印兒的字紙舉過頭頂，同時嘴裡大喊：「稟中郎將，末將奉命審訊俘虜，獲得重要口供一份。據半天雲麾下的小嘍囉招認，他們是受了俱車鼻施汗的指使。」

「口供可否屬實？你找其他俘虜核對過了嗎？」王洵給了宇文至一個心照不宣的眼神，微笑著追問。

「屬實！」宇文至快步走到帥案前，將口供遞上，然後繼續大聲補充，「末將找了四名馬賊小頭目，還有十幾名賊首身邊的親信，他們都招認說賊手阿爾斯蘭平時就與俱車鼻施汗有勾結。這次行動，也是事先談好了價錢才動的手。」

聞聽此言，眾將領勃然大怒。紛紛開口，要求王洵將此事迅速稟明封常清，請求安西軍及早出面對俱車鼻施進行懲戒。只有明威將軍宋武，平素跟宇文至混在一起久了，看出他跟王洵之間必有默契，當即哼了一聲，大步出列，朝著眾人冷笑著說道：「咱們又不是七八歲的小孩子，在外邊挨了欺負還要找大人告狀。俱車鼻施自己找死，成全他便是。又何必在這裡哭哭啼啼！」

「誰哭哭啼啼了？」方子陵被說得滿臉通紅，氣哼哼地反駁。

「就是，千把人就想與一國為敵，你當弟兄們都是鐵做的嗎？」其他幾名將領也七嘴八舌，紛紛數落宋武狂妄。

王洵見此，用手掌輕輕拍了拍桌案，笑著說道：「大夥先別急著下結論。先過來見過兩位安西軍前輩。他們都是經歷過怛羅斯之戰的老將，經驗比咱們豐富得多。」

眾人剛才就已經在私下打聽過沙千里和黃萬山兩個的事蹟，心中佩服得五體投地，如果不是礙於軍紀的話，早就跑過去攀情了。此刻聽到王洵的提議，立刻丟開正在進行的爭論，爭先恐後圍攏向前，朝著沙千里、黃萬山兩個抱拳致敬。「後生小子，見過兩位前輩！」

甭看沙千里和黃萬山兩個在萬馬軍中談笑自若，見到一大堆正五品、從四品的將領向自己行禮，卻登時窘得連手腳都不知道往哪放。紅著老臉吭哧了半天，才終於憋出了一句：「各，各位弟兄，別，別客氣。折，折殺，小，折殺咱，咱了！」

「他們向你們二位行禮，不為官職。而是敬你們二位這兩年多來，在群狼環伺下傲然不屈！」王洵也從帥案後走出，笑著替沙千里和黃萬山兩個解圍。

「我，我們兩個也是逼，逼到這個份上了！」沙千里比黃萬山先一步緩過氣，抱著雙拳四下作揖。「當，當不起欽差大人的誇讚。幾位，幾位將軍都是少年才俊，我們豈敢，豈敢托大。」

「什麼托不托大的，無論怎麼說，你們都是安西軍的前輩。末學晚輩初次見了前輩，打個招呼還不應該嗎？」王洵強行按住沙千里的胳膊，笑著命令，「別動，就這麼一次。受完了這輪禮，咱們就是一家人。從此再不說見外的話！」

「那，那……」沙千里掙扎了兩下，力氣沒有王洵大，只好放棄。「那，那我跟老黃就愧領了。各位弟兄，以後有用得到我跟老黃兩個的地方，儘管開口！」

「放心，大夥不會跟你客氣！」王洵笑著接了一句，鬆開沙千里的胳膊。對於兩個與河中群雄有過多年周旋經驗的部將，王洵是打心眼兒裡頭待見。特別是對沙千里，在他看來，此人非但有勇，而且看問題的眼光也頗為獨特。如果讓他歸心的話，今後必然能成為自己的左膀右臂。

沙千里和黃萬山兩個對王洵也早就有了投效之心，否則，他們兩個剛才也不會彼此配合著攛掇王洵主動向河中地區的眾豪強尋釁。在沙千里看來，於此節骨眼兒上，王洵只帶著六百餘名侍衛出使河中，本身就是一場九死一生的豪賭。而賭博這東西，除了運氣之外，還要比一比誰底氣更足。使團的表現越是小心翼翼，周圍的城主、國主們越要踩著鼻子上臉。而使團越是囂張跋扈，周圍的城主、國主們反倒不敢懷疑唐軍即將大舉西征的真實性，愈發不敢輕舉妄動。

既然欽差大人以誠待我，我又何不以誠待之。感於王洵的真誠，沙千里又四下拱了拱手，大聲道：「前輩二字愧不敢當。大夥看在我們兩個癡長幾歲的份上，私下裡叫一聲黃大哥，沙大哥，足矣。

大夥都是軍中漢子，其他客氣話我就不多說了。從此往後，大夥功名富貴一道取之！」

「對，就是這話，咱們功名富貴一道取之！」宇文至立刻大聲響應。

眾將領見沙千里說得爽快，對他和黃萬山兩個的好感不由得又增加了些。紛紛接過宇文至的話頭，與二人寒暄起來。靜靜地聽了一會兒，王洵再度走回帥案之後，清清嗓子，大聲道：「對於咱們接下來該如何行動，兩位前輩早有良策。大夥不妨先靜一靜，聽聽他們兩個的謀劃！」

「諾！」眾人答應著退向兩旁，靜待沙、黃二人的下文。

兩名老將沒想到王洵居然絲毫不願意貪他人之功，直接把自己推到了眾人面前。不由得再度窘迫了起來。搜腸刮肚了好一會兒，才由沙千里帶頭，朝著王洵輕輕拱手，「既然已經到了大人帳下，請大人與其他弟兄同等待之，切莫再稱我倆為前輩。否則，我們兩個真的不知道該如何自處了！」

「一個稱呼而已！」王洵大度地擺擺手，笑著答應，「就依了兩位將軍。兩位將軍還有什麼其他要求，不妨一併說出來。」

從白馬堡中磕磕碰碰走到現在，無數坎坷早已將他磨礪出了幾分老辣。他自己對此渾然不覺，沙千里、黃萬山眼裡，卻愈發覺得中郎將大人氣度非同尋常。當下，由沙千里帶頭，朗聲說道：「其他要求就沒有了。大人一見到我倆，便折節相交。這份情誼，我倆不知道如何回報，只好拿出自己最大的本事來。這個想法未必妥帖，卻希望能給大人和諸位將軍提個醒，起到拋磚引玉的作用！」

一番客套話說罷，他迅速將話頭轉向正題。先是將附近各路諸侯的具體實力、對大唐的態度，以及當地各城市、堡壘的大致情況，日常運作方式等，毫無保留地奉獻給大夥分享。然後再根據柘支城的具體情況，朗聲分析道：「剛才我跟黃別將兩個向大人提議，隨便找一個地方諸侯，主動逼上門去問罪，強迫他簽城下之盟。如今既然罪魁禍首的身份已經被宇文將軍審理出來了，咱們就不必再胡亂樹靶子。直接殺奔柘支城，問俱車鼻施謀害天朝使節之罪便是！」

「這……」眾將領聞聽，又是大吃一驚。俱車鼻施可汗的實力，在藥殺水沿岸諸侯當中絕對排得上前三。而柘支城原本就是大宛國的國都，城高池厚，更不可能被兩千多兵馬給攻下來。這沙千里和黃萬山兩個一定是當馬賊當得窮瘋了，剛過上安穩日子，就想著洗劫一個國家。

當即，就有人要出言反駁。王洵見此，又是輕輕擺了擺手，笑著吩咐，「大夥別亂，聽兩位將軍把話說完！這邊不同於中原，很多事情，沙將軍和黃將軍比咱們更有經驗。」

既然主將已經發了話，大夥只好繼續洗耳恭聽。沙千里整了整思路，繼續說道：「俱車鼻施汗的實力很強，這個我和老黃也知道。但是，正因為他實力比較強，我們才要找上門去收拾他。打敗他，必將震動整個河中。其他各國主、城主即便先前對使團圖謀不軌，也會全嚇得縮回去！」

「可他麾下有幾萬兵馬，咱們只有一千多人！」魏風素來持重，不願意王洵因為沙千里和黃萬山兩個的慫恿而帶著大夥去冒險，猶豫了一下，帶頭發問。

「應該是一萬七千上下，並且只有五千左右是騎兵。再多了，他根本養活不起！」沙千里搖搖頭，出言更正。而這五千多騎兵，還要分守很多地方，平時集中在柘支城中的，不過三千左右。這也是他始終無力剿滅我跟黃別將的原因之一。用步卒來戰，根本追不上我。用騎兵來戰，三千對六百，他也無法將四面八方全堵住。每次都讓我跟黃別將找到辦法平安脫身！」

「可這次是咱們主動打上門去的！」方子陵也持慎重態度，低聲反駁。

「打上門去，他也未必主動迎戰啊。大人一仗就滅了半天雲，換了你做俱車鼻施汗，你敢相信大人只帶了六百護衛嗎？」沙千里搖搖頭，笑著反問。

換了別人在俱車鼻施汗的位置，的確也不會相信王洵只帶了六百人，就輕而易舉地幹掉了五倍於己的馬賊。可這畢竟建立在假設的條件上，賭博的成分實在太大了些。眾將想不出合適的反駁話，臉上的表情卻依舊充滿了猶豫。沙千里見此，又把先前對王洵的話，向大夥重複了一遍。告訴眾人，遊牧民族的輜重補給來自牲畜，而牲畜無法養在城內。如果主動向柘支城發起進攻，先要面對的不是主城和城內的守軍，而是城外的馬場、草料場和倉庫。俱車鼻施汗肯定想不到使團會主動向他發起進攻，所以大夥出其不意攻其不備，絕對可以將城外存放糧草輜重的據點兒一一拿下。而待俱車鼻施汗做出了反應，糧草輜重已經盡入唐軍之手，帶著一群士氣低落的餓兵出城與唐軍決戰，他未必討得了什麼便宜。即便真的不幸被他占了上風，大夥也可以如同馬賊一般，風馳電掣地離開。俱車鼻施汗如果領兵來追，則雙方只有靠騎兵對決。如果不追，則唐軍的懲罰目的已經達到，傳揚開去，一樣沒有人願意重蹈俱車鼻施的覆轍。

「所以，這仗，咱們一定要打。打好了，則不必再四處趕路，坐在帳篷裡，河中諸侯便爭先恐後前來投效。即便打個不輸不贏，咱們也得到了足夠的糧草輜重和馬匹，是走是留，都可以隨心所欲！」

「那，那商隊怎麼辦？把他們丟下嗎？」朱五一為人厚道，小心翼翼地提了一個別人都不會提的問題。

關於商隊，沙千里還真沒有仔細考慮過。按照唐軍以前的習慣，從來不跟商販打什麼交道，更甭提為對方充當保鏢了！猶豫了一下，他將頭轉向王洵，「商隊之事，沙某不太清楚。還請中郎將大人定奪！」

「可以留一隊弟兄保護他們，連同保護咱們自己的彩號！」王洵想都沒想，立刻做出了決定。

「大人！」宋武大驚，趕緊出言勸阻。如果真的要主動去找俱車鼻施汗的麻煩的話，手中弟兄已經夠少了，這種緊要關頭還分兵去照顧不相干的商人，肯定不是恰當舉措。

王洵起初他也沒有為商隊充當保鏢的打算。他先前之所以拉著商隊跟使團一路走，是為了防止洩漏消息。後來身份暴露後，則是出於愧疚，想對商人們有所補償。而現在，他心裡卻隱隱冒出了另外一番想法，不僅僅因為愧疚，而且因為責任。

那是一夥和他一樣，對大唐牢騷連連，卻願意為大唐付出所有的人。那是一夥得到些許好處，就恨不能傾其所有作為回報的人。那是一夥明知道前路危險重重，也願意跟他福禍相伴的人。他無法拋棄，也不敢拋棄。

那是他的骨肉同胞。他的父老鄉親。如果此刻拋棄了，日後總有一天會後悔，會被別人同樣看得一文不名。

「保護大唐百姓，乃大唐將士應盡之責。要不然，人家每年繳納賦稅又為了什麼？」揮揮手，王洵命令宋武歸列，「朱旅率，你去。帶一隊弟兄保護他們。另外，向他們說明實際情況。」

「諾！」朱五一昂然出列，拱手領命。宇文至和方子陵兩個本來也想反對，看到此景，只好把到了嘴邊的話又吐回了肚子。沙千里見狀，笑了笑，大聲道：「還是大人想得周全。商販們其實不全是累贅，用得好了，一樣可以為大軍出力。末將聽說，大食那邊作戰，也有商隊跟在軍旅之後，一邊幫忙採購急需的輜重，一邊幫忙處理繳獲的戰利品！」

軍隊打家劫舍，商隊銷贓。不但是大食人的傳統，大食以西的十字教國家，亦有類似的先例。眾將領對此早有耳聞，如今又聽了沙千里的描述，便丟開了將商隊拋棄的打算。估摸著眾人的意見已經被統一得差不多了，王洵笑著拔出第一支將令：「如果沒有人反對的話，王某可就要調兵遣將了，宇文將軍聽令……」

「末將在！」聽王洵第一個就點到自己，宇文至臉上對戰事的擔憂瞬間就變成了驕傲，答應一聲，快步走到帥案前。

很滿意好朋友的表現，王洵點點頭，笑著吩咐：「你從軍中挑選五十名用弓箭的好手，為全軍前驅。除了沙、黃兩位將軍的部屬之外，其餘各部人馬隨你挑選。今晚用過飯後便立刻出發，路上遇到敵軍探子、斥候……」

「只要出現在末將視野之內，末將保證一個也不讓他們活著離開！」沒等王洵把話說完，宇文至立刻信誓旦旦地承諾。

不料王洵卻搖了搖頭，笑著補充：「別全殺光，放幾個膽子小的回去給俱車鼻施可汗報信，讓他知道大唐安西軍上門問罪來了！」

「嗯？諾！」宇文至先是一楞，隨後就明白了王洵的意圖。接過將令，轉身出帳。

目送著宇文至率先離開，眾將心裡立刻明白，主動向柘支城發起攻擊的決定已經無可更改。擔憂之餘，有一股豪情亦在心中慢慢湧起。

即便將沙千里，黃萬山兩位包括在內，這夥人的平均年齡也不過才二十出頭，心中的激情遠遠多餘暮氣。況且剛剛以劣勢兵力收拾掉了數倍於自己一方的敵軍，令將士們個個都對周圍的敵人心生輕蔑。所以縱使有人依舊不看好主動出擊的結果，卻也將期待的目光投向王洵，希望下一個被點到的便是自己。

「宋將軍聽令！」在眾人殷切的盼望下，王洵抽出了第二支令箭。

「末將在！」宋武答應一聲，大步走出佇列之外。

王洵朝著他點點頭，繼續吩咐：「你去選五十名騎術最精湛的弟兄，每人帶三匹戰馬，一杆大旗。吃過飯後立刻出發，先向南繞行五十里，到了藥殺水邊上後，再掉頭向西北，做出與我配合夾擊柘支城的姿態。聲勢造得越大越好，若是能讓俱車鼻施汗相信你所部兵馬是段秀實將軍派過來的，我便記你的首功！」

「諾！」宋武眼中一喜，隨後年輕的臉上便灑滿了陽光。以五十人冒充一支大軍，任務並不好完成。然而，這也說明王洵已經完全把他當成了自家兄弟，不再因為哥哥宋昱的關係，故意對他敬而遠之。

「沙將軍，黃將軍……」王洵迅速又抽出第三、第四支令箭，毫不猶豫地交給了沙千里和黃萬山。

「兩位帶領本部兵馬，同樣是多置旗鼓，緊隨宇文將軍之後。帶至柘支城外，先根據敵軍佈防情況，選擇攻擊方向，然後靜等我帶領大軍到來。如果戰機許可，亦可以不等我。自己決定何時出手！」

聞聽此言，眾將眼中忍不住湧起了一絲羨慕。王洵手中的兵力只有兩千出頭，如果沙千里和黃萬山提前對城外的某個目標發起了攻擊，主力到達之後，便只有給二人做後盾的份兒。換句話說，王洵的這道命令，等同於臨陣應變之權交給了沙千里和黃萬山兩個，而其本人，則心甘情願地替沙、黃二將打起了下手。

「諾！」

「諾！」沙千里和黃萬山也明白王洵對自己非常器重，答應一聲，闊步出列，雙手將令箭接了過來，小心翼翼地捧在心口處。

目送二人出帳，王洵又將剩下為數不多的兵馬分為幾個旅，交給方子陵、魏風等嫡系部屬和曹鞦鞨、石蠻子等異族將領指揮，各自去執行一定任務。隨後，又命親兵旅率王十三將全部侍衛召集到一處，隨時準備為大夥提供接應。

待他把一切細節都安排妥帖，夜幕也籠罩在了營地的上空。整個大營一片忙碌，所有人都厲兵秣馬，為出征做最後的準備。王洵四下巡視了一圈，正準備回中軍用飯，身後突然傳來一陣混亂的腳步聲響。

憑聽覺，王洵就能猜到來人並沒有受過嚴格的行伍訓練。立刻回過頭去，手按刀柄，「誰？朱五一，怎麼是你？你怎麼又回來了？」

被派去保護商隊的朱五一不敢用目光與王洵相視，低下頭，很是為難地回應，「俺，不，末將，不不，卑職，卑職去過了。但，但商會的程掌櫃說，這個時候，他們不能拖大軍後退。所以，所以……」

「所以你就敢違抗我的將令。並且還拐帶了一堆無關的人回來！」王洵又是生氣，又是感動，指著朱五一身後的齊大嘴、儲獨眼等一干刀客質問。

聞聽此言，朱五一更是不知所措。耷拉著腦袋，喃喃辯解：「他們，他們說，半天雲都被您打垮了，周圍哪還有強盜輕易敢動商隊的念頭。您儘管放心向前，他們可以慢慢跟著大隊留下的馬蹄印兒走！」

唯恐王洵處置朱五一，齊大嘴上前一步，主動替對方開解：「程老掌櫃琢磨過，在您跟正主兒分成勝負之前，商隊肯定安全。大人不要怪朱旅率，是我等自己要來為大人效力的。朱旅率拒絕過，但我等非要跟著他，他也沒辦法！」

「是啊，是啊，請將軍帶上我等！」其他眾刀客們紛紛開口。「我等打仗不在行，追追殘兵，打掃打掃戰場什麼的，也能搭一把手！」

「胡鬧！」雖然心裡感動，王洵還是不得不板起臉來，大聲喝斥，「兩軍交手，豈是兒戲！況且本將這次要對付的是一支勁旅，並非半天雲那種烏合之眾！趕緊回去保護商隊吧，大夥的心意，王某領了！」

「我等知道將軍有大動作！所以才前來助拳！」

「帶上我等，我等不怕死。」

眾刀客心氣正高，怎肯輕易推開。紛紛開口肯求王洵准許自己加入。

單論身手，這些人的確都是一等一。可列陣而戰，個人勇武卻派不上多大用場。萬一有人沒頭蒼蠅般亂闖，反而容易衝亂自家陣腳。王洵不願意讓別人冒險，自己也不願意冒險，沉吟了片刻，正準備強行將眾刀客驅逐，儲獨眼卻見機得快，「撲通」一聲，跪倒在地上，「我老儲夾著尾巴，在這條道上走了大半輩子。從沒像今天這般痛快過。請大夥讓我老儲再痛痛快快地活上幾天，即便死了，這輩子也甘心了！」

「請大人給我等一個為死去同伴報仇的機會！」眾刀客紛紛跪倒，祈求王洵准許自己參戰。

見王洵依舊不肯鬆口，齊大嘴也跪倒在地，用膝蓋向前爬了幾步，滿臉是淚，「這些年來，凡是在絲綢古道上的劫案，哪個能與河中各地的城主們脫開干係？我等平時不敢提『報仇』兩個字，只能把怨氣憋在肚子裡。這回，有將軍帶領，我等要是再不拔出刀來，還如何配做個男人？！」

「請大人給我等一個機會！」

「請大人給我等一個機會！」

想起一個個死不瞑目的同行，眾刀客淚落如雨。絲綢古道上的馬賊，十有七八是眾城主、國主刻意養下的打手。頭天做下了案子，第二天贓物就能在城中公開銷售。有時候刀客們捨命護著商隊的一部分人突破土匪的包圍，傷亡慘重地來到前方的城中，在沿街店鋪中，便能看見死去同伴身上的遺物。上面的血跡都沒擦乾淨，每一件都深深刺進大夥的心裡。

原來唐軍從不與百姓打交道，所以刀客們也不敢奢望軍隊為自己主持公道。而王洵卻第一個破了這個例，讓他們看到一絲復仇的希望。所以，無論付出任何代價，他們都想將這個希望抓住。否則，日後根本無法面對同行們留下的孤兒寡母。

王洵終於明白一向老實巴交的朱五一，為什麼今天敢於違反軍令了。即便是他自己，此刻心中也是火辣辣一片。清了清嗓子，他低聲道：「如此，你等就單獨組成一隊。跟在我的身後，我衝到哪裡，你等就衝到哪裡。不准亂，也不准擅自行動，做得到嗎？」

「如果誰當了孬種，大人就一錘子砸死他！」齊大嘴喜出望外，代替所有人表態。

「對，鐵錘將衝到哪裡，我們就跟到哪裡！誓死追隨！」眾刀客齊聲回應。

「起來，去找管軍需的李參軍，每人領一身輕皮甲、一柄橫刀！」王洵強壓住心中的激動，點點頭，沉聲吩咐，「朱旅率，你帶他們去。這支隊伍也一併交給你。」

「諾！」朱五一抹了把臉，憨憨地回應。

「去吧！」王洵揮揮手，命令對方領著刀客們退下。然後繼續向中軍帳走去，接連邁出了幾步，腿都僵僵的，手臂處也傳來一陣顫抖。

不是因為對大戰的緊張，而是因為感動。他帶領的是一群熱血男兒，無論以前做過強盜還是做過刀客，都是不折不扣的好漢子。

有這樣一群好漢子追隨，天下又有何處去不得？

有這樣一群好漢子相伴，他又何必要逃，何必要委曲求全？今晚，便是全新的開始。他要將珍藏已久的鋒芒露出來，在河中這片碧野黃沙間刻上自己的痕跡。

正激動間，耳畔忽然又傳來侍衛十三的呼喚，「啟稟將軍，宇文將軍的隊伍已經整裝待發，他想請您過去跟弟兄們說幾句話！」

「喔！」沒想到宇文至動作這麼快，王洵楞了楞，旋即順著十三的指引向不遠處看去。夜幕中，有一小隊騎兵站在那裡，方方正正，宛若一塊雕琢過花崗岩。

「告訴他我馬上就到！」王洵深吸了一口氣，調整好自己的情緒。然後快步走向宇文至等人所在。目光一一掃過眾人的面孔，想說幾句話來激勵士氣，最終發現無論怎樣的言辭在此刻都純屬多餘。只得揮揮手，大聲喊道：「出發！」

「出發！」宇文至抽出橫刀，朝著隊伍高喊，「用賊寇之頭顱，礪你我之刀鋒！」隨後，一夾馬肚子，閃電般衝向了夜幕。

「用敵人之頭顱，礪你我之刀鋒！」五十把橫刀同時舉起來，半空中虛劈，劈穿遠處無盡的黑暗。

——第三卷《破陣子》卷終——

作者　酒徒

總編輯　張瑩瑩
責任編輯　黃煜智
校　對　魏秋綢
美術設計　黃暐鵬
行銷企劃　黃怡婷、林琬萍

社長　郭重興
發行人兼
出版總監　曾大福
出版　野人文化股份有限公司
地址：二三一新北市新店區民權路一〇八－三號六樓
電子信箱：YEREN@YEREN.COM.TW
發行　遠足文化事業股份有限公司
地址：二三一新北市新店區民權路一〇八－三號六樓
電話：(〇二)二二一八－一四一七　傳真：(〇二)八六六七－一〇六五
電子信箱：SERVICE@BOOKREP.COM.TW
網址：WWW.BOOKREP.COM.TW
郵撥帳號：一九五〇四四六五遠足文化事業股份有限公司
客服專線：〇八〇〇－二二一－〇二九
法律顧問　華洋國際專利商標事務所　蘇文生律師
印　製　成陽印刷股份有限公司
初版首刷　二〇一二年四月

定　價　三二〇元
ISBN　九七八－九八六－六一五八－九一－九

歡迎團體訂購，另有優惠，請洽業務部(〇二)二二一八－一四一七分機一一二一、一一二三
原書名：盛唐煙雲　作者：酒徒

國家圖書館出版品預行編目資料

盛唐煙雲　卷三　破陣子／酒徒著；
初版。台北縣新店市：野人文化出版：
遠足文化發行，二〇一二，四（民一〇一）
面：；十五×二一公分。（俠客館：二七）
ISBN 九七八－九八六－六一五八－九一－九（平裝）

一、歷史小說

八五七.七　　一〇一〇〇一三六九

俠客館　貳拾柒

盛唐煙雲

【三卷】

破陣子